a J. Rhyne

Mein Hund hat überlebt

... und das werde ich auch

Teresa J. Rhyne

Mein Hund hat überlebt

... und das werde ich auch

mvgverlag

Bibliografische Information der Deutschen Nationalbibliothek
Die Deutsche Nationalbibliothek verzeichnet diese Publikation in der Deutschen Nationalbibliografie. Detaillierte bibliografische Daten sind im Internet über **http://d-nb.de** abrufbar.

Für Fragen und Anregungen:
seamus@mvg-verlag.de

1. Auflage 2014

Das amerikanische Original erschien 2012 bei Sourcebooks unter dem Titel *The Dog Lived (and So Will I)*

Übersetzung: Claudia Van Den Block und Gabriele Burkhardt
Redaktion: Werner Wahls
Umschlaggestaltung: Pamela Machleidt, in Anlehnung an Laura Duffy
Umschlagabbildung: Mike Easley/Vital Excess
Satz: Georg Stadler, München
Druck: CPI - Ebner & Spiegel, Ulm
Printed in Germany

ISBN Print 978-3-86882-502-2
ISBN E-Book (PDF) 978-3-86415-648-9
ISBN E-Book (EPUB, Mobi) 978-3-86415-649-6

Für Chris, der dafür sorgt, dass mein Glas nicht nur halb voll, sondern bis oben hin voll ist – und mir hilft, es auch so zu sehen

»Wir beiden Kojoten, hoch droben, als der November sich ankündigt. Die Feiertage kurz danach, dann April, Sommer gleich im Schlepptau, dann färbt sich das Laub, und da sind wir wieder. Probleme lauern überall, mein Schatz, unsere Zukunft ist unsicher, wie immer, doch jetzt in diesem Moment teilen wir beide uns den Himmel, hoch droben, so hoch.«

Markus Pierson

Inhalt

Vorwort

Als Anwältin liegt mir der Schutz der Unschuldigen (und manchmal bedeutet das den Schutz meiner selbst und meines Verlegers) am Herzen. Daher habe ich einige Namen, identifizierbare Persönlichkeitszüge und Orte geändert. Einige Charaktere in diesem Buch basieren auf mehreren Personen, und einige Szenen beruhen auf verschiedenen Situationen, die ich um der Geschichte und meiner geistigen Gesundheit willen kombiniert habe. Gespräche und Ereignisse habe ich so genau wiedergegeben, wie es mein Erinnerungsvermögen erlaubte – doch bitte vergessen Sie nicht, dass mein Gehirn Chemo hinter sich hat.

Teil 1

1 Gepäck

Ich hätte ihn nicht bitten sollen, mich vom Flughafen abzuholen. War ich denn schon so einsam und verzweifelt? Ich nahm mein Handgepäck aus dem Gepäckfach. Jetzt war es zu spät. Er würde da sein, bei der Gepäckausgabe, und warten. *Oder eben nicht.*

Jetzt durchfuhr mich ein Schreck. Es war schon peinlich genug, dass ich ihm von einem Internetcafé in Irland gemailt und zugegeben hatte, ihn zu vermissen, und ihn dann noch darum gebeten hatte, mich abzuholen. Doch was, wenn er nicht da war? Was, wenn mich niemand begrüßen würde? Das Taxi nach Hause wäre nicht halb so teuer wie all die Therapiestunden, die ich bräuchte, um dieses Trauma zu verarbeiten. Ich bewegte mich durch den engen Gang des Flugzeuges, weitergeschoben von der Ungeduld der anderen Passagiere, die, so dachte ich, alle jemanden hatten, der voller Vorfreude und mit Schildern und Blumen in der Hand in der Ankunftshalle auf sie wartete, bereit, sie mit einer stürmischen Umarmung zu begrüßen. Kein Wunder, dass sie es eilig hatten.

»Sie haben wirklich einen tollen Schal«, sagte die Stewardess lächelnd. Selbst nach einem zwölfstündigen Flug sah sie noch frisch aus.

Ich blickte an meinem langen, fließend fallenden, bunten, handgestrickten Schal hinunter. »Oh, danke. Den habe ich im Laden meines Cousins in Athboy bei Dublin gekauft.« Wenn ich die Stewardess in ein langes Gespräch verwickeln könnte, müsste ich vielleicht nie aus dem Flugzeug aussteigen. Vielleicht würde sie mich nach Hause bringen können, sollte das Unausweichliche eintreten.

»Bei McElhinney's?«, fragte sie mit demselben breiten irischen Akzent wie meine Cousins.

»Genau. Witzig, dass Sie ihn kennen«, sagte ich, während die Menge weiterdrängte und mich an ihr vorbeischob.

»Ein schönes Geschäft. So wundervolle Sachen! Und Sie sehen umwerfend aus.« Ihr Lächeln wirkte aufrichtig. »Auf Wiedersehen.«

Doch das Kompliment tröstete mich nicht. Dass ich umwerfend aussah, war kein gutes Zeichen. Vor langer Zeit hatte meine Freundin Stacey mir erzählt, sie könne meine Lebenskrisen immer daran erkennen, dass ich dann so unerschütterlich gut aussähe. Wenn ich perfekt gekleidet und frisiert war und mich der Welt gut präsentierte, wusste sie, dass ich meinen Panzer trug und gewissermaßen gegen meine eigenen Windmühlen kämpfte. Wenn ich umwerfend aussah, war gerade ein Bereich meines Lebens über den Haufen geworfen worden.

Ich war auf dem Heimflug von einer Reise mit meinem Bruder und einer Cousine nach Irland, offiziell um ihren vierzigsten Geburtstag zu feiern, doch eigentlich, um meinem Zuhause zu entfliehen, das nach meiner zweiten Scheidung und dem Tod meiner beiden alten Hunde – alles im letzten halben Jahr – recht einsam geworden war. Gemäß Staceys Theorie musste ich also in der Tat fantastisch aussehen.

Die Reise war allerdings wundervoll gewesen, und sie hatte ihren Zweck recht gut erfüllt, mich aus meinem Kopfkarussell zu befreien und in Richtung Neuanfang zu bewegen. Und meine Laune wäre so viel besser gewesen, hätte ich nicht dummerweise einen Mann, mit dem ich erst einige Monate zusammen war, gebeten, mich vom Flughafen abzuholen. Herrgott noch mal, ich sollte mit überhaupt keinem Mann zusammen sein, schließlich hatte ich mir geschworen, die Finger von Verabredungen, ja von Männern überhaupt zu lassen. Mein ganzes Leben hatte ich nun sorgfältig geplant, und Beziehungen gehörten der Vergangenheit an. Keine Bindungen mehr. Niemals.

Als ich zur Rolltreppe kam, entdeckte ich sofort Chris dort unten stehen. Selbst aus dieser Entfernung fielen seine hellen, blauen Augen auf – Wahnsinn, seine Wimpern waren so lang, dass ich sie von hier aus erkennen konnte. Er war groß und hatte dickes, grau meliertes Haar. Auch dadurch fiel er auf. Und er trug sein hellblau kariertes Hemd. Mein Lieblingshemd. Er sah so verdammt gut aus.

Unwillkürlich musste ich lächeln. Ich hatte ihn tatsächlich vermisst. Und ich hatte ihm so viele Geschichten zu erzählen, von denen ich wusste, dass wir darüber lachen würden … direkt nach einem gemeinsamen heißen Bad, einer Flasche Wein und … na ja, die Geschichten würden wohl noch etwas warten müssen. Genauso wie offenbar mein sorgfältig geplanter Lebensentwurf. Ich trat von der Rolltreppe und fiel ihm in die Arme.

»Nach all diesen kalten Tagen, an denen ich durch Irland gelatscht bin, tut das verdammt gut«, sagte ich und ließ mich tiefer in die Badewanne hineingleiten, sowohl weil das heiße Wasser so guttat als auch um meinen alternden Körper mit Schaum zu bedecken. Mein Haus hatte die größte Badewanne, die ich je gesehen hatte.

Die Tiefe der Wanne kam meinem Schamgefühl entgegen – der Schaum reichte bis zu meinem Schlüsselbein –, aber das war nicht alles. Die Wanne war ungefähr einen Meter achtzig lang und einen Meter zwanzig breit. Sie nahm zwei Drittel des Badezimmers ein und Chris und ich passten trotz unserer Größe leicht einander gegenüber hinein. An beiden Seiten war sogar noch genügend Platz für einen Champagnerkühler und Kerzen.

»Mir tut es auch gut, auch ohne Reisen. Bist du müde?«, fragte Chris und schenkte mir Champagner nach.

»Ein bisschen. Aber ich konnte im Flugzeug recht gut schlafen. Und es wäre sicher besser für meinen Jetlag, wenn ich noch ein paar Stunden wach bliebe.«

»Dabei kann ich dir helfen«, sagte Chris und beugte sich vor, um mich zu küssen. Ich erwiderte den Kuss. »Das glaube ich gerne.«

Chris hob die Augenbrauen und warf mir einen vielsagenden Blick zu. Er lehnte sich zurück. »Erzähl mal von deiner Reise.«

Es gefiel mir, dass er meine Geschichten mochte, hatte ich doch einige davon aus Irland mit nach Hause gebracht. Ich hatte dort die Familie meines Großvaters besucht und erzählte besonders von einem Familienmitglied, das mich immer wieder zum Lachen gebracht hatte – Seamus, ein Cousin zweiten Grades. Ich wusste, dass er auch Chris zum Lachen bringen würde.

An unserem zweiten Abend in Irland traf sich ein Teil der Familie zum Dinner in einem Pub. Meine Cousine Colleen, mit der ich unterwegs war, hatte gesagt, dass ihr irischer Freund ebenfalls kommen würde. Mein Bruder hatte einige Male mit Colleen über diesen irischen Freund gesprochen und zog allmählich seine Existenz in Zweifel. Er kam nie, wenn er kommen sollte. Zahlreiche Verwandte und Freunde tauchten an diesem Abend auf, aber der mysteriöse irische Freund war nicht dabei. Wir mussten zwei Stunden warten, bis ein Tisch frei wurde, der groß genug für vierzehn Leute war. Beziehungsweise dreizehn, denn viele Telefonate und Drinks später war Colleens Freund immer noch nicht erschienen.

Als wir um elf Uhr abends endlich an unserem Tisch Platz nahmen, zog Colleen sich zurück, um noch einmal zu telefonieren.

Mein Bruder Jay fragte Claire, eine andere Cousine: »Also, ihr habt den Typen auch noch nie getroffen, stimmt's?«

»Nein, nie. Sie verschwendet ihre Zeit.«

»Glaubst du, dass es ihn tatsächlich gibt?«

»Falls es ihn gibt, ist er ein verdammter Arsch.« Das kam von Seamus, Claires Bruder. Er war von Anfang an einer meiner Lieblinge, schon alleine, weil er mit so einem herrlich irischen Akzent fluchte, was er, wie viele meiner irischen Verwandten, ausgiebig und oft tat. Seamus war für mich der typische Ire: schlank, mit heller Haut, roten Haaren und einer Vorliebe für Alkohol und freche Kommentare.

Als Colleen zu unserem Tisch zurückkam, fuhr Seamus sie an.

»Was soll denn das, Cousine, der Bastard kommt doch sowieso nicht. Lass es doch einfach.«

»Ich mach mir aber Sorgen. Vielleicht hat er Probleme bei der Arbeit. Oder er findet nicht her.«

»Ach komm, er ist Klempner. Was sollen das für Probleme sein, dass er nicht mal anrufen kann? Es ist der einzige Pub hier, der Inn Moderation heißt. Wenn er wollte, würde er uns garantiert finden.«

Das konnte ich nur unterstreichen.

Colleen sah es anders. »Ich glaube nun mal, dass er nicht herfindet. Er ist hier nicht aufgewachsen, es ist schon spät und er ist wahrscheinlich müde, meinst du nicht? Ich weiß, dass er gerne hier wäre. Das hat er gestern Abend gesagt. Ich will ihm nur eine Wegbeschreibung durchgeben, falls er sie braucht.«

Seamus gestikulierte wild, »Cousine! Wenn ein Mann eine Frau verdammt noch mal finden will, wird er sie verdammt noch mal auch finden!«

Ich ahmte, so gut ich konnte, den breiten irischen Akzent meines Cousins nach. Meine Bemühungen wurden belohnt, denn Chris brach in schallendes Gelächter aus. »Seamus ist genial.«

»Ja, finde ich auch«, stimmte ich zu.

»Das werde ich mir merken. ›Wenn ein Mann eine Frau verdammt noch mal finden will, wird er sie verdammt noch mal auch finden.‹«

»Und findest du nicht auch, dass es so viel besser mit dem Akzent klingt? Jay und ich sagen dauernd ›verdammt‹. Wir schicken es jedem verdammten Wort voraus.«

»Absolut. Es ist zum Schießen. Aber was er sagt, stimmt ja.« Chris sah mich an. »Ich habe dich schließlich auch gefunden.«

Sobald er das gesagt hatte, entwickelte ich urplötzlich ein enormes Interesse an dem Boden meines Champagnerglases und blickte tief hinein. Ich leerte es hastig, um den Boden noch besser betrachten zu können.

Das hier war doch nur ein Liebesabenteuer. Es ging um wunderbaren Sex und gemeinsamen Spaß. Ich war nicht die, nach der er suchte. Wie könnte ich das sein? Er war neunundzwanzig, ich war einundvierzig. Er lebte westlich von Los Angeles, ich wohnte fast hundert Kilometer östlich in einer viel weniger schicken Gegend. Er war jung, Single und gut aussehend. Ich ... nun ja, ich war nicht jung und leckte noch die Wunden meiner zweiten Scheidung. Meiner *zweiten* Scheidung. Mich suchte niemand.

Er nahm meinen rechten Fuß und massierte sanft die Fußsohle.

Als er langsam mit seinem Finger eine zarte Linie mein Bein hinaufzog, entspannte ich mich. *Na also, es geht nur um Sex. Danach sucht er. Das ist schon viel besser!* Keine Beziehung. Uff. Sex ist prima, aber mit dem ganzen Rest, damit habe ich meine Schwierigkeiten.

In Mathe war ich schon immer gut, und so hatte ich schnell den gemeinsamen Nenner meiner beiden Scheidungen herausgefunden: mich. Wenn man bedenkt, dass in meiner Kindheit keine Ehe um mich herum glücklich war oder bis in mein Erwachsenenalter hielt, hätte mich das nicht überraschen sollen. Doch das tat es. Ich beherrschte viele Dinge gut, doch die Ehe gehörte, wie sich herausstellte, nicht dazu. Vor sechs Monaten also, als ich meinen zweiten Mann verlassen und mich in diesem Stadthaus eingemietet hatte, schwor ich mir, ein ganz neues Leben zu beginnen.

Frei nach dem von Steve Martin gespielten Helden in *Reichtum ist keine Schande* brauchte ich nur B, K und H. Mehr nicht.

B für Bücher – überall an meine Wohnzimmerwände und in einem der leeren Zimmer stellte ich wahllos zusammengewürfelte, vollgestopfte Bücherregale auf, und die restlichen Bücher verteilte ich auf Stapel überall im Haus; es gab ja nun niemanden mehr, der mir Schlampigkeit vorwerfen konnte.

K für Kaffee – literweise, und niemand da, der meckert, dass der Kaffeesatz mal wieder die weißen Fugen verschmutzt.

Und H für Hunde – ich hatte meine zwei Beagles Richelieu und Roxy. Meinem Kanzleipartner, von dem ich die Wohnung mietete, hatte ich gesagt, er brauche sich keine Mühe damit zu machen, den hässlichen grünen Teppich auszutauschen, da meine Hunde alt seien und mit dem Teppich vielleicht nicht so pfleglich umgehen würden. Eigentlich meinte ich aber, dass *ich* alt war und wenig Sorgfalt walten lassen würde und kein bisschen Lust hatte, das zu ändern. (Es ist meiner Meinung nach eine der besten Eigenschaften von Hunden, dass es ihnen nichts ausmacht, für etwas die Schuld zugeschoben zu bekommen, mit dem sie nichts zu tun haben.)

Dann erinnerte mich ein Schulfreund daran, dass ich ohne Getränke für Erwachsene wohl eher nicht überleben könnte. Das ist ja schließlich auch die Aufgabe von Schulfreunden, oder?

Ich fügte also noch A für Alkohol hinzu, womit ich Wein meinte. Na gut, Martinis auch. Gut, auch Margaritas.

A, B, H und K. Ich hatte mein Alphabet in einen Umzugswagen gepackt und das Eheleben hinter mir gelassen.

Mein so gut gemeinter Neuanfang wurde jedoch hundsgemein vom Schicksal torpediert.

Sieben Wochen genoss ich mit meinen beiden Hunden mein neues Heim – Zeit genug, um eine Routine von Gassigehen und Futterzeiten zu finden, um auszufechten, wer welchen Teil des Bettes und des Sofas in Beschlag nehmen dufte, also gerade mal Zeit genug, um uns zu dritt gemütlich einzurichten. Denn Ende April hatte mein dreizehnjähriger Beagle Richelieu eine Reihe von Anfällen, und schließlich musste ich ihn unter Tränen und Flüchen, aber mit dem Wissen, dass es für ihn das Beste war, gehen lassen.

Im August trat dann bei Roxy die vom Tierarzt prophezeite Herzinsuffizienz ein, und ich verlor auch sie. Ich kam von der Arbeit nach Hause und fand sie tot, mitten in meinem Wohnzimmer, vor den Bücherregalen. Meine Freundin Stacey fuhr mich zur Tierarztpraxis, während ich Roxys Körper hielt und vor Trauer und Tränen zitterte. Auf der Rückfahrt kauerte ich mich schluchzend in den Beifahrersitz.

Als ich nach Hause kam, begrüßte mich nur mehr der potthässliche grüne Teppich. Fünf Monate hatte ich nun das Alphabetleben geführt und schon fehlte mir ein Buchstabe. Ich hatte allein sein wollen, aber doch nicht so allein. Ich wollte niemals ohne meine Hunde sein. Hunde waren die einzige konstante Beziehung in meinem Leben, und nun waren auch sie fort.

Einige Wochen lang erdrückte mich die Stille. Ich dachte darüber nach, einen neuen Hund zu kaufen, aber ich hatte den großen, kosmischen Fluch gelernt, den alle Hundebesitzer irgendwann lernen müssen – man mag die bedingungslose Liebe, Hingabe und fast perfekte Freundschaft eines Hundes besitzen, doch nur zwölf bis fünfzehn Jahre lang, wenn man Glück hatte.

Und so war ich erst mal nach Irland abgehauen.

Doch jetzt war ich zurück, ohne Hund, saß nackt in einem dampfenden Schaumbad und schlürfte Champagner mit einem gut aussehenden jungen Mann. War ich noch bei Sinnen?

»Hey«, Chris stupste mein Bein unter Wasser, »bist du noch wach?«

»Ja«, ich stellte mein Champagnerglas ab und verzog das Gesicht zu einem Lächeln. »Ich kann dir die restlichen Irlandgeschichten morgen früh erzählen. Wir haben jetzt etwas Besseres zu tun.«

»Das gefällt mir«, sagte Chris, kam näher und schloss mich in seine Arme. Ich blies die Kerzen aus, bevor ich aus dem Wasser stieg.

Bis Chris endlich aufwachte, hatte ich schon meine dritte Tasse Kaffee intus und war bereit zu erzählen. Über Irland. Ich entzückte ihn mit Geschichten von Fahrten über Land, von Burgen, Singen im Pub und meinem Cousin, der uns in einen privaten Klub in Limerick einschleuste, ohne uns zu sagen, dass er selbst gar kein Mitglied war, von grünen Klippen und atemberaubender Landschaft, den engen Straßen und Kreisverkehren, von den schönen Gesichtern der Iren und dass ich beinahe dreißig Zentimeter größer war als die meisten meiner irischen Verwandten. Chris lauschte, lachte und stellte Fragen.

»Wir konnten die Gräber unserer Urgroßeltern sehen. Das war toll, auch wenn wir dafür in den Gottesdienst mussten.«

»Na ja, ich hatte nicht erwartet, dass man zehn Tage in Irland verbringen kann, ohne ein einziges Mal in die Messe zu gehen.« Chris und ich waren beide katholisch erzogen worden, hatten beide katholische Schulen besucht und waren irischer Abstammung, auch wenn bei Chris noch deutsche Vorfahren dabei waren. Katholische Erziehung stellte eine Verbundenheit her, besonders wenn man die katholische Schule überlebt hatte. »Und, hast du von Klosterschwestern Schläge auf die Finger bekommen? Oder schlug nur der sprichwörtliche Blitz ein?«

»Zu meiner Verblüffung weder noch. Und der Beichte bin ich aus dem Weg gegangen, schließlich hatten wir nur zehn Tage.«

»Ist Scheidung dort inzwischen legal? Vielleicht bist du in diesem Land ja noch verheiratet.«

Wir saßen aufrecht im Bett, und während ich wenigstens ein Nachthemd anhatte, war Chris splitternackt. »Das würde aus mir eine Sünderin völlig anderer Art machen.«

»Eine sexy Sünderin. Gefällt mir.« Wir lachten beide, bis er meinte: »Wahrscheinlich war es einfach falsch, ein erzkatholisches Land als Reiseziel auszuwählen, um über deine Scheidung hinwegzukommen. Waren deine Scheidungen dort denn Gesprächsthema? Wie hast du sie erklärt?«

»Gar nicht. Ich habe das Thema geflissentlich vermieden.« Ich versuchte ungezwungener zu klingen, als ich mich fühlte. Tatsächlich hatte ich die ganze Zeit in Irland das Gefühl, ein purpurrotes »S« zu tragen, besonders, wenn man bedenkt, dass ich nicht einer einzigen geschiedenen Person begegnet war. »Sie denken wahrscheinlich, dass ich eine alte Jungfer bin. Wenn jemand nach Kindern oder Ehepartnern fragte, sprachen Jay und ich über seine Frau und seine Kinder.«

»Raffiniert. Also hat nie jemand nach deinem Ehemann gefragt? Und du musstest nie erklären, warum du keine Kinder hast?«

»Na ja, Seamus kam mir am Ende ein wenig auf die Schliche. An unserem letzten Vormittag waren wir in Claires Küche und verabschiedeten uns von allen. Seamus umarmte mich zum Abschied und flüsterte: ›Ich verstehe noch immer nicht, warum noch kein Kerl seine Beine um dich geschlungen hat und dich haben wollte.‹«

»Cousin Seamus wieder mal! Er ist wirklich ein Knaller.«

»Ja, er hat mich oft zum Lachen gebracht.«

»Und? Hast du erklärt, dass sich schon mehrere Männer daran versucht haben, ihre Beine um dich zu schlingen, aber dass es nie wirklich geklappt hat?«

Tja, wie hätte ich das wohl erklären sollen? Ich hatte mir das ja selbst erst vor Kurzem auseinanderklamüsert. In Hunderten von Therapiestunden. Meinen ersten Mann habe ich ausgewählt, ohne eine Ahnung zu haben, wie eine gesunde Beziehung aussehen könnte. Ich wusste nur, dass eine traditionelle Ehe (Mutter ist zu Hause, Vater hat mehrere Jobs, Kinder machen Randale) bei niemandem, den ich kannte, funktionierte und auch völlig freudlos auf mich wirkte. Das war nichts für mich. Daher entschied ich mich für einen Exoten. Er war gebürtiger Kroate, sprach drei Sprachen, war intelligent (wir lernten uns beim Jurastudium kennen), gut aussehend (Willem Dafoe unter Einfluss von Steroiden … halt, dazu später mehr) und unendlich charmant. Dennoch, war ich überrascht, dass er auch ein narzisstischer, Drogen konsumierender, verschwenderischer Frauenheld war, der glaubte, ich würde zu Hause bleiben und seine blonden, blauäugigen Babys zur Welt bringen, während er ... na ja, siehe oben.

Vollkommen logisch war der nächste Gatte meiner Wahl ein ultrakonservatives Muttersöhnchen aus dem Mittleren Westen, das so sicher war, wie ... nun, so sicher, wie man mit einer nicht diagnostizierten (und unbehandelten) Zwangsstörung eben ist. Ja, ich begriff schon, dass ich meine eigene Version von Goldlöckchen durch hatte (»Der ist viel zu heiß, der ist viel zu kalt, das ist viel zu hart, das ist viel zu weich ...«). Doch das hieß nicht, dass ich erwartete, dass es auch andere verstanden.

Chris kannte meine Goldlöckchen-Geschichte. Ich hatte sie ihm erzählt, noch bevor wir zusammen ausgingen. Damals, bevor wir die Grenze überschritten hatten von Freunden, die sich in einem Schriftstellerklub trafen, zu Freunden, die gemeinsam in einer Wanne badeten. Damals, als ich noch dachte, dass er nur eine Frau mittleren Alters mit ein paar Cocktails vor den Klubtreffen über ihre Scheidung hinwegtrösten wollte. Damals, bevor ich bemerkte, dass wir uns schon Stunden vor den Treffen sahen.

»Nein«, sagte ich. »Ich weiß nicht, ob ich meine Goldlöckchen-Geschichte in einen irisch-katholischen Kontext bringen kann. Ich hab's einfach gelassen. Ich möchte gerne, dass sie gut von mir denken.«

»Sicher denken sie gut von dir. Und wenn sie wüssten, dass du Fehler gemacht hast und für deine Fehler geradestehst, wäre das nicht anders.«

Er war wirklich ein netter Kerl. »Meinst du?«

»Na ja, wenn es anders wäre, wären sie verdammte Idioten.«

Und er ist witzig. Unglaublich witzig.

Am Montag musste ich schließlich aufstehen. Nicht mehr nur, um zu essen und auf die Toilette zu gehen, nein, ich musste zur Arbeit. Chris machte sich schon um sechs Uhr morgens auf die einstündige Rückfahrt in seine Realität. Er hatte meiner Regelung zugestimmt, uns nur jedes zweite Wochenende zu treffen (somit hatten wir eine ›Nichtbeziehung‹, klar?). Das bedeutete, dass wir uns erst in zwei Wochen wiedersehen würden. Zeit, wieder auf Anwalt umzuschalten.

»Ich habe Ihre Post in drei Stapel geordnet – Klientensachen, dringende Sachen und langweilige Sachen«, erklärte meine Assistentin Michelle. Sie folgte mir in mein Büro.

»Kann ich mir bitte erst einen Kaffee holen? Und dann werde ich wohl mit dem langweiligen Stapel anfangen.«

»Natürlich.« Dann senkte sie ihre Stimme. »Es gab übrigens eine Unterredung der Partner während Ihrer Abwesenheit. Ich glaube, es lief nicht so gut. Mit Gerald spricht anscheinend keiner mehr. Oder er spricht mit niemandem, ich bin mir da nicht sicher. Aber die anderen drei besuchen sich ständig gegenseitig in ihren Büros, und zwar bei geschlossener Tür.«

Tschüss, Urlaub. Tschüss, faules, sexy Wochenende. Hallo, Büropolitik und Klientenorientierung. »Danke. Das kann ich im Moment überhaupt nicht gebrauchen.« Ich stellte meine Handtasche hin, schaltete meinen Computer an und holte mir schnell einen Kaffee.

Ich schaffte es, mit zwei Partnern eine halbwegs sachliche Diskussion darüber zu führen, was Gerald wieder einmal so in Rage gebracht hatte. Gerald war ein fürchterlich jämmerlicher Mann, der alles Menschenmögliche daransetzte, so viele lächerliche Details wie nur möglich so zu problematisieren, wie er es brauchte, um sein erbärmliches Ego etwas aufzupolieren. Dieses Mal ging es um die mangelnde Transparenz der Eiswürfel, die die Eiswürfelvorrichtung unseres Kühlschranks produzierte. Er wollte ein neueres Modell, und zwar sofort. Meine geistig gesünderen Partner hatten es allerdings abgelehnt, dreitausend Dollar für hübsche Eiswürfel auszugeben.

Bereits am Donnerstag war ich völlig von meiner Arbeit vereinnahmt, und Irland war zu einer glücklichen Erinnerung verblasst. Mein Gebiet war die Nachlassplanung. Ich hatte also mit Tod und Steuern zu tun (und witzelte daher häufig, dass mein Job »todsicher« war). Einer meiner Klienten, der kürzlich die Diagnose Knochenkrebs erhalten hatte, musste sein Treuhandverhältnis möglichst schnell anpassen. Ich würde ihn entweder in der nächsten Woche im Krankenhaus oder am Wochenende in meinem Büro treffen müssen. Es gab eine Menge zu tun.

»Möchten Sie mit Destiny von der Tiervermittlung sprechen?«, fragte meine Sekretärin über die Telefonanlage.

»›When Destiny calls‹ … Dem Schicksal kann ich schließlich keine Abfuhr erteilen.« Wenn ich nur geahnt hätte, dass dieser Witz auf meine Kosten gehen würde.

Schon seit mehr als fünfzehn Jahren war ich immer wieder im Vorstand der Mary-S.-Roberts-Tiervermittlung, und man wusste dort Bescheid über den Verlust meiner Hunde. Von dort hatte ich Roxy übernommen, als sie acht Jahre alt und gerade ein Herzgeräusch bei ihr diagnostiziert worden war. Die Mitarbeiter hatten mir nach ihrem Tod eine Beileidskarte geschickt.

»Hallo, gut aus dem Urlaub zurückgekommen? Wir haben extra einige Tage gewartet, aber ich wollte Sie jetzt doch darüber informieren, dass wir einen Beagle hereinbekommen haben. Ich habe ihn vom Moreno-Valley-Tierheim übernommen, er sollte schon eingeschläfert werden. Sind Sie bereit für einen neuen Hund?«

Meine irrationale Liebe für Beagles war wohlbekannt. Roxy war schon der fünfte Beagle, den ich adoptiert hatte, und für viele andere hatte ich ein Zuhause gefunden, indem ich ganz allgemein die Werbetrommel für Beagles rührte. Sie waren für jeden perfekt – klein und süß genug für Frauen, kurzhaarig, kompakt und sportlich genug für Männer; und für Kinder waren ihre unerschöpfliche Energie und ihr offener und verspielter Charakter gerade richtig. Ich liebte die Rasse, und wie jede verliebte Frau übersah ich geflissentlich all die weniger charmanten Eigenschaften.

War ich aber bereit für einen neuen Hund?

Nein, eigentlich nicht. Irland hatte meinem gebrochenen Herzen sicher gutgetan, doch geheilt war es nicht. Ich hatte schon daran gedacht, mein Alphabetleben auf Dauer zu reduzieren und mich auf A, B und K zu beschränken. Und überhaupt ... vielleicht war ein Beagle gar nicht für jeden perfekt: Ein junger Beagle war kein Hund für ein Haus in der Stadt. Ein Beagle ist kein Hund für eine alleinstehende Frau mit langen Arbeitstagen. Ein Beagle ist kein Einzelhund. Ein Beagle ist ein Meutehund. Ein Beagle war ein Hund für mein altes Leben, nicht für dieses neue Leben, das ich mir gerade erst aufbaute. Ein Beagle wäre keine gute Idee.

Aber dennoch, ich liebte Beagles einfach.

Meine Schwärmerei für Beagles geht zurück auf den Sommer vor meinem letzten Jahr am College. Ich hatte eigentlich vorgehabt, an dem Programm Semester-auf dem-Meer teilzunehmen, doch mein Vater wollte mich bei einem Familientreffen dabeihaben. Da mein Vater sowohl für mein Studium als auch für meine Reisen der Zahlmeister war, verbrachte ich meine Sommerferien also auf dem Land in Georgia. Anfangs war ich ob dieser Ungerechtigkeit so übellaunig und bockig, wie es nur ein Teenager sein kann. Doch einer meiner

Onkel züchtete Beagles für die Jagd, und so verbrachte ich schließlich einen Großteil meines Aufenthalts spielend zwischen vielen kleinen Beagle-Welpen. Es gibt nichts Niedlicheres als Beagle-Welpen, und so hatte ich Istanbul, Athen und Barcelona schon bald zugunsten von dreifarbigen, bellenden Fellknäueln mit Kugelbäuchlein in Gray, Georgia, vergessen. Mein Onkel hätte mir gerne einen der Welpen mit nach Hause gegeben, aber ich musste erst das College beenden. Danach noch das Jurastudium. Meinen ersten Beagle-Welpen bekam ich zwei Wochen nach Ende des Studiums. Das war der Beginn einer wunderbaren Freundschaft.

In vielerlei Hinsicht war ich vielleicht hartherzig geworden, doch für Hunde hatte ich nach wie vor eine Schwäche. Und diesen Beagle hatten sie gerettet, weil sie mich im Hinterkopf hatten. Ich sollte zumindest aus Höflichkeit mal vorbeischauen. Obendrein sagte ich mir, dass dieser Hund bestimmt noch gar nicht bereit für eine Adoption sei und dass ich ihn mir daher beruhigt ansehen könnte.

Nun ja …

Destiny führte mich zu dem Zwinger, in dem der Beagle den letzten Tag seiner vorgeschriebenen dreitägigen Quarantäne verbrachte. Lange bevor ich vor seinem Zwinger stand, hörte ich den Beagle schon heulen. Das Geläut von Beagles ist markerschütternd einzigartig. Darum nennen die Franzosen sie *bégueules* (»weit aufgesperrte Mäuler«), doch für mich ist es ein Ruf der Heimat. Dieses spezielle Heulen jedoch war kein gewöhnliches Beagle-Geläut.

Der Hund begrüßte mich mit wildem, andauerndem, rauem Heulen. Als Destiny den Zwinger öffnete und den Hund an die Leine nahm, rannte er auf mich zu, sprang an mir hoch, streckte mir seine Schnauze entgegen und heeeeeuuuuuulte mir geradewegs ins Gesicht. Ich lachte, bückte mich hinunter, um ihn zu streicheln, und erinnerte mich wieder daran, wie fröhlich und wunderbar Beagles doch sind. Er schmiegte sich an mich und drehte sich so, dass ich ihm den Rücken kraulen konnte. Nun, da er menschlichen Kontakt erhalten hatte, beruhigte er sich, wenn auch nur für einen Augenblick. Ich streichelte seinen weichen, runden Kopf und bemerkte einiges Ungewöhnliche an ihm. Zuallererst seine Färbung – er hatte den schwarzen Sattel, der typisch für seine Rasse war, aber dort, wo die meisten Beagles beige oder braun waren, war dieser Hund rot. Und wo man weiße Stellen erwartet, war er gesprenkelt weiß und wirkte so grau und scheckig. Seine Krallen waren schwarz und sahen aus, als hätte ein pubertierender Gothic-Fan sie lackiert. Die Augen waren so schwarz umrandet, dass jedes Mitglied einer Emo-Band vor Neid erblassen würde. Und dann war da wieder dieses Heulen. Er klang, als hätte er Whiskey aus den Zitzen seiner Mutter genuckelt und von Geburt an Kette geraucht.

Als ich ihn streichelte, zitterte er unter meiner Hand. Er blieb ganz nahe bei mir, drückte sich an mein Bein, meine Hand und jedes erreichbare Körperteil. Doch am meisten drückte er sich in mein Herz. Ich bemerkte eine andere einzigartige Eigenschaft. Sein linkes Ohr drehte sich nach hinten, stülpte dabei das Innere nach außen und blieb dann so. Ich drehte es wieder nach unten und machte einen ordentlichen Beagle mit Hängeohren aus ihm, aber schlussendlich stülpte sich das Ohr wieder nach hinten. Er schaute zu mir herauf mit einem langen, schlaffen Ohr nach vorne und einem nach hinten und mit großen, schwarz umrandeten, bettelnden, braunen Augen.

Er war süß. Er mochte mich. Und in diesem Augenblick war uns beiden klar, dass er mit mir nach Hause kommen würde. Ich musste nur darauf vertrauen, dass »er ist süß und er kommt mit mir nach Hause« mit Hunden besser funktionierte als bisher mit Männern.

Der Hund musste noch die vorgeschriebenen drei Tage abwarten, und ich musste wieder zur Arbeit, was mir genügend Zeit hätte geben sollen, die Entscheidung noch einmal zu überdenken. So hätte es zumindest sein sollen.

»Am Samstag kann ich ihn doch abholen, oder?«, sagte ich zu Destiny.

»Ja, Samstagvormittag.«

»Gut, bis dahin kann ich Futter und eine Hundebox für ihn besorgen.« Ich tätschelte seinen gewölbten Kopf. »Ich komme wieder, mein Junge. Ich komm dich morgen holen.«

»Ich wusste, dass er genau richtig für Sie ist.« Destiny nahm ihn an die Leine und brachte ihn zurück in den Zwinger.

Sofort begann er zu bellen. *Aaaaauuuuuu!! Aaaaaaaaauuuuu!!! Aaaaaauuuuuuu!!! Das geht so nicht! Nimm mich jetzt mit! Jeeeeetzt SOFORT!!!*

Ich hörte sein Heulen noch beim Wegfahren, vermisste ihn schon jetzt und hatte ein schlechtes Gewissen, ihn zurückzulassen. Nicht ein einziges Mal kam mir der Gedanke, wie es wäre, dieses Geheule aus meinem Stadthaus zu hören. Verliebte Frauen übersehen viele Nachteile.

Jeder Beagle, mit dem ich je mein Leben geteilt hatte, besaß sein eigenes Farbschema. Mein erster Beagle, den ich nach dem Jurastudium adoptiert hatte, war Ras (kurz für Rasumow, mit Dank an Joseph Conrad), und sie trug ihr Leben lang ein gelbes Halsband und eine gelbe Leine. Blau war reserviert für Rabu (kurz für Rabuschow – eine unbeabsichtigte Abwandlung des Namens Rubaschow – Verzeihung, Herr Arthur Koestler, aber was wäre »Rub« denn für ein Kosename gewesen?); für Richelieu gab es natürlich Rot (wie für einen Kardinal) und Rosa für mein Roxy-Mädchen (richtig, für ihren Namen war nicht ich verantwortlich; ich übernahm sie, als sie schon acht Jahre alt war). Am Samstagvormittag kaufte ich dem neuen Beagle eine Leine und ein Halsband in Dunkelgrün, außerdem eine Hundebox mit einem gemütlichen Kissen, dessen Bezug auf der einen Seite aus weicher Baumwolle bestand und auf der anderen Seite aus dunkelgrünem wasserfesten Material.

Auf dem Weg zur Tiervermittlung überlegte ich mir einen Namen für den neuen Beagle. Ich fand, dass ich das »R« hinter mir lassen sollte. Ich hatte Dunkelgrün gewählt, weil dieser Beagle so rot war und ich, frisch zurück aus Irland, rotes Haar mit »irisch« assoziierte. Vielleicht sollte ich ihm einen irischen Namen geben, der zu dem grünen Farbschema passen würde. Ein irischer Name wäre vielleicht genau richtig. Ich dachte an den Cousin, der mich so oft zum Lachen gebracht hatte. Seamus wäre doch ein guter Name für den Hund. Vielleicht würde er uns sogar etwas irisches Glück bringen. Aber ein Name muss zum Hund selbst passen. Mal abwarten, dachte ich, als ich vor der Tiervermittlung parkte. Mal abwarten.

Destiny brachte den lauten, springenden, überglücklichen Beagle zum »Begrüßungsraum«, damit ich ihn kennenlernen konnte. Das dauerte nicht lang. Er hörte sofort auf zu heulen, sobald ich ihn streichelte. Er konzentrierte sich nun darauf, meine Handtasche und mich zu beschnuppern – in dieser Reihenfolge. Er musste etwas gefunden haben, das er mochte, denn er sprang zu mir auf die Bank, schmiegte sich an mich und sah zu mir auf. Er gehörte mir und ich ihm. Diese Entscheidung war gar nicht meine.

Ich legte ihm das neue, grüne Halsband an, und er heulte und sprang und brachte mich auf unserer Fahrt nach Hause viele Male zum Lachen. So bellte er jedes Mal, wenn das Auto anhielt – *Vergiss mich ja nicht! Ich bin hier hinten! Genau hier! Lass mich bloß nicht hier! Ich bin hier!!!* – In diesem Moment war ich mir ganz sicher. Mein roter, Whiskey-heiserer, lustiger kleiner Beagle war ganz offensichtlich ein Seamus. (Wenn ein Hund eine Frau verdammt noch mal finden will, dann wird er sie verdammt noch mal auch finden.)

Daheim folgte Seamus mir ins Haus, rannte herum und erkundete jeden Zentimeter meiner Wohnung. Überall, wo er noch Witterung von Richelieu und Roxy aufnahm, ließ er sich nieder. Bis zur Erschöpfung schnupperte und heulte er und sprang zwischendurch immer wieder auf meinen Schoß. Schließlich legte er sich zu mir auf die Couch und kuschelte sich an mich, während ich ihm den Kopf tätschelte und seinen Bauch kraulte. Er entspannte sich. Sein Fell war herrlich weich, besonders an seinen langen Ohren. In dem Moment fiel mir die Narbe in seinem rechten Ohr auf. Sie erstreckte sich fünf Zentimeter lang über das ganze Ohr und war chirurgisch präzise gerade. Wo auch immer er sein Leben begonnen hatte, man hatte genug für ihn übriggehabt, um ihm einen Mikrochip einsetzen, ihn kastrieren und die Verletzung in seinem Ohr nähen zu lassen.

Destiny hatte mir erzählt, er sei von Hundefängern aufgegriffen worden, als er in einer Stadt nicht weit von hier umhergestreunt war. Niemand hatte nach ihm gesucht, und als man die Telefonnummer auf dem Mikrochip anrief, meldete sich keiner. Als seine Zeit auf dem Gelände der Hundefänger abgelaufen war, sah sie ihn, beschloss, ihm eine zweite Chance zu geben, und brachte ihn und drei andere Hunde zur Tiervermittlung, wo sie bleiben würden, bis man ein neues Zuhause für sie gefunden hätte. Zwei Tage später rief sie mich an.

Als wir so zusammen auf der Couch saßen, streichelte und kraulte ich den Hund und fand gleich mehrere Stellen, an denen er gerne gekrault werden wollte – am Bauch, hinter den Ohren und oben am rundlichen Kopf. Er war süß und flauschig. Und diese schwarz umrandeten Augen in der Farbe von geschmolzener Schokolade brachten mein Herz zum Schmelzen. Er war jung, sicher nicht älter als zwei, wir würden viele schöne Jahre zusammen haben. Kein Schmerz mehr, kein gebrochenes Herz. Zumindest sehr, sehr lange nicht.

Ich streichelte ihn weiter sanft und langsam. Mein Haus würde nicht mehr einsam sein. Mein Alphabetleben war gerettet. Und es war ein wirklich süßer Hund. Einige Minuten später legte Seamus seine Vorderpfote auf mein rechtes Bein, schaute zu mir hoch und lehnte sich ganz zu mir hin. Er hatte von mir Besitz ergriffen.

2 *Mann trifft Hund*

»Du hast einen Hund?« Chris klang bei unserem nächtlichen Telefonat ungläubig und ein bisschen erschrocken.

»Ja. Wieder einen Beagle. Er ist soooooo süß. Warte, bis du ihn kennenlernst. Du wirst ihn mögen.«

»Okay. Na ja, ich bin einfach nur etwas überrascht. Du hattest das mit keinem Wort erwähnt.«

Hätte ich das tun sollen? Waren wir schon so weit, dass ich seine Meinung – oder noch schlimmer, seine Zustimmung – zu meinen Entscheidungen einholen sollte? Nein! Ganz sicher nicht. »Ich wollte einen neuen Hund. Ich bin mir sicher, dass ich so viel erwähnt hatte. Erinnerst du dich an mein Alphabetleben? Den H-Teil davon? Der stand für ›Hunde‹.«

»Ja, das ist mir schon klar. Ich dachte nur … Na ja, ich dachte eben, du würdest noch etwas warten.«

Worauf denn warten? »Ich bin nun nicht gerade losgezogen und habe gesucht, aber die Tiervermittlung hat angerufen, und als sie mir sagten, es handele sich um einen Beagle, war es schon um mich geschehen.«

Stille – er legte sich wohl seine Worte zurecht. Dann: »Ich bin nicht so ein Hundemensch.«

Kein Hundemensch? Wie hatte mir das entgehen können? Ich wusste, dass er Republikaner war, und sah darüber hinweg. Ich wusste, dass er zu jung für mich war, und tat mein Bestes, auch darüber hinwegzusehen. Wie konnte es mir entgehen, dass er kein Hundemensch war? Ich blickte zu Seamus hinunter, der sich auf dem Kissen neben mir zusammengerollt hatte. Seamus atmete tief ein und aus, sodass seine Lefzen geräuschvoll waberten, als wollte auch er zum Ausdruck bringen, wie lächerlich das war. Kein Hundemensch?

»Oh, das wusste ich nicht«, erwiderte ich überrascht.

»Ist es ein kleiner Hund?«

»Er ist ein Beagle.«

»Ja, das habe ich gehört. Aber ist es ein kleiner Hund?«

»Er ist kein es. Und Beagles haben die Größe von Beagles.«

»Danke für die Hilfe. Wie groß ist er denn nun?«

Er hat keine Ahnung, wie groß ein Beagle ist? Er war wirklich kein Hundemensch.

Noch ein Beweis dafür, dass dies keine Beziehung sein konnte. »Er wiegt knapp vierzehn Kilogramm. Ach ja, ich habe ihn Seamus genannt.«

»Das wird deinem Cousin sicher schmeicheln. Die gute Nachricht ist, dass ich eigentlich vor allem vor großen Hunden Angst habe. Es sollte also gehen, hoffe ich.«

Angst vor großen Hunden? Wenn ich einen richtigen Garten hätte, würde ich, da ich ja nun allein lebte, wohl einen Dobermann halten und wahrscheinliche einen Deutschen Schäferhund und noch ein halbes Dutzend Beagles. Ich entspräche dem Klischee der geschiedenen Dame mittleren Alters, nur hätte ich eben Hunde anstelle von Katzen. Und ausgerechnet ich hatte einen Freund, der Angst hatte vor großen Hunden? Das Leben geht manchmal seltsame Wege.

Zumindest war er bereit, Seamus kennenzulernen. Ich hoffte, dass sie miteinander auskommen würden, aber ich wusste schon, wer bleiben durfte, sollte es hart auf hart kommen. Während der ersten Woche hatte Seamus mich ordentlich auf Trab gehalten. Mein Zuhause war auf einmal voller Energie. Ich hatte schon beinahe vergessen, wie unbändig junge Hunde – und besonders Beagles – sein konnten. Ich ging mit ihm morgens eine Runde und dann wieder abends, wenn ich von der Arbeit zurück war. Dennoch raste er durch das ganze Haus, warf seine Spielsachen in die Luft und bettelte mich an, ihn zu jagen. Den Gefallen tat ich ihm natürlich. Ich wurde mit ausgedehnten Kuscheleinheiten belohnt, wenn Seamus sich an mich schmiegte. Er war mein erster Beagle, der derart verschmust war. Normalerweise duldete ein Beagle ein paar Minuten Schmusen, bis seine Schnauze und seine unbändige Begeisterungsfähigkeit ihn wieder in eine andere Richtung abzischen ließen. Doch Seamus war vom Schmusen ebenso begeistert wie vom Fressen. Ich wusste, dass er bleiben würde. Ich hatte mich ihm gegenüber verpflichtet. Doch eigentlich wollte ich überhaupt nicht zwischen Seamus und Chris wählen müssen.

Der Freitagabend rückte näher, und ich bereitete mich auf das Kennenlernen von Freund und Beagle vor. Ich ging mit Seamus morgens und abends Gassi. Ich ging länger als gewöhnlich mit ihm, in der Hoffnung, dass ich so seine Beagle-Energie etwas erschöpfen könnte. Dann machte ich Feuer im Kamin, stellte den Wein kalt und bereitete ein paar Häppchen für den späten Abend vor.

Normalerweise wartete Chris, bis der Verkehr in Los Angeles etwas nachließ, und fuhr erst nach zwanzig Uhr los. Das hieß, er würde zwischen einundzwanzig und zweiundzwanzig Uhr ankommen. Diese Planung hatte mir immer sehr gut gefallen. Ich konnte vorher noch mit einem Freund oder einer Freundin etwas essen oder trinken gehen, konnte sozialen oder gesellschaftlichen Verpflichtungen nachkommen oder einfach zu Hause entspannen und ein bisschen lesen. An diesem Abend jedoch fieberte ich seiner Ankunft entgegen. Ich hatte noch gar nicht darüber nachgedacht, dass Chris und Seamus vielleicht nicht miteinander auskommen könnten. Ich hatte überhaupt nicht an Chris gedacht, als ich beschloss, Seamus zu mir zu nehmen; das wurde mir nun bewusst.

Seamus trottete mir hinterher, während ich im Haus klar Schiff machte. Er war besonders aufmerksam, als ich in der Küche war. Im perfekten Sitz, den Kopf nach links geneigt, das Maul leicht geöffnet und die Augen weit offen und konzentriert, beobachtete er jede meiner Bewegungen. Ich verteilte Cracker auf einem Teller, bemühte mich sehr, die Käseplatte kunstvoll zu arrangieren, legte noch einige Scheiben Salami dazu und bereitete dann Bruschetta zu. Der Gedanke, dass Knoblauch vielleicht nicht so gut zu einem romantischen Abend passte, kam mir zu spät. Das Essen war jedenfalls nett präsentiert und so hausgemacht, wie es bei mir nur sein konnte.

Ich brachte die beiden verführerischen Teller ins Wohnzimmer und stellte sie auf den Couchtisch. Das Feuer im Kamin verlieh dem Raum einen gemütlichen Schimmer, sodass ich das Licht etwas dimmte. Kerzen wären gut, dachte ich. Also ging ich ins Esszimmer, nahm zwei der drei Kerzen vom Tisch und war auf dem Weg in die Küche, um Streichhölzer zu holen, als das Telefon klingelte. Das Display verriet mir, dass es Chris war, er wartete am Vordereingang meines Blocks.

Ich ließ ihn mit dem Türöffner herein und wandte mich Seamus zu. »Du wirst ihn mögen. Sei einfach nur lieb, ja, mein Junge?«

Doch Seamus war gar nicht mehr bei mir.

»Seamus?«

Keine Antwort. Keine klimpernden Schildchen, die verrieten, dass der Hund zu mir kam.

»Seamus? Komm her, Junge!«

Keine Reaktion.

Ich ging ins Wohnzimmer.

»Seamus!!«

Beide Teller lagen am Boden. Seamus stopfte jeden Bissen Essen in sich hinein, egal, wie groß. Mit jedem Schritt, den ich näher kam, steigerten sich sein Tempo und die Größe der Bissen, die er hinunterschlang. Der Tomaten-Knoblauch-Belag war auf Teppich und Sofa verteilt. Unter der zerbrochenen italienischen Keramikplatte lugte der Käse hervor oder vielmehr die paar Stückchen, die noch übrig waren.

»Mist! Seamus!« Ich griff nach seinem Halsband, um ihn von der Sauerei wegzuzerren, aber er schluckte und stürzte vor mir davon. Ich hob die zwei Keramikteile auf, und als ich mich aufrichtete, um sie wegzuwerfen, schoss Seamus wie der Blitz heran und würgte noch zwei Stückchen Käse hinunter.

»Seamus, aus!« schrie ich, als ob es schon jemals gelungen wäre, einen Beagle mit einem Befehl vom Futter wegzuholen. Ich hätte es wissen müssen, doch ich hatte die Grundregeln der Hundeerziehung vergessen. Es war schon lange her, dass ich einen neuen Hund gehabt hatte. Ich beschloss, möglichst viel Essen auf die größere der beiden Scherben zu schaufeln, während ich mich, solange es ging, zwischen Seamus und das verschüttete Essen zwängte. Als ich aufstand, sah ich, dass Chris hereingekommen war.

»Ich habe geklopft, aber du hast mich wohl nicht gehört«, sagte er.

Seamus hörte nun endlich auf, Staubsauger zu spielen, und wandte sich den Geräuschen an der Tür zu.

Noch ehe ich Hallo sagen konnte, knurrte Seamus. Es war ein tiefes, langsames Knurren, wie ich es von ihm noch nie gehört hatte.

»Seamus, nein. Ist schon gut, mein Junge.« Ich versuchte entspannt und beherrscht zu klingen.

Chris wich zurück. »Will er mich beißen?«

»Ich glaube nicht ...« Ich konnte meinen Satz noch nicht einmal beenden. Seamus heulte laut auf, blickte von mir zu Chris und wieder zurück, steigerte die Lautstärke und Intensität seines Heulens. Chris blieb wie erstarrt an der Wohnungstür stehen, fünf Stufen über dem abgesenkten Wohnzimmer, in dem Seamus und ich uns befanden. Als Seamus auf Chris zustürmte, ließ ich alles fallen – Bruschetta und Käsereste gingen erneut zu Boden – und griff nach Seamus' Halsband. Auf der dritten Stufe bekam ich ihn zu fassen. Seamus zerrte an seinem Halsband und kläffte Chris über die Stufen hinweg an.

»Entschuldige bitte. Das war wohl nicht die beste Vorstellung«, rief ich über das Kläffen hinweg.

Ich zerrte Seamus die Stufen hinunter, beugte mich über ihn und führte ihn am Halsband in seinen Zimmerkennel, wo sich sein Körbchen und seine Spielsachen befanden. Ich steckte ihn ins Körbchen.

»Seamus, sitz.« Ich hielt einen Finger vor sein Gesicht, was immer bedeutete, dass ich es ernst meinte. Jeder Hund weiß das. Nur nicht ein Beagle.

Seamus schaute weg. Er schaute an mir vorbei, schaute, ob Chris noch einmal auftauchte, doch sein Körbchen verließ er nicht. Ich spreizte die Finger meiner rechten Hand auf und hielt sie ihm mit der Handfläche nach außen vor sein Gesicht. »Bleib.« Er zuckte, wich zurück und wandte seine glänzenden Augen von mir ab. »Bleib«, wiederholte ich als Zugabe und um meiner Hoffnung Ausdruck zu verleihen.

»Gut, Chris, versuchen wir es noch einmal. Komm mal rein.«

»Machst du Witze?«, sagte Chris und blieb wie angewurzelt stehen.

»Er wird dich nicht angreifen. Er ist ein Beagle.«

»Ja, das sagst du andauernd. Aber ich höre nur ›Hund‹. Er ist ein Hund.«

»Ist schon gut.« Das war reines Wunschdenken. Ich hatte ja keine Ahnung.

Chris kam langsam die Stufen hinunter, und obwohl Seamus wieder anfing zu knurren, blieb er in seinem Körbchen liegen und hörte auf, als ich ihn ermahnte.

Als Chris und ich schließlich auf dem Sofa im Esszimmer saßen, kam Seamus etwas ruhiger herein, beschnupperte Chris' Hosen und schenkte mir dabei keinerlei Beachtung. Chris tätschelte den Kopf des Hundes, und mir fiel auf, dass er sich dabei ähnlich wohlzufühlen schien wie ich, wenn man mir ein Baby in den Arm drückte oder ich Babylaute von mir geben musste. Aber gut, immerhin gab es kein Knurren oder Kämpfen mehr. Und keiner von beiden machte den Eindruck, den anderen in absehbarer Zeit beißen zu wollen.

»Ist er nicht süß?«, wagte ich einen Vorstoß.

Chris sah mich mit weit aufgerissenen Augen an. »Du hast aber schon gehört, wie er mich angeknurrt hat, oder?«

»Na ja, er kannte dich nicht, und du bist direkt ins Haus hereinmarschiert. Da ist es doch gut, dass er geknurrt hat.«

»Mag sein, aber es wird wohl noch eine Weile dauern, bis ich von dieser Erfahrung auf ›süß‹ umschalten kann.«

»Gut, ihr zwei lernt euch jetzt mal ein bisschen kennen, so lange hole ich uns einen Wein.« Ich stand auf und ging in die Küche. Seamus folgte mir.

»Er will mich gar nicht kennenlernen. Ganz schön unhöflich, findest du nicht?«, Chris tat beleidigt.

Ich lachte. »Der Hund hat keine Manieren.« Ich öffnete eine Flasche Wein und schenkte zwei Gläser ein. Daraufhin verlor der Hund das Interesse und verzog sich.

Ich gab Chris ein Glas und setzte mich neben ihn auf die Couch. Wir stießen an. »Auf ein weiteres dekadentes Wochenende«, sagte ich.

»Ganz genau.«

Wir nippten und lächelten und küssten uns. Unser Wochenende hatte begonnen.

Nach einigen Minuten stellte Chris sein Glas ab. »Nun hab ich mir genügend Mut angetrunken. Wo ist dieser freche Hund?«

Ich schaute mich um. Wo war Seamus eigentlich? Er war doch immer mit mir im selben Zimmer, es sei denn …

»Seamus!« Viel zu spät erinnerte ich mich an die Sauerei im Wohnzimmer. Ich sprang vom Sofa und raste ins Wohnzimmer. Seamus lag auf dem Bauch und versuchte mit der Schnauze und einer Pfote unter die Couch zu gelangen. Zudem lag er in der Tomaten-Knoblauch Mixtur, vormals Bruschetta-Belag.

»Oh nein, Seamus.« Ich klatschte in die Hände. »Stopp!« Er hörte auf zu scharren und setzte sich aufrecht hin. Dabei verlagerte er sein Gewicht vor und zurück und hin und her, jaulte und blickte abwechselnd zu mir und zum Sofa.

Ich kniete mich neben ihn hin. »Ach ja, und ich soll dir das wohl holen?«

Er heulte seine Antwort und wedelte mit dem Schwanz, womit er die Tomaten noch tiefer in den Teppich hineinrieb.

Ich konnte nicht anders, ich musste lachen. Er war sich so gar nicht bewusst, dass es ein Problem gab oder dass er auch nur das Geringste falsch gemacht hatte. Er konzentrierte sich allein auf sein Ziel. Ich fuhr mit der Hand unter das Sofa und holte die Scheibe geröstetes Baguette mit Resten von Bruschetta, fein gewürzt mit Hundehaaren, hervor und gab sie Seamus.

»Ich kann nicht glauben, dass du das gerade getan hast«, ertönte Chris' Stimme hinter mir.

»Ähm … Ja. Na ja …« Ich deutete zu der zerbrochenen Platte und den Tomatenflecken. »Ich bin mir ziemlich sicher, dass wir das nicht mehr essen.«

»Trotzdem. Der Hund sollte doch nicht gerade belohnt werden.«

»Der ›Kein-Hundemensch‹ hat gesprochen.« Er hatte wahrscheinlich recht, aber dieses Mal konnte ich nicht nachgeben. Nicht aus dieser Position heraus, bäuchlings auf dem nassen, verschmutzten Teppich, umgeben von Scherben italienischer Töpferware und Tomatengeschmier. Nein, mein Herr. Ich hatte schließlich meinen Stolz.

»Es ist ja nicht so, dass ich noch nie mit einem Hund zusammen war. Meine Eltern haben einen Hund. Und der bekommt nie etwas vom Tisch.«

Ich verspürte den Drang, dieses »er bekommt nie etwas vom Tisch« mit jenem Tonfall von Kindern nachzuäffen, in dem sie für gewöhnlich mit zitronensaurer Miene ›ätschi-bätschi‹ singen, ein weiteres Zeichen dafür, dass ich bei einem Fehler ertappt worden war. Natürlich wandte ich mich meinem Komplizen zu, um Unterstützung zu erhalten, die ich von Seamus sicher auch bekommen hätte, wenn er nicht so damit beschäftigt gewesen wäre, den Teppich abzulecken.

»Gut, könntest du den Hund einfach halten, während ich das aufräume?«, fragte ich.

»Ähm, nein, du hältst den Hund, ich räume die Sauerei auf.«

Nun gut. Ich halte natürlich viel lieber einen Hund, als dass ich ein Haus aufräume. Seine Abneigung gegen Hunde hatte ganz klar auch Vorteile.

Seamus hörte auf, Chris anzuheulen und anzuknurren, nachdem die Sauerei beseitigt und kein Essen mehr in Sichtweite war. Wir witzelten, dass er Chris vielleicht für einen Essensdieb hielt, und nun, da das Essen in Sicherheit war, seine Arbeit getan war. Er schlief.

Na ja, ich sollte wohl hinzufügen, dass Seamus schlief, bis Chris mitten in der Nacht aufstand und auf dem Weg zur Toilette über ihn stolperte.

AU! AU! AU! AU! AUUUUUU! Was man ohne Probleme aus der Beaglesprache in *Idiot! Du hast mich zu Tode erschreckt!* übersetzen konnte, denn Seamus sprang auf mein Bett, machte einen Satz zum Kopfende und wandte sich zu Chris um. Er zitterte zwar, war aber dennoch absolut in der Lage, den Bösewicht deutlich zu benennen.

Ich setzte mich auf, nahm den Hund in den Arm und sah nach, ob etwas gebrochen war, ungeachtet der Tatsache, dass der Hund gerade einen knappen Meter auf mein Bett gesprungen war. »Was ist passiert?« Ich machte das Licht an.

Chris stand nackt und erschrocken im Flur und sah verstörter aus als der Hund. »Ich hab ihn auf dem Weg zur Toilette nicht gesehen. Der Hund hat oben ein Körbchen, eines unten, zwei Sofas und einen Sessel, wo er schlafen kann, und dann schläft er mitten im Flur?«

»Bist du auf ihn getreten?«

»Nein. Ich wäre beinahe hingefallen bei dem Versuch, nicht auf ihn zu treten.«

»Er hat Angst.« Ich umschlang Seamus, und er schmiegte sich an mich, schaute aber Chris weiter unverwandt an.

»Er ist ein Hypochonder.«

»Der Hund ist ein Hypochonder?«

»Ich hab ihm nicht wehgetan.«

»Das glaub ich dir ja. Er beruhigt sich schon wieder«, sagte ich und kraulte Seamus den Bauch. Er hatte sich inzwischen auf den Rücken gedreht und über die ganze Seite ausgestreckt, auf der Chris geschlafen hatte. »Geh zur Toilette, und komm wieder ins Bett.«

Als Chris zu seiner Bettseite zurückkehrte, ließ Seamus das kalt. Er machte keinerlei Anstalten, etwas von seinem Platz aufzugeben.

»Ein wenig Unterstützung wäre nett!« beschwerte sich Chris. »Ich merke schon, dass du das sehr lustig findest.«

»Tut mir leid, aber es ist schon ein bisschen komisch. Normalerweise schläft er nämlich nicht im Bett, aber mit dieser Aktion scheint er etwas sagen zu wollen.«

»Ach? Ich frage mich, was das wohl ist.«

Sie hatten nicht gerade den besten ersten Eindruck voneinander bekommen. Doch es hätte noch schlimmer kommen können, versuchte ich mir einzureden. Ich fragte mich allerdings, ob ich dem Hund vielleicht das Gefühl gegeben hatte, dass Chris nur vorläufig blieb, während Seamus ja dauerhaft eine Rolle in meinem Leben spielen wollte? Hatte ich mir für meine Posse schon einen Komplizen geschaffen?

Während Seamus und ich uns eine Routine für die Wochentage schufen – Spaziergänge machten, kuschelten, unsere Mahlzeiten miteinander teilten (oder besser meine Mahlzeiten, denn sein Futter ließ ich ihn ganz allein verputzen) –, hielten Chris und ich an unserer Freitagabendtradition fest: Wein oder eisgekühlter Champagner, Kaminfeuer, schöne Musik. Und Seamus hielt daran fest, alles zu ruinieren, indem er Chris bei seiner Ankunft anheulte und anknurrte und sich auf das Essen stürzte. Krabbencocktail, Käse, Cracker, Erdbeeren, Pizza, gefüllte Champignons, Quesadillas und Eclairs, all das wurde das Freitagsessen von Seamus.

Obwohl ich nie mehr einen Teller mit Essen unbewacht in einem Zimmer stehen ließ, lernte Seamus schnell. Er fand bald heraus, dass es Momente gab, in denen Chris und ich zwar physisch im selben Raum mit den Häppchen waren, aber unser Fokus ganz klar nicht auf dem Essen lag. Wenn wir uns zueinanderbeugten und uns küssten, machte auch Seamus seinen Vorstoß und verschlang geschickt alles, was sich gerade auf dem Teller befand. Ich verlor diesen Kampf so oft, dass ich bald das Menü so plante, dass es kein Essen enthielt, das für einen Hund gefährlich war. Selbst ein Hund, der zum Teil Abfallvernichter war, konnte von Schokolade, Macadamianüssen, Weintrauben, Zwiebeln oder Knoblauch vergiftet werden.

Im Lauf der Zeit übernahm Chris größtenteils das Kochen am Wochenende. Deshalb kam er meist mit ganzen Taschen voller Lebensmittel bepackt an oder zog am Samstagvormittag los, kaufte ein und kehrte mit prallen Taschen zurück. Als meine Regelung für jedes zweite Wochenende mehr und mehr aufweichte und Chris immer häufiger zu Besuch kam, folgerte Seamus: Chris = Futter. Er hörte auf zu knurren und fing an, sich auf Chris' Ankunft ebenso zu freuen wie ich. Am Freitagabend tigerte er rastlos umher und sah mich mit diesem Blick an, der besagte: »Ist der Futtertyp noch nicht da?« Wenn Chris später als gewöhnlich kam, wartete Seamus an der Vordertüre des Hofes.

Ich wusste, es war nicht die gewinnende Persönlichkeit von Chris, auf die er wartete, aber Chris fühlte sich geschmeichelt, dass er den Hund für sich hatte gewinnen können. Bis Seamus deutlich machte, worum es ihm bei Chris eigentlich ging.

Eines Samstagabends, als Chris gerade begonnen hatte zu kochen, stellte er fest, dass ihm eine Zutat fehlte.

»Schatz, hast du das Sauerteigbrot weggeräumt?«

»Nein, ich hab es nicht mal gesehen.«

Wir öffneten alle Schränke und sahen auf allen Arbeitsflächen nach. Chris überprüfte sicherheitshalber noch mal den Kofferraum seines Autos. Nichts.

Schließlich fanden wir Einwickelpapier und einige – aber nicht viele – Brotkrümel auf dem Boden im Esszimmer neben der Küche. Verräterische Pfotenabdrücke waren auf der Mauer unter der Theke zu sehen.

»Du wirst es nicht glauben!«, rief Chris.

»Oh nein, hat Seamus es?«

»So viel zum Thema Brot zum Abendessen.«

»Er kann doch nie und nimmer einen ganzen Laib Brot fressen«, meinte ich. Ich schaute mich um, konnte aber nirgends einen Beagle entdecken. »Seamus? Seamus?«

Seamus antwortete nicht. Ich ging nach oben. Er lag nicht auf meinem Bett. Auch auf dem Liegesessel in der Bibliothek war er nicht – seinem anderen Lieblingsplatz, besonders wenn Chris bei uns war. Ich ging noch einmal in die Ecke meines Zimmers, wo Seamus' Bett für oben war.

Da lag er, auf der Seite, und sah haargenau so aus wie die Schlangen in den Dokumentarfilmen, deren Bäuche exakt die Form einer Maus oder eines riesigen Eis angenommen hatten, das sie im Ganzen heruntergeschlungen hatten. Seamus' Bauch hatte die Form eines Sauerteigbrotes angenommen.

Ich streichelte seinen Bauch. Er fühlte sich hart an – bis zum Bersten gespannt. Ich machte mir Sorgen, was passieren würde, wenn er Wasser trank. Sollte ich ihm das Wasser wegnehmen? Würde es dann noch schwieriger sein, einen ganzen Laib Brot zu verdauen? Ich war mir zudem sicher, dass er das Brot innerhalb weniger Minuten gefressen hatte. Sollte ich ihn in die Notaufnahme bringen?

Chris war weniger besorgt. »Er fühlt sich anscheinend nur etwas unwohl, hat aber keine Schmerzen. Er ist nicht erstickt, also warten wir einfach ab.« Und dann lachte er.

»Das ist nicht komisch!«

»Machst du Witze? Schau dir mal den Hund an!« Chris deutete auf Seamus, und der hob den Kopf.

Ja, es war schon komisch, wie sich der Bauch des Hundes ausbeulte. Plötzlich musste ich auch ein wenig lachen. Vielleicht würde Seamus ja aus dieser Erfahrung lernen. Etwas über die Erkenntnis hinaus, dass Sauerteigbrot lecker schmeckt.

Wir aßen zu Abend, ohne das entwendete Sauerteigbrot, und gingen nach oben ins Badezimmer. Unsere Wannenzeit war schnell zum Ritual geworden. So begannen wir unsere Wochenenden, und dort entdeckten wir auch langsam, aber sicher, dass wir vielleicht mehr als nur Sex und schönen Zeitvertreib miteinander haben konnten. Jedenfalls freuten wir uns beide auf unsere Wannengespräche und die gemeinsame Zeit beim Einweichen und bei einem Drink.

Seamus hasste es.

Seamus hasste alles, was ohne ihn stattfand. Häufig streckte er seinen Kopf ins Badezimmer oder kam bis zur Wanne, heulte und rannte wieder davon. Wenn wir unseren Freitagabendimbiss in der Wanne mit Champagner zu uns nahmen, stellte Seamus die Vorderpfoten auf den Wannenrand und starrte uns durchdringend an. Falls das schnelle Schwanzwedeln nicht in einem angemessenen Anteil Essen (sprich: allem) resultierte, heulte er. Laut. Und überhaupt nicht romantisch.

Am Abend des Sauerteigraubes war Seamus jedoch völlig von der Rolle. Da er seinen Hefekater ausschlafen musste, gönnte er uns eine seltene Pause von seinen Possen. Wir entspannten in aller Ruhe in dem heißen Wasser, umgeben von Stille, Dampf und Kerzenschein.

Eine halbe Stunde später hörte ich etwas. Ein kratzendes Geräusch von der anderen Seite der Mauer. Mäuse?

»Hörst du das?«

Chris lauschte. »Ja, hört sich an wie Scharren. Klingt, als wäre es in der Mauer.«

»Denkst du, es ist eine Ratte?«

Während wir lauschten, wurde das Geräusch lauter. Aggressiver. Und dann schneller. Ich sprang aus der Wanne und schnappte mir im Laufen ein Handtuch.

Als die vorherigen Besitzer des Hauses diese riesige Badewanne einbauen ließen, hatten sie den Einbauschrank eines Zimmers entfernen lassen und diesen Raum in das Badezimmer integriert. Das restliche Zimmer war dann in einen tiefen, begehbaren Schrank umgewandelt worden. Mir sollte es recht sein.

Ich rannte zu dem Schrankzimmer, aus dem die Geräusche offenbar kamen. Ich machte das Licht an und sah noch das nach oben gereckte Hinterteil eines Beagles. Sein Kopf war unten und grub sich in einen Stapel von Schuhen. Als er mich hörte, kam er mit seiner Trophäe im Maul zum Vorschein und drehte sich zu mir. Mit weit aufgerissenen Augen schoss er an mir vorbei und raste Richtung Schlafzimmer.

»Halte ihn!«, schrie ich Chris zu, der auch aus der Badewanne gekommen war, allerdings ohne Handtuch.

Chris kam mir im Flur entgegen. »Was war das?«

»Ich weiß nicht. Hoffentlich keine Ratte!«

Wir gingen zur Schlafzimmertür und machten das Licht an. Seamus hatte es sich in seinem Körbchen bequem gemacht und lag auf einem halben

Laib Sauerteigbrot, die andere Hälfte beulte noch immer seinen Bauch aus. Er musste offensichtlich etwas zu Ende bringen. Als wir uns ihm näherten, biss er direkt auf das Brot hinein und versuchte, es im Ganzen zu verschlingen. Chris trat schnell auf ihn zu. Seamus knurrte und schluckte gleichzeitig. *Hau ab, Futtertyp, das gehört mir!* Chris trieb Seamus in die Ecke und griff nach dem Stück Brot. Seamus umschloss das Brot noch fester mit dem Kiefer und schürzte seine Lippen, sodass man mehr von dem Brot und seinen Zähnen sehen konnte. Chris hielt in der Vorwärtsbewegung inne, drehte sich zu mir um und blickte mich fragend an.

Ach richtig. Kein Hundemensch. Er war nackt; der Hund knurrte. Ich konnte verstehen, dass er zögerte. Ich war schon beeindruckt, dass er sich dem Hund überhaupt genähert hatte.

Chris drehte sich wieder zu Seamus um und sagte mit ruhiger, fester Stimme »Seamus, nein.« Als Seamus ruhiger wurde, wurde ich ebenfalls ruhiger und beobachtete das Geschehen mit einer Mischung aus Schrecken und Respekt, ganz ähnlich wie Seamus selbst. Chris ging wieder auf den Hund zu und fasste nach unten. Erstaunlicherweise zog er das restliche Viertel Brot aus dem Maul eines ernsthaft verärgerten Beagles. Seamus knurrte, fauchte oder schnappte nicht nach Chris, und um hinter jemandem herzujagen war er viel zu vollgefressen.

»Wow, ich bin beeindruckt. Du könntest gerade ein Hundemensch geworden sein«, sagte ich.

»Ich bin mir nicht sicher, ob das ein Hund ist. Er ist wohl eher die Reinkarnation eines Diktators aus der Dritten Welt.«

»Aber sieh doch nur, wie süß er ist.« Seamus schlug mit dem Schwanz auf den Boden. Bäuchlings auf der Decke seines Körbchens liegend, blickte er zu uns herauf, und seine tiefgründigen braunen Augen verrieten, dass er uns unsere Fehltritte bereits verziehen hatte.

»Das ist ja das Problem – er ist teuflisch süß. Vielleicht ist es an der Zeit für einen Putsch.«

Am nächsten Morgen wachte Seamus hungrig auf, wie immer. Dennoch reduzierten wir seine Portion. Chris gab Seamus sein Futter, nachdem er ihn ruhig und höflich Sitz machen ließ. Ich sah wie gebannt zu. Es gab neue Regeln in unserem Haushalt, und wir alle lernten sie. Allen anderslautenden Prognosen zum Trotz wurden wir eine Dreier-WG.

3 Familienausflug

Ich hasse Weihnachten. Ich hasse den ganzen Dezember. (Damit wir das gleich geklärt haben, ich mag auch keine Schokolade und keine Wellnessbehandlungen, was einst einen Freund dazu verleitete, zu Chris zu sagen: »Das ist, als würdest du mit einem Einhorn ausgehen.«) Ich kann mich nur an ein einziges Weihnachten erinnern, das halbwegs angenehm war – ich war sechs und bekam von meinen Eltern einen Cockerpoo-Welpen. Tippit (was schnell zu Tippy abgekürzt wurde) nannte ich ihn, nachdem ich ihm zugesehen hatte, wie er durch das Haus rannte und die Cocktailgläser umstieß, die meine Eltern und ihre Freunde auf den Boden neben ihre Stühle gestellt hatten. Es folgten dann allerdings Jahre, in denen an Weihnachten nur gestritten wurde, da die Ehe meiner Eltern in die Brüche ging. Danach war die Organisation ein Albtraum, bei welchem Elternteil die Kinder wann sein sollten. Als meine Eltern beide wieder heirateten, ging es darum, wie man die jeweiligen Familientraditionen miteinander in Einklang bringen könnte, und nebenbei musste noch mehr organisiert werden, um die angeheirateten Verwandten auch noch unter einen Hut zu bringen. Meine Geschwister und ich verbrachten die meisten Weihnachtstage im Auto, auf dem Weg von einem Familienheim zum anderen. Einige Male gab es Fast Food als Weihnachtsessen.

Sobald wir über dieses Stadium hinaus waren, änderte sich unser Dezemberlos – zum Schlechteren.

Ich war an der Universität, als Tippy starb – im Dezember. Einige Jahre später hatte mein Bruder Jay am 1. Dezember einen Motorradunfall und landete auf der Intensivstation – man befürchtete das Schlimmste. Eine Woche lang lag er im Koma, anschließend mehrere Wochen auf der Intensivstation und dann war er noch in der Reha. Die Familie verbrachte Weihnachten an seinem Bett im General Hospital. Er überlebte, mit einer dreißig Zentimeter langen Narbe am Oberkörper, einigen Schrauben im Körper und keiner Erinnerung an Dezember. Einige Jahre später starb Faye, die Frau meines Vaters, am 23. Dezember beim Plätzchenbacken in der Küche an einem Hirnaneurysma. Die Beerdigung war an ihrem Geburtstag, dem 29. Dezember. Im darauffolgenden Jahr, am 14. Dezember, starb die Mutter meiner Schwägerin

Jennifer an Krebs. Sie wurde am 23. Dezember beerdigt. Ein Jahr später verlor mein Stiefvater Ted beide Eltern zwischen Thanksgiving und Weihnachten.

In der Tat hasse ich also nicht nur Weihnachten, sondern den ganzen Dezember.

Chris hingegen liebte Weihnachten und die ganzen Festtage. Er erzählte mir, wie seine Mutter das ganze Haus schmückte und schon Mitte November damit begann. Er fand die Bäume, die sie aufstellte, toll (ich bemerkte mit Grauen den Plural), die Dekoration (sie sammelte Nussknacker), die Partys (einige hatten schon eine sehr lange Tradition), das Essen (ich kann mir gar nicht vorstellen, dass es Familienrezepte gab, die keine von einem Schnellrestaurant gelieferten Gerichte waren) und nicht zuletzt die Geschenke. Viele, viele Geschenke. Sogar die TV-Sondersendungen zu Weihnachten gefielen ihm. Er liebte die Weihnachtszeit und er wollte Weihnachten mit mir gemeinsam feiern. Und mit seiner Familie.

Wir waren erst ein halbes Jahr zusammen – und »zusammen« war eine vage Beschreibung. Ich war noch nicht bereit dazu, seine Eltern kennenzulernen. Anfangs hielten wir unsere Beziehung noch geheim. Nicht einmal unser Schriftstellerklub wusste, dass wir miteinander ausgingen. Meistens verbrachten wir die Wochenenden zusammen in meinem Haus, nur der Beagle war dabei, und das klappte prima.

Natürlich war mir klar, dass das Geheimhalten unserer Beziehung alles nur noch reizvoller machte. Und mit »alles« meine ich das, was ich mit Chris tat, was auch immer »alles« sein mochte. Wenn wir nun gegenseitig unsere Familien kennenlernten, wäre das dann nicht eine Beziehung? Und wenn ich das Etikett *Beziehung* aufkleben würde, würde es dann nicht schlecht werden? Wären wir nicht sofort enttäuscht voneinander? Würden wir nicht aufhören, Sex zu haben, und dafür anfangen zu streiten? (Ich war schon in Therapie; es gab einiges aufzuarbeiten.) Doch je länger wir zusammen waren, desto schwieriger wurde die Geheimniskrämerei. Wir erzählten es also jenen Menschen, bei denen es sich kaum vermeiden ließ.

Chris' Eltern gehörten allerdings nicht dazu, da war ich mir sicher. Sie würden unsere Beziehung niemals gutheißen. Vielmehr, sie würden mich nicht gutheißen. Ich ging stark davon aus, dass eine zweifach geschiedene Frau, die zwölf Jahre älter war als ihr kleiner Junge, keine freudige Nachricht darstellen würde. Natürlich war mir klar, dass ich mehr war als diese Schubladen, doch ich passte ja hinein und vertraute nicht darauf, dass irgendjemand etwas jenseits dieser Schubladen sehen würde, und am wenigsten seine Eltern. Es gab keinen Grund, sie in Schrecken zu versetzen. Und wenn wir ihnen etwas erzählten, dann nur, wenn es gar nicht mehr anders ging, das entschieden wir gemeinsam, natürlich in der Wanne. Es war also ein fester Pakt, in Schaum geschworen und mit Champagner besiegelt.

Wir fanden einen Kompromiss für die Feiertage, indem wir am Wochenende zuvor eine Nichtweihnachtsfeier machten. Chris machte Paella. Wir tranken eine Flasche Tempranillo und tauschten am Kaminfeuer ein paar kleine Geschenke aus. Als Namen dachten wir uns für diese Gelegenheit »Mas Chris« (»mehr Chris« auf Spanisch) aus. Zu meiner großen Freude war es viel weniger kompliziert als Weihnachten.

Am eigentlichen Feiertag machte ich mich wieder einmal aus dem Staub. Ich ließ Seamus bei meiner Mutter und meinem Stiefvater, während ich selbst nach Missouri zu meinem Bruder und seiner Familie flog. Seine Kinder waren noch klein genug, um an den Weihnachtsmann zu glauben, eine angenehme Abwechslung, wie ich fand (vorausgesetzt, mein Flugzeug würde nicht abstürzen). Sobald ich dort angekommen war, blieb ich jeden Abend lange auf, um mit Chris ungestört zu telefonieren, und mailte ihm auch regelmäßig.

Nachdem ich bereits allen Katastrophen an Weihnachten aus dem Weg gegangen war, ging ich auch an Silvester auf Nummer sicher und blieb mit Seamus allein zu Hause. Chris verbrachte Silvester mit seiner Familie in Florida beim Orange-Bowl-Football-Pokal. Er schlich sich ebenfalls spät in der Nacht davon, um mit mir zu telefonieren, ohne dass es die Eltern oder seine Schwestern Kati und Courtney mitbekamen. Das dachten wir zumindest.

Als der Winter langsam in den Frühling überging, bröckelte meine Regel »jedes zweite Wochenende« zunehmend. Wir verbrachten die meisten Wochenenden zusammen, aber wir hielten uns an unseren Pakt, nur den Menschen von unserer Beziehung zu erzählen, die es unausweichlich wissen mussten. Dummerweise war seine Mutter nicht Teil dieses Paktes. Sie hatte ihren eigenen Plan, und wieder einmal war es ein Feiertag, der mich in Nöte brachte. Kurz nach Ostern rief sie Chris an.

»Wo warst du denn zu unserem Osterbrunch?«, fragte sie.

»Ihr wart doch weg; was hätte ich dort gesollt?«, lenkte er ab.

»Ich hab dir doch gesagt, dass ich im Klub für dich und deine Schwestern reserviert habe. Du bist nicht gekommen. Und dein Osternest steht immer noch hier.«

»Das kann ich ja auch später noch abholen.«

»Das genügt nicht, mein Herr. Was ist denn los mit dir in letzter Zeit? Du kommst gar nicht mehr vorbei. Du rufst nicht an. Wir bekommen dich kaum noch zu Gesicht. Es kommt mir so vor, als hättest du gar keine Zeit mehr für deine Familie. Und Kati hat erzählt, dass du dich in Florida jeden Abend davongeschlichen hast, um jemanden anzurufen. Ich frag dich also direkt: Bist du schwul?«

Chris versicherte mir, dass das Lachen ihm nicht im Hals stecken geblieben war. Und mich erfüllte eine Mischung aus Grauen und Bewunderung ob ihres Einfallsreichtums. Sie wusste natürlich, dass er nicht schwul war.

So genial in die Ecke getrieben, outete Chris stattdessen mich. Sehr zu meinem Leidwesen erzählte er ihr alles über mich – auch mein Alter, meine Scheidungen und dass ich in Riverside lebte. Riverside! Für die Herrschaften aus Newport Beach war das ungefähr gleichbedeutend mit Hicksville südlich von Dowdytown gleich hinter den Hügeln von Crime City. Was dachte er sich denn? Volle Trefferzahl. Ich war sicher aus dem Spiel.

»Hättest du ihr nicht etwas anderes erzählen können? Oder dir irgendetwas ausdenken? Zum Beispiel bestätigen, dass du schwul bist? Oder – was weiß ich – nicht mehr sagen als: ›Ich bin fast dreißig, ich bin mit jemandem zusammen und es geht euch nichts an‹? Oder ›ich erzähl es euch, wenn ich so weit bin‹?«

»So schnell konnte ich gar nicht denken. Sie hat mich eiskalt erwischt. Außerdem – es geht mir irgendwie gegen den Strich, meine Eltern anzulügen.«

So viel dazu. Auch wenn ich selbst es mehr »Elternmanagement« nennen würde.

»Aber sie hat doch nicht das Recht, in deinem Privatleben herumzuschnüffeln – oder in meinem.«

»Ja, ich weiß. Aber es lief gar nicht so schlecht. Es ist wirklich nicht so schlimm, wie du denkst.«

»Oh, ich versichere dir, es ist genauso schlimm, wie ich denke.« Wir telefonierten, sodass ich an seinem Gesicht nicht abschätzen konnte, ob die Reaktion seiner Mutter negativ war und er mich nur schützen wollte oder ob er ernsthaft glaubte, dass sie es akzeptierte. Letzteres hätte ich ihm aber ohnehin nicht abgenommen. »Ach, und übrigens, deine Mutter schenkt dir wirklich noch ein Osternest?«

»Ich hatte mich schon gefragt, wie lange es dauert, bis du darauf herumreitest.«

»Ja, ich muss hier eine Menge verarbeiten. Aber ernsthaft, Schokoeier? Osterhasen? Ostergras?«

»Ich liebe Osterhasen. Und meine Mutter würde nie dieses billige Plastikostergras verwenden.«

»Und das in Newport? Dem Mekka der plastischen Chirurgie?«

Chris hatte durch meinen flapsigen Ton wohl Mut gefasst. »Sie wollen dich kennenlernen.«

»Das ist zum Brüllen. Und ein großer Fehler.«

»Ich habe Brunch vorgeschlagen.«

»Du hast was!?«

Das glückliche, kleine Paradies, das wir uns aufgebaut hatten, kam unter Beschuss. Die Wände – unsere Wochenenden – gerieten ins Wanken. Ich klopfte sacht auf die Decke neben mir und Seamus sprang mit einem Satz herauf und kuschelte sich in meine Armbeuge. Nur du und ich, Hund. Es lebe das Alphabetleben!

»Ich glaube wirklich, dass sie dich mögen werden. Was gäbe es auch nicht zu mögen? Du bist umwerfend, eine erfolgreiche Anwältin, hast ein schönes Haus. Und wir sind nun schon seit fast einem Jahr zusammen. Meine Eltern wissen, dass das doppelt so lang ist wie alle Beziehungen davor. Ich kann dich ja nicht für immer verstecken.«

Ich sagte nichts, streichelte Seamus und versuchte meinen Verstand in Gang zu bringen. Ich musste unbedingt eine gute Ausrede finden, warum ich seine Eltern nicht treffen konnte, und tat mein Bestes, mich von seiner Beschreibung nicht geschmeichelt zu fühlen.

»Und ich will dich auch nicht verstecken«, sagte er.

Mist.

Die ganze Woche vor dem Brunch zerbrach ich mir den Kopf darüber, was ich anziehen und sagen sollte, und kam weder für das eine noch das andere zu einer Entscheidung. Am Morgen des großen Tages zog ich eine schwarze Hose, schwarze, hochhackige Schuhe und einen schwarzen Baumwollpulli an. Dann riss ich mir alles wieder vom Leib. *Es ist doch keine Beerdigung. Versuche, deine Gefühle nicht so zur Schau zu stellen.*

Die Hose tauschte ich gegen einen schwarzen Rock mit Rüschen am Saum ein. *Oh ja, schwarze Witwe bei der Beerdigung. Das wird sie sicher beruhigen. Warum nicht noch ein schwarzer Hut mit weiter Krempe und dunkle Sonnenbrille dazu?* Ich zog Rock und Pulli aus und warf beides in eine Ecke meines Schrankes.

Ich zog ein weißes Sommerkleid mit Lochstickerei an. Auch das zog ich wieder aus und schleuderte es auf den Stapel. *Wen willst du hinters Licht führen? Jungfräuliches Weiß? Zum Brüllen!*

Ein pinkes Wickelkleid kam als Nächstes dran und sofort wieder runter. *Toller Ausschnitt, Nutte!*

Weitere zwanzig Minuten verbrachte ich mit der Feststellung, dass jedes Kleidungsstück in meinem Schrank entweder »Versagerin mittleren Alters« schnaubte oder »nuttige Goldgräberin«, obwohl ich mich nicht erinnern kann, dass ich jemals mit diesen Prädikaten im Kopf einkaufen war. Mein innerer Super-GAU trat erst dann in den Hintergrund, als ich in den Spiegel blickte und sah, dass mein Haar völlig platt gedrückt war – abgesehen von den willkürlich in die Höhe stehenden, statisch aufgeladenen Partien. Gerne hätte ich vor Verzweiflung mein Gesicht in den Händen vergraben, wäre da nicht die Angst gewesen, die Wimperntusche zu verschmieren, die ich wohl allzu großzügig aufgetragen hatte.

Als ich gerade noch zwei Minuten Zeit hatte, entschied ich mich für eine Kombination in gebrochenem Weiß, Leinenhose und eine schulterfreie Bluse, beides von Ann Taylor. Meinem blonden, aber nicht zu blonden Haar bürstete ich erneut Leben ein, ließ es offen und glatt, klemmte es aber hinter meine Ohren, an denen unverfängliche Perlenohrringe baumelten.

Nur mit Mühe brachte ich mich dazu, mit dem ganzen Brimborium aufzuhören und nach unten zu eilen, wo Chris schon wartete.

»Du siehst toll aus«, sagte er.

»Ich fühle mich aber nicht toll.«

»Du siehst aber so aus. Wirklich. Du siehst toll aus.«

»Danke.«

»Du siehst wirklich toll aus.«

»Gut zu wissen, dass du genauso nervös bist wie ich.«

»Ja, ziemlich.«

Wir fuhren zum Missouri Inn, einem prächtigen Hotel im Zentrum von Riverside, mit spanischer Architektur, einer Pergola um das gesamte Gebäude, Bogen, gekacheltem Brunnen und prachtvollen Bougainvilleasträuchern, die einen an eine kalifornische Missionsstation denken ließen. Da es auf halber Strecke von Los Angeles nach Palm Springs lag, war es einige Zeit ein beliebtes Refugium für Stars. Der Brunch dort ist ausgedehnt, festlich und meist gut besucht. Ein angemessener und beeindruckender Ort, wie ich fand, und zugleich befand ich mich unter dem Schutz vieler Menschen.

Ich ergriff Chris' Hand, als wir durch die Lobby meinem sicheren Verderben entgegengingen.

Wir waren pünktlich, doch seine Eltern warteten schon an der Rezeption. Chris führte mich zu ihnen und begrüßte seinen Vater mit einem Handschlag und seine Mutter mit einer Umarmung.

»Mama, Papa, das ist Teresa.«

Und da war es so weit. Ich lernte seine Eltern kennen. Dabei hatte ich mir geschworen, so etwas nie wieder zu tun.

Ich atmete tief ein und streckte meine Hand aus. »Wie schön, Sie kennenzulernen«, sagte ich und gab mein Bestes, es auch zu meinen.

»Ich bin Trudi. Wirklich nett, endlich Ihre Bekanntschaft zu machen.« Seine Mutter gab mir die Hand.

Mir fiel Chris' Ähnlichkeit mit seiner Mutter auf. Von ihr hatte er also die blauen Augen mit den langen Wimpern, das dicke, leicht gewellte, dunkle Haar und die perfekt geformte Nase. Ihr Haar war allerdings nicht grau meliert wie das von Chris, sondern perfekt getönt und frisiert. Sie war in Türkis und Weiß gekleidet und trug, wie Chris schon angekündigt hatte, auch die perfekt auf das Outfit abgestimmten Accessoires, unter anderem eine stroh- und türkisfarbene Clutch. Mir wurde schlagartig bewusst, dass ihre Clutch nur ein Zehntel so groß war wie die Umhängetasche, die schwer an meiner linken Schulter hing. Ihr Stil gefiel mir, auch wenn er mich zugleich einschüchterte.

Ich wandte mich zu Chris' Vater und schüttelte auch ihm die Hand.

Er lächelte. »Ich bin Jim. Es ist wirklich schön, Sie endlich kennenzulernen, Teresa.«

Seine Statur und Haarfarbe überraschten mich – er war kleiner als Chris und viel zierlicher gebaut, und sein Haar war hellbraun. Er entsprach überhaupt nicht meinen Erwartungen.

»Ja, ich freue mich auch«, sagte ich und erwiderte sein Lächeln. Mit Vätern konnte ich umgehen. Meine Schwiegermütter hatten beide etwas gegen mich, auch wenn sie unterschiedlich damit umgegangen waren (die eine passiv, die andere aggressiv). Doch mit beiden Schwiegervätern war ich gut ausgekommen. Was den Mamas missfiel (mein logisch geprägter Verstand, mein Mangel an Gefühlsduselei, meine Karriere, meine Unabhängigkeit, mein fehlendes Interesse an Kindern, meine Unfähigkeit im Haushalt und ganz besonders meine Unfähigkeit, ihre Söhne als Zentrum der Welt zu sehen), damit konnten die Papas etwas anfangen oder zumindest störte es sie kein bisschen. Er bereitete mir keine Sorgen. Nur sie. Trudi.

Bei Eggs Benedict und Russischen Eiern plauderten wir über dies und das – das Wetter, wie Chris und ich uns kennengelernt hatten, wie viel schöner Riverside war als früher. Ich dachte schon, dass ich es gemeistert hätte. Ich würde als normal durchgehen, vorzeigbar. Akzeptiert sogar. Und dann …

»Na, Teresa, hat Chris denn schon Ihre Familie kennengelernt?«, fragte Trudi.

An der Art, wie sie sich zu mir herüberbeugte, zu Chris hinübersah, um dann wieder mich anzusehen, konnte ich erkennen, dass die Antwort wichtig war. Mein Verstand raste nicht, sondern schleuderte, bis er zum Stehen kam. Mein Bauchgefühl übernahm. Was genau wollte sie denn wissen? Ob sie und Jim mich zuerst kennengelernt hatten oder ob meine Eltern womöglich wichtiger waren? Oder aus was für einer Familie ich kam? Oder ging es ihr darum herauszufinden, wie ernst es uns war? Was? Was will sie?

Mein Verstand kämpfte, um die Kontrolle wiederzuerlangen. *Sie hat lediglich eine höfliche Frage gestellt. Antworte.*

Mein Bauchgefühl schrie zurück. *Aber was? Was kann man nur sagen?«*

Meine Familie war kompliziert, selbst für südkalifornische Verhältnisse. Nie gelang es mir, Fragen über sie zu beantworten. Selbst ganz einfache Fragen wie zur Anzahl meiner Geschwister konnten mich erstarren lassen, da ich überlegte, wie viel Information der Fragende aufnehmen konnte oder wollte.

Ich war nicht in einer innigen und intakten Familie aufgewachsen. Meine Eltern hatten beide einige Male geheiratet, insgesamt hatte ich neun Geschwister – von Stief- über Halb- bis Voll-. Fast mein ganzes Leben lang hatte ich zwei Elternpaare. Aber diese Paare veränderten sich im Laufe der Jahrzehnte und brachten neue Nebendarsteller ins Bild. Unser Stammbaum war eher am Boden wucherndes Unkraut – wir breiteten uns aus, doch unsere Wurzeln reichten nicht tief.

Hatte Chris nun also meine Familie getroffen? Na ja, irgendwie schon. Einige davon. Ich war mir sicher, dass mein Gesicht nun zu meinem Outfit passte. Gebrochenes Weiß. Meine Eltern hatten in den letzten Monaten beide zu der Kategorie Menschen gehört, die alles wissen mussten.

Chris kam mir zu Hilfe. »Ich habe ihre Eltern kennengelernt. Es sind sehr nette Leute.«

»Und was dachten Ihre Eltern?«, fragte Trudi mit perfekter Haltung und Grazie. Was ich hörte, war: »Ihre Eltern halten dies auch für lächerlich, nicht wahr?« Aber was hielten meine Eltern eigentlich von allem?

Ich war zweiundvierzig. Wenn meine Eltern sich je darüber Gedanken gemacht hatten, mit wem ich als Teenager ausging (da sie damals selbst erst um die dreißig und viel zu sehr mit ihren eigenen Beziehungen beschäftigt waren, gibt es darauf nur begrenzt Hinweise), spielte die Frage, mit wem ich als erwachsene Frau ausging, doch längst keine Rolle mehr für sie. Abgesehen davon, saßen sie in Glashäusern, wenn es darum ging, Steine aufgrund von Beziehungen zu werfen. Ich begann diesen Aspekt meiner Familie unter einem ganz neuen Blickwinkel zu sehen.

In Wirklichkeit hatte Chris meine Eltern unter ganz einfachen Vorzeichen kennengelernt. Eher beiläufig. Was meinen Vater betrifft, so hatte mein Bruder die Voraussetzung geschaffen, dass mein Vater »alles wissen musste«, indem er vor einigen Wochen einen Überraschungsbesuch aus Missouri abstattete. Chris und ich hatten ungefähr eine Stunde Zeit, um aufzustehen, zu duschen und uns fertig zu machen, bevor mein Bruder und mein Vater vor der Tür standen. Überraschung! Genau. Ich glaube, meine Überraschung war die größere, obwohl Jay (mein jüngerer Bruder, aber immer noch zehn Jahre älter als Chris) und mein Vater beide schnell genug wieder auf dem Teppich waren, um Witze darüber zu reißen, wann Chris abends zu Hause sein müsse, dass ich ihm die belegten Brote machen müsse und dass ich einem Minderjährigen doch niemals Alkohol geben dürfe. Mein Vater rief später an, um einerseits zu fragen, wie jung er eigentlich wirklich sei, und um andererseits zu sagen: »Er scheint ein toller Kerl zu sein und du machst einen glücklichen Eindruck.« Darauf folgte auf dem Fuß: »Pass aber auf, dass du nicht wegen Verführung Minderjähriger verhaftet wirst!« Und Gelächter.

Was meine Mutter angeht, so war Seamus dafür verantwortlich, dass sie über Chris Bescheid wissen »musste«.

Nachdem Chris und ich einige Monate lang unsere Wochenenden immer zu Hause und nur mit Seamus verbracht hatten, fanden wir es an der Zeit, einen Wochenendausflug zu machen. Nur wir zwei, auch wenn das für einen gewissen Beagle unerhört war.

Seamus stellte aber ein echtes Problem für uns dar. Ich konnte mich ganz und gar nicht damit anfreunden, ihn in einem Tierhotel unterzubringen. Er war ein Hund, der viel Ansprache brauchte und auch erhielt. Ein kleiner

Zwinger und zweimal täglich zehn Minuten Auslauf würden ihm nicht gerecht werden, fand ich. Die Lösung machte eine Beichte nötig.

Schon öfter hatte ich auf Barbee, den Hund meiner Mutter und meines Stiefvaters, aufgepasst, sowohl in meinem früheren Leben als verheiratete Frau mit einem großen Garten und drei (später dann zwei) Beagles als auch einoder zweimal in meinem neuen Leben in einem gemieteten Häuschen mit einem anspruchsvollen Beagle und einem geheimen Freund. Gelegentlich hatte meine Mutter im Gegenzug auf Seamus aufgepasst, beispielsweise, als ich über Weihnachten nach Missouri gereist war. Doch meine Mutter war ja nicht auf den Kopf gefallen. Wenn ich Seamus nun öfter über das Wochenende bei ihr ließ, würde sie wissen wollen, wo ich dann steckte. Und wie oft kann eine über Vierzigjährige ein ›Wochenende mit den Mädels‹ verbringen, bevor Zweifel aufkommen?

Ich beichtete also alles meiner Mutter und fragte sie, ob sie auf Seamus aufpassen könne, während Chris und ich zu dem berüchtigten Osterwochenende nach San Diego fuhren, das letztlich Trudis Entdeckung unserer Beziehung zur Folge hatte. Ich erzählte meiner Mutter, dass wir am Sonntagabend vorbeikommen würden, um Seamus abzuholen und zusammen ein Osteressen einzunehmen. Und ja, sie hatte Chris kennengelernt. Ich hoffte nämlich, dass dieses Hundeaufpassen im Wechsel funktionieren würde. Chris und ich planten nämlich für den Sommer eine Reise nach Barcelona.

Meine Mutter und Stiefvater Ted lebten in einer Stadt namens Yucapaia, knapp vierzig Kilometer von mir entfernt im Vorgebirge, wo ein etwas gemäßigteres Klima herrschte als in Riverside. Ich setzte Seamus am Freitagnachmittag ab, bevor ich später am Abend zusammen mit Chris nach San Diego fuhr.

Seamus und ihr Hund Barbee, eine australische Schäferhundmischung, kamen ganz gut miteinander aus, aber sie waren sehr unterschiedlich. Barbee war ruhig und ernst. Sie patrouillierte ständig um das gesamte Grundstück, was Seamus anfangs auch großen Spaß machte. Er rannte ausgelassen hinter ihr her und ließ seine Aufregung in der ganzen Nachbarschaft hören. Immer wieder. Schäferhunde halten eine Herde zusammen, Beagles sind Jagdhunde und lassen ihr Geläut ertönen. Keine besonders gute Kombination, wie meine Mutter nun weiß.

Letztlich hatte Seamus genug von dem Spiel und wollte nur noch sicher und warm im Haus sein. Genauer gesagt, in der Küche. Ich hatte vergessen, meine Mutter zu warnen, dass Seamus gelernt hatte, Schränke zu öffnen. In meinem Haus hatte Chris drei verschiedene Arten von Kindersicherungen an dem Schränkchen unter der Spüle (wo der Abfalleimer war) installiert, bis wir endlich eine fanden, die beaglesicher war. Seamus konnte einen Hebel nach oben bewegen, drücken und loslassen und so das Schloss öffnen, wenn sich in dem Abfalleimer hinter dem Schranktürchen etwas Essbares befand. Allerdings, so fanden wir schließlich heraus, konnte er einen Schieber nicht nach rechts bewegen (genauso wenig wie die meisten meiner menschlichen Hausgäste). Seine Spezialität waren Angriffe auf den Abfall, nachdem sich darin mindestens drei Tage lang Kaffeesatz, Eierschalen und alles Mögliche Fetttriefende angesammelt hatten. Wir kamen dann morgens nach unten, wo wir das Frühstück vom Vortag über den Küchenboden verteilt fanden sowie eine Spur aus Kaffeesatz, die zu Seamus' Bett führte.

Barbee hingegen war eine Hündin, für die man einen Futternapf den ganzen Tag draußen stehen lassen konnte, und sie würde erst dann davon fressen, wenn sie hungrig war. Es sei denn, Seamus fand ihn zuerst. Und das tat er immer. Er fand auch zum Abfalleimer meiner Mutter, über dem aus seiner Sicht ganz deutlich ein Schild hing mit der Aufschrift »Hier frisst Seamus«. Mit seiner einladenden Öffnung ohne Deckel, seinen leckeren Hähnchenhäppchen und seiner Lage in der hinteren Vorratskammer, unbewacht und unverschlossen, war er wie geschaffen dazu, geplündert zu werden. Meine Mutter schwört, dass er die Hühnerknochen im Ganzen verschluckt hat.

Mama und Ted lernten auch, dass Seamus, genauso wie Chris und ich, Wärme und lange Abende bevorzugte und Kälte sowie den frühen Morgen verabscheute. Seamus für einen Spaziergang um sechs Uhr morgens zu wecken war schwierig und klappte nur unter großem Beagle-Murren. Doch als meine Mutter und Barbee ohne Seamus zu ihrem Spaziergang aufbrachen und bei ihrer Heimkehr feststellen mussten, dass Seamus lange genug aufgestanden war, um das Esszimmer als Toilette zu benutzen, führte sie den morgendlichen Spaziergang verpflichtend ein.

Als Chris und ich nach unserem Wochenende ankamen, um Seamus abzuholen, hatten Seamus' kleine Marotten den ganzen Druck aus dieser »Eltern-Kennenlern-Situation« genommen. Meine Mutter sagte nur kurz Hallo, um dann mit geschürzten Lippen in Seamus' Richtung zu sagen: »Das ist mir vielleicht einer.« Mein Stiefvater verdrehte die Augen. Seamus hatte sich auf ihrer Couch breitgemacht – ihrer cremefarbenen, eleganten Wohnzimmercouch –, starrte mit weit aufgerissenen Augen vor sich hin und wedelte mit dem Schwanz.

Das Osterdinner war einfacher (und schneller) dank der Geschichten über Seamus – Chris, so schien es, konnte die Anekdoten meiner Mutter über schlechtes Beagle-Benehmen mit seinen Seamus-Anekdoten erwidern und ihr gute Vorlagen für weitere geben. Ich glaube, dass meine Mutter und mein Stiefvater zu dem Schluss kamen, dass, wenn Chris bereit war, sich auf Seamus einzulassen, er wohl ein ziemlich guter Typ sein musste, auch wenn sie ebenfalls später anriefen und fragten: »Wie jung ist er nun eigentlich?«

Also ja, Chris hatte meine Eltern kennengelernt. Und ja, sie mochten ihn. Warum konnte ich das seiner Mutter nicht einfach sagen? Warum musste ich so viel in eine womöglich völlig unschuldige und freundliche Frage hineinlesen?

Puh, was waren sie freundlich. Das waren Fangfragen, die nur dazu dienten, den Feind auszuspionieren. Und ich war der Feind. Mein Bauch hatte eine klare Meinung dazu.

Doch mein Verstand war verzweifelt. *Warte. Stopp. Du bist ja paranoid. Das sind sehr nette Leute. Schau, sie lächelt dich an. Er schenkt dir Champagner nach. Sie sehen, dass ihr Sohn glücklich ist. Das ist doch alles, was Eltern sich wünschen können, oder?*

Chris war in sehr guten Verhältnissen aufgewachsen, und seine Eltern waren es gewohnt, alles im Leben ihrer Kinder zu wissen und zu kontrollieren. Die Betonung liegt auf Kinder. Bis jetzt hatte das gut funktioniert – Chris war ein höflicher ältester Sohn einer intakten Familie mit starkem Zusammenhalt. Er hatte sehr gute Manieren, war auf eine Privatschule und dann nach Princeton gegangen. Chris und ich hatten viel Zeit in der Badewanne damit verbracht, über unsere Familien zu reden. Daher wusste ich, dass in seiner Familie anstehende Entscheidungen oben getroffen und nach unten weitergereicht wurden. Und das war schon immer so gewesen. Aber er war nun beinahe dreißig. Er konnte seine eigenen Entscheidungen treffen. Nur dass er glücklich ist, sollte zählen. Ich atmete tief ein.

»Meine Eltern mochten ihn beide. Natürlich. Was an ihm ist denn nicht liebenswert?« Ich lächelte strahlend, aber unter dem Tisch suchte ich nach Chris' Oberschenkel, einerseits als Zeichen meiner Zuneigung, andererseits, um mich zu erden. Oder vielleicht war es auch mein Besitzanspruch ihm gegenüber?

»Das will ich hoffen. Wir finden ja auch, dass wir unseren Sohn gut erzogen haben.« Trudi erwiderte mein Lächeln. Ich glaube nicht, dass sie von der anderen Seite des Tisches ihren Besitzanspruch auf Chris geltend machen konnte. Zumindest nicht physisch.

Abgesehen von meinen inneren Monologen, war ich bis zum Ende des Brunchs unbeschadet geblieben. Insoweit musste ich Chris Abbitte leisten. Seine Eltern waren höflich und nett. Auch wenn mir klar war, dass ich »unter die Lupe genommen« wurde, fühlte ich mich nicht voreilig beurteilt. Oder um es klarer auszudrücken, ich hatte das Gefühl, dass ich jeden Test bestanden hatte. Ich sah nicht peinlich viel älter aus als Chris und sah generell nicht peinlich aus. (Wahrscheinlich hatten sie jemanden in Richtung Bardame oder Stripperin erwartet.) Ich konnte gut mit Messer und Gabel umgehen; ich sabberte weder, noch kaute ich mit offenem Mund; und ich glaubte mich zu erinnern, dass ich sowohl »bitte« also auch »danke« gesagt hatte. Ich sprach über meine Karriere als Anwältin in der Hoffnung, dass Chris' Eltern erkennen würden, dass ich nicht hinter seinem Geld her war. Auch wenn Chris und ich über diese Vorstellung lachten (Chris hatte selbst kein Geld und ich war keine besonders emsige Goldgräberin), so vermuteten wir doch, dass ihnen das auf dem Herzen lag. Diese Sorge wollte ich ihnen nehmen.

Als wir schließlich das Restaurant verließen, sagte Trudi zu mir: »Ich möchte ja wissen, warum er Sie so lange geheim gehalten hat.«

Eine salonfähige Antwort wollte mir beim besten Willen nicht einfallen. »Na ja, wir dachten erst, dass wir nur fantastischen Sex haben wollten, keine Beziehung.«– Das war wohl keine angemessene Antwort für seine Mutter. – »Mütter sind ein rotes Tuch für mich, daher wollte ich das hier, so lange es ging, hinauszögern.« Das war wohl auch nicht gerade die richtige Antwort. Schließlich murmelte ich etwas wie: »Nun ja, jetzt haben wir uns ja kennengelernt.« Denn falls ich es noch nicht erwähnt haben sollte, unter Druck bin ich eine äußerst gewandte Gesprächspartnerin.

4 Fremde Eindringlinge

Das nächste Mal sah ich Chris' Eltern im Juni, als sie zu einem Geburtstagsdinner zu Ehren von Chris' Dreißigstem in ein Restaurant in Santa Monica luden. Wir verließen die Party um zehn Uhr abends, um unseren Nachtflug nach Puerta Vallarta zu erwischen, wo wir vier Tage bleiben wollten – mein Geburtstagsgeschenk für Chris. Auch wenn sie vorher über diese Reise Bescheid wussten, fühlte ich mich beim Abschied beinahe, als würde ich ihren Sohn entführen.

»Es gibt noch etwas zu essen. Die Gäste sind noch hier«, sagte seine Mutter.

»Das Flugzeug wartet nicht auf uns. Außerdem bleiben diese Spaßvögel hier so lange, wie du die Bar offen hältst«, warf Chris ein und deutete auf seine Freunde.

Ich kämpfte gegen meinen Drang zu erklären, dass es – entgegen ihrer Vorstellungen – nicht illegal ist, internationale Grenzen mit einem Dreißigjährigen zu überqueren. Doch dann beschloss ich, dass ich leicht paranoid war. Sie wollten wahrscheinlich einfach mehr Zeit mit ihrem Sohn verbringen. Dennoch, obwohl es ein schöner Abend war, fühlte ich mich mit jedem Schritt, den ich Arm in Arm mit Chris aus dem Restaurant ging, unwohler in Gesellschaft seiner Eltern – richtig wohl hatte ich mich ja von Anfang an nicht gefühlt. Den Rest des Sommers sah ich sie nicht mehr.

Im frühen Herbst zog ich in mein eigenes Haus um. Es befand sich im selben Komplex, in dem auch mein gemietetes Haus war, doch dieses war umgebaut worden. Die Ausstattung war derart raffiniert, wie ich es mir nicht hätte ausmalen können. Böden und Schränke waren aus Marmor, es gab Akzente aus gebürstetem Nickel, moderne Beleuchtung, die die Kunstwerke in Szene setzte, eine eingebaute Bar und einen Weinkühlschrank sowie ein Soundsystem für das gesamte Haus. Eine riesige Badewanne gab es zwar nicht, dafür aber einen Whirlpool auf der hinteren Terrasse mit einer atemberaubenden Aussicht über die Stadt. Als Chris es vor meinem Gebot sah, nannte er es eine »schnittige und elegante Hundehütte«, und dieser Name blieb. Es war perfekt für mich. Ich kaufte es voll möbliert. Ich brauchte nur noch meine Bücher, meine Kunstwerke und, natürlich, meinen Hund.

Der Tag des Umzugs war typisch für die Komplikationen in meinem Leben. Nicht nur kamen meine beiden Eltern zum Helfen, auch mein Exmann bot seine Hilfe an, weil ich ihm einige von »unseren« Möbeln zurückgab, die ich nicht mehr brauchte. Meine Mutter verbrachte fast den ganzen Tag damit, Seamus in Schach zu halten (keine einfache Aufgabe) und meinem Vater aus dem Weg zu gehen (eine wesentlich einfachere Aufgabe, denn er tat dasselbe). Mein Exmann verbrachte den ganzen Tag damit, Chris aus dem Weg zu gehen, indem er mein bereits sauberes neues Haus putzte, das weiter unten am Hügel unweit von meinem gemieteten Haus lag, in dem Chris meine Bücherkisten in den Lkw meines Schwagers lud. Einer meiner Stiefbrüder war gerade lange genug hier, um einige Möbel abzustauben, die ich nicht mehr brauchte und mein Exmann nicht wollte, und im Gegenzug einige Umzugskisten zu schleppen, dann verschwand er wieder. Meine Stiefmutter kam mit Verpflegung und einigen Freunden meines Vaters, die wirklich zu alt waren, Kisten zu schleppen, und sich daher aus allem raushielten.

Und ich war mit allem wunderbar zufrieden.

Zumindest bis ich nach oben ging, nachdem mein Vater und ein Freund meine Matratze und meinen Lattenrost weggebracht, und somit meine letzten Sachen aus dem Schlafzimmer im gemieteten Haus geholt hatten. Chris war direkt hinter mir.

Als ich das Zimmer betrat, blieb ich wie vom Donner gerührt stehen. »Denkst du, sie haben es gesehen?«, fragte ich.

»Die lila glänzende Kondomverpackung mitten auf dem Boden? Nein, wie sollten sie?«, sagte Chris lachend.

Mir war nicht zum Lachen zumute. »Wie peinlich.«

»Na ja, zumindest wissen sie jetzt, dass wir Safer Sex praktizieren.«

»Genau das haben sie sicher auch gedacht.«

»Es hätte auch schlimmer kommen können. Wenn zum Beispiel dein Ex deinem Vater mit der Matratze geholfen hätte.«

Chris war einfach besser darin als ich, die kleinen Nettigkeiten des Lebens zu erkennen.

Nachdem alle gegangen waren, standen wir alleine in der schnittigen, eleganten Hundehütte und grinsten uns an wie Honigkuchenpferde. Und wo feierten wir und entspannten unsere müden Muskeln? Natürlich im Whirlpool.

Seamus war ebenfalls hin und weg von unserem neuen Zuhause. Da die rückwärtige Terrasse an eine Hügelkette anschloss, die von Kojoten frequentiert war, durfte er nicht nach hinten. Glücklicherweise hatte er dank eines Hundetürchens, das der vorige Eigentümer in genau der richtigen Größe installiert hatte, uneingeschränkten Zugang zum vorderen Garten. Der Garten hatte zur Straße hin ein Tor, sodass Seamus nicht auf die Straße entwischen, Gäste aber als Erster begrüßen konnte. Er fing sofort an, wegen jeder Kleinigkeit durch seine eigene Tür aus dem Haus und wieder zurückzurennen, manchmal legte er sich auf die Liegestühle im Garten und beobachtete uns durch die Terrassentür, wie wir auf dem neuen Flachbildschirm mit Surround-System Filme ansahen. Das Haus war für uns drei perfekt, und wir gewöhnten uns schnell ein. Chris verbrachte nun noch mehr Zeit bei mir, da seine Arbeit immer mehr aus Auftragsarbeiten bestand.

Die Umzugskisten packte ich an den Abenden unter der Woche aus. Ich hatte keine Eile und sparte mir so die Wochenenden für Chris auf. Mein Leben fand jetzt hier statt. Es gab keinen Grund, irgendetwas übers Knie zu brechen. Manchmal dauerte es Tage, bis ich eine Bücherkiste ausgepackt und die Bücher in Regale geräumt hatte.

Seamus war damals ungefähr zwei Jahre alt. Er benahm sich noch immer wie ein fröhlicher Welpe. Jeden Abend, wenn ich von der Arbeit nach Hause kam, begrüßte er mich, bellte, sprang und wirbelte umher, und wenn ich morgens fortging, tat er ungefähr dasselbe. Auf Chris' Ankunft reagierte er ähnlich – bellte, sprang und forderte Streicheleinheiten ein.

Es gab nur eine einzige, kleine Anpassung an das neue Haus, die Seamus nicht so gelegen kam.

Eines Abends, als Chris und ich auf der Couch im Wohnzimmer lümmelnd am Kamin lasen, ließ Seamus ein tiefes Knurren hören. Ein Knurren, das ich nicht mehr gehört hatte, seit er Chris zum ersten Mal gesehen hatte. Seamus stand mitten im Wohnzimmer, sein Hinterteil zu uns gekehrt, und blickte in das Esszimmer.

»Was ist los, mein Junge?«

Er neigte seinen Kopf nach links, machte einen Schritt nach links und knurrte wieder.

»Was siehst du denn?« Ich stand auf und warf einen Blick ins Esszimmer, konnte aber nichts Besonderes erkennen.

Seamus machte einen Schritt nach rechts. Dann wich er zurück. Sein Knurren wurde lauter.

»Vielleicht ist da eine Maus«, meinte Chris.

»Igitt! Kannst du bitte nachsehen?«

Chris stand auf und Seamus bellte. Aber als Chris in das Esszimmer ging, verstummte Seamus.

»Hier ist nichts.« Er wandte sich Seamus zu und beugte sich hinunter, um ihn zu tätscheln. Seamus wich ihm aus und schaute um Chris herum zurück in das Esszimmer.

Aaaaauuuuuuuuuu!

»Also, irgendetwas ist da.« Ich ging zu Seamus hinüber und kniete mich neben ihn hin, um so seinen Blickwinkel zu haben.

Und dann sah ich, was Seamus sah. Als Seamus langsam einen Schritt nach links, dann nach hinten, nach rechts und dann wieder nach vorne machte und seinen Hals streckte und die Augen weit aufriss, begann ich zu lachen.

»Er sieht sein Spiegelbild im Spiegel.«

»Das ist nicht dein Ernst, oder?« Chris lachte ebenfalls. Er kam zu mir auf den Boden hinter Seamus, wo der Blickwinkel deutlich zeigte, dass Seamus auf die verspiegelte Wand im Esszimmer starrte.

»Wer ist denn dieser hübsche Fremde, Seamus?«, fragte Chris. »Wer ist das?«

Seamus bellte sein Spiegelbild an. Und wir lachten Tränen.

»Er hat ein Problem mit hübschen Fremden«, lachte ich.

Die nächste halbe Stunde nahm Seamus allen Mut zusammen, um sich dem hübschen Fremden zu nähern. Als er endlich so weit war und seine Schnauze direkt an den Spiegel hielt, beschloss er wohl, dass der fehlende Geruch, der von dem hübschen Fremden ausströmte, hieß, dass dieser keine Gefahr für ihn bedeutete. Er ging weg. Aber an den Spiegel ging er niemals wieder heran, bellte ihn aber auch nicht mehr an.

Im frühen November kam Nancy, Seamus' Friseurin, in ihrem speziell ausgestatteten Wohnmobil für den üblichen Friseurtermin. Obwohl er es nicht so gern mochte, vom Boden aufgehoben zu werden, liebte Seamus Nancy und die Aufmerksamkeit, die er im Bad bekam – zumindest solange sein Gesicht nicht nass und das Föhnen auf ein Minimum beschränkt wurde. Ich gab Nancy die Leine und ging ins Haus zurück.

Eine halbe Stunde später stand Nancy mit Seamus am Tor.

»Ich möchte Ihnen etwas zeigen«, sagte sie.

Ich öffnete das Gartentor. Seamus sprang herein. Er roch frisch und sah fesch aus mit der orangefarbenen Schleife, bedruckt mit Füllhörnern, an seinem Halsband. Nancy bückte sich und drehte Seamus um, sodass sein Hinterteil mir zugewandt war.

»Können Sie diesen Knubbel rechts von seinem After sehen?«

Auf diese Stelle achtete ich normalerweise nicht, aber nun schaute ich hin und sah einen kleinen Knubbel. »Ja, sieht aus wie ein Insektenstich.«

»Ja, stimmt. Aber er war schon das letzte Mal da, als ich ihn frisierte, und er ist nicht weggegangen.«

»Das ist zehn Wochen her. Dann ist es also kein Stich?«

»Nein. Es ist etwas anderes.« Sie ließ Seamus los und machte die Leine ab. Seamus rannte bellend zum Haus, schoss durch das Hundetürchen und war weg.

»Und das wäre?«

»Das kann ich nicht sagen, aber ungewöhnliche Knubbel sollten bei Hunden genauso überprüft werden wie bei Menschen«, antwortete Nancy. Sie stand auf und steckte die vierzig Dollar, die ich ihr gegeben hatte, in ihre Tasche. »Ich würde es tun.«

Am nächsten Tag ging ich mit Seamus zur Untersuchung.

Dr. Davis nahm Seamus hoch und stellte ihn auf den Untersuchungstisch aus Metall. Seamus drehte den Kopf mit den großen, karamellfarbenen Beagle-Augen zu mir. *Wirklich? Du lässt ihn da an mir herumstochern?* Er drehte das Hinterteil weg von dem Doktor. Ich drehte ihn wieder zurück. Er setzte sich hin. Ich stupste ihn, um ihn zum Aufstehen zu bewegen. Er wandte sich zu mir und sah mich wieder mit großen Augen an. *Ist das dein Ernst?*

»Wahrscheinlich ist es nichts«, sagte Dr. Davis. »Ich weiß, dass Sie sich Sorgen machen, nach allem, was Sie in letzter Zeit mit Hunden durchgemacht haben, aber ich glaube nicht, dass es etwas ist. Um sicherzugehen, werde ich es entfernen und eine Biopsie davon machen lassen.«

»Eine Biopsie? Glauben Sie, es ist Krebs?« Aus irgendeinem Grund schrie das Wort »Biopsie« für mich »Krebs«. Machte man auch Biopsien, um nach anderen Krankheiten zu suchen?

»Nein, ruhig Blut. Das glaube ich nicht. Er ist jung und kräftig. Das könnte auch einfach eine Warze sein. Aber ich möchte sichergehen und es überprüfen.«

Ich ließ mir den frühestmöglichen Termin geben, um das, was wie eine Warze auf dem Hintern eines Beagles aussah, wegmachen zu lassen. Wie sich herausstellte, war der frühestmögliche Operationstermin genau vor unserer Reise nach Cabo San Lucas. Mandanten von mir hatten Chris und mich eingeladen. Auch wenn ich noch nicht so recht wusste, wie ich Chris nennen sollte (für »Boyfriend« war ich zu alt, »Liebhaber« war zu persönlich), hatte ich mich an das Paarsein nun so weit gewöhnt, dass ich nicht mehr meinte, unsere Beziehung vor Mandanten verheimlichen zu müssen. Daher hatte ich das großzügige Angebot angenommen. Nun erwog ich, wegen der Operation die Reise abzusagen.

»Machen Sie sich nicht verrückt. Fahren Sie! Genießen Sie Ihre Reise. Er ist ein junger, kräftiger Hund, und ich glaube wirklich nicht, dass es etwas ist. Sie können ihn hier bei mir lassen«, beruhigte mich Dr. Davis.

»Sicher?«

»Ganz sicher.«

Ich rief Chris an, um ihn ebenfalls um Rat zu fragen.

»Bei Dr. Davis ist er doch ohnehin besser aufgehoben als daheim, oder?«, meinte er.

»Ja, vielleicht, aber er wird sich nicht so wohlfühlen.«

»Es sind ja nur vier Tage. Zwei Tage mehr, als er dafür sowieso im Krankenhaus bleiben müsste.«

»Stimmt. Und ich weiß ja, dass sie sich gut um ihn kümmern werden.«

Nach der Operation würde Seamus in einem kleinen Käfig gehalten werden und einen großen Halskragen aus Plastik tragen müssen, um zu verhindern, dass er die Fäden der genähten Stiche abkaute. Das wäre natürlich viel einfacher, wenn wir ihn bei Dr. Davis lassen würden. Er und seine Leute waren gegen diesen bettelnden Beagle-Blick viel besser gewappnet, als ich es für mich jemals zu hoffen wagte. Sie würden den Kragen anlassen, und die Wunde würde schneller heilen. Schließlich waren es ja nur vier Tage, redete ich mir ein.

Chris und ich fuhren nach Cabo San Lucas, wo wir uns vier Tage lang in einem Bungalow am Strand erholten. Direkt neben dem Bungalow wurden Chips mit Guacamole, Bier und Margaritas verkauft und alles, wonach uns sonst noch der Sinn stand, sodass meine Sorgen verflogen. Dr. Davis schrieb mir per E-Mail, dass Seamus die Operation gut überstanden habe, und so kam ich in Ferienstimmung und konnte mich entspannen. Ich las zwei Bücher, wurde im November braun und bemühte mich redlich, mir nicht zu viele Sorgen um Seamus zu machen.

Am Sonntag kamen wir spätabends zurück, zufrieden und ausgeruht. Sobald ich am Montag mit meiner Arbeit fertig war, ging ich Seamus abholen. Ich ging zur Rezeption und lächelte.

»Ich komme Seamus abholen. Er fühlt sich offensichtlich wohl, denn ich konnte sein Bellen schon hören, sobald ich aus dem Auto ausgestiegen bin.«

»Der Doktor möchte Sie noch kurz sprechen, bevor Sie gehen.«

Die Dame am Empfang sprach mit sanfter, freundlicher Stimme, und sie neigte ihren Kopf zur Seite und kniff die Augen dabei ein wenig zusammen, nur ganz wenig. Gerade genug, dass ich mir Sorgen machte, ob Seamus' Wunde womöglich nicht so gut heilen würde. Oder ob er sich nicht gut benommen hatte, denn das war immer eine naheliegende Gefahr. Das wäre besser – nur eine Beschwerde über sein Heulen, kein medizinischer Befund. Aber ich wusste, dass das nicht der Fall sein würde. Ich wusste es, weil ich diesen Gesichtsausdruck schon früher gesehen hatte. »Der Doktor möchte Sie sprechen« ist so ein Satz wie »Wir müssen reden«, da steckt nie etwas Gutes dahinter. Und gerade zurück von einem entspannten und rundum schönen Urlaub mit Chris am Strand von Mexiko, war ich für keinen dieser Sätze gewappnet.

Ich folgte der Empfangsdame zum Untersuchungsraum, wo sie mich alleine sitzend zurückließ. Ich starrte auf den Untersuchungstisch und versuchte, die süßen Fotos von Babytieren nicht anzusehen, die mich wohl aufheitern sollten, aber genau das Gegenteil bewirkten. Ich starrte auf den Linoleumboden und bemühte mich, nicht nur die Fotos, sondern auch die Wandtafeln, Tiegel, Fläschchen und sogar die Wattebäusche auf den Ablagen zu ignorieren. Besonders den Untersuchungstisch aus Metall wollte ich nicht ansehen. Zu viel Zeit hatte ich in den vergangenen Jahren hier mit meinen alternden und kranken Hunden verbracht. Wir hatten eine Decke auf dem Tisch ausgebreitet und Richelieu daraufgelegt, ich hielt ihn und tätschelte ihn, als ihm die

Spritze, die sein Leben beendete, gegeben wurde. Ich hatte gedacht, meine Zeit in diesem Raum wäre noch für mindestens ein paar Jahre vorbei.

Sie brachten zuerst Seamus in den Raum. Dr. Davis kam kurz danach. Er war bereits der Tierarzt für meine letzten vier Beagles und selbst für die zwei Deutschen Schäferhunde und einen süßen roten Dobermann aus meiner ersten Ehe gewesen. Er war bei mir gewesen, als Richelieu eingeschläfert werden musste, und er hatte Roxy wegen der Herzgeräusche behandelt. Er hatte Seamus vor einem Jahr gründlich untersucht und beide waren wir seit fünfzehn Jahren zusammen im Vorstand der örtlichen Tiervermittlung. Er hatte mein absolutes Vertrauen, was meine Tiere anging – ich schätzte ihn als äußerst mitfühlenden Menschen. Seine Stimme war sogar noch sanfter und freundlicher als die der Empfangsdame.

»Es tut mir leid.« Er neigte den Kopf und beugte sich zu mir. »Die Ergebnisse der Biopsie sind hier. Es ist Krebs. Es ist ein sogenannter Mastzelltumor. Es tut mir so leid. Damit hatten wir wirklich nicht gerechnet.«

Nein, das hatten wir in der Tat nicht.

Ich setzte mich auf den Boden. Seamus kam sofort auf meinen Schoß und schnupperte an meinem Gesicht. Ich hielt den Hund ganz nahe bei mir und kraulte seinen Kopf, während Dr. Davis mir mal wieder eine Krankheit, die mal wieder einen meiner Hunde befiel, erklärte. Nicht viel von dem, was er mir erzählte, drang wirklich zu mir durch. Ich streichelte Seamus und hielt sein Gesicht an meines, während ich meine Tränen hinunterschluckte. Ich wollte in mein sicheres Auto und später in mein Zuhause, damit ich dort ungestört zusammenbrechen konnte. Dr. Davis drückte mir Dokumente in die Hand – eine Überweisung zu einem Chirurgen, ein Rezept, vielleicht eine Rechnung. Ich stopfte alles in meine Handtasche. Dann nahm ich die Leine und verließ den Untersuchungsraum. Seamus folgte mir und bellte drauflos: *Wir gehen nach Hause! Zeit, um nach Hause zu gehen! Los, bring mich nach Hause, Mami! Komm, wir gehen nach Hause! Ich möchte nach Hause gehen. Zu Hause ist es schön. Und gib mir auch etwas zu fressen. Oh ja, gib mir etwas zu fressen!! Ich hab sooo einen Hunger! Los, Mami, gehen wir nach Hause! Da ist unser Auto! Wir gehen nach Hause! Ich liebe zu Hause. Zu Hause gibt es was zu fressen! AAAAUUUUUU!*

Auf der Fahrt nach Hause lenkte ich mit einer Hand, während ich mit der anderen nach Taschentüchern in meiner Handtasche suchte. Die Tränen liefen mir übers Gesicht, und ich wischte sie immer wieder weg, bis ich es schließlich aufgab. An einer Ampel zog ich meine Nase hoch und atmete tief ein. Ich drehte mich um zu Seamus in seiner Box auf dem Rücksitz und streichelte ihn durch das Gitter, bis der Fahrer hinter mir hupte. Im Geist verfluchte ich ihn. *Zum Teufel mit dir, weil es dir nur um dein Fahrtziel geht! Zum Teufel mit dir! Mein Hund hat Krebs!!* Ich schlug meine Hände auf das Lenkrad.

Als wir nach Hause kamen, begann Seamus sofort mit der schweren Aufgabe, alle Fäden mit den Zähnen herauszuziehen. Er begann mit etwas, das eine Art Lebensaufgabe werden sollte, und ich hatte so großes Mitleid mit ihm, dass ich ihn überhaupt nicht dafür schimpfen konnte. Ich konnte nicht »Nein« sagen oder meine Stimme gegen ihn erheben. Stattdessen versuchte ich, ihm einfach zu erklären, dass ich ihm, wenn er damit weitermachen würde, den scheußlichen Plastikhalskragen wieder anziehen müsse und dass das umständlich und unbequem sei. Wenn das nicht funktioniere, erklärte ich unter Tränen weiter und weiter, hätte ich Hundewindeln bereitliegen, die verhindern würden, dass er an seinem Hinterteil herumknabbern könne, aber dass keiner von uns das wolle. Er hörte einen Moment auf, an den Fäden zu ziehen, legte stattdessen seinen Kopf zur Seite und sah mich erwartungsvoll an. Ich wollte ihn nur noch halten und in sein seidiges, weiches Welpenfell heulen und Mitleid mit uns beiden haben. Er wollte nur noch sein Abendessen, auf seinem Spielzeug herumkauen und an seinem Hinterteil herummachen. Chris musste schließlich mein Heulen, Schluchzen und allgemeines Schimpfen aushalten. Ich glaube, ich sagte ungefähr ein Dutzend Mal »ungerecht« mit einem vorausgehenden *verdammt,* ohne den irischen Akzent.

Ich versuchte, Seamus diese Nacht bei mir im Bett zum Einschlafen zu bringen, aber er wollte nicht. Er zog den Komfort seines Körbchens mit seinen Spielsachen vor. Dort gab es dann wesentlich weniger Theater. Er schlief tief und fest und schnarchte laut. Das weiß ich, weil ich die ganze Nacht wach lag und es hörte.

Der chirurgische Onkologe der Tierklinik war erst zu den üblichen Geschäftszeiten am nächsten Tag erreichbar. Ich rief gleich morgens um acht Uhr an. Sie öffneten erst um neun. Ich rief um Punkt neun an und durfte mir eine Ansage vom Band anhören. Ich rief noch einmal vom Büro aus an und dann so oft, bis ich endlich jemanden erreichte. Eine Person, die mir mitteilte, dass der frühestmögliche Termin in sechs Wochen war. Sechs Wochen! Der Hund konnte bis dahin gestorben sein.

Ich erklärte, dass bei meinem Hund Krebs diagnostiziert worden war. Krebs! Ich weinte. Wie zu erwarten war, schob die Abteilung der Veterinäronkologie meinen Hund auf der Warteliste nicht nach vorne, vor die anderen Hunde, die – richtig, Krebs hatten. Doch man sagte mir, dass die Warteliste in Los Angeles vielleicht weniger lang sei. Diese Klinik war neunzig Kilometer von mir entfernt, aber nur fünfzehn von Chris. Ich rief an. Sie hatten einen Termin in zwei Wochen. Den nahm ich. Was waren schon neunzig Kilometer? Ich wäre auch zwei- oder sogar dreihundert Kilometer gefahren. Ich wollte nur, dass mein Hund behandelt, der Krebs entfernt wurde. Seamus hatte nun zwei Wochen Zeit, sich von der ersten Operation zu erholen, und ich? Ich hatte zwei Wochen Zeit, um wirklich zu verstehen, dass mein wunderbarer, lustiger, kleiner Beagle KREBS hatte.

Um kurz nach siebzehn Uhr ging ich nach Hause. Ich hatte den ganzen Tag ohnehin nicht viel geschafft und konnte nichts anderes denken als KREBS. Das Wort lag mir schwer auf der Seele. Mein Kleiner hatte KREBS. Und ich hatte ihn zu Hause gelassen, mit Medizin vollgepumpt, einem Halskragen um den Hals und Fäden an seinem Hinterteil. Ich eilte nach Hause, parkte mein Auto schnell in der Garage, sprang heraus und rannte durch den Vorgarten zur Haustür.

Sofort wurde ich von hinten angebellt. Und zwar nicht von einem Beagle. Ich drehte mich um.

»Teresa! Ihr Hund hat den ganzen Tag gekläfft. Den ganzen Tag. Das macht mich verrückt! Wie können Sie ihn nur so lange alleine lassen? Das ist ja furchtbar. Er bellt den ganzen Tag, jeden Tag. Ich ertrage das nicht. Ich kann das wirklich nicht mehr aushalten. Wirklich nicht!«

Meine Nachbarin von gegenüber, eine etwa siebzig Jahre alte, weißblonde Dame, die ich erst einmal gesehen hatte, war an meinem Gartentor, und in der Tat hatte mein Hund oder irgendetwas anderes sie in den Wahnsinn getrieben. Ich glaube, ich sah sogar Schaum vor ihrem Mund.

Seamus war sofort zu meinen Füßen. Und er bellte noch immer. *Ohmeingoooott, Mami, wo warst du nur! Es war so schrecklich hier!! Ich habe dich vermisst! Komm jetzt ins Haus! Geh sofort ins Haus! Und gib mir zu fressen!! Ohmeingoooott, gib mir zu fressen! So einen Hunger!! Oh, und streichle mich, ja, ja, streichle mich! Jeeeeeetzt!!! Jeeeeeetzt kuscheln!!!*

Ich versuchte meinen heulenden Beagle-Derwisch zu beruhigen und unter Kontrolle zu bekommen, während ich meine erboste Nachbarin ansprach und meine Tränen herunterschluckte. »Es tut mir leid. Er ist operiert worden. Und ich habe gerade erst erfahren, dass er Krebs hat. Deshalb ist er momentan in einem desolaten Zustand.«

Obwohl ich wusste, dass der Hund sich dieser Diagnose nicht bewusst war, war er emotional doch aus der Bahn geworfen.

»Das tut mir leid, aber es ist nicht erst seit Kurzem. Er heult die ganze Zeit. Jeden Tag. Den ganzen Tag lang. Ich kann es nicht mehr ertragen. Es geht nicht mehr.«

Ich weinte nicht mehr. Ich war bestürzt. Er heult den ganzen Tag? Was? Frau Nachbarin, Sie haben doch nicht alle Tassen im Schrank. »Entschuldigung. Das wusste ich nicht. Ich hatte noch nie Probleme mit ihm. Und oft ist Chris tagsüber bei ihm, daher verstehe ich nicht, wie es jeden Tag sein kann.«

»Oh, Chris ist viel häufiger fort, als Sie denken.« Sie zog die Augenbrauen bedeutungsvoll hoch.

Na prima. Mein Hund hatte also Krebs und mein Freund rannte dem Weibsvolk in der Stadt die Bude ein. Nun, vielleicht heulte der Hund deshalb. »Ich werde mir überlegen, was ich tun kann«, beschwichtigte ich.

Ich drehte mich um und ging zur Haustüre. Ein Blick zum Hundetürchen genügte, um zu sehen, wo das Problem lag.

Der Halskragen lag im Garten, genau vor dem Hundetürchen, wo er zweifellos runtergefallen war, als Seamus damit in der Öffnung stecken geblieben war. Er musste eine ganze Weile gebellt haben, bevor er sich endlich von dem Halskragen befreien konnte. Er hatte auch das Halsband abgestreift (das war an dem Halskragen befestigt). Kurz überlegte ich, ob ich zur Nachbarin hinübergehen und erklären sollte, was passiert war, beschloss dann aber, mich auf den Hund und seine frische Operationsnaht zu konzentrieren.

Hundewindeln waren also das Mittel der Wahl. Auch wenn Hundewindeln als Ausweichplan nicht ganz ideal erschienen. Beagles sind keine Hunde, die man einzwängt, einsperrt oder – in Windeln steckt. Beagles sind intelligente, schlaue Hunde mit einer starken Motivation, das zu bekommen, was sie wollen (für gewöhnlich Futter). Beagles sind sehr, sehr clevere Hunde.

Und so überrascht es nicht, dass Windeln für Beagles denkbar ungeeignet sind. Um die Sache noch schwieriger zu machen, hatte ich die falsche Größe gekauft – und ich behaupte immer noch, dass ein Beagle ein »large« sein könnte, aber ich weiß nicht, welchem Instanzenweg ich folgen müsste, um die Frage zu klären, welche Windeln für Beagles passen. Als ich Seamus die Windel anzog, konnte ich nur die eine Seite schließen. Die andere Seite klaffte auf, und das abstehende Teil mit dem Klebeverschluss war eine Einladung, daran herumzubeißen und die Windel von seinem Hinterteil zu reißen und mitten in das Wohnzimmer zu schleudern. Oder in die Küche. Oder in meine Müslischale. Nach mehreren fehlgeschlagenen Versuchen wurde der Halskragen mit Halsband wieder in den Dienst genommen. Aber ich konnte nicht riskieren, dass er noch einmal im Hundetürchen stecken blieb.

Einige Tage arbeitete ich von zu Hause aus. Abwechselnd setzte ich Vorschläge für Treuhandverhältnisse für Familien auf, die sich Gedanken darum machten, was sie ihren Kindern hinterließen, und schrie: »Seamus, NEIN!« oder »Seamus, stopp!« Seamus kratzte abwechselnd den Halskragen und schlug ihn an den Türpfosten (seinen Kopf ebenfalls) oder legte sich zu meinen Füßen, wo er mit traurigen Augen um eine Begnadigung oder doch zumindest einen Donut bettelte. Meine Willenskraft ließ von Minute zu Minute nach. Chris kam Mitte der Woche und übernahm die Betreuung von Seamus, obwohl er wohl wusste, dass ich beinahe ebenso viel Betreuung nötig hatte.

Endlich lösten sich die Fäden auf, und ich konnte das Haus wieder verlassen. Ins Büro gehen, einkaufen und in menschliche Gesellschaft zurückkehren war wieder möglich. Seamus konnte ungehindert sein Hundetürchen benutzen, bequem sitzen und die Herrschaft des Haushaltes wieder aufnehmen. Wir hatten die Operation überlebt, aber der Termin beim Krebszentrum lag noch vor uns. So schwierig es mit dem Halskragen auch gewesen war, er war nichts im Vergleich zu dem, was uns noch bevorstand. Ich wusste, dass er noch mindestens eine Operation brauchte, ich hoffte es zumindest. Ich hoffte, dass man den Krebs herausschneiden konnte.

Ich ertappte mich dabei, wie ich den Hund anstarrte – den scheinbar vor Gesundheit strotzenden, glücklichen Hund – und mich fragte, wie in aller Welt er Krebs haben konnte. Als der Halskragen ad acta gelegt war, ging es ihm wieder gut. Er machte seine üblichen Streiche und musste keine Demütigungen über sich ergehen lassen, außer dass sein Frauchen mir nichts, dir nichts in Tränen ausbrach, die Götter verfluchte und ihn peinlich eng an sich drückte.

Meine Demütigungen jedoch sollten weitergehen. Einige Tage bevor ich Seamus nach Los Angeles bringen sollte, um ihn dem Spezialisten vorzustellen, wurde ein anonymer Brief in meinen Briefkasten gesteckt.

Liebe Nachbarn,
Euer Hund hat heute Abend stundenlang gekeucht und gebellt, und das nicht zum ersten Mal!!
Ich frage Euch:
Was ist los mit Euch »Menschen«, dass Ihr Euch nicht um Euren Hund kümmert? Warum bellt und jault Euer Hund die ganze Nacht, ohne dass Ihr Notiz davon nehmt?
Schämt Euch!!!!!
Das ist dafür, dass Ihr Euren Hund endlos leiden lasst und Eure Nachbarn mit dem endlosen Gekläffe Eures Hundes quält.

Gut, ich war seit der Diagnose nicht ganz die Alte, aber ich hielt es nicht für nötig, dass mein Status als »Mensch« infrage gestellt würde. Und der Hund war nicht die ganze Nacht allein gelassen worden, ohne dass sich jemand um ihn kümmerte. Viel wahrscheinlicher war der Hund draußen, war aus freiem Willen durch sein Hundetürchen hinausgegangen, in einem Versuch, seinem klammernden und heulenden Menschenwrack zu entkommen.

Was war los mit mir? Was war los mit meinem Hund? Tja, Krebs war los, Leute! Krebs. Aber wie sollte ich das Nachbarn erklären, die Hunde womöglich gar nicht mochten? Bellte Seamus den ganzen Tag? Chris und ich vermuteten beide, dass der Brief von derselben Nachbarin kam, die mich voller Wut am Gartentor abgepasst hatte. Störte der Hund also die ganze Nachbarschaft, oder bellte er nur den Postboten an und vielleicht die Gärtner und möglicherweise sogar einen Fußgänger, der vorbeiging, und der Nachbar konnte das nicht ertragen?

Ich wusste, dass Seamus bellte, wenn ich fortging, aber er schien nach ein paar Minuten aufzuhören. Und er bellte, wenn ich nach Hause kam, aber als aufgeregte Begrüßung. Es war mir neu, dass er die ganze Zeit dazwischen auch bellte. War das überhaupt möglich? War das eine Folge der Operation und des Stresses, unter dem er gelitten hatte? Als ich noch zur Miete wohnte, hatte es nie Klagen wegen übermäßigen Bellens gegeben.

Dennoch gab es Anzeichen. Seamus hatte einen ungewöhnlich hohen Stresslevel, das war mir bewusst. Er hasste es, alleine gelassen zu werden. Er meldete lautstark mein Kommen und Gehen, sein Frühstück und Abendessen und alles, was dazwischenlag. Wie die Nachbarin ihre Beschwerden vorbrachte, gefiel mir nicht, aber sosehr ich auch wollte, ich wusste auch, dass ich sie nicht ganz ignorieren konnte.

5 Den Krebs fassen

Da ich nun als Frau mittleren Alters mit einem jüngeren Mann hinreichend geoutet war und meine Nachbarn im Garten emsig die Laubrechen schwangen, war offensichtlich, dass mein Feiertagsfluch weiter auf mir lastete. Ich musste Seamus zu seinem Onkologietermin und zu einer weiteren Operation bringen, und ich musste Thanksgiving mit Chris' ganzer Familie im Hause seiner Großmutter feiern. Ich hoffte, dass mit der zweiten Operation der Krebs vollständig entfernt werden würde und dass die große Zahl von Geschwistern, Tanten, Onkel, Cousins und Cousinen von Chris bei den Feierlichkeiten zu Thanksgiving mir wenigstens einen Verbündeten bescheren würde oder doch zumindest jemanden, der mehr Kritik auf sich ziehen würde als ich.

Ich stellte Seamus' Hundebox auf den Rücksitz meines Autos und öffnete die Tür der Box. Seamus sprang geschickt auf den Sitz, stieg in die Box, drehte sich um und wartete darauf, dass ich das Türchen wieder zumachte. Sobald ich die hintere Autotür geschlossen hatte, bellte er, bis ich ebenfalls im Auto saß und das Auto startete. Dann beruhigte er sich und während der gesamten Fahrt blickte er still dasitzend aus seiner Hundebox nach vorne auf die Straße. Wenn jedoch das Auto anhielt, fing das Bellen an. *Ich bin hier hinten! Nimm mich mit! Gibt's hier was zu fressen? Wie wär's mit einem Burger? Ich rieche doch Burger hier! Oder den Strand? Ist das der Strand? Nimm mich mit! Los, lass mich raus! Hol mich! Lass mich rauuuus!! Jeeeeeetzt!!!!*

Wir waren bei der Veterinäronkologie, doch das wusste Seamus nicht. Er wusste nur, dass er mit mir aus dem Auto raus wollte.

Das Krebszentrum war eine moderne Einrichtung in einem mondänen Vorort von Los Angeles. Das Gebäude vermittelte mit bunten Farbakzenten – Orange, Magenta, Hellgrün – und einem grünen Zementboden das offene Raumgefühl eines Lofts. Die kunstvolle Wandgestaltung war besonders gelungen einschließlich der großen Schwarz-Weiß-Aufnahmen der Ärzte mit ihren eigenen Tieren. Für einen Ort, an dem man lieber nicht sein möchte, war es sehr schön dort. Das Gebäude war außerdem nicht weit von Chris' Wohnung entfernt, sodass er mich ohne Probleme begleiten konnte. Zu dritt saßen wir im Wartebereich. Seamus schnupperte, ich schniefte und Chris lenkte uns beide wunderbar ab und unterhielt uns.

»Man fühlt sich hier beinahe wie in einer Kunstgalerie, findest du nicht auch?«, fragte er.

»Mir gefallen die Fotografien.«

»Und dieses Gemälde«, fügte er hinzu und deutete auf ein großes Ölgemälde, drei Frauen, an einem Bistrotisch Cocktails schlürfend, mit ihren Hunden zu ihren Füßen.

»Da drängt sich mir der Gedanke auf, dass mich das hier ein Vermögen kosten wird.«

»Ja, der Gedanke kam mir auch gerade«, stimmte Chris zu und holte ein Leckerli aus der Schale am Empfang, die Seamus schon eine Weile begehrlich anstarrte. Er gab Seamus den Keks. Seamus verschlang ihn beinahe im Ganzen und forderte bellend mehr. »Sollst für das Geld wenigstens etwas bekommen«, meinte Chris und nahm noch ein Leckerli.

Eine Tierarzthelferin in lila OP-Kleidung kam auf uns zu.

»Sieh-muss?«

»Man spricht es Schäi-mäs aus«, verbesserte ich und stand auf, um sie zu begrüßen.

Die Arzthelferin schrieb oben auf Seamus' Krankenakte in großen Buchstaben SCHÄI-MÄS. (Später, als jemand aus Versehen von Seamus als ›sie‹ sprach und ich sie verbesserte, schrieb sie brav MÄNNLICH oben auf die Akte.)

Im Untersuchungsraum hatten wir gerade genug Zeit, um noch mehr schicke Tierkunst und Stühle mit William-Wegman-Bezügen zu bewundern, bis die Onkologin eintrat. Dr. Gilbert war wahrscheinlich um die dreißig, hatte einen Pagenschnitt und einen breiten Mund mit großen, weißen Zähnen, die ich sehen konnte, auch wenn sie nicht lächelte.

»Ich bin Dr. Gilbert«, sagte sie – offensichtlich zu der Leitz-Mappe, denn diese sah sie dabei an.

»Guten Tag, ich bin Teresa«, stellte ich mich vor und streckte meine Hand aus. Sie nahm sie nicht, sondern sah stattdessen zu Chris.

»Ich bin Chris«, sagte er. »Und das ist Seamus.«

»Prima. Ich habe den Biopsiebericht gelesen und nehme an, Sie wissen, dass es nicht gut aussieht.« Sie hielt einen langen Monolog über Dinge, die ich nicht verstand, während mein Verstand sich an »nicht gut aussieht« festbiss.

»Die Biopsie zeigt einen unscharf begrenzten Mastzelltumor am rechten Analrand. Blah, blah, blah … aggressiv … blah, blah, mehr blah … Operation … blah, blah … schwierig. Blah, blah, blah, blah … Lebensqualität. Blah, blah, blah … Chemotherapie … Blah, blah, blah … Die Lebenserwartung beträgt wahrscheinlich ein Jahr.«

Ich hakte bei einem der wenigen Wörter, die ich verstand, nach. »Chemotherapie für einen Hund?«

»Ja, es handelt sich um Krebs; wir behandeln ihn genauso, wie wir es bei Menschen tun würden. Hunde vertragen Chemotherapie eigentlich sogar ganz gut.«

Ich fragte mich, ob die Hunde das auch so sahen.

Chemotherapie erschien beinahe ebenso erschreckend wie der Krebs selbst. Ich erinnerte mich, dass mein Vater, als er in einem Krankenhaus arbeitete und auch später, oft erzählte, die Behandlung sei schlimmer als die Krankheit selbst. In meiner Kanzlei gab es eine Mandantin, die vor ungefähr einem Jahr die Diagnose Brustkrebs Invasionstyp IV erhalten hatte. Sie arbeitete während der gesamten Chemotherapie, egal, wie müde oder blass oder glatzköpfig sie wurde. Ich dachte, dass ich an ihrer Stelle wohl alles hinwerfen würde. Und wahrscheinlich auch die Chemo ablehnen würde. Es war alles viel zu schrecklich. Aber diese Ärztin hier erzählte mir, dass Hunde Chemo besser vertrügen als Menschen. Um wie viel besser denn?

»Was muss ich tun?« In meinem Gehirn ratterte es bei der Verarbeitung all dieser Informationen, und das eigentümliche Verhalten der Ärztin war meiner Stimmung nicht besonders zuträglich. Andauernd machte sie sich Notizen und vermied jeglichen Blickkontakt. Seamus hatte sie sich noch nicht einmal angesehen. Ich glaubte, sie wusste gar nicht, ob der Hund ein Beagle oder ein Rottweiler oder nicht doch eine Katze war.

Für sie war es Business as usual, vermutete ich, ihr Job eben. Wahrscheinlich brauchte sie die emotionale Distanz. Aber für mich war es kein Business. Das war *mein* Hund. Er teilte *mein* Leben. Er war ein wichtiger Teil meines Alphabetlebens. Ein zweijähriger Hund konnte doch keinen Krebs haben. Etwas Empathie hätte ich gut gebrauchen können.

»Sie können nachher die Details der Operation mit Dr. Tracey besprechen. Wir machen Ihnen dann einen Kostenvoranschlag, und wenn Sie einverstanden sind, legen wir einen Termin für die Operation hier oder in unserer Klinik in Tustin fest.«

»Wenn ich einverstanden bin? Gut. Was sind denn die Alternativen?«

»Nun, nicht jeder kann sich eine Operation leisten. Dann versuchen wir, Alternativen zu finden. In seinem Fall würden wir ohne Operation und Behandlung mit Ihnen überlegen, wie er die letzte Zeit seines Lebens, wie lang das auch sein mag, möglichst angenehm verbringen kann. Es ginge darum, seine Lebensqualität so lange wie möglich zu bewahren.« Ich spürte keinen Funken Mitgefühl mit mir oder mit meinem Hund. Vielleicht hatte sie deshalb Seamus noch keines Blickes gewürdigt, geschweige denn gestreichelt wie alle anderen. Vielleicht war das ihre Strategie, den Tag zu überstehen – Regel Nummer eins: Kein Mitgefühl.

Mein Hund wird sterben. Er ist zwei Jahre alt und er wird sterben. Mir war zum Heulen zumute, aber ich kämpfte gegen die Tränen an. Etwas in mir sagte, dass ich vor dieser Frau nicht weinen sollte. Regel Nummer zwei war vermutlich: »Weinen verboten.« Ich ersetzte schnell den Drang zu weinen durch den Drang, ihr eine Ohrfeige zu geben. Ihr die Schuld zu geben. Natürlich durfte ich ihr keine Ohrfeige geben, daher blieb mir nichts, was ich tun konnte. Nicht Heulen, keine Ohrfeigen austeilen ... und ich verstand auch nicht viel. Ich schaute Chris an.

»Sie empfehlen also eine Operation?« fragte er.

»Ja. Das ist das Mindeste«, erklärte Dr. Gilbert Chris. In meine Richtung sagte sie: »Wenn Sie sich das nicht leisten können, haben wir Verständnis dafür. Nicht jeder kann sich die medizinische Versorgung leisten, die nötig wäre. Überlegen Sie es sich.«

Ganze fünf Minuten waren wir mit ihr in dem Raum, und sie hatte anscheinend bereits das Gefühl, ich verschwendete ihre Zeit. Hätte ich schon in der Einfahrt die Papiere unterschreiben, meinem Hund die Narkose selbst geben und ihn jetzt eigentlich schon in den OP schieben sollen? Durfte ich nicht ein wenig über Alternativen nachdenken? Gab es überhaupt Alternativen? »Ich möchte das tun, was er braucht«, sagte ich. »Sagen Sie mir einfach, was das Beste ist. Geld spielt keine Rolle.« Geld spielte eine Rolle, aber nicht *die* Rolle.

»Ich trage die OP-Besprechung ein«, sagte sie. Und sie verließ uns, ohne Seamus überhaupt angesehen zu haben. Ich gab ihm noch ein Leckerli, um ihr Desinteresse wettzumachen.

Chris, Seamus und ich warteten alleine in dem Untersuchungsraum auf die Besprechung mit dem Chirurgen.

»Ich hasse diese Ärztin«, sagte ich.

»Sie ist nicht gerade warmherzig, in der Tat. Aber es ist ein schwieriger Beruf. Vielleicht ist es auch einfach nicht ihr Tag heute. Egal, sie wird ja nicht operieren.«

»Gott sei Dank. Sie ist wie eine fiese Zicke, die in ihren Klub kein Fußvolk aufnehmen will.« Ich äffte ihr Gerede nach: »Nun, wenn Sie es sich nicht leisten können«, wurde aber unterbrochen, als eine andere Ärztin hereinkam.

Die Chirurgin Dr. Tracey war eine große, schlanke Frau mit einem kurzen, hellbraunen Lockenkopf und einem Auftreten, das sowohl Selbstvertrauen als auch Einfühlungsvermögen ausstrahlte. Sobald sie den Untersuchungsraum betreten hatte, setzte sie sich auf den Boden und rief Seamus – korrekt ausgesprochen – zu sich. Er ging freudig zu ihr, reckte sein Gesicht ihrem zu, beschnupperte sie und wedelte mit dem Schwanz. Sie kraulte seine Ohren, tätschelte seinen Kopf, und erst nachdem sie die Sympathie des Hundes für sich gewonnen hatte, redete sie mit Chris und mir und tätschelte Seamus dabei weiterhin.

»Seamus ist ein ganz Süßer. Er erinnert mich an einen Hund, den ich früher hatte. Ein wunderbarer Hund.« Seamus kletterte auf ihren Schoß und drehte sich ruhig sitzend zu mir um. Er gab seine Zustimmung.

Ich atmete auf und entspannte mich ein wenig. Das war gut. Sie war gut – ein netter Kontrast zu Frau Doktor Klubzicke. Wenn schon jemand meinen Hund operieren musste, dann wenigstens einer, der dabei an einen Hund denkt, den er geliebt hat. Ich wollte, dass diese Frau alles tat, was sie auch für ihren eigenen geliebten Hund tun würde. Ich wollte, dass sie uns beide rettete.

Dr. Tracey erklärte den Krebs, die Operation und dass im Gesunden exzidiert werden müsse. Ein Mastzelltumor war wie Hautkrebs und bei manchen Hunderassen wie Boxern sehr verbreitet, bei Beagles allerdings seltener. Bei diesem Krebs war die Überlebensrate hoch, aber Mastzelltumore konnten auch aggressiv sein und zum Tode führen, vor allem, wenn der Tumor wie bei Seamus in einem stark vaskulierten Gebiet vorlag. Dann war die Wahrscheinlichkeit erhöht, dass sich bereits Metastasen gebildet hatten. War der Tumor herausgeschnitten, würde der Pathologe überprüfen, ob sich an den Schnittkanten Krebszellen befänden. Falls ja, bedeutete das, dass im Körper noch Krebszellen vorhanden waren. Falls nicht, gab es keine weiteren Metastasen, zumindest nicht zu dem Zeitpunkt.

Das wäre gut, dachte ich. Vielleicht musste er also noch nicht sterben.

»Das bedeutet nicht unbedingt, dass wir alles erwischt haben. Krebszellen sind sehr klein und schwierig zu erkennen, solange nur eine geringe Menge von ihnen vorhanden ist. Aber wenn wir an den Schnittkanten des Tumors keine Krebszellen sehen, können wir zumindest hoffen, dass der Krebs vollständig entfernt wurde.«

Gut, hoffen. Das wäre schon etwas. »Und wenn nicht? Wenn die Kanten nicht sauber sind, wird dann noch einmal operiert?« fragte ich.

Dr. Tracey saß immer noch am Boden und tätschelte Seamus. Sie gab ihm einen grünen Hundekeks in der Form eines Hundeknochens, den sie aus der Tasche ihres Arztkittels gezogen hatte, nachdem Seamus daran geschnuppert hatte. »In diesem Fall nicht, nein. Ich werde so viel wegschneiden, wie ich kann, aber aufgrund der Lage des Tumors ist die Fläche, die wir wegschneiden können, begrenzt. Wenn ich zu großzügig schneide, werden ihm einige Lebensfunktionen abhandenkommen und seine Lebensqualität wird massiv beeinträchtig. Es handelt sich um einen sehr gefäßreichen Bereich, das macht es sehr schwierig.« Sie sah mich direkt an. »Ich werde alles tun, was in meiner Macht steht.« Ich beobachtete, wie sie Seamus sanft streichelte. Man konnte ihr ansehen, dass es ihr etwas bedeutete, und in diesem Moment glaubte ich ihr. Ich glaubte an sie und würde ihr meinen Hund anvertrauen.

»Danke«, sagte ich. »Wann kann er operiert werden?«

Mit Dr. Traceys geduldiger Hilfe arrangierten wir alles für die Operation. Für mich bedeutete das viel Schreibkram und eine Diskussion mit Chris, ob ich das Familienthanksgiving sausen lassen könnte, falls Seamus' Behandlung es erforderte. Für Seamus bedeutete es Sedierung, Ultraschall, Blutabnahme, Knochenmarkpunktion und einige andere präoperative Maßnahmen und Tests, die ich nicht einordnen konnte. Die Rechnung nur für diesen Tag belief sich auf über zweitausend Dollar. Und das war noch vor der Operation.

Während Seamus getestet wurde, aßen Chris und ich eine Kleinigkeit zu Mittag und warteten zusammen, meist schweigend. Ich nahm mir Taschentücher zur Hand, wischte meine Tränen ab und putzte meine Nase, während Chris meinen Rücken massierte. Ich rief meine Mutter an, um zu fragen, ob sie sich, falls nötig, an Thanksgiving um Seamus kümmern könnte.

Später, auf dem Heimweg, als Seamus fest auf dem Rücksitz schlief, fragte ich Chris, was ich mich Frau Doktor Klubzicke nicht zu fragen getraut hatte.

»Sagte sie, dass Seamus ein Jahr zu leben hätte, wenn ich ihn operieren lasse und er Chemo bekommt? Oder ist es ein Jahr, wenn ich nichts tue?«

»Ich glaube, es ist ein Jahr mit Operation und Chemo. Aber wir können dafür sorgen, dass es ein schönes Jahr für ihn wird.« Er langte zu mir herüber und legte seine Hand auf mein Bein.

Die restlichen hundert Kilometer nach Hause weinte ich.

In dieser Nacht saßen Chris und ich im Whirlpool auf meiner hinteren Terrasse mit Blick über die Stadt. Der Whirlpool war nun der neue Ort unserer Wannengespräche, ganz im Stil dieser schnittigen und eleganten Hundehütte.

»Ich muss das tun. Ich weiß, dass es irre teuer ist, aber ich kann ihn nicht einfach sterben lassen«, erklärte ich.

»Ich weiß. Es ist schon in Ordnung so. Ich denke auch, dass du es tun solltest.«

»Hältst du mich nicht für verrückt, weil ich so viel Geld für einen Hund ausgebe?«

»Nein, ich weiß ja, wie viel der Hund dir bedeutet. Und leisten kannst du es dir ja, oder?«

Meine Kanzlei funktionierte so, dass meine Gewinnausschüttung sich an meinem Umsatz orientierte. Wenn ich also weniger arbeitete, weil ich wegen des Hundes viel unterwegs war, dann verdiente ich auch weniger. Dennoch, es würde gehen.

»Ich denke schon.«

»Er ist dein Baby. Du weißt, wie sehr ich hinter euch beiden stehe.«

»Danke.«

Eine Weile schwiegen wir, unsere Beine im heißen Wasser umschlungen, und lehnten uns beide zurück, um uns im beruhigenden Geblubber des sprudelnden Wassers zu entspannen.

»Trotzdem seltsam. Für diesen Hund würdest du alles tun, und du kümmerst dich wunderbar um ihn. Aber …«, er hielt inne, setzte sich etwas auf, rückte näher zu mir und legte mir seine Hand aufs Knie. »… wolltest du eigentlich nie Kinder haben?«

Ich setzte mich hin. Wir hatten darüber schon einmal gesprochen. Es war wahrscheinlich die größte Hürde in unseren Diskussionen, ob dies nun ›etwas Festes‹ sei. Technisch gesehen, konnte ich vielleicht noch Kinder bekommen, aber ich war noch nie der Typ fürs Kinderkriegen gewesen. Das hatte ich Chris von Anfang an klipp und klar gesagt, wie auch meinem zweiten

Mann. (Meinem ersten Mann gegenüber war ich weniger deutlich gewesen; durch ihn und sein kindisches Verhalten hatte sich meine Entscheidung gegen Kinder wahrscheinlich erst richtig herauskristallisiert.) Ich hatte und wollte keine Kinder. Dafür gab es eine Menge Gründe, einschließlich einer langen Ahnenreihe ohne angeborene Muttergefühle. Ich war überzeugt, das geerbt zu haben. Außerdem sollte man doch nicht nach Gründen suchen müssen, um Kinder zu bekommen, oder sogar dazu überredet werden. Meine biologische Uhr hatte einfach nie angefangen zu ticken. Ich bezweifelte, ob es sie überhaupt gab, getickt hatte sie jedenfalls nie.

»Nein, das wollte ich nie. Mit Hunden habe ich immer schon gekonnt, mit Kindern noch nie. Das ist einfach nicht zu vergleichen. Ich fühle Hunden gegenüber ganz anders als Kindern. Mutter zu sein liegt mir nicht.«

»Doch, das glaube ich schon. Aber ich verstehe dich.« Wir schwiegen und lehnten uns beide wieder zurück. Dennoch beobachtete ich Chris. Ich konnte sehen, wie es in ihm arbeitete, aber ich war mir sicher, dass ich zu diesem Zeitpunkt nicht mehr wissen wollte. Ich musste an meinen Hund denken.

Chris und ich übernachteten die Nacht vor der Operation in seiner Wohnung in Brentwood, damit wir Seamus schon frühmorgens abliefern konnten. Wir schmuggelten Seamus in die Wohnung, in der normalerweise keine Haustiere erlaubt waren, und hofften, dass er nicht jedes neue Geräusch oder jeden neuen Geruch anbellen würde. Er bellte nicht, sondern schlief stattdessen ruhig und zufrieden auf dem Liegesessel in unserem Schlafzimmer, mit meinen Kleidern als Kissen. Er heulte erst, als wir die Wohnung verließen, ohne ihn zu füttern. Zwölf Stunden vor der Operation durfte er nichts mehr zu sich nehmen.

Als wir kurz vor neun Uhr am Krebszentrum ankamen, wurden wir dort sofort zum Untersuchungsraum gebracht. Effizient gingen sie dort allemal zu Werke.

Obwohl ich die Prognose schon einmal gehört und Chris sie mir bestätigt hatte, musste ich sie noch einmal hören. Ich hoffte insgeheim noch immer, dass ich sie nicht richtig verstanden hatte. Als Dr. Tracey hereinkam, fragte ich: »Habe ich das richtig verstanden, dass er selbst mit Operation, Chemo und eventuell sogar Bestrahlung wahrscheinlich nur noch ein Jahr zu leben hat? Selbst wenn die Ränder sauber sein sollten?«

»Leider sind Tumore in diesem Bereich äußerst aggressiv. Selbst wenn wir im Gesunden exzidieren können – und nochmals, wir sprechen hier von dem, was wir mit der heutigen Technologie sehen können, es könnte also durchaus auch nicht im Gesunden sein –, ist die Wahrscheinlichkeit hoch, dass der Krebs immer noch da ist. Durch die Chemo kann der Rest vielleicht abgetötet werden. Vielleicht aber auch nicht, das ist das Gemeine. Wir werden jedenfalls unser Möglichstes tun.«

Auch diesmal wieder wurde mir ein Kostenvoranschlag gegeben, der alle Eventualitäten der Operation separat auflistete. Ich unterschrieb und zückte meine Kreditkarte. Der Voranschlag gab einen Mindestpreis von 2.023 $ und einen Höchstpreis von 2.193 $ an. Die Differenz von rund hundertsiebzig Dollar machten die unterschiedlichen Dosen von Narkosemitteln, Antibiotika und Schmerzmitteln aus. Ich wusste nicht, ob ich eher auf den Mindest- oder eher auf den Höchstpreis hoffen sollte. Ich unterschrieb außerdem für »erweiterte Wiederbelebungsmaßnahmen«, was insbesondere für Patienten galt, die mehr als dreiundzwanzig Kilo wogen. Seamus wog nicht annähernd so viel, aber ich wollte auf Nummer sicher gehen. Wir wollten alles Menschenmögliche tun.

Ich knuddelte, streichelte und umarmte Seamus, bis Dr. Tracey ihn vom Untersuchungsraum in den OP-Bereich führte. Seamus ging willig und freudig mit ihr mit und schnupperte auf dem Weg nach mehr Keksen. Seine Krallen klackten beim Laufen auf dem bunten Zement, und der in die Höhe gereckte Schwanz wedelte vor und zurück. Chris führte mich den Gang entlang in die entgegengesetzte Richtung.

Einsam und allein fuhr ich nach Hause. Seamus war ja im Krebszentrum und Chris in seiner Wohnung. Zu Hause saß ich auf dem Sofa und starrte mit einem Glas Wein in der Hand die Wand an. Den Wein schwenkte ich etwas hin und her, nippte aber noch nicht einmal daran. Ich wartete.

Dr. Tracey rief mich um achtzehn Uhr an, um mir mitzuteilen, dass die Operation gut verlaufen sei und sie auf eine Exzision im Gesunden hoffe. Seamus ruhe sich nun von den Strapazen aus, versicherte sie mir. Das beruhigte mich nur wenig. Immer noch hatte ich »aggressiv … ein Jahr … Chemotherapie« im Ohr.

Am nächsten Tag gleich nach meiner Mittagspause rief mich das Krebszentrum im Büro an. Seamus gehe es sehr gut, er sei aufmerksam und fresse, und ich könne ihn abholen, wann immer es mir passe. Ich sah auf die Uhr. Selbst wenn ich direkt losfahren würde, was kein Problem wäre, könnte ich nicht nach Los Angeles und wieder zurückfahren, ohne in den Stoßverkehr zu geraten. Ich überschlug kurz, wie lange es wohl dauern würde. Mit ein wenig Glück eineinhalb Stunden für die Hinfahrt. Eine halbe Stunde in der Klinik … dann wäre es fünfzehn Uhr oder später, bis ich zurückfahren könnte. Das wäre die schlimmste Zeit, um in Los Angeles auf die Autobahn zu fahren. Ich würde bestenfalls um achtzehn Uhr daheim sein, und Seamus wäre mit seinem frisch genähten Hinterteil und voll mit Schmerzmitteln die ganze Zeit in seiner Hundebox eingezwängt.

Ich rief Chris an, in der Hoffnung, dass er vielleicht eine andere Route kannte, um das Verkehrschaos zu umfahren, auch wenn mir selbst klar war, dass das eigentlich unmöglich war. Nicht vielen Menschen in meinem Leben vertraute ich so sehr, dass ich sie um Rat fragen, geschweige denn selbigen auch annehmen würde. Obwohl ich noch immer Bedenken wegen Chris' Alter hatte, verließ ich mich allmählich immer mehr und immer lieber auf seine Intelligenz.

»Weißt du was, ich kann ihn ja jetzt abholen und ihn heute Abend zu dir bringen«, schlug er vor.

Daran hatte ich noch gar nicht gedacht. Er war ja bereits in Los Angeles, sodass er ein paar Stunden weniger Fahrtzeit brauchte. Aber es war doch mein Hund. »Nein, ich muss ihn sehen. Ich hole ihn selbst ab.«

»Wirklich? Es ist doch nicht logisch, dass du den ganzen Weg hierher fährst, um dann umzukehren und zurückzufahren, während ich ohnehin zu dir fahren will. Sie haben doch gesagt, dass es ihm gut geht, oder?«

Ja, das hatten sie. Aber es ging um meinen Hund. Ich musste ihn sehen. War es nicht meine Aufgabe, ja meine Pflicht, ihn abzuholen? Natürlich war es auch meine Pflicht, die Kosten für seine Operation zu bezahlen, so gesehen, wäre es sicher nicht verkehrt, einige Stunden länger zu arbeiten. Wenn Chris jetzt losfahren würde, könnte Seamus einige Stunden früher zu Hause sein als mit mir.

»Meinst du wirklich?« Die Frage war an mich ebenso gerichtet wie an Chris.

»Ja. Ich hole ihn ab. Außerdem haben der Mops und ich uns gut zusammengerauft. Ich möchte ihn ja auch sehen.«

Das stimmte, sie hatten sich wirklich gut aneinander gewöhnt. Das Futter war vermutlich nicht mehr der einzige Grund. Je länger Chris bei mir zu Hause war, desto lieber schien Seamus sich neben Chris hinzukuscheln. Manchmal sogar lieber als neben mich. »Mops« (nach seinem ersten Kosenamen »Schäi-Mops«) war mir von all den Kosenamen, die Chris sich für ihn ausgedacht hatte, einer der liebsten. Die Titelsongs zur Seamus-Show waren »Ein Mops kam in die Küche und stahl dem Koch ein Ei« (den recht brutalen Teil des Liedes ließen wir aber aus) und «Es frisst ein Bi-Ba-Beagle-Hund in unserm Haus sich dumm, widibum«.

Ich rief also in der Klinik an und teilte mit, dass sie den Hund Chris mitgeben durften. Sie kannten Chris, da er uns zu dem Termin ja begleitet hatte. Wahrscheinlich hielten sie Seamus ohnehin für »unseren« Hund, auch wenn er das für mich nicht war, sodass die Dame am Empfang den Hund selbstverständlich auch Chris mitgeben würde.

»Wunderbar, dass er so schnell hier sein kann. Wir machen alles fertig für ihn«, sagte die Empfangsdame ohne viel Tamtam. Sie hatte ja keine Ahnung, was für eine große Sache das für mich war. Ich überließ Chris die Verantwortung für *meinen* Hund. Ich vertraute ihm *meinen* Hund an. *Meinen* kranken, frisch operierten Hund.

Als ich an diesem Abend nach Hause kam, lag Seamus zusammengerollt neben Chris, genauso, wie er sonst beinahe jeden Abend bei mir lag. Sogar seine linke Vorderpfote hatte er Chris auf den rechten Oberschenkel gelegt. Beiden schien es gut zu gehen – Hund und Mann waren entspannt und glücklich, und wie auch der Empfangsdame zuvor schien es keinem von beiden aufzufallen, dass ich meine Beziehung mit Chris gerade auf eine andere Ebene gebracht hatte. Ich war emotional gerade enorm über mich hinausgewachsen, aber anscheinend nahm niemand davon Notiz.

Seamus sprang vom Sofa und begrüßte mich. Sein Hinterteil war rechts rasiert und er war erneut genäht worden, aber er war wach und schien keine Schmerzen zu haben. An seinem linken Vorderbein trug er eine grüne elastische Binde.

»Sie haben mir Schmerzmittel und Antibiotika mitgegeben. Die Tabletten für heute habe ich ihm schon gegeben, die Flaschen stehen auf der Arbeitsplatte. Wollen wir Pizza bestellen? Mops möchte auch Pizza«, schlug Chris vor.

»Na klar will er das. Klingt gut. Ich rufe an.«

»Seamus will Pizza mit scharfer Salami. Und Würstchen.«

»Wahrscheinlich auch noch Hühnchen. Und extra Kruste.«

Wir gingen alle drei noch vor zweiundzwanzig Uhr nach oben ins Bett, viel früher als normal. Eigentlich waren wir alle drei Nachteulen, aber nach diesen langen, anstrengenden vierundzwanzig Stunden waren wir todmüde. Seamus kletterte in sein Körbchen, drehte sich ein paarmal und rückte seine Decke zurecht, um sich dann mit einem lauten »harrrumf« hinzulegen. Er seufzte tief und seine Lefzen schwabbelten dabei im Luftzug seines Atems. Den Halskragen zogen wir ihm nicht an.

Ich freute mich, dass wir alle zusammen waren, war erleichtert, dass wir die Operation hinter uns hatten, konnte aber trotzdem nicht einschlafen. Abwechselnd grübelte ich über die bevorstehende Thanksgivingfeier und den Pathologiebericht, den wir noch bekommen sollten. Ich versuchte mich daran aufzurichten, dass Seamus die Operation gut überstanden hatte und dass Dr. Tracey das Gefühl hatte, alles sei gut verlaufen, aber es war der Optimismus der Verzweiflung. Ich fand einfach keine Ruhe und machte mir die ganze Nacht Sorgen über Exzision im Gesunden und wie Chris' Familie von mir denken würde, während Seamus laut schnarchte und Chris tief und fest schlief.

6 Sportfreunde

Mit seiner schnellen und problemlosen Genesung nach der Operation machte Seamus mir einen Strich durch die Rechnung: Ich hatte keinen Grund mehr, der Feier zu Thanksgiving bei Chris' Familie fernzubleiben. Als wäre es nicht schon Stress genug, Tanten, Onkel, Cousinen und Cousins kennenzulernen, fand das Familienfest auch noch im Haus seiner kürzlich verstorbenen Großmutter in Pacific Palisades statt. Pacific Palisades ließ sogar Newport Beach so ärmlich aussehen wie Haiti. Doch selbst das war noch nicht genug: Eine Tante hatte offensichtlich die Kleiderfrage in die Hand genommen und verfügt, dass wir alle in den Trikots unseres Lieblingsvereins kommen sollten, da das Großmutter Dugi gefallen hätte. Nun musste ich mich passend kleiden, um die Familie kennenzulernen, dabei aber auch ein Trikot meines nichtexistierenden Lieblingsvereins tragen, und das alles auch noch so elegant, dass ich die unsichtbaren Schranken passieren durfte, die das Fußvolk von den ehrwürdigen Gefilden von Pacific Palisades abhalten sollten. Hätte die Weisung gelautet, man solle ein Oberteil tragen, das die Lieblingshunderasse zeigt, hätte ich aus einer Vielzahl von mit Beagles verzierten Kleidungsstücken auswählen können. Selbst die Vorgabe, sein favorisiertes alkoholisches Getränk auf einem Shirt zu tragen, hätte ich umsetzen können. Diese Themen erschienen mir jedenfalls nicht weniger lächerlich. So lieh ich mir von Chris ein San-Diego-Charger-Shirt, nicht etwa weil es mein Lieblingsverein war, sondern weil es hellblau mit goldenen Akzenten war und mir diese Farben gut standen. Außerdem war es eines seiner kleinsten Shirts, nur XL statt sonst XXL. Chris hatte ein Trikot vom FC Barcelona an, das zufälligerweise ohnehin zu seinen Lieblingsshirts gehörte. Ich sah aus, als würde ich zu einer Karnevalsfeier, und er, als würde er an einem gewöhnlichen Tag zum Frühstücken gehen.

Nicht einmal der Verkehr kam mir zu Hilfe. Es gab nämlich keinen. (Ironie des Schicksals, an welchem Feiertag gibt es in Los Angeles keinen Verkehr? Natürlich dann, wenn ich mir gerade viel Verkehr wünschte!) Wir waren zu früh, aber Chris ignorierte meine Bitten, noch ein paar Stunden – oder Tage – herumzufahren.

Das Haus seiner Großmutter war klassisch elegant – Ziegelsteine und hohe, weiße Säulen – und stand auf einem Eckgrundstück, das eines der größten noch freien Grundstücke in Pacific Palisades war. Die anderen, so erklärte Chris, waren aufgeteilt und bebaut mit den überdimensionierten Möchtegernschlössern der Multimillionäre aus Sport, Unterhaltung und Wirtschaft, die sich hier in den letzten Jahren niedergelassen hatten. Das Haus von Großmutter Dugi hingegen war einst im Besitz von Mary Astor gewesen und lag auf dem berühmten San Remo Drive. (Wie wunderbar musste es sein, in einer Straße zu leben, die in einem Roman verewigt ist!) Der Vorgarten war riesig mit majestätischen Magnolien, penibel geschnittenen Büschen und überall weißen Rosen, selbst jetzt im November noch. Haus und Garten sahen aus, als wären sie in Atlanta in längst vergangenen Tagen aufgelesen und nun mitten im modernen West Los Angeles hingestellt worden. Das Anwesen war königlich und heiter. Ich hingegen steckte in einem alten, verblichenen Männertrikot und hatte seit einer Woche kaum mehr als vier Stunden pro Nacht geschlafen.

Wir parkten vorne, doch Chris führte mich über die riesige Rasenfläche um das Haus herum vorbei am Schwimmbad und einem Wirtschaftsgebäude nach hinten, wo wir durch die Küche eintraten. (Wie Familie oder Hausangestellte? Oder einer von jeder Sorte?) Ich befürchtete, dass wir die Einzigen in Sporttrikots wären, dass sich alles als ein Witz herausstellen und bei unserer Ankunft alle anderen in eleganten Gewändern parlieren (in meinen gestörten und etwas paranoiden Gedanken kamen Perlen und Hüte vor), auf uns zeigen und uns auslachen würden.

Zumindest mich.

Zuerst begegnete ich seiner Tante Peggy. Peggy trug ein Trikot der University of Southern California, was mich zwar etwas erleichterte, aber nicht besonders überraschte, war sie doch nicht nur eine frühere Wimbledonsiegerin im Doppel, sondern auch sportbegeistert und, was beinahe ebenso wichtig war, jene Tante, die sich diese Kleiderordnung ausgedacht hatte. Doch dann lernte ich Onkel John und seine Frau Tina kennen, die beide ebenfalls Sporttrikots trugen, und ich entspannte mich ein wenig. Tante Barbara und Onkel Ed sowie ihre drei Töchter – alle mit einem »M«-Namen und blonden Pagenköpfen, schnieken Ehemännern und ihren eigenen ordentlichen, strahlenden, wohlerzogenen Kindern – trugen identische USC Trikots. Ich lächelte, nickte und versuchte mir die Namen, so gut es ging, einzuprägen und den Geschichten zuzuordnen, die Chris mir erzählt hatte. Dank dieser Sporttrikots, auch wenn sie nur zeitweilig über der normalen Kleidung getragen wurden, wurde ich allmählich ein wenig lockerer. Zumindest, bis ich feststellte, dass sie alle in Purpurrot und Gold gekleidet waren – alle. Als Einzige kam ich in Blau und Gold daher – den Farben des Lokalrivalen, der University of California, Los Angeles.

»Warum hast du mich nicht gewarnt?«, flüsterte ich Chris zu.

»Weil du an der UC Santa Barbara studiert hast. Warum solltest du ein USC-Shirt anziehen?«

»Weil alle anderen eines tragen! Ich hatte vergessen, dass alle in deiner Familie USC-Fans sind!«

»Nein, nicht alle. Das ist schon gut so. Meine Großmutter studierte an der UCLA. Meine Großmutter war sogar die erste Frau, die Vorsitzende der Studentenschaft an der UCLA wurde.«

Nicht schlecht. Das genügte mir. Ich trug die Schulfarben von Dugi! Sicher, es war ein Chargers Trikot, aber die Farben waren doch sehr ähnlich. Vielleicht würde es ja jemandem auffallen und ich würde Bonuspunkte bekommen (ich war mir nämlich sicher, dass sie Punkte vergeben würden).

»Was hat es also mit all dem Purpurrot und Gold auf sich? Warum sind sie nicht in den Schulfarben deiner Großmutter gekommen?« Sie war erst vor einigen Monaten gestorben und das Anwesen stand zum Verkauf. Es war also das letzte Thanksgiving, das die ganze Familie zusammen in dem Haus feiern würde, in dem Trudi und ihre Geschwister aufgewachsen waren. Warum trugen sie also nicht ihrer Großmutter zu Ehren deren Farben?

»Mein Großvater studierte an der USC. Genauso wie Ed, Barbara und ...« Ich hörte nicht mehr hin. Chris' Eltern und seine Schwester waren angekommen. Als ich seine Schwestern sah, funktionierte mein Gehirn endlich wieder und ich nahm Chris' Stimme direkt wahr: »Natürlich studiert meine Schwester Courtney gerade an der USC, und Kati macht ihren Magister dort.«

Ich hätte das wissen müssen. Ich hätte besser vorausplanen sollen. *Kann ich jetzt bitte zu meinem Hund nach Hause gehen? Bitte?*

Doch seine Mutter und sein Vater trugen keine USC-Trikots. Sie trugen überhaupt keine Trikots. Seine Schwestern hatten Kleider und Schuhe mit unverschämt hohen (und modernen) Absätzen an. Seine Mutter trug eine schwarze Seidenbluse mit weißen Streifen und Manschetten zu einer schwarzen Hose, dazu eine lange Kette mit großen Perlen. Sein Vater kam im männlichen Allzweckanzug an – Kakihosen mit Hemd und dazu Halbschuhe. In mir arbeitete es erneut. Wir waren völlig fehl am Platz, ich sah lächerlich aus! Wer zieht schon eine elegante Hose und Schuhe mit Absätzen zu einem Sporttrikot an, das über einem einfachen Baumwolloberteil seitlich geknotet wurde? Wer trägt so etwas? Noch dazu an Thanksgiving! Ich war ja so bescheuert. Am liebsten hätte ich ein lautes Heulen à la Seamus von mir gegeben. *Bring mich heim! Jeeeeetzt! Loooooos! Bring mich nach Haaaaaaauuuuseeeee!!!* Aber ich war nun einmal kein Beagle. Ich konnte nicht einfach losschreien, heulen oder durch das Hundetürchen flüchten. Ich saß da und blieb.

Meine Rettung kam von den »M«-Cousinen, die sich einzeln mit Mann und Kindern bei mir vorstellten und lange mit mir plauderten.

Zum Glück zogen auch Chris' Eltern und Schwestern ihre Trikots zum Essen an (und zogen sie danach auch gleich wieder aus), und obwohl seine Schwestern und seine Mutter USC-Trikots trugen, hatte sein Vater ein Sweatshirt der US-Marineakademie an.

Trudi kam zu mir, um Wein nachzuschenken. (Sollte ich mir nachschenken lassen? Würde ich dann womöglich als Alkoholikerin dastehen? Würde ich sie beleidigen, wenn ich dankend ablehnte?)

»Na, was halten Sie von all dem? Ganz schön verrückt, oder?«, fragte sie.

»Auf jeden Fall werde ich das so schnell nicht vergessen. Ich glaube nicht, dass ich jemals so Thanksgiving gefeiert habe. Ich wusste gar nicht, dass die ganze Familie so sportversessen ist.«

»Doch, das sind wir schon, aber nicht so«, sie zeigte mit ihrem Weinglas in der Hand auf ihre Trikots tragenden Geschwister im Wohnzimmer. »Meine Mutter würde sich im Grabe umdrehen.«

»Das ist also keine Tradition?«

»Um Himmels willen, nein. Ich weiß nicht, was in Peggy gefahren ist. So etwas gab es hier noch nie.«

Chris kam zu uns und hielt so sein Versprechen, dass er mich nicht länger als zwei Minuten mit seinen Eltern allein lassen würde. »Was gab es hier noch nie?«

»Dass wir in so einem Aufzug Thanksgiving feiern! Chris, bitte kläre Teresa auf, dass wir normalerweise nicht kostümiert sind. Du willst doch nicht, dass sie deine Familie für verrückt hält.«

»Na ja, Mama, erinnerst du dich nicht an das Weihnachtsdinner? Als wir alle Hüte aufsetzen mussten, weil Großmutter es so wollte?«

»Du meinst diese englischen Papierhüte, die aus den Knallbonbons kommen?«, fragte ich.

»Nein, nein. Richtige Hüte. Dugis Hüte. Große Hüte, Baseballmützen, Strohhüte, Fischerhüte – was man sich nur denken kann. Meine Großmutter hatte sie herausgelegt und wir alle mussten sie aufsetzen. Sie bestand darauf.«

Ich sah zu Trudi und erwartete, dass sie ob dieser Enthüllung peinlich berührt war. Aber sie lachte nur.

»Ja, das stimmt, das hatte ich schon vergessen. Aber, Chris, ich glaube, dass sie zu dem Zeitpunkt schon dement war, wir wussten es nur noch nicht.«

»Die Hüte waren ein erstes, deutliches Zeichen dafür. Zumindest hätten sie das sein sollen.«

Ich wusste nicht, was für mich die größere Herausforderung gewesen wäre, das Hutweihnachtsfest oder das Trikotthanksgiving. Ich habe einige Hüte, also hätte ich eine gewisse Auswahl gehabt, doch andererseits wäre dann auch mein Haar vom Hut platt gedrückt gewesen. Es war aber auch egal. Ich war dort und trug mein Charger-Trikot.

»Ach, es ist schon in Ordnung so«, beschwichtigte ich. »Ich bin nur froh, dass auch alle anderen Trikots tragen.«

»Hatten Sie etwa befürchtet, dass wir Ihnen einen Streich spielen würden?«

»Ja, ein bisschen schon.«

»Aber nein. Das hier ist wirklich ernst gemeint.«

»Na ja, zumindest muss ich mir keine Sorgen machen, wenn ich Flecken auf die Bluse bekomme.«

Ich half mit, die Teller aus der Küche ins Esszimmer zu tragen. Am Tisch unterhielt ich mich dann ganz nett, wusste meist, welches Besteck ich wann benutzen musste, und dachte daran, mich ja nicht auf meine Ellbogen zu stützen. Ich überlebte das Essen und wurde allmählich etwas lockerer.

»Und? Wie geht's dir?«, fragte Chris nach Dessert und Kaffee.

»Gut, überraschend gut. Danke.«

Er lächelte. »Hab ich dir doch gesagt. Und alle mögen dich.«

Wer weiß, dachte ich, wer weiß.

Wir blieben lange, spielten Karten und ein Würfelspiel am großen Esstisch, an dem leicht achtzehn Personen Platz hatten. Eine Runde hätte ich beinahe gewonnen, und mit Freude bemerkte ich, dass einige Familienmitglieder mich sogar anfeuerten. Dass letztlich eine sechzehnjährige Cousine gewann, machte mir nichts aus, und ich gratulierte ihr. Wir hatten zu den ersten Gästen gehört und waren nun fast die letzten, was mich selbst wohl am allermeisten überraschte.

»Seit Langem hatte ich nicht so ein schönes Thanksgiving«, gestand ich Chris auf der Heimfahrt. »Es ist toll, dass ihr einen Ort habt, an dem ihr alle zusammenkommen könnt. Bei meiner Familie hätten wir an drei verschiedenen Stellen feiern müssen.«

»Siehst du. Ich habe ja gesagt, dass du dir keine Sorgen zu machen brauchst. Sie fanden dich alle wunderbar.«

»Na ja, wunderbar vielleicht nicht, aber zumindest haben sie mich nicht geschnitten. Deine Cousinen haben sich wirklich Mühe gegeben, mich freundlich zu empfangen, und Ed hat sich sehr für mein Jurastudium interessiert. Ich glaube, dass ich bei ihm punkten konnte. Wie gut, dass er nicht so hohe Maßstäbe hat.«

»Eds Maßstäbe sind durchaus hoch, aber ja, Bildung liegt ihm sehr am Herzen. Meine Mutter hat sich auch ganz schön lange mit dir unterhalten.«

»Ja, das stimmt. Es war schön. Sie wollte sich davon überzeugen, dass ich mich wohlfühle und alle kennengelernt habe. Das war sehr nett von ihr. Sie hat mich nicht versteckt oder als eine Küchenhilfe ausgegeben oder so.«

»Sehr witzig. Aber jetzt ist es vorbei. Du hast es prima hinbekommen.«

»Danke. Trotzdem freue ich mich jetzt auf den Hund und auf zu Hause.« Auf der Heimfahrt konnte ich sogar noch ein wenig Schlaf nachholen.

Am nächsten Tag rief Dr. Gilbert an. Die Operation war erfolgreich gewesen. Der Tumor konnte laut Chirurgin und nun auch laut dem Pathologen im Gesunden exzidiert werden. Nun musste sich Seamus nur noch erholen, bevor er die Chemotherapie beginnen konnte.

Bei meiner Mutter hatte Seamus wieder den Halskragen tragen müssen, da er an den Fäden herumkaute. Zu Hause bei Chris und mir hatte er damit begonnen, sein Hinterteil über den Teppich zu scheuern, um so die Fäden loszuwerden. Dabei hinterließ er manchmal richtige Blutspuren. Aber ich war so unglaublich glücklich über die Ergebnisse der Operation, dass ich Seamus einfach auf Schritt und Tritt folgte, immer wieder »Seamus, nein« rief und bei Bedarf Fleckenentferner sprühte.

Am Samstag fuhr Chris für das jährliche Weihnachtsfamilienfoto zu seinen Eltern. Ich blieb mit Seamus zu Hause. Ich hatte gelacht, als Chris mir erzählte, dass er genaue Anweisungen erhalten habe, was er anziehen solle (er war dreißig!), und dass sie das jedes Jahr so machten. Ich konnte es mir beim besten Willen nicht vorstellen. Ich bezweifelte, dass meine Familie überhaupt jemals zusammen auf einem Foto war. Ein Teil von mir wollte mitkommen, weil ich mir das ansehen wollte. Ein größerer Teil von mir wollte allerdings mit dem Hund am offenen Kamin liegen und ein gutes Buch lesen – dieser Teil siegte. Allerdings war das auch nicht allzu schwierig, da ich ohnehin nicht zum Fototermin eingeladen war.

Ich döste gerade auf dem Sofa – das Feuer brannte, das Buch lag auf meinem Bauch und Seamus schlief neben mir –, als Chris früher als erwartet nach Hause kam.

Ich setzte mich auf, und er ließ sich zwischen mich und Seamus auf das Sofa plumpsen, was Seamus veranlasste, sich mitsamt seinem Halskragen zu erheben, über Chris hinüberzuklettern und sich zwischen uns hinzulegen. Seamus musste immer im Zentrum des Geschehens sein.

Ich kämpfte mich über den Halskragen, um Chris zu küssen, küsste dann aber seine Wange, weil er einfach vor sich hinstarrte.

»Du bist früh zu Hause«, bemerkte ich nach einigen Minuten.

»Du hattest recht«, stellte er fest und stand auf. Er ging geradewegs zur Hausbar und nahm seine Flasche Maker's Mark Whiskey.

Ich war mir eigentlich ziemlich sicher, dass ich in letzter Zeit nichts gesagt hatte, bei dem ich recht behalten wollte. Noch nie hatte ich sein Gesicht derart konzentriert und leidend gesehen. »Hätten wir doch USC-Trikots anziehen sollen?«

»Das hätte auch nichts gebracht.« Er setzte sich wieder hin mit seinem Glas in der Hand, mit dem er mir nun ironisch zuprostete. »Ich soll mich von dir trennen. Meine Eltern denken offenbar, sie hätten mich zu gut erzogen für das hier.« Mit ausgestrecktem Arm zeigte er auf meine schnittige und elegante Hundehütte. »Sie sind der Meinung, dass sie mich zu gut erzogen hätten für dich.«

Mein Magen krampfte sich zusammen, mir blieb der Mund offen stehen. »Ich dachte, sie mögen mich?«

»Im Moment glaube ich noch nicht einmal, dass sie mich mögen.«

Aber Thanksgiving war doch so ein Erfolg! Warum hatte ich mich so getäuscht? Warum hatte ich meine Deckung so aufgegeben und mich so geöffnet, nur um einen derartig unerwarteten und heftigen Hieb einzustecken? Wie hatte ich nur wieder so dumm sein können? »Was ist denn passiert?« Ich konnte, nein wollte mir so ein Gespräch gar nicht vorstellen.

»Ist doch egal.«

»Nein, ist es nicht.«

»Doch. Sie sind vollkommen gestört. Ich lasse mir nichts von ihnen vorschreiben.«

Nun machte ich mich auf zur Hausbar. Doch auf halben Weg drehte ich mich zu Chris um. »Ich wusste, dass das passieren würde. Ich wusste es ganz genau! Jedes Mal. So etwas passiert mir jedes Mal.«

Chris machte ein langes Gesicht, dann jedoch wurde sein Gesichtsausdruck entschlossen. »Weißt du, es geht überhaupt nicht um dich.«

»Wie meinst du das, es geht nicht um mich? Wir sind jetzt seit anderthalb Jahren zusammen. Sie haben bestimmt gedacht, dass du aus dieser Sache einfach herauswachsen würdest. Dass ich irgendwie einfach verschwinden würde. Und in der Zwischenzeit würden sie mir etwas vorspielen. Sie haben die ganze Zeit gedacht, dass du besser bist als ich! Dass sie besser sind!«

»Glaub mir. Es geht nicht um dich. Es geht um mich und meine Eltern. Bei jeder anderen Frau hätten sie dieselben Vorbehalte.«

»Sie hätten keine Vorbehalte, wenn du eine Freundin hättest, die dir ebenbürtig ist.«

Chris fuhr sich durchs Haar und beugte sich dann vor zu mir. »Weißt du, das ist es ja, du bist mir ebenbürtig. Du bist die Einzige, die mir ebenbürtig ist. Sie verstehen das nur nicht, weil sie mich nicht verstehen. Ich trenne mich nicht von dir. Ich will, dass du das weißt.«

7 Toxisch

Ich vertrieb mir die Zeit damit, neues Spielzeug für Seamus zu kaufen, ihn alles fressen zu lassen, was er nur wollte, mein Essen erst komplett, später nur noch zum Teil mit ihm zu teilen, den Teppich zu saugen und, so gut ich konnte, die Weihnachtszeit und ein gewisses Thema zu ignorieren. Zudem wurde ich dank meiner Recherchen zu Seamus' Chemotherapie schnell zu einer Expertin für Mastzelltumore und Krebstherapien. Die Chemo war ein richtiges Schreckgespenst für mich, aber es fiel mir trotzdem leichter, darüber nachzudenken, als über Chris' Eltern und ihre kategorische Ablehnung. Dieses Thema versuchte ich, so gut es ging, auszublenden.

Im Krebszentrum hatte man mir versichert, dass Seamus sein Fell nicht verlieren und man die Übelkeit medikamentös weitgehend in Schach halten würde. Die wahrscheinlichsten Nebenwirkungen seien Appetitlosigkeit und Schlappheit. Das konnte ich mir kaum vorstellen. Seamus konnte vier Fünftel seines Appetits verlieren und würde immer noch die Tagesportionen eines Sportlers verputzen. Wie würde ich wohl Appetitlosigkeit an ihm erkennen?

In den ersten paar Monaten, nach dem Seamus zu mir gekommen war, hatte meine Schwägerin Jennifer mir ein Paket geschickt, das der Postbote einfach über den Gartenzaun in den Garten gestellt hatte. Bis ich nach Hause gekommen war, waren nur noch blaue, grüne und gelbe Kartonschnipsel und einige verräterische Plastikverpackungen übrig. Eine Verpackung fand ich noch mit Inhalt: vier Butterkekse mit dem Logo der Mädchen-Pfadfinder. Jennifer hatte mir die Kekse geschickt, die ich bei meiner Nichte in Missouri bestellt hatte. Davon hatte Seamus zweieinhalb Schachteln aufgefressen und war gerade dabei, den Rest zu vergraben, als ich dazwischenging. Zum Glück esse ich keine Schokolade, sodass die verputzten Kekse zumindest keine für Hunde gefährlichen Schokoladenkekse waren. In einem Telefonat mit Jennifer musste ich erst erfragen, wie viele Schachteln sie mir eigentlich geschickt hatte, damit ich wusste, wie viel ich noch graben musste, um Seamus' Vorrat komplett zu finden. Jennifer konnte es gar nicht glauben (sie hatte fünf Schachteln geschickt), aber meine Nichte McKinzee fand die Geschichte zum Schießen und versprach, Seamus von nun an jedes Jahr Kekse zu schicken.

Vor noch nicht allzu langer Zeit war Seamus auf die Rücklehne des Sofas geklettert, von dort auf einen Barhocker gesprungen, dann auf der Küchenanrichte bis zum Herd stolziert, um das hart gewordene Fett des Frühstücksspecks aus der Pfanne zu lecken.

Und nun teilte mir der Onkologe mit, Seamus würde während der Chemotherapie seinen Appetit verlieren? Ich war mir nicht sicher, ob ich an diese Nebenwirkung bei Seamus glauben konnte. Würde er dann nur noch eineinhalb Keksschachteln verdrücken? Oder nur eine einzige? Vielleicht die Erdnussbutterkekse, aber nicht die Butterkekse? Und die Schlappheit wäre vermutlich das Aus für den Parcours bis zur Speckpfanne.

Ich las die Dokumente und Informationen, die ich von der Klinik erhalten hatte. In den Patienteninformationen war Folgendes zu lesen: »Chemotherapie für Katzen und Hunde verursacht nur wenige der Symptome, die man von der Behandlung bei Menschen kennt. Sollte Ihr Hund nach einer Behandlung nicht fressen wollen, versuchen Sie, ihm ungewürztes, aber beliebtes Futter wie weißen Reis oder Nudeln mit gekochtem Hühnerfleisch, magerem Hackfleisch, Magerquark oder magerem Sauerrahm zu geben … Sollte er Durchfall bekommen, mischen Sie seinem normalen Futter weißen Reis bei. Bei Erbrechen geben Sie ihm vier Stunden lang nichts zu fressen oder zu trinken, danach geben Sie kleine Portionen Wasser oder Eiswürfel. Geben Sie nur ungewürztes Futter wie oben beschrieben.« Angesichts seines Appetits normalerweise konnte ich mir das für Seamus kaum vorstellen, dennoch prägte ich mir diese Informationen ein. Dann ging ich den Pathologiebericht durch.

Ein Auszug aus dem Bericht der Immunhistochemie:

»Der AgNOR-Wert liegt in diesem Fall im mittleren Bereich (2,1). Nach einer Studie … wurden keine Hunde wegen Mastzelltumoren eingeschläfert, die einen niedrigeren Wert als 1,7 hatten. Nach einer anderen Studie … hatten Mastzelltumore, die keine Metastasen gebildet hatten, einen mittleren Wert von 2,3, während metastasierende Tumore im Mittel bei 2,8 lagen.«

Das erschien mir doch positiv: 2,1 war immerhin weniger als 2,3, und somit bestand ja die Möglichkeit, dass er noch keine Metastasen gebildet hatte. Ich las weiter.

»Für dieses c-KIT-Expressionsmuster (II) wurden bei 14 Prozent lokale Rezidive beobachtet, bei 31 Prozent der Fälle fanden sich Fernmetastasen, bei 25,6 Prozent kam es zum Tod durch Mastozytose.«

Ich strengte mich an, aus diesen Statistiken etwas Trost und Hoffnung zu schöpfen. Für mich sahen die Zahlen in seinem Fall positiv aus. Nicht großartig, aber doch positiv. Die Chemo war also notwendig. Die Chemo würde gut sein, redete ich mir ein. Die Chemo würde ihm die besten Überlebenschancen bieten. All das waren ohnehin nur Zahlenspielereien. Nichts war gesichert. Wir konnten heil aus dieser Sache herauskommen.

Dann recherchierte ich im Internet.

Ich las, dass die Füllung von Kürbispasteten bei einem Hund gegen die Verstopfung helfen konnte, die ebenfalls eine Nebenwirkung der Steroide sein konnte. Die Steroide wurden verabreicht, um die Übelkeit nach der Chemo zu mindern. Dann fand ich heraus, dass Mastzelltumore wie der von Seamus durch Kohlenhydrate vergrößert würden und man daher die Futterzusammensetzung des Hundes primär auf Proteine beschränken sollte. Davon wurde mir direkt ganz anders. Seamus und ich hatten in unserem Jahr zusammen eine Morgenroutine entwickelt. Wir standen auf, gingen Gassi, er bekam sein Frühstück, ich meinen Cappuccino, und dann teilten wir uns etwas Toast. Toast war Seamus' absolutes Lieblingsessen. Sobald er den Hebel des Toasters unten einrasten hörte, legte er los mit seinem Toasttanz. Und wenn der Toast nach oben schnellte, heulte er los, bellte und signalisierte, ich solle mich beeilen und endlich anfangen, die Brotkrusten zu verteilen. Ich mag keine Brotkrusten (schuld daran war meine Großmutter, die mir als Kind immer feine, krustenlose belegte Brote machte), insofern passte das sehr gut; ich schnitt die Krusten ab, gab sie Seamus, genoss meinen krustenlosen Toast und freute mich darüber, dass ich nichts wegwerfen musste. Mittlerweile habe ich genügend Fernsehprogramme über Hundeerziehung gesehen und verstehe, dass ich Seamus wohl einfach die mathematische Gleichung von Toast = garantierte Brotkruste für Seamus beigebracht habe. Für Seamus waren die Brotkrusten also der berühmte Spatz in der Hand. Vielleicht war es nicht sein absolutes Lieblingsessen, aber es war sicher.

Beinahe jeden Morgen bekam Seamus seine Brotkrusten. Und das sollte seinen Tumor nähren? Und die Kekse der Pfadfinderschaft? Tod, der in bunten Kartonverpackungen daherkommt! Das Sauerteigbrot? Krebs im Sauerteig! Ich hatte meinem Hund den Krebs verabreicht! Meine Schuldgefühle bekamen Oberhand und zogen mich in ihren Wirbel hinein. Ich ging wieder online und fand schließlich ein Hundefutter, das nur aus Proteinen bestand. Auch wenn es mehr als doppelt so teuer war, fütterte ich ihm nun das und hörte auch auf, ihm Brotkrusten zu geben. Als ich sein winselndes Betteln nicht mehr aushalten konnte, aß ich auch selbst keinen Toast mehr.

Zum Thema Krebstherapie bei Hunden konnte ich im Internet recherchieren, doch zu »wenn die Eltern deines Freundes dich kategorisch ablehnen« oder »wie man ungeschieden und jünger wird« oder »wie man beweist, dass man kein asoziales Pack ist« gab es weniger Suchergebnisse. Ich konzentrierte mich auf das Thema, das ich glaubte, unter Kontrolle zu haben: den Krebs, der eine Gefahr für meinen Hund darstellte. Irgendwie erschien mir Seamus' Fall hoffnungsvoller. Doch über Seamus' Behandlung hatte ich ebenfalls wenig Kontrolle. Es war mir zwar bewusst, dass er mit der Chemotherapie beginnen musste und dass er sich gut von seiner Operation erholt hatte, aber ich musste erst noch einen Termin ausmachen. Ich hinterließ mehrere Nachrichten für Frau Doktor Klubzicke und bekam schließlich einen Rückruf.

»Wir warten noch auf den Pathologiebericht«, erklärte sie.

»Den haben wir doch schon. Er kam zwei Tage nach seiner Operation und besagte, dass im Gesunden exzidiert wurde.«

»Ja, das weiß ich. Ich meine aber nicht diesen Bericht. Dieser Bericht ist nur ein vorläufiger Bericht. Ich brauche den Bericht aus New York.« Sie sagte das, als ob wir auf die neuesten Modetrends warteten, die natürlich nur aus New York kommen konnten. Als gäbe es in Kalifornien keine Pathologen (oder Mode), und alle wüssten, dass wir auf Nachrichten aus New York warteten. Alle außer mir.

»Vorläufig? Was soll daran denn vorläufig sein? Die Chirurgin sagte, dass im Gesunden exzidiert wurde. Der Pathologe bestätigte das. Inwiefern soll das vorläufig sein?«

Ich konnte hören, wie sie entnervt ausatmete. Ich glaube nicht, dass sie versuchte, es zu verbergen. »Wir brauchen den Bericht aus New York. Das Labor in New York ist schlicht das beste. Dieser Bericht wird alle Informationen haben, die wir benötigen.«

Ohne diesen Bericht aus New York würde sie also keinen Strich tun. Ich hörte auf, ihr Druck zu machen. »Wie lange wird das noch dauern?«

»Ein paar Tage.«

Drei Tage vergingen ohne eine Nachricht von Frau Doktor Klubzicke. Also nahm ich meine telefonische Jagd auf sie wieder auf. Ich konnte einen Sieg verbuchen, als sie mich um zwanzig vor sieben nicht, wie ich gebeten hatte, auf dem Handy, sondern im Büro anrief, zweifellos in der Hoffnung, den Anrufbeantworter dran zu haben, und ich abhob.

»Es gibt eine unvorhergesehene Verzögerung«, erklärte sie.

»Ja, ich weiß. Es ist jetzt schon eine Woche her, und wir haben immer noch keinen Termin für seine erste Chemotherapie gemacht.«

»Ich meine mit dem Labor in New York. Die Post braucht länger als gewöhnlich, sodass wir vor Anfang nächster Woche die Ergebnisse nicht haben werden.«

»Anfang nächster Woche? Dann können wir seine Behandlung erst an Weihnachten beginnen! Das ist doch aberwitzig. Wir verschwenden doch viel zu viel Zeit hier. Sollte die Behandlung meines Hundes nicht so früh wie möglich anfangen? Ich hatte Ihnen doch gesagt, dass ich ihm die besten Chancen geben möchte, und jetzt kommt es mir so vor, als ob wir nur Zeit damit verschwenden, auf irgendeinen mysteriösen Pathologen in New York zu warten.« Ich gebe zu, dass ich ihren ehrfurchtsvollen Ton, als sie «New York« sagte, nachäffte.

»Er ist nicht mysteriös, und eine Woche hin oder her ist völlig unbedeutend.« Sie konterte mit einem schnippischen *mysteriös.* »Es handelt sich um das beste Labor des Landes. In diesem Bericht sind alle Informationen, die wir brauchen.«

»Ja, ich weiß, das sagten Sie bereits. Mehrmals. Aber was genau müssen wir noch wissen?« Es war ja nicht so, dass ich mich auf die Chemotherapie für den armen Seamus freute. Nur dieses angespannte Warten auf etwas so Fürchterliches und Schreckliches wie eine Chemotherapie war beinahe unerträglich. Das Ungewisse, so hoffte ich, machte einem mehr Angst als das Bekannte. Außerdem stellte ich mir ständig bildhaft vor, wie diese großen, bösen Krebszellen durch seinen Körper wanderten und ihn angriffen und versuchten, ihn zu töten, während Frau Doktor Klubzicke herumsaß und auf die Herbstausgabe der *Vogue* wartete. »Der Pathologe in Los Angeles sagte, es sei eine Exzision im Gesunden gewesen. Nach allem, was ich gelesen habe – nach allem, was Sie gesagt haben –, steht jetzt Chemo an. Warum können Sie keinen Termin für die Chemo machen? Was ist der Nachteil daran?«

»Wenn der Bericht zurückkäme und besagte, dass Metastasen vorhanden sind und Chemo kontraindiziert ist, würden Sie dann trotzdem Chemo machen wollen?« Sie sagte das mit dem Tonfall einer Achtjährigen, die denkt, dass sie einen wichtigen Streit gewonnen hat. Dem »Ätschi-Bätsch«-Tonfall.

Nicht gerade angebracht für einen Arzt, der impliziert, dass ein Patient sterben könnte.

Ich antwortete im selben Tonfall: »Wenn es für ihn eine Vergrößerung der Überlebenschance bedeuten würde, dann schon, ja. Sie haben doch selbst gesagt, dass Hunde eine Chemo richtig gut vertragen.«

Zu Hause erzählte ich Chris bis ins Detail von diesem Gespräch, ging dann wütend durch das ganze Haus, schlug Schranktüren zu und schrie: »Sie ist so eine beschissen schlechte Ärztin! So eine blöde Ziege.«

Chris hatte durchaus Mitgefühl, rannte aber ebenfalls durch das Haus und tat seinen Unmut über seine Eltern lautstark kund. »Zum Teufel mit ihnen. Aber wirklich, zum Teufel! Was glauben sie eigentlich, wer sie sind? Idioten!«

Seamus wollte natürlich nicht hintanstehen und bellte mit *Freeeeeesssssen! Idioooooten! Gebt mir zu freeeeesssssen!! Toooooooaaaaast! Wo zum Teufel ist mein Toooooooooaaaaaast?*

Dies war ganz klar der schlechteste Zeitpunkt überhaupt, um weiter darüber zu sprechen, was Chris' Eltern gesagt hatten. Aber ich konnte nicht anders.

In unseren Gesprächen, bevor seine Mutter unsere Beziehung aus ihm herausgekitzelt hatte, hatten Chris und ich uns die verschiedensten Szenarien überlegt, wie seine Eltern wohl reagieren könnten. Natürlich konnte ich verstehen, dass stolze Eltern aus Newport Beach für ihren ältesten Sohn, der auf einer Privatschule und danach an der ehrwürdigen Universität in Princeton war, nicht gerade eine zweifach geschiedene Frau um die vierzig auswählen würden, die hundert Kilometer entfernt in Dowdytown wohnte. Ich ging davon aus, dass es vor allem darum gehen würde. Und dass es nicht gut ausgehen würde. Ich neige ganz allgemein zur Schwarzseherei.

Chris dachte zumindest anfangs, seiner Mutter würde mein Stil gefallen und dass ich Akademikerin war und viel ehrenamtliches Engagement vorzuweisen hatte. Er glaubte oder hoffte zumindest, sein Vater würde begeistert davon sein, dass ich Anwältin und eine Geschäftsfrau war. Chris ist nun einmal ein Optimist. Keiner von uns hätte mit einem regelrechten Edikt seiner Eltern gerechnet. Irgendwie waren wir wohl in unserer Naivität davon ausgegangen, dass es seine Entscheidung sein würde. Da wir selbst keine Eltern waren, hatten wir den elterlichen Instinkt, ihre Jungen zu beschützen, unterschätzt. Und vor allem hatten wir fälschlicherweise nicht berücksichtigt, dass ein Dreißigjähriger von seinen Eltern sehr wohl noch als »Junges« betrachtet wurde.

Doch was sie nach Thanksgiving vom Stapel ließen (ich nannte es immer Intervention), lag Chris schwer auf dem Herzen. Mir ebenfalls. Ich glaubte nicht daran, dass er sich gegen seine Eltern durchsetzen würde. Ich hatte schon in der Vergangenheit gegen meine beiden Schwiegermütter den Kürzeren gezogen, im Kleinen wie im Großen, insofern hatte ich sehr wenig Hoffnung. Chris brauchte mein Vertrauen in ihn, um genügend Selbstvertrauen aufzubauen. Heute denke ich, dass wir mit der Intervention zu einem anderen Zeitpunkt besser hätten umgehen können, wenn also mein Hund nicht gerade Krebs gehabt und die Chemo nicht wie ein Damoklesschwert über uns gehangen hätte, wenn ich psychisch belastbarer gewesen wäre. Aber so war es nicht.

Wir stritten.

Und stritten.

»Sieh mal, deine Mutter sagt, sie könne meine zwei Scheidungen niemals – NIEMALS – verwinden. Das war's doch dann. Ich kann es ja nicht ändern. Ich brauche noch nicht mal zu kämpfen. Es gibt nichts, womit ich meine zwei Scheidungen aus der Welt schaffen könnte, also gibt es auch nichts, wodurch ich sie umstimmen könnte.«

»Du verstehst nicht, worum es mir geht. Ich habe ihnen gesagt, dass ich mich nicht von dir trennen würde. Ich brauche nur die Gewissheit, dass du hinter mir stehst. Dass wir ihnen gemeinsam die Stirn bieten.«

»Ich will nie wieder etwas mit ihnen zu tun haben!«

»Tja, das wird nicht gehen. Es sind schließlich meine Eltern.«

»Ach, und was war das mit dem ›zum Teufel mit ihnen‹?«

Und so gab es noch viele Variationen desselben Themas.

Ich lenkte meinen Ärger gegen das Krebszentrum. Als ich wegen des Laborberichts wieder mal dort anrief, fragte ich gar nicht erst nach der Ärztin, sondern redete gleich mit der Empfangsdame.

»Wir warten jetzt schon zwei Wochen auf die Testergebnisse aus New York. Sind sie mittlerweile da?«

»Zwei Wochen? So lange dauert das normalerweise nicht«, wunderte sie sich. »Ich werde gleich mal nachsehen.« Nach einer Weile kam sie zurück ans Telefon. »Die Gewebeproben wurden ja erst vor ein paar Tagen losgeschickt, da sollten die Ergebnisse in ein oder zwei Tagen hier sein.«

»Die Proben wurden schon lange verschickt. Anscheinend hängt es an der Post.«

»Ich weiß nicht. Das wäre mal was Neues. Wir haben noch nicht viele solcher Proben nach New York geschickt, aber ich glaube nicht, dass wir sie mit der Post aufgeben. Es sind ja so Objektträger aus Glas und so, ich kann mir nicht vorstellen, dass die in die normale Post gehen.«

»Können Sie bitte nachsehen, wann genau diese Proben verschickt wurden?«

Sie ließ mich wieder ein bisschen warten. »Gut, wir verschicken die Gewebeproben also über Nacht mit FedEx. Dann können wir die Sendung verfolgen. Ihre Proben gingen vor vier Tagen heraus.«

Mir kamen nun die FedEx-Kosten auf meiner Rechnung in den Sinn. Frau Doktor Klubzicke hatte also schlichtweg vergessen, die Proben einzuschicken, und schob jetzt die Schuld auf die Post. Zudem war dieses Labor in New York offenbar etwas ganz Neues. Brauchte ich diese Ergebnisse überhaupt? War das ein regulärer Posten auf meiner Rechnung oder hatte man mir das einfach so angedreht beim Ausverkauf von veterinären Dienstleistungen?

»Bitte teilen Sie der Frau Doktor mit, dass ich angerufen habe, und sagen Sie ihr, sie solle mich sofort wegen der FedEx-Sendung anrufen.«

Frau Doktor rief erst zwei Tage später an. Weder diese Verzögerung noch die verspätet eingeschickten Gewebeproben oder meinen Anruf erwähnte sie. Sie gab mir die Laborergebnisse durch – Exzision im Gesunden, genau wie schon bei den anderen Ergebnissen –, und das war's. Ich versuchte zu verstehen, welchen neuen Aspekt diese Information beinhaltete, und wollte herausfinden, ob es sich dabei um einen »optionalen« Bericht handelte. Wieder einmal wich sie mir aus. Gewissermaßen reichte mir das als Antwort aus. Ich hoffte nur, dass diese Untersuchung oder Studie, an der Seamus da wohl teilgenommen hat, es wert war. Zumindest konnten wir jetzt einen Termin für seine weitere Behandlung machen.

Seamus würde am 17. Dezember mit der Chemotherapie beginnen. Die Weihnachtstage würden also wieder einmal miserabel sein mit Ärzten, Medizin und drohendem Liebeskummer. Ich legte mir die Rezepte für Prednison und Diphenhydramin zurecht, legte einen Vorrat an Hühnchen, Reis, Quark, Proteinhundefutter, Hundespielzeug und Kürbispastetenfüllung an und kochte Hühnerfleisch für Seamus. Er durfte auf meinem Bett schlafen, auf dem Sofa und auf meinem Schoß. Mit Seamus sprach ich unaufhörlich, doch ansonsten mit beinahe niemandem – bis Chris fünf Tage vor dem Beginn der

Chemotherapie kam und wir unsere Diskussion über seine Familie und unsere Pläne für die Feiertage wieder aufnahmen.

»Ich gehe nirgendwo hin. Meine Eltern sind beide die ganze Woche weg, und bei deinen Eltern bin ich offensichtlich nicht willkommen«, seufzte ich.

»Das haben sie so nicht gesagt.«

»Na ja, ich finde schon. Ich bin nicht willkommen in deinem Leben.«

»Gut, ich werde an Heiligabend zu ihnen fahren und dann mit dir und Seamus zusammen Weihnachten feiern.«

Im Rückblick ist mir klar, dass ich seine Eltern bestraft wissen wollte, weil sie es wagten, mich nicht mit offenen Armen in ihrer Familie aufzunehmen. Und auch, dass ich mich über ganz viele Sachen ärgerte. Womöglich war auch eine Portion Selbstmitleid dabei. »Seamus hat am 23. seine zweite Chemo, aber bitte, gehe du ruhig an Heiligabend zu deinen Eltern und lass uns hier alleine. So zeigst du es ihnen aber richtig! Super, so werden sie ganz klar merken, dass du dich nicht herumkommandieren lässt.«

»Du bist ungerecht.«

Ungerecht? Ungerecht? Seit wann ging es hier um Gerechtigkeit?? Und so drehten wir uns im Kreis. Bis wir uns endlich auf eine Pause vom Streiten einigten. Chris wälzte sich oben in meinem Bett unruhig hin und her, und ich weinte leise und einsam auf meinem Sofa unten. Seamus pendelte zwei Tage vor seiner ersten Chemotherapie die ganze Nacht von einem zum anderen, treppauf, treppab und wieder hinauf. Am Morgen kam Chris kurz vor sechs Uhr zu mir herunter.

»Ich muss weg«, erklärte er.

»Du gehst nach Hause?« Ich starrte ihn ungläubig an.

In der Hand hatte er seine Tasche mit den Übernachtungssachen und noch eine zweite mit all den Sachen, die er nach und nach bei mir deponiert hatte. »Ich muss mir etwas Klarheit verschaffen. Dazu muss ich alleine sein. Ich weiß nicht, was genau ich will, und ich habe noch nie so etwas Schwieriges getan. Aber ich glaube, ich muss jetzt einfach allein sein.«

»Machst du gerade Schluss mit mir?«

»Ich weiß es nicht. Wahrscheinlich ja. Ich weiß nicht. Willst du denn, dass ich bleibe?«

Vor vielen Jahren saß ich an einem Dezembertag auf dem Beifahrersitz eines Autos, das von der Straße abkam, eine Böschung hinunterrollte, sich dabei überschlug und auf dem Dach zum Stehen kam. Es stimmt, dass man so etwas in Zeitlupe erlebt. Mein Instinkt, als der Boden langsam näher kam und auf die Ecke des Daches genau über mir traf, ließ mich abtauchen. Ich drehte mich nach links, weg vom Boden, und machte eine Art Purzelbaum; meine rechte Schulter fing einen Großteil des Aufpralls ab, und ich landete hinten auf der Decke des umgekehrt liegenden Autos. Vorne war das Dach bis zum Sitz eingedrückt und hatte sogar den Bezug da zerrissen, wo ich noch eine Sekunde zuvor gesessen hatte. Der Sanitäter sagte mir, dass dieser Unfall der äußerst seltene Fall war, bei dem ein nicht angelegter Gurt lebensrettend war. Doch auch mein instinktives Abtauchen hatte mir das Leben gerettet. Dieser Instinkt kam nun wieder zum Vorschein.

Chris stand vor mir und wartete auf eine Antwort, wartete darauf, dass ich einen Schritt auf ihn zuging. Ich wollte, dass er blieb. Ich wollte diese Beziehung. Aber ich konnte meine Vergangenheit nicht hinter mir lassen, um diesen Schritt zu gehen. Ich konnte nur daran denken, dass die Einschüchterungstaktik von Chris' Mutter meine beiden früheren Schwiegermütter vor Neid hätte erblassen lassen. Ihre Methoden waren derart raffiniert und genial – eine Kombination aus Aggression und passiv-aggressivem Verhalten, die uns völlig aus dem Gleichgewicht brachte und jegliche Verteidigung aushebelte. An Thanksgiving war sie so nett zu mir gewesen, so korrekt und höflich. Nicht die kleineste Andeutung, dass sie etwas gegen mich oder unsere Beziehung hatte. Und doch hatte sie zwei Tage später Chris die Leviten gelesen und von ihm verlangt, sich von mir zu trennen. Meine Angst lähmte mich so sehr, dass ich noch nicht einmal genügend Kraft aufbringen konnte, mich irgendeinem Kampf zu stellen.

»Ich möchte, dass du das tust, was du willst. Ich will nicht, dass du hierbleibst, weil du dich verpflichtet fühlst. Aber ich will auch nicht, dass du gehst, nur weil deine Mutter es sagt.« Und abtauchen.

Chris' Züge verhärteten sich. »Weißt du, deine Worte zeigen mir ganz deutlich, dass du keine Ahnung hast, was in mir vorgeht. Ich versuche hier meine eigenen Entscheidungen zu treffen, aber ich brauche die Gewissheit, dass du auf meiner Seite stehst. Gerade fühlt es sich ganz und gar nicht so an. Du kannst mir noch nicht einmal sagen, was du gerne möchtest.« Er schwieg und machte einen Schritt zurück, weg von mir. »Ich muss das, glaube ich, alleine machen. Ich brauche eine Pause. Ich versuche mir Klarheit zu verschaffen und vielleicht gibt es dann noch eine Chance für uns. Später vielleicht. Ich weiß es nicht. Jetzt muss ich einfach weg hier, glaube ich.«

Er nahm seine Taschen und beugte sich zu mir herunter, um mich zu küssen. Ich drehte meinen Kopf weg, verzog mein Gesicht und wollte aufhören zu weinen. Er küsste mich auf die Stirn.

»Es tut mir leid«, sagte er. »Ich liebe dich.«

Die Tränen strömten nur so herunter. Ich brachte kein Wort heraus. Wie kann man nur sagen, dass man jemanden liebt, und dann abhauen? Durch einen Schleier von Tränen, ohne etwas zu sagen, ohne irgendetwas von den Dingen zu sagen, die ich eigentlich hätte sagen wollen oder sollen, sah ich, wie er zur Tür hinausging.

Mit Gebell raste Seamus die Tür hinaus hinter Chris her. Unter Tränen sah ich durch die Glastür zu, wie Chris stehen blieb und sich zu Seamus hinunterbeugte. Seamus beruhigte sich, machte Sitz und sah Chris bettelnd mit großen, braunen Augen an. Er schmiegte sich an Chris und versuchte, auf seinen Schoß zu klettern. Ich hörte, wie das Bellen zu einem leisen, bettelnden Jaulen wurde.

Ich wusste, was Seamus fühlte. Als ich ungefähr sechs war, trennten sich meine Eltern, nicht zum ersten und auch nicht zum letzten Mal. Ich stand in der Einfahrt unseres Hauses und sah meinem Vater zu, wie er Koffer und einige Taschen in sein kleines Cabrio packte. Als er zurück ins Haus ging, um noch etwas zu holen, nahm ich eine Tasche vom Rücksitz herunter, um Platz für mich zu machen. Mein Vater kam wieder nach draußen und stellte die Tasche wieder auf den Sitz. Ich wollte sie wieder herausholen und erklärte, dass ich doch auch einen Platz bräuchte. Er legte seine Hand auf die meine und stellte die Tasche wieder auf den Sitz. »Ich komme wieder und hole dich«, sagte er, »sobald ich kann.« Nach Wochen kam er wirklich zurück, aber das wusste ich in dem Augenblick nicht, als ich allein in der Auffahrt stand und meinen weinenden Vater wegfahren sah.

Chris blieb einige Minuten im Garten, streichelte Seamus und redete mit ihm. Wahrscheinlich aber nicht darüber, dass er zurückkommen würde. Er lehnte seinen Kopf einen Augenblick an Seamus', küsste das weiche Fell auf seinem Kopf und ging dann durch die Gartentür hinaus.

8 Alphaweibchen

Mein Schluchzen verunsicherte nicht nur den Hund, sondern auch mich selbst. Ich konnte mich nicht erinnern, jemals so heftig geweint zu haben. Mitten in der Nacht wurde ich wach und schluckte viel Luft bei meinen tiefen, beinahe schmerzhaften Schluchzern. Seamus sprang auf mein Bett und setzte sich neben mich. Nervös schaute er mich an und beschnupperte mein tränennasses Gesicht. Ich streichelte ihn, bis ich mich etwas beruhigt hatte.

Keine meiner Scheidungen hatte mich so viele Tränen gekostet. Die letzten Tage meiner ersten Ehe hatte ich viel geweint, aber die Traurigkeit dauerte nicht lange und war von ganz anderer Qualität. Dieser Ehemann war ein Suffkopf und ein Weiberheld, sodass die Ehe mit ihm weitaus schwieriger war als die Scheidung, obwohl sich Letztere über drei Jahre hinzog und mir einen Schuldenberg von fünfzigtausend Dollar hinterließ. Ich hatte keine Ahnung gehabt, dass ›wir‹ Schulden in dieser Größenordnung gemacht hatten. (Der Bundesstaat Kalifornien hatte entschieden, dass die Schulden, die er gemacht hatte, um seine Affären auszuhalten, seine Drogen- und Alkoholabhängigkeit zu pflegen und mehr Autos zu kaufen, als jemand je fahren könnte, gemeinsame Schulden waren. Somit waren es letztlich meine Schulden, denn inzwischen war von uns beiden nur noch ich Geld bringend beschäftigt.) Die Wut trocknete meine Tränen recht schnell.

Auch während der letzten Jahre meiner zweiten Ehe weinte ich, aber ich schluchzte nicht. Am Ende war ich natürlich traurig, aber ich war mir auch meines Fehlers bewusst geworden. Ich hatte mich in eine Ehe geflüchtet mit jemandem, der niemals exzessiv trinken, mich niemals betrügen, niemals auch nur eine Kreditkarte benutzen würde (geschweige denn welche, von deren Existenz ich noch nicht einmal wüsste); ich heiratete jemanden, der in seiner sicheren, bequemen, kleinen Welt bleiben würde. Das funktionierte auch wunderbar, bis ich mich von meiner ersten Ehe und der Scheidung erholt hatte und ebendiese kleine Welt, in der ich Zuflucht gesucht hatte, verlassen und eine größere Welt, die mir sinnspendender erschien, erkunden wollte. Meine erste Ehe beendete ich mit dem Gedanken an die Vergangenheit, an die Aspekte, die sich nicht wiederholen durften. Nach meiner zweiten Ehe hingegen dachte ich über meine Zukunft nach, darüber, was ich wollte und welche Möglichkeiten mir offenstanden. Ich wollte leben. Ich verließ meinen Mann nicht unter Tränen, geschweige denn Schluchzen. Jetzt hingegen tat ich nichts anderes als weinen und schluchzen.

Mitten in der Nacht mit Seamus neben mir versuchte ich an die Zukunft zu denken. Einen Moment lang überlegte ich, zu meinem Alphabetleben zurückzukehren. Ich würde allein sein und es würde mir gut gehen. Und dann kam mir der Gedanke, dass eine Beziehung gar nicht das Problem war, sondern, dass ich wieder einmal so voreilig gehandelt hatte. Ich hätte mit Chris überhaupt nicht ausgehen dürfen. Er war zu jung. Es war von Anfang an verkehrt gewesen. Ich sollte etwas wählerischer sein. Oder wirklich nur zum Spaß ausgehen. Genau – ich würde mit allen möglichen Typen ausgehen und mir erst einmal darüber klar werden, wonach ich eigentlich suchte. Sich mit jemandem verabreden und eine Woche später bereits eine Beziehung mit ihm haben, das war einfach blöd. Und sich auf ein Treffen mit seinen Eltern einzulassen noch viel blöder!! Ach, ich würde mich einfach ausschließlich mit Waisen verabreden. Nur noch Waisen. In meinem Alter sollte das ja wohl nicht allzu schwierig sein, oder? Sich mit Männern zu verabreden, deren Eltern oder zumindest Mütter schon verstorben waren. Ach ja, und Kinder sollte er auch keine haben. Ich war mir nicht sicher, ob ich die Latte damit nun hoch oder niedrig ansetzte.

Ich versuchte gar nicht mehr einzuschlafen, sondern stand bei Sonnenaufgang auf. Einige Stunden am Tag mehr konnte ich gerade gut gebrauchen. Seamus folgte mir pflichtbewusst nach unten in die Küche. Was ich Chris unter anderem zu Unrecht ankreidete und wofür ich das Universum verfluchte, war der Zeitpunkt der Trennung. An den kommenden fünf Tagen musste ich alleine Gastgeberin für die Weihnachtsfeier der Kanzlei spielen, an drei weiteren Weihnachtsfeiern teilnehmen und Seamus zu seiner ersten Chemo bringen. Am Montag hatte der Gedanke an die Feiertage mich bereits in die nächste Trauerphase befördert – Wut.

Zum Teufel mit ihm. Ich bin eine Frau. Ich bin eine starke, unabhängige Frau. Zum Teufel mit ihm und mit seiner Mutter. Sie sollen sich alle zusammen zum Teufel scheren. Ich komme schon klar. Ich, ganz allein. Zum Teufel mit euch! Ich bekomme das ganz allein hin!

Na ja, nicht ganz allein. Ich rief meine Freunde Tom und Kris an, die ein italienisches Restaurant in der Nachbarstadt führten, und engagierte sie als

Caterer für die Weihnachtsfeier der Kanzlei bei mir zu Hause, da Chris als Koch ausfallen würde. Ich fragte meine Kanzleipartnerin Jane, ob ihr Mann Francis die Bar übernehmen würde. Er mixte göttliche Martinis und war überhaupt der charmanteste Mann der Welt (zwei Eigenschaften, die in meinem Buch oft miteinander einhergehen). Sie teilte mir mit, dass er das mit Vergnügen tun würde.

Dann beschloss ich, die ›Mein Hund hat Krebs‹-Karte zu ziehen, damit ich um zwei Weihnachtsfeiern herumkommen würde. Einige Nichthundebesitzer würden natürlich skeptisch schauen, aber das war mir egal. Es war mir sogar egal, dass auch ein Hundebesitzer wissen konnte, dass der Hund, nachdem er sich von seiner Operation gut erholt und die Chemo noch nicht begonnen hatte, keine Krankheitssymptome zeigte. Ich ging einfach davon aus, dass mein Erscheinen bei der größten, schicksten und begehrtesten Weihnachtsfeier der ganzen Stadt ausreichen würde, um den Anschein zu erwecken, ich hätte den ganzen Weihnachtszauber von Anfang bis Ende mitgemacht.

Außerdem würde es dort Alkohol geben. Viel davon und kostenlos.

Meine Freundin Sheryl, eine intelligente, hübsche Brünette, ein paar Jahre älter als ich, die schon seit fünfzehn Jahren Single war, begleitete mich zu der Party.

»Bist du wirklich schon so weit, dass du wieder ausgehen kannst?«, fragte sie.

»Ich muss da hin. Es wird schon gehen.«

»Ich wollte ja schon immer zu dieser Party. Das wird ein Heidenspaß!«

Meine Aufmachung war typisch für eine Frau, die gerade verlassen worden war: hohe Absätze, tief ausgeschnittenes rotes Kleid, das die Botschaft »selbst schuld« für den Ex trug, und ein dramatisches Make-up.

Als wir an der Bar anstanden, entdeckte ich, wie mich ein Mann von einer anderen Schlange aus ein paar Meter weiter musterte. Als unsere Blicke sich trafen, lächelte er. Mir fiel gerade noch ein zurückzulächeln, doch dann bemerkte ich, wie groß er war. Und gut aussehend. Ziemlich gut aussehend.

»Wer ist das?«, fragte Sheryl.

»Keine Ahnung, interessiert mich auch nicht«, gab ich zurück und widmete mich wieder der Getränkekarte.

»Mich aber. Und dich sollte es auch interessieren. Es gibt hier in der Gegend schließlich nicht allzu viele alleinstehende, gut aussehende Männer. Er ist ein echtes Schätzchen. Und er hat offenbar Interesse an dir.«

»Der einzige Mann, den ich im Augenblick brauche, steht hinter dieser Bar.«

»Na, wenigstens bist du nicht verbittert.«

Um sowohl Sheryl als auch mir selbst etwas Weihnachtszauber vorzugaukeln, bestellte ich einen Zuckerstangen-Cosmo. Die Alternative wäre ein Mistelzweig-Martini gewesen. Ich wünschte, das wäre nur ein Spaß. Normalerweise kann ich es nicht leiden, wenn mein Martini von etwas anderem als einer mit Schimmelkäse gefüllten Olive verunstaltet wird. Aber es kam mir so vor, als hielte jeder hier grüne, rote oder sprudelnde Getränke in der Hand. Der Barmann mit Fliege, der aktuelle Mann meines Lebens, machte es noch schlimmer, als er eine kleine Zuckerstange an mein Glas hängte.

Der Cocktail schmeckte noch widerlicher, als er aussah – und das hieß schon etwas, denn die Säure in dem Getränk ließ die aufgesprühte Schneelandschaft aus Schlagsahne schnell gerinnen. Als ich davon nippte und zurückschreckte, kreuzte sich mein Blick wiederum mit dem von Mr Groß-und-gut-aussehend. Er unterhielt sich mit einer Gruppe von Leuten nicht weit von mir, und da wir beide größer waren als die meisten Anwesenden, konnten wir leicht Blickkontakt herstellen. Er hob sein Glas zu mir und ich war beeindruckt, weil sein Cocktail nicht weihnachtlich verziert war.

Eine andere Freundin kam mit einem Mistelzweig verzierten Drink herbei. »Ist das nicht lächerlich?«, spottete Michelle und zeigte auf ihr Glas.

»Keine Ahnung, welcher von beiden scheußlicher ist«, stimmte ich zu und stupste mit meiner Zuckerstange an ihren Mistelzweig. »Aber ich habe gehört, dass es nebenan eine Weinbar gibt.«

»Gut zu wissen«, meinte sie erleichtert. »Wie geht's dir denn? Was macht dein Jungspund?«

Sobald ich in meinem Freundeskreis damit herausgerückt war, dass ich eine Beziehung mit einem zwölf Jahre jüngeren Mann hatte, wurden viele Witze darüber gerissen. Chris wurde schnell zum »Jungspund«.

»Hm, nicht so gut. Ach, ich weiß nicht. Vielleicht macht mich das ja erst zu einer guten ›Mrs Robinson‹, keine Ahnung. Jedenfalls hat er mit mir Schluss gemacht.« Ich stellte meinen Cocktail mit ausgeflockter Sahne auf das Tablett eines vorbeigehenden Kellners. »Es ist vorbei. War schön, aber jetzt ist es vorbei.« Ich fühlte mich gar nicht so nonchalant, aber die Alternative wäre ein Heulkrampf inmitten einer großen, ausgelassenen Weihnachtsparty gewesen, den die ganze Stadt mitbekommen hätte.

»Nein, wirklich? Das darf doch nicht wahr sein. Du warst meine Heldin! Deine Scheidung war nach meiner, aber du hattest dich so schnell erholt und dann sogar eine Beziehung mit einem jüngeren Mann angefangen. Das hat mich richtig beeindruckt. Stellvertretend für uns alle bin ich gerade ziemlich entsetzt!«

»Tut mir leid, Michelle, dass ich dich so enttäuscht habe. Will noch jemand Wein?« Ich machte mich auf in Richtung Weinbar, und Sheryl folgte mir. Michelle blieb zurück, zweifellos weil sie lieber mit jemandem feiern wollte, der mehr in Stimmung war.

»Geht's dir wirklich gut?«, fragte Sheryl besorgt.

»Nein, wahrscheinlich nicht. Aber ich tue mein Bestes.«

Mein »Bestes« beinhaltete einige Gläser Chardonnay und dass ich einigen Freundinnen die Ohren vollheulte, um etwas Mitgefühl zu erheischen. Dadurch erfuhr ich, dass einige von ihnen Chris nicht gut genug für mich hielten und sich schon immer gefragt hatten, was ich an ihm fand. Jane war der Meinung, ich hätte es schon wieder in den Sand gesetzt und keinen guten Geschmack bei Männern. Zee und Sue fanden, ich hätte schon gewarnt sein müssen, als ich erfuhr, dass er für die Republikaner stimmte. Und Karen behauptete, ich hätte mich zu schnell in ein Abenteuer gestürzt – und das, obwohl ich doch ein ganzes Jahr gebraucht hatte, um mir überhaupt einzugestehen, dass ich eine Beziehung mit ihm hatte. So etwas braucht eine betrunkene, gedemütigte, reifere Frau mit gebrochenem Herzen nun wirklich nicht während der Weihnachtstage zu erfahren! Scheiß Dezember!!

Später am Abend begegneten Sheryl und ich wieder Mr Groß-und-gut-aussehend, als er mit etwa vier oder fünf Leuten zusammenstand, die ich kannte. Wie auf ein geheimes Kommando hin kreuzten sich unsere Blicke über den Köpfen der anderen. Ich sah weg, konnte mir ein Lächeln aber nicht verkneifen. Er sah wirklich sehr gut aus. Und ich hatte wirklich sehr viel Chardonnay intus.

»Gut«, sagte ich zu Sheryl, »er unterhält sich mit Barbara. Dann gehen wir mal zu Doug und fragen ihn, mit wem seine Frau da spricht. Mal sehen, was wir herausfinden.«

»Aha, dann interessiert er dich also doch? Sehr gut!«

»Es liegt sicher vor allem am Wein, aber gut, ein bisschen Info kann nicht schaden.«

Doug wusste natürlich, wer Mr Groß-und-gut-aussehend war. Das Witzige in Riverside ist ja, dass es hier nur etwa zweihundert Leute gibt, die sich gegenseitig einladen. Es geht hier gar nicht, jemanden nur über sechs Ecken zu kennen. Zwei oder drei Ecken waren schon das Höchste.

»Du würdest ihn mögen, Teresa. Wirklich ein super Kerl. Er ist schon seit Jahren im Immobiliengeschäft, sehr erfolgreich. Wirklich sehr erfolgreich.«

»Wie kommt es, dass ich ihn noch nie gesehen habe? Ich hätte ihm doch schon früher mal über den Weg laufen müssen.«

»Nun, er verbringt geschäftlich und privat viel Zeit in Nordkalifornien. Er ist geschieden. Single, aber geschieden. Seine Exfrau und die Kinder sind nach Nordkalifornien gezogen, daher hat er dort oben auch ein Haus gekauft, um in der Nähe seiner Kinder zu sein. Das sagt schon viel aus, was für ein netter Kerl er ist.«

Ach ja? Kinder? Das hätte schon das Signal für den Rückzug sein müssen, aber ich wollte gerne tolerant sein. Und Mr Groß-und-gut-aussehend sah wirklich blendend aus. »Er hat also Kinder. Weißt du, wie viele?«

»Ich glaube, drei. Vielleicht sogar vier.« Doug lächelte. Ich redete mit einem Mann, der schon fast fünfzig Jahre mit derselben Frau verheiratet war und mit ihr zusammen vier Kinder großgezogen hatte. Aus seiner Perspektive war diese Information ein ganz klarer Pluspunkt.

Ich fühlte, wie etwas in mir losschreien wollte. Dann fuhr Doug fort: »Und weißt du was? Er hat seine achtzigjährige Mutter zu dieser Weihnachtsfeier mitgebracht. Ist er nicht ein großartiger Mann?«

»Oh. Scheiße.« Ich schrie tatsächlich auf. Ich musste weg hier. »Danke, Doug. Du brauchst mich nicht vorzustellen.« Ich wich zurück und stieß in der Eile beinahe meinen Drink um. Mist! Mist! Mist!! Seine Mutter? Zu einer Party? Meine Güte, ich ziehe sie wirklich an. Ich wandte mich zu Sheryl. »Ich muss eindeutig nach Hause gehen.«

Sheryl japste vor Lachen, als sie mir durch die Menschenmenge folgte: »Das gibt's doch nicht, dass du es geschafft hast, genau auf den Typen zu stoßen, der seine Mutter mitgebracht hat!«

»Zu einer Party!! Zumindest weiß ich dann gleich von vorneherein, wie diese Beziehung aussehen würde, und kann mich direkt zurückziehen. Siehst du, ich habe doch dazugelernt.«

»Vielleicht ist seine Mutter ja ganz in Ordnung.«

Ich blieb stehen und drehte mich zu Sheryl um. »Das kann schon sein. Aber sobald sie mir begegnet, wird sie garantiert zu einer abscheulichen Furie. Ich bin der schlimmste Albtraum einer jeden Mutter, das ist mir mittlerweile klar geworden. Keine Mütter mehr. Ich werde nur noch mit Waisen ausgehen.« In dem Moment sah ich über Sheryls Schulter, wie Mr Groß-und-gut-aussehend auf mich zukam, offenbar in der Absicht, sich mir vorzustellen.

Er musste glauben, dass ich ein Gespenst gesehen hatte. Meine Züge versteinerten, meine Augen waren weit aufgerissen und alles in mir schrie: »RENN DAVON!« Ich drehte ihm den Rücken zu und verließ die Party.

Auf der Fahrt nach Hause diskutierten Sheryl und ich die Möglichkeit, gemeinsam Speeddating zu versuchen. Ich hatte die verrückte, vom Zuckerstangencocktail genährte Vorstellung, dass ich, wenn ich acht bis zehn Männer an einem einzigen Abend kennenlernen würde, zumindest vergleichen und vielleicht herausfinden könnte, wonach ich eigentlich suchte. Vielleicht könnte ich dann eine bessere Wahl treffen, wie Jane es angedeutet hatte. Sheryl scherzte, dass die Eröffnungsfrage »Ist Ihre Mutter schon gestorben?« mich nicht unbedingt beliebt machen würde. Aber das war mir egal.

Ich konnte wieder nicht schlafen. Ich wälzte mich herum, drehte mich vom Rücken auf die Seite, auf den Bauch und dann auf die andere Seite. Meine Gedanken kreisten um das Speeddating, das in meinem Alter ein wenig absurd erschien. Ich würde Sheryl am nächsten Morgen anrufen und ihr sagen müssen, dass das eine blöde Idee war. Ich würde ja gar nicht wissen, wonach ich suchte. Wollte ich überhaupt eine Beziehung? War ich in der Lage, eine bessere Wahl zu treffen?

Ich versuchte mir eine bessere Beziehung vorzustellen als die von Chris und mir. Ich gab mir Mühe, folgenden Satz zu vervollständigen: »Nächstes Mal werde ich jemanden finden, der …« Und alles führte wieder zurück zu Chris. … witzig war, natürlich. Jemanden, der denselben Humor hatte wie ich (wie Chris). Jemanden, der intelligent war. Intelligenter als ich (wie Chris). Jemanden, auf den ich mich in einer Krise verlassen konnte (wie Chris). Jemanden, der Literatur, Kunst und Reisen mochte (wie Chris). Jemanden, mit dem ich auch im Alltag klarkam. Jemanden wie Chris. Ich staunte, wie leicht Chris und mir der gemeinsame Alltag von der Hand gegangen war. Wir waren beide Nachtmenschen, mochten Hitze lieber als Kälte, aßen und tranken gerne, zählten Lesen, Schreiben und Brettspiele zu unseren Hobbys, konnten uns den ganzen Tag unterhalten oder auch einmal nur schweigen, konnten einen Witz stundenlang hin und her spielen und uns daran erfreuen, wie einer den anderen übertraf. So eine Kompatibilität hatte ich zuvor nicht gekannt. Hatte gar nicht gewusst, dass es so etwas gab. Daher hatte ich keine Ahnung gehabt, wie wichtig das war. Ich wollte das wiederhaben. Ich konnte mir nichts denken, was ich bei einem anderen Mann besser finden würde als bei Chris.

Abgesehen von einer verstorbenen Mutter.

Und dann wurde mir klar, dass ich hier Geister gerufen hatte, die ich nun nicht mehr loswurde. Solange ich glaubte, Beziehungen würden wie meine Ehen sein, war mein Alphabetleben eine gute Alternative. Doch nun, da ich wusste, wie gut es gehen konnte, nun, da ich so eine große Liebe kannte … konnte ich sehen, wie unvollständig mein Alphabet war. Ich brauchte den Buchstaben L. Ich brauchte jemanden, der mich wirklich verstand und mich bedingungslos liebte, auch wenn seine Mutter das nicht tat.

Für Letzteres hatte ich Chris ja nicht einmal den Beweis antreten lassen.

Dieses Mal vertrieb mein Schluchzen Seamus aus meinem Bett und in sein Körbchen. Ich stand auf und schrieb Chris einen Brief. Später schickte ich ihn ab.

Seamus würde seine Chemoinfusionen in der Orange-County-Klinik des Veterinären Krebszentrums erhalten, weniger als fünfzig Kilometer von meinem Haus entfernt. Es kam mir nun sehr gelegen, nicht nach Los Angeles fahren zu müssen, so nahe bei Chris. Außerdem hoffte ich durch den Ortswechsel auf einen neuen Onkologen.

Zunächst würde ich Seamus jeden Freitag dorthin bringen, dann alle zwei und später alle drei Wochen. Mit der richtigen Zeitplanung würde ich den Hauptverkehr vermeiden, könnte um vierzehn oder fünfzehn Uhr zu Hause sein und sogar noch etwas arbeiten. Falls es Seamus gut ging. Die Nebenwirkungen würden vor allem ein oder zwei Tage nach der Behandlung zu spüren sein. Ich hatte mir den Freitag als Behandlungstag ausgesucht, weil ich dann Samstag und Sonntag zu Hause wäre, wenn die Nebenwirkungen am schlimmsten wären. Der Plan war gemacht, und mein Augenmerk lag allein darauf. Ich gestand es mir einfach nicht zu, an etwas anderes zu denken.

Ich schlief unruhig. Seamus sprang immer wieder von meinem Bett, nachdem ich mich hin und her wälzte und ihn mehrere Male geweckt hatte. Eigentlich bin ich selten irgendwo zu früh, doch zum ersten Chemotermin war ich es.

Die Orange-County-Klinik war neuer als die in Los Angeles, doch auch dort gab es diese wunderbaren Kunstwerke, bunte Betonböden und vor allem überall Schalen mit Hundekeksen. Ich ließ Seamus einschreiben, und ein Arzthelfer zeigte mir, wie ich Seamus wiegen musste. Ich notierte sein Gewicht (14,1 Kilogramm) auf dem Formular und nahm Platz. Seamus sprang entweder auf meinen Schoß oder zog mich in Richtung der Schale mit den Hundekeksen auf dem Tresen.

Ich beobachtete das Kommen und Gehen der anderen Leute und Tiere im Wartezimmer. Ein Golden Retriever mit einem kahl rasierten Hinterteil, das böse gerötet war, eine miauende Tigerkatze in einer Box, deren Besitzerin sich schniefend die Tränen von den Augen wischte, ein Mischlingshund mit drei Beinen, aber viel Energie und ein Basset, der zufrieden zu Füßen eines adretten Pärchen mittleren Alters saß und äußerlich keinerlei Zeichen von Krebs aufwies. Doch es handelte sich ja hier um eine Krebsklinik, überlegte ich. Dieser Hund war also wie Seamus hier, weil er Krebs hatte.

Krebs. Ich musste schlucken und wandte mich einem Stapel Zeitschriften zu. Ich nahm eine über Segelschiffe, die mich überhaupt nicht interessierte, und blätterte lustlos darin. Dann legte ich sie wieder weg und ließ Seamus auf meinen Schoß springen. Ich kuschelte mich dicht an ihn und ließ meinen Blick erneut durch das Wartezimmer schweifen. Der Gedanke, dass all diese Tiere Krebs hatten, ließ mich nicht mehr los.

Krebs.

Ich gab Seamus noch ein paar Hundekekse. Schweigend wartete ich und vermied jeglichen Blickkontakt mit den anderen Leuten. Ich wollte so tun, als ginge es all diesen Tieren gut, und wollte mir dieses Bild nicht zerstören lassen. Eine Unterhaltung wäre zu gefährlich gewesen.

»Sieh-mus?« Eine junge Frau in einem türkisen Arztkittel kam auf uns zu.

»Man spricht es Schäi-mäs aus«, verbesserte ich. Seamus sprang von meinem Schoß herunter und ging schwanzwedelnd auf die Frau zu.

»Ah, Schäi-mäs. Ein toller Name.« Auch sie schrieb die Aussprache des Namens auf die Akte und gab ihm dann einen Hundekeks. Seamus wirkte, als hätte ich ihn zu einem Disneyland für Hunde gebracht. Bis jetzt hatte er ja viele andere Hunde getroffen, durfte auf Frauchens Schoß sitzen, hatte viele Leckerlis bekommen und Wasser aus einer Flasche. Es schien völlig an ihm vorüberzugehen, dass sein Frauchen, das sich in den letzten eineinhalb Jahren von einem Mann hatte scheiden lassen und von einem weiteren verlassen worden war, zwei Hunde verloren hatte, Tausende von Dollar für Tierarztrechnungen ausgegeben hatte und nun viele Tage Urlaub nehmen würde, um noch mehr Zeit beim Tierarzt zu verbringen, dass also diese Frau kurz vor einem Zusammenbruch stand. Seamus kümmerte das nicht. Ihm ging es allein um die nächste Tasche, die mit Hundekeksen gefüllt war.

Die Tierarzthelferin führte uns in ein Untersuchungszimmer. An der Tür hing ein mit orangefarbenem Filzstift geschriebenes Schild »Seamus«. In diesem neuen Raum fand Seamus schnuppernd sofort den Behälter mit Leckerlis und bellte in diese Richtung. Lachend gab die Assistentin ihm noch eines.

»Der ist vielleicht süß.« Sie beugte sich zu ihm hinunter und kraulte seine Ohren. Seamus drehte sich zu ihr um, damit sie besser kraulen konnte, und sah mich mit einem Blick an, der sagte, dass dies der beste Ort überhaupt sei.

»Die Ärztin wird gleich bei Ihnen sein«, erklärte die Arzthelferin und verließ lächelnd den Untersuchungsraum.

Die Tür ging auf, und mir fiel die Kinnlade herunter. Herein kam Frau Doktor Klubzicke, die offensichtlich immer noch für Seamus zuständig war. Ohne Umschweife kam sie sofort zur Sache. Kein Hundekeks, kein Blickkontakt mit mir oder dem Hund. Sie sah auf die Patientenakte in ihrer Hand, wie eh und je.

Alle anderen Tierärzte des Krebszentrums gaben sich alle Mühe, um eine Beziehung zu Seamus aufzubauen, sei es mit Streicheleinheiten oder der für Beagle bewährten Methode, dass Liebe durch den Magen geht. Zudem waren sie alle bemüht, auch mir gegenüber Mitgefühl zu zeigen. Nur nicht Frau Doktor Klubzicke, deren Bemühungen sich darauf zu beschränken schienen, jeden Raum, in dem ich mich befand, so schnell wie möglich wieder zu verlassen. Als sie mir Seamus' Prognose mitteilte, unterschied sich ihr Tonfall nicht von dem ihrer Auskunft, dass die Toiletten den Gang entlang auf der rechten Seite waren. Wir hatten offenbar ein Kommunikationsproblem. Dann war da noch ihre Lügerei bezüglich des Pathologieberichts aus New York – eine Tatsache, die uns beiden bewusst war. Und jetzt sollte ich Seamus' gesamte Chemotherapie bei ihr durchziehen?

Sie untersuchte Seamus, ohne viele Worte zu verlieren, und kündigte dann an, dass die Arzthelferin gleich kommen und ihn zur Blutentnahme bringen würde. »Dann werden wir ihm die Infusion geben. Sie können hier warten oder vorne im Wartebereich.«

Ich wollte keinesfalls mit den anderen Leuten und ihren krebskranken Tieren, die möglicherweise sterben würden, warten und erklärte: »Ich bleibe hier. Wie lange wird es etwa dauern?«

»Ungefähr zwanzig Minuten, je nachdem, wie er mitspielt.« Und dann war sie auch schon wieder weg. Je nachdem, wie er mitspielt?

Nur wenige Minuten später kam Missy, eine kleine, stämmige blonde Arzthelferin, herein, beugte sich sofort zu Seamus, tätschelte ihn und gab ihm einen Keks. »Wäre es Ihnen lieber, wenn ich ihm das Blut hier abnehme? Dann können Sie bei ihm sein.«

Ich hasse Nadeln. Und beim Anblick von Blut kippe ich beinahe um. »Ja, ich würde gerne bei ihm sein. Kann ich denn auch während der Chemo bei ihm bleiben?«

»Normalerweise ist es am besten, wenn wir die Chemo im hinteren Klinikbereich geben. Wir müssen dafür sorgen, dass er ruhig und still bleibt. Wenn er sein Frauchen sieht, ist er das vielleicht nicht.« Sie bereitete die Nadel vor und legte Seamus auf den Boden. »Könnten Sie seinen Kopf nehmen und ihn streicheln oder mit ihm reden? Es geht ganz schnell.«

Ich sah nicht hin. Seinen Kopf hielt ich so, dass keiner von uns die Nadel sehen musste.

»Gut, geben Sie ihm noch einen Kuss, und dann nehmen wir ihn nach hinten mit. Möchten Sie hier warten?«

»Ja.« Ich versuchte, für meinen Hund stark zu sein. »Tschüss, Seamus. Wird schon alles werden. Wenn du herauskommst, bekommst du Kekse.« Die Sache mit den Keksen hatte er sicher verstanden. Er war mit Sicherheit tapferer als ich.

Ich dachte, dass die Chemo Stunden dauern würde. Keine Ahnung, warum ich dieser Meinung war, aber es war ja so etwas Ernstes. Doch nur eine halbe Stunde später kam Seamus schwanzwedelnd in den Untersuchungsraum gesprungen. Missy zog er hinter sich her.

»Er hat das wunderbar gemacht«, sagte Missy anerkennend. »Wir mussten hier ein wenig sein Bein rasieren, um an die Ader zu kommen, die wir brauchten. Der Verband ist von der Einstichstelle des Katheters. Sie können ihn morgen abnehmen.« Der Verband war neongrün und stand Seamus eigentlich recht gut. Ich gab ihm seinen grünen Hundekeks, den er rasch fraß.

»Bis jetzt noch kein Zeichen von Appetitlosigkeit.«

»Das kann noch ein paar Tage dauern.« Sie gab mir seine Leine und streichelte Seamus' Kopf. »Er ist wirklich ein ganz Süßer.« Seamus beschnupperte dankbar ihr Gesicht.

Wir gingen zur Rezeption, Seamus trottete neben mir her und blieb schnuppernd an jeder Tür stehen, hinter der sich eine Schale mit Hundekeksen oder ein Abfalleimer mit Leckereien verbergen könnte. Ich bezahlte die Vinblastin-Chemotherapie, Blutabnahme, Evaluierung und die verschriebenen Medikamente sowie eine ominöse Gebühr für »Sondermüllentsorgung«. Die erste Runde war geschafft, neun standen noch aus.

Seamus und ich machten uns auf den Weg nach Hause. Den Freitagabend würden wir alleine verbringen, wartend, mit den weiteren Anweisungen in der Hand. Ein großer Teil der Informationen war widersprüchlich – Chemo verursachte Appetitlosigkeit, doch die Steroide, die er gegen die Übelkeit bekommen hatte, konnten das Gegenteil bewirken; Chemo konnte Durchfall verursachen, die Steroide jedoch Verstopfung; Chemo würde ihn müde machen, doch die Steroide könnten ihm einen Energieschub geben. Daher hatte ich jedes denkbare Produkt, Supplement und Hausmittel für jede denkbare Reaktion im Haus. Wir konnten nur abwarten. Es hatte eine gewisse Ähnlichkeit mit einem Horrorfilm, bei dem man weiß, dass der Bösewicht auftaucht und die Hauptfigur drangsaliert, aber wie und wann, das weiß man nicht. Doch dies hier war die Wirklichkeit, nicht einer der Nightmare-Filme – und Freddy war kein Schauspieler, Freddy war die Chemo.

Sobald wir zu Hause waren, trank Seamus Wasser (während ich ihn argwöhnisch beobachtete, ob er ungewöhnlich viel oder nicht genug trank), fraß sein Abendessen und legte sich in sein Körbchen, um ein wenig zu schlafen. Eigentlich genau wie jeden Freitagabend, bevor der Futtertyp kam.

Aber an diesem Abend würde kein Futtertyp kommen. Statt Käse, Cracker und Wein machte ich ein Nachtmahl aus gekochtem Hühnchen und Reis, speziell und ausschließlich für Seamus. Ich zündete das Kaminfeuer an und legte mich mit einem guten Buch und einem wunderbaren Hund auf das Sofa, wo ich bis zum frühen Morgen blieb.

Am Samstagnachmittag rief Chris an. »Ich habe deinen Brief bekommen und möchte sehr gerne darüber sprechen. Aber erst einmal, wie geht es Seamus?«

»Bis jetzt geht es ihm richtig gut«, erklärte ich.

»Schön, das freut mich. Und du, wie geht es dir?«

»Ach, mir geht es weniger gut als dem Hund.«

»Mir ebenso. Ich möchte gerne mit dir reden, kann ich vielleicht morgen zu dir kommen?«

Ich streichelte Seamus und kämpfte gegen die Tränen. »Ja, das wäre gut, denke ich.«

Die acht Tage waren lang gewesen.

9 Der Kampf geht weiter

Seamus hob den Kopf, seine Augen wurden groß. Er sprang vom Sofa, sauste durch die Waschküche, flitzte durch das Hundetürchen und war wie der Blitz am Gartentor. Sein aufgeregtes Bellen beruhigte sich augenblicklich und ich hörte, wie er vor Behagen seufzte und winselte.

Im Garten war Chris. Er war in die Hocke gegangen und streichelte den Hund, der sich in seinen Schoß schmiegte.

»Schön, dass du wieder da bist«, begrüßte ich ihn.

»Hallo.« Chris stand auf, und etwas unbehaglich sahen wir uns über Seamus hinweg einen Moment lang an.

»Komm doch herein.«

Wir setzten uns auf das Sofa, einander zugewandt, aber ohne uns zu berühren.

»Ich bin froh, dass du den Brief geschrieben hast.«

»Ja, ich auch. Und ich freue mich, dass du angerufen hast.«

Wieder peinliche Stille.

»Ich muss wohl anfangen …«, sagte ich.

»Ja, vielleicht.«

»Als Erstes sollte ich mich wohl entschuldigen. Also noch einmal. Ich hoffe, du hast meinen Brief als Entschuldigung aufgefasst.«

»Ja, teilweise. Und teilweise als Bitte um Erklärung.«

»Ja, das stimmt. Es tut mir leid und ich bin etwas durch den Wind. Ich wollte damit beginnen, dass es mir leidtut.«

»Wir können auch damit beginnen, dass du verwirrt bist. Denn es ist wirklich wichtig für mich, dass du etwas begreifst. Das hat überhaupt nichts damit zu tun, was meine Eltern mir gesagt haben. Ich bin an jenem Abend nicht mit der Absicht zu dir gekommen, mich von dir zu trennen. Ich habe nicht auf meine Eltern gehört oder bin ihren Anweisungen gefolgt und tue es auch jetzt nicht. Es hat wirklich nichts damit zu tun, was sie wollen.«

»Gut. Der Zeitpunkt hat alles nur umso schwieriger gemacht. Ich weiß, dass ich mit Schwiegermüttern Probleme habe. Ich kann mir einfach nicht vorstellen, dass ich jemals als Siegerin hervorgehen könnte.«

»Das verstehe ich ja. Es ist mir klar, wie es herüberkommt. Aber eigentlich hat sich alles nur so hochgeschaukelt und schließlich verselbstständigt, und plötzlich kam es mir so vor, als hätte ich gar keine Wahl mehr. Als würden meine Eltern von mir verlangen, eine bestimmte Person zu sein, ein hirnloser Jasager mit einer kecken Frau und Kindern, der am Wochenende zusammen mit ihnen in ihrem Klub herumhängt. Das bin ich einfach nicht. Und du wolltest mich ganz anders haben, oder, ich weiß auch nicht … eigentlich hast du mich beschuldigt, jemand völlig anderes zu sein. Da wurde mir klar, dass ich überhaupt nicht wusste, wer ich eigentlich war oder was ich wollte. Ich wollte allein sein, um mir Klarheit zu verschaffen, ohne dass mich jemand unter Druck setzt.«

»Ich wollte dich nicht unter Druck setzen. Ich hatte Angst, darum zog ich mich zurück.«

Ich wollte ihn berühren und umarmen, tat es aber nicht.

»Ja, ich weiß. Das meine ich ja. Du hast auch nicht an mich geglaubt. Du steckst so tief in all dem Mist aus deiner Vergangenheit, dass du mir keinen Vertrauensvorschuss geben kannst. Du gehst davon aus, dass ich bin wie alle anderen. Und das tut weh. Ich konnte es nicht mehr ertragen, dass mir alle Welt sagt, wer ich bin. Sie liegen ohnehin falsch damit.« Er rutschte auf dem Sofa herum, wandte sich mir zu, rückte aber etwas weiter weg. »Aber was nun stimmt, das weiß ich auch nicht so recht.«

Wir saßen da, sahen einander an und fühlten uns noch immer elend. Ich wollte diese Krise überwinden und unsere Beziehung retten. Ich wollte Chris zurückgewinnen. Meinte er, dass er noch immer allein sein wollte? Musste er sich immer noch Klarheit verschaffen?

»Du hast recht. Es stimmt. Das hast du nicht verdient. Ich wollte, ich hätte für dich da sein können, aber das war ich nicht. Es tut mir wirklich, wirklich leid.«

»Danke.«

Wieder schwiegen wir, zwischen uns ein paar Zentimeter auf dem Sofa, gefühlt aber eher Kilometer.

»Es ist wirklich nicht in Ordnung, dass ich angenommen habe, du seist wie all die anderen aus meiner Vergangenheit. Es ist unglaublich schwierig für mich. Aber letzte Woche habe ich viel gelernt, unter anderem, was auf dem Spiel steht.« Ich atmete tief ein und füllte meinen Körper mit Sauerstoff und Mut. »Ich möchte dich nicht verlieren. Ich kann mich bessern. Falls du mir noch eine Chance geben willst.«

Eine Stunde verging, vielleicht auch zwei. Oder doch nur Minuten. Ich wusste es nicht.

»Mir tut es leid, dass ich ausgerastet bin«, sagte Chris.

»Dass du ausgerastet bist und einen Fehler begangen hast, indem du dich von mir getrennt hast?« Ich lächelte in der Hoffnung, er würde begreifen, dass ich die Stimmung auflockern wollte, nicht meine Autorität bekräftigen. Und natürlich hoffte ich, recht zu haben.

»Genau, den schlimmen, unverzeihlichen, fürchterlichen Fehler, mit dem Besten, das mir je passiert ist, Schluss zu machen.« Er sah mich direkt an.

Ich legte meine zitternde Hand auf seinen Oberschenkel. »Dann können wir es noch einmal miteinander versuchen?«

Er legte seine Hand auf meine. »Ja, sehr gerne.« Er beugte sich etwas nach vorne und küsste mich. Bis dahin hatte ich nicht gewusst, dass es Tränen der Erleichterung gab.

Kurz darauf heulte Seamus auf, um uns zu trennen. Immerhin hatte er uns ein paar Sekunden gegönnt.

Wir lachten beide, und Seamus fasste das als Aufforderung auf, zu uns auf die Couch zu springen. Er quetschte sich zwischen uns und reckte uns den Bauch zum Kraulen hin.

»Er sieht gut aus«, meinte Chris.

»Ja, er hat sich besser gehalten als ich.«

»Auch besser als ich.« Chris küsste Seamus oben auf den Kopf.

»Falls du noch Redebedarf hast, verspreche ich zuzuhören.«

»Vielleicht später.«

»In der Wanne«, kam es wie aus einem Mund.

An diesem Abend einigten wir uns auf einige Grundregeln, angefangen mit einer besseren Kommunikation und keinen voreiligen Annahmen. Wir wollten uns gemeinsam den anstehenden Kämpfen gegen seine Familie und Seamus' Krebs stellen. Auch was die Feiertage anging, waren wir uns einig. Bei seinen Eltern war ich nicht willkommen und wollte dort auch nicht hin. Auf die eisige Höflichkeit, die ich selbst im besten Fall zu erwarten hatte, konnte ich verzichten. Wir einigten uns darauf, dass Chris den Heiligabend bei seiner Familie verbringen und ich mich zu Hause um Seamus kümmern würde. Der erste Feiertag würde dann nur für uns sein, aber was genau wir machen würden, war noch offen. Alles war verlockend.

An den nächsten Tagen konnte ich Seamus morgens ganz normal Gassi führen. Er rannte noch immer zur Garage mit mir und zeigte laut heulend, dass ich ihn nicht allein lassen solle. Sein Trockenfutter verputzte er nach wie vor in Sekundenschnelle, und jeden Abend presste er sich rückwärts an mich und tapste mit den Pfoten, bis ich ihm seinen Bauch ausgiebig gekrault hatte. Allem Anschein nach hatte Seamus die erste Chemotherapie ohne schlimme Nebenwirkungen überstanden, abgesehen von übermäßigem Appetit, der eine Gewichtszunahme zur Folge hatte, und andererseits etwas Durchfall. Dennoch machte mich der nächste Termin zur Chemo nervös.

Er war am 23. Dezember.

Der Dezember war ohnedies eine ziemliche Katastrophe für mich gewesen. Ein 23. Dezember, kombiniert mit einer weiteren Runde Chemo, das versprach nichts Gutes. Der gesunde Menschenverstand sagte mir, dass die Nebenwirkungen kumulativ waren. Nur weil es ihm in der ersten Runde gut ging, musste das in der zweiten Runde nicht genauso sein.

Während ich mich mit Seamus zu seinem Termin aufmachte, ging Chris los, um seine Mutter bei ihrem Therapeuten zu treffen. In unserer Trennungswoche hatte er sich dazu breitschlagen lassen. Seine Mutter meinte, eine gemeinsame Sitzung könne die Kommunikation zwischen ihnen verbessern, und Chris hatte das Gefühl, er sollte es wenigstens versuchen, obwohl er seinem Termin mit ebenso gemischten Gefühlen entgegensah wie ich meinem.

Im Krebszentrum mochte ich noch immer nicht die anderen Tiere im Wartebereich ansehen. Ich wusste jetzt, dass der Bassett vom letzten Mal, der gar nicht nach Krebspatient ausgesehen hatte, wahrscheinlich wie Seamus ein Kandidat für die Chemo war. Gift, das durch seine Adern strömte, und Überlebenskampf inklusive. Dieses Mal wartete ich mit Seamus draußen, nachdem ich am Empfang Bescheid gegeben hatte, wo wir zu finden seien, sollte man uns suchen. Ich ging das schmale Rasenstück neben dem Bürgersteig auf und ab. Seamus beschnupperte abwechselnd das Gras und sah mich erwartungsvoll an. Durch die Glastüren sah ich, wie mir die Dame vom Empfang winkend bedeutete, wir sollten hereinkommen.

Der Termin nahm schlagartig eine positivere Wendung, als man mir mitteilte, dass Frau Doktor Klubzicke Urlaub habe und Dr. Roberts, die Eigentümerin der Klinik, Seamus untersuchen würde. Die Waage zeigte an, dass Seamus nun knapp 15,5 Kilogramm wog. Das war eine Gewichtszunahme von beinahe zwei Kilo seit der Diagnose.

Nach einer großzügigen Portion Hundekekse, einer Viertelstunde ohne mich im Patientenbereich, einem neonorangefarbenen Verband am Bein, einem weiteren grünen Leckerli und einem Rezept für Tagamet und Zantac waren wir fertig. Auf dem Nachhauseweg gab es kaum Verkehr. Die zweite Chemorunde war vorbei und die Heimfahrt dauerte länger als die Prozedur selbst. Ich drückte auf den Garagenöffner und seufzte tief auf, als ich in die Garage fuhr. Kaum hielt das Auto, begann Seamus sein Freudengeheul: *Ich bin wieder zurück! Vergiss mich nicht! Ich bin hier! Nimm mich mit! Aaaaaauuuuu! Jeeeetzt!!!*

Als wir wieder im Haus waren, gab ich Seamus sein Futter. Er bekam etwas mageres Hackfleisch und Hüttenkäse zu seinem proteinhaltigen Trockenfutter. Zusammen machten wir es uns auf dem Sofa gemütlich und dösten ein wenig, während wir auf Chris warteten.

Chris kam zwei Stunden später nach Hause. Selbst wenn Seamus nicht flink von der Couch gesprungen wäre, um bellend Chris zur Begrüßung entgegenzulaufen, hätte mich Chris' Stimmung vermutlich direkt aufgeweckt. Blass und erschöpft ließ er sich neben mir auf das Sofa fallen, während Seamus weiterhin bellte und umherlief, seine Quietschspielsachen in die Höhe warf und spielen wollte.

Chris streichelte Seamus, um ihn zu beruhigen, aber er sah den Hund gar nicht an. Er starrte vor sich auf den Boden. Nach einigen Minuten blickte er auf.

»Die gute Nachricht ist, dass ich Heiligabend nicht zu meinen Eltern fahre«, erklärte er und fuhr sich durchs Haar.

Ich atmete langsam ein. »Deine Therapie war also schlimmer als die von Seamus, nehme ich an?«

»Jedenfalls giftiger, scheint mir.«

»Nicht gut.«

»Doch, eigentlich schon. Es musste wohl so weit kommen.«

Ich versuchte mich darauf zu konzentrieren, einfach zuzuhören und ihn zu unterstützen, als er von der dreistündigen, völlig verqueren Marathonsitzung beim Therapeuten erzählte. Seine Beziehung mit mir war nicht die einzige Entscheidung, die seine Eltern gerne für ihn revidieren wollten. Seine Karriere und sein Gewicht wurden unter anderem unter die Lupe genommen. Beides war anscheinend inakzeptabel (Ersteres zu klein, Letzteres zu groß). Immerhin schaffte ich es, anders als zuvor, meine eigenen Ängste außen vor zu lassen. In kleinen Schritten ging es vorwärts.

»Wie ging es zu Ende?«

»Nicht gut. Ich werde nie mehr ein Wort mit ihnen reden. Meine Eltern sind für mich gestorben.«

Ich versuchte ihn zu beschwichtigen – sie hatten mir noch nicht einmal eine Chance gegeben; sie hatten doch kein Recht, ihn oder mich zu beurteilen; warum sahen sie nicht, wie gut wir zueinanderpassten? Aber ich hielt mich zurück. Er brauchte meine Unterstützung, nicht meine Wut und ganz sicher nicht meine Altlasten. Ich wollte nicht zwischen Chris und seiner Familie stehen, aber ich hatte begriffen, dass Chris das alleine mit sich ausmachen musste.

Außerdem, so rief ich mir wieder ins Gedächtnis, ging es überhaupt nicht um mich. Es war viel weitreichender als die Frage, mit wem er eine Beziehung hatte.

Am Ende des Abends gefiel uns der Gedanke immer mehr, dass wir das ganze Wochenende nur zu dritt waren. Nur selten kam mir der Gedanke in den Sinn oder gar die Worte über meine Lippen, aber ich dachte doch tatsächlich: *Vielleicht werden die Feiertage diesmal gar nicht so schlecht.* Nur den Grund für unsere Dreisamkeit musste ich ausblenden.

Am Morgen des Weihnachtstages machten wir unsere Geschenke am Kamin auf. Seamus bekam eine ansehnliche Menge an Quietschspielsachen, an denen er gleich genüsslich herumkaute. Wir machten es uns gemütlich und lasen stundenlang mit dem Gequietsche als Hintergrundmusik. Unser einziger Kontakt zur Außenwelt waren die Anrufe meiner Eltern. Der Tag verlief richtig friedlich.

Als Chris das Abendessen machte, saß ich mit einem Glas Wein an der Küchentheke und Seamus, so dicht er konnte, an Chris' Füßen, falls etwas Essbares zu Boden fallen sollte. Am Abend ließen wir drei uns ein köstliches Festmahl schmecken: Chateaubriand, Dauphinkartoffeln, Rahmspinat und Yorkshirepudding. Natürlich bekam Seamus auf seinem eigenen Teller von allem etwas, aber am Tisch durfte er nicht mit uns sitzen, vor allem, weil ich wusste, dass ich gar nicht so schnell reagieren könnte, wie er sich meine Portion schnappen würde. Niemand litt also letztlich unter einem Mangel an Appetit.

Ich überlebte die Festtage – vielleicht nicht völlig ohne, aber doch ohne größere Blessuren. Das war auch nötig, um etwas zu Kräften zu kommen.

Als am 30. Dezember die dritte Chemorunde begann, wog Seamus bereits knapp 16 Kilo. Sein Appetit war alles andere als ein Problem. Nach drei Runden kam ich zwar immer noch häufig von der Arbeit nach Hause, um nach Seamus zu sehen, und hatte beinahe keine Verpflichtungen am Abend mehr, doch ich glaubte langsam daran, dass Seamus die Chemotherapie ganz gut vertrug. Es stimmte also, dass Hunde weniger heftig auf Chemo reagieren als Menschen. Ob es nun an der Art der Chemo oder der Dosis lag oder irgendwie biologisch begründet war, kümmerte mich nicht weiter. Zu wissen, dass er nicht litt und ihm nicht übel war, genügte mir. Die Chemo konnten wir offensichtlich ganz gut bewältigen.

Zur vierten Chemo begleitete mich Chris. Diesmal hielt er Seamus bei der Blutabnahme und mich anschließend, während Seamus ohne uns nach hinten zur Infusion gebracht wurde. Das fiel mir jedes Mal am schwersten, denn ich konnte nichts machen, als nervös in Zeitschriften zu blättern oder halbherzig ein Buch zu lesen und mir so die Zeit zu vertreiben. In Begleitung von Chris fiel mir das Warten leichter. Bald kam Seamus wieder fröhlich in den Raum, zog sein rechtes Hinterbein hinter sich her, sodass es kaum den Boden berührte. Chris hatte mich schon einmal darauf aufmerksam gemacht, dass Seamus manchmal ging oder rannte, als hätte er nur drei Beine. Das rechte Hinterbein war wie ein Ersatzreifen – einsatzbereit für einen Notfall, sonst aber nicht wirklich notwendig. Natürlich tat er das nicht immer, aber es fiel uns doch auf. Ich lächelte, als ich ihn mit seinem eigenartigen Gang hereinkommen sah.

Frau Doktor Klubzicke, die ebenfalls den Untersuchungsraum betrat, teilte uns mit, dass Seamus zwei Wochen Pause haben würde, bevor wir für das nächste Chemomedikament kommen müssten.

»Zur nächsten Runde? Mit einem neuen Medikament?«, fragte ich.

»Ja, dieses wird er oral einnehmen müssen.«

Es war mir völlig neu, dass er mehr als ein Medikament würde nehmen müssen. Ich wusste nicht einmal, dass es mehr als ein Medikament für eine Chemo gab. »Aber wir wissen doch nun, dass er das bisherige Medikament gut verträgt, warum können wir nicht damit weitermachen?«

Wieder einmal sah sie mich mit diesem Blick an, der so viel hieß wie: »Ich bin ja geduldig, aber warum lassen Sie mich nicht meine Arbeit machen und warum hören Sie nicht auf, ständig Fragen zu stellen?« Mittlerweile war ich schon gewohnt, diesen Blick einfach zu ignorieren. »Wir müssen alle Register ziehen. Um ihm die besten Überlebenschancen zu geben, setzen wir verschiedene Arten von Chemo ein.«

»Dann hat er also doch eine Chance zu überleben?« Ich hatte mir das ja bereits gedacht, aber sie hatte bisher immer den Eindruck vermittelt, dass es nur darum ging, ein Jahr zu gewinnen, nicht, dass die Krankheit besiegt werden könnte.

»Nun, wir können versuchen, etwas Zeit für ihn herauszuschinden.« Und da wären wir wieder beim Begrenzen.

Wir drehten uns im Kreis: Ich fragte, ob Überleben im Sinne von Heilung oder Remission eine Möglichkeit war, und sie druckste herum, um mir nicht – für ihren Begriff – falsche Hoffnungen machen zu müssen.

»Wirklich? Kein Hund hat also je einen Mastzelltumor am Analbeutel überlebt?«

»Doch, natürlich.«

»Gut, dann hat er doch eine gewisse Chance.«

»Ich möchte nur realistisch sein.«

»Ich auch.« Wir starrten einander über den Untersuchungstisch an. Ich bin nun wirklich kein Optimist, geschweige denn eine Träumerin, doch diese Frau Doktor Klubzicke konnte sich nach fünftausend Dollar und zwei Monaten Behandlungszeit noch nicht einmal dazu durchringen, Seamus eine Überlebenschance von zehn Prozent oder so zu geben? Irrsinnig kam mir das vor und frustrierend.

Beim Wannengespräch mit Chris ging es diesen Abend ausschließlich um meine streitlustige Beziehung zu dieser Ärztin.

»Sei ruhig ehrlich. Meinst du, wir fechten hier einen Kampf aus, in dem beide Alphaweibchen unbedingt die Oberhand behalten müssen?«

Wenn es um diese Ärztin ging, konnte ich offenbar meine Entrüstung und Wut selbst in einem dampfenden Whirlpool mit einem Glas Wein in der Hand und den Lichtern der Großstadt am Horizont aufrechterhalten.

»Ja, das ist sicher ein Teil des Problems. Ihr habt einfach völlig verschiedene Herangehensweisen. Sie muss ganz offensichtlich die Oberhand behalten und ist einfach keine besonders warmherzige oder kommunikative Person. Und du willst möglichst viele Informationen und ähm –«

»Ich muss auch die Oberhand behalten.«

»Genau.«

»Und warmherzig und kommunikativ bin ich auch nicht?«

»Na ja, wir arbeiten daran.«

»Gut, aber ich bin dort immer noch die Kundin. Wenn ich eine Frage stelle und die Behandlung und alles, wofür ich bezahle, verstehen möchte, ist das nicht mein gutes Recht? Warum gibt sie mir das Gefühl, als würde ich sie nur nerven? Was soll ich denn ihrer Meinung nach tun, ihr den Hund mitsamt meiner Kreditkarte übergeben mit den Worten ›Machen Sie einfach, wie Sie meinen‹? Das kann sie vergessen.«

»Nun, ich denke, manche machen das tatsächlich so.«

Ich starrte ihn an. Sicher, manche Menschen mögen das vielleicht so handhaben. Ich sah zu Seamus hinüber, der auf dem Gartenstuhl fläzte, Kopf auf den Vorderpfoten aufgestützt, und mich mit großen, schwarz umrandeten Augen anstarrte. »Ich bin nun mal nicht wie manche Menschen. Ich möchte verstehen, welche Möglichkeiten ich habe, und sichergehen, dass ich die richtige Entscheidung treffe. Es war mir völlig neu, dass wir eine andere Chemo machen und es möglicherweise mit ganz neuen Nebenwirkungen zu tun bekommen. Sie hätte mich darüber informieren müssen. Über diese neue Chemo habe ich mich noch überhaupt nicht schlaugemacht.«

»Vielleicht solltest du dir einen anderen Arzt zuteilen lassen. Sie ist ja bei Weitem nicht die Einzige dort. Lass dir jemand anderes geben.«

»Ja, das werde ich wohl tun.«

So gewappnet, feuerte ich mich selbst noch auf der Fahrt zu Seamus' Termin am 20. Januar an. Ich würde mir von Frau Doktor Klubzicke die neue Chemo erklären, mich über die Risiken aufklären lassen und darüber, was diese Chemo anders als die vorige bewirken konnte. Sollte sie mir nicht Rede und Antwort stehen, würde ich einen anderen Arzt fordern.

Also, ich ankam, sah ich ein Paar, das ich aus Riverside kannte, mit ihrem Bassett im Wartebereich. Sie arbeiteten ebenfalls ehrenamtlich bei der Mary-S.-Roberts-Tiervermittlung, gingen zum selben Tierarzt wie ich und ich traf sie und ihre Hunde (sie hatten auch noch zwei Beagles) regelmäßig bei diversen Veranstaltungen. Ich kannte die beiden als glückliches, zufriedenes, gutmütiges Paar, das sich durch nichts aus der Ruhe bringen ließ. Ihr Bassett Molly hatte dieselbe Krebsart wie Seamus. Und dieselbe Ärztin.

»Ist sie nicht großartig?«, schwärmten sie.

»Dr. Gilbert?«, fragte ich überrascht und konnte mich gerade noch zurückhalten, sie Frau Doktor Klubzicke zu nennen.

»Ja, sie ist immer so wunderbar zu unserer Molly.«

»Ähm, nun ja, ich würde sagen, zu Seamus ist sie weniger wunderbar. Und zu mir ohnehin.«

»Wirklich?« Sie schienen ebenso überrascht zu sein wie ich, als ich »wunderbar« im Zusammenhang mit Frau Doktor Klubzicke hörte.

»Na ja, ich kann sie einfach nicht dazu bewegen, mit mir über etwas anderes zu sprechen, als dass Seamus nur noch ein Jahr zu leben hat.«

»Oh nein!« Sie sahen einander an. Ich verstehe die Kommunikation von verheirateten Paaren nicht besonders gut, daher habe ich keine Ahnung, was dieser Blick bedeuten sollte. Wahrscheinlich »Oh, arme Teresa – ihr Hund ist am Sterben und sie verliert den Verstand und schiebt die Schuld auf die Ärztin.«

»Es ist mir klar, dass sie mir keine falschen Hoffnungen machen will, aber ein wenig Hoffnung scheint mir doch angebracht zu sein, oder?« Ich flehte sie beinahe an, unverblümt und verzweifelt. Sicher würden sie ihre Termine ändern wollen, damit sie mir nicht mehr über den Weg laufen müssten. Tatsächlich traf ich sie nur noch ein einziges Mal.

»Oh, natürlich. Man darf die Hoffnung nicht aufgeben.« Sie lächelten mir aufmunternd zu. Das heißt, sie wollten mich wohl aufmuntern, sie und ihre Seifenblase in Ruhe zu lassen.

Als Seamus und ich in den Untersuchungsraum gerufen wurden, war ich völlig kleinlaut. Natürlich lag es an mir. Ich war zu aggressiv und zu fordernd. Ich sollte einfach etwas freundlicher zu der Ärztin sein und sie machen lassen, ohne alles infrage zu stellen. Wie dieses nette Ehepaar.

Seamus brachte knapp 16,5 Kilogramm auf die Waage (später las ich in seinem Behandlungsbericht den Eintrag »Körperliche Verfassung: Übergewicht«). Ich händigte meine Kreditkarte und meinen fetten Hund aus und saß brav da und wartete. Ich fühlte mich, als hätte ich mich mit eingezogenem Schwanz zusammengerollt.

10 Ein Schrecken und ein Ende (aber kein Ende mit Schrecken)

Ich holte drei Medikamentendöschen aus der Tasche, die man mir gegeben hatte: Steroide, Schmerzmittel und die Chemotabletten. Erneut las ich den Plan, welches Medikament wann in den nächsten zwölf Tagen gegeben werden musste. Auch die Anweisungen auf den Döschen selbst studierte ich noch einmal und stellte die Döschen dann in einer Reihe neben den Zeitplan auf meine Küchentheke. In den Anweisungen zum Umgang mit den Pillen hieß es, man solle sie nicht in der Nähe von offenen Lebensmitteln lagern, nicht brechen oder schneiden und während einer Schwangerschaft, der Stillzeit oder der Kinderwunschzeit extrem vorsichtig beim Verabreichen des Medikaments sein, da Babys oder Föten besonders durch die toxischen Wirkungsweisen gefährdet seien. Und ein gut sechzehn Kilogramm schwerer Hund?

Auch die Gummihandschuhe, die man laut Anweisung für die Verabreichung der Chemo verwenden sollte, holte ich aus der Tasche und legte sie neben die Döschen. Handschuhe. Gab es einen deutlicheren Hinweis darauf, dass ich drauf und dran war, meinen Hund zu vergiften?

Ich schüttete Trockenfutter mit etwas Rinderbrühe in Seamus' Fressnapf. Nach seinem Frühstück rief ich ihn zu mir und streichelte ihn lange und ausgiebig. Ich kraulte seine Ohren, kratzte ihm den Rücken und entschuldigte mich bei ihm, so gut ich konnte. Dann zog ich die Gummihandschuhe an, steckte eine Pille in ein Stück Hotdog und gab es unter Tränen meinem geliebten Beagle. Seamus verschlang ihn in einem Biss, wedelte mit dem Schwanz und sah mich erwartungsvoll an. Ich gab ihm noch ein Stück, wieder mit einer Tablette darin. Auch das fraß er, genau wie ein drittes Stück.

Am Abend machte er einen guten Eindruck. Doch das sollte sich bald ändern.

Oft fragte ich mich, wie sich Menschen ohne ein Haustier all die seltsamen Geräusche in ihrem Haus erklären. Normalerweise folgte mir Seamus auf Schritt und Tritt und war so nahe bei mir, dass ich jedes Geräusch, das nicht von mir stammte, ihm zuschreiben konnte. Dieser Erkenntnis verdankte ich meinen guten Schlaf. Ich mochte die kaum hörbaren Geräusche: das langsame Klimpern der Plaketten, wenn er sich bewegte, und das schnellere, wenn er sich mit der Hinterpfote an den Ohren kratzte; das Grunzen und Seufzen, wenn er schlief; das Kratzen, wenn er sich im Kreis drehte und seine Decken und Kissen arrangierte, kurz bevor er sich hinlegte; das unaufhörliche Schnuppern, um den Geruch von Toast ja nicht zu verpassen; das Klackern seiner Klauen auf dem Parkett, wenn er nach draußen ging; und schließlich das Geräusch des Hundetürchens. Ein Hund bringt Leben ins Haus.

Seamus ist zu Hause nicht immer unmittelbar bei mir, aber wenn ich oben bin, ist er es auch, und wenn ich unten bin, ist er ebenso unten. Schließlich befindet sich ja auch die Küche unten, das wäre eine weitere Erklärung. Er kann sich durchaus in einem anderen Zimmer als ich aufhalten, doch normalerweise bleibt er immer in Sicht- und erst recht in Hörweite.

Darum schlugen bei mir elf Tage nach der neuen Chemo sofort die Alarmglocken, als Seamus mir nicht zu meinem Morgencappuccino nach unten folgte. Mein Cappuccino ist als Erstes dran, aber sobald er aufgesetzt ist, bekommt Seamus sein Frühstück. Ich schüttete etwas von dem proteinhaltigen Trockenfutter in seinen Fressnapf. Für einen Beagle ist der Klang von Trockenfutter, das in einem Blechnapf fällt, ein erstklassiger Lockruf. Doch Seamus war immer noch nicht da. Ich machte Toast und meinen Cappuccino fertig. Das Geräusch des Toasterhebels hatte eigentlich ebenfalls Signalwirkung – normalerweise flitzte Seamus dann beinahe mit Lichtgeschwindigkeit die Treppe hinunter. Ich benutzte den Toaster sogar manchmal, nur um Seamus für einen Spaziergang nach unten zu holen. Dieses Mal jedoch funktionierte es nicht.

Eilig ging ich mit Cappuccino und Toast in der Hand nach oben, wo Seamus noch immer in seinem Körbchen lag. Er hob den Kopf und schnupperte Richtung Toast. Ich hielt ihm etwas von der Kruste vor die Schnauze, er schnupperte daran, nahm sie, setzte sich aber nicht auf. Er fraß ein wenig, kaute langsam, und als ich mich noch einmal ins Bett legte, folgte er mir endlich, setzte sich neben mich und wollte mehr Toast. Als ich mich für die Arbeit fertiggemacht hatte, schlief Seamus zusammengerollt auf meinem Bett.

Das musste die Müdigkeit sein, von der die Rede war, dachte ich. Sein nächster Bluttest war in drei Tagen, denn dann sollte die Anzahl der weißen Blutkörperchen auf dem niedrigsten Stand sein. In Anbetracht seines Zustands an diesem Morgen hatte die Chemo einen größeren Effekt als die bisherigen. Wenn die weißen Blutkörperchen dem Körper Energie gaben, sah man sie hier nur noch zaghaft ihre Kapitulation ankündigen. Ich zählte alle vollen und halben Tage zusammen, an denen ich wegen seiner Behandlungen bereits nicht im Büro gewesen war, und ging im Geist den Aktenstapel auf meinem Schreibtisch durch. Heute musste ich in die Kanzlei. Ich konnte ja mittags nach Hause kommen, und sollte es ihm dann immer noch nicht besser gehen, würde ich den Tierarzt anrufen. Als ich aufbrechen wollte und Seamus mir nicht nach unten folgte, zögerte ich, ging noch einmal nach oben und streichelte ihn. Ich küsste seinen Kopf und versprach, bald zurückzukommen.

Drei Stunden später war ich wieder da. Anders als sonst begrüßte Seamus mich nicht bereits draußen und auch nicht, als ich zur Tür hereinkam.

Ich rannte die Treppe nach oben und fand ihn in seinem Körbchen. Er lebte, war wach und sah mich an, hob aber noch nicht einmal seinen Kopf. Und konnte kaum seine Augen offen halten.

Ich rief in der Krebsklinik an.

Das Telefonat dauerte gefühlte Stunden. Ich wollte eine klare Ansage hören, entweder: »Das ist ganz normal, geben Sie ihm Aspirin für Babys und gehen Sie wie vereinbart zur Blutuntersuchung« oder: »Bringen Sie ihn sofort her.« Ich wollte, dass man mir sagte, was ich tun sollte, meine Verantwortung abgeben.

»Sie sollten ihn besser untersuchen lassen«, empfahl die Empfangsdame.

»Soll ich ihn direkt zu Ihnen bringen?«

»Nun, Sie können ihn zu uns bringen oder zu Ihrem Tierarzt.«

»Aber wenn es etwas mit der Chemotherapie zu tun hat, wäre es dann nicht sinnvoller, ihn zu Ihnen zu bringen?«

»Das können Sie natürlich tun. Oder Sie bringen ihn, wie gesagt, zu Ihrem Tierarzt. Die Blutuntersuchung macht doch auch Ihr Tierarzt, nicht wahr?«

»Ja, aber die ist erst in drei Tagen. Soll ich so lange warten?«

»Besser nicht.«

»Soll ich ihn dann gleich zu Ihnen bringen?«

»Sie brauchen ihn nicht zu uns zu bringen. Sie können auch zu Ihrem normalen Tierarzt gehen.«

Ich hätte sie am liebsten anschreien wollen. Eigentlich war es glasklar, dass ich den Hund in die Klinik bringen musste, aber es verwirrte mich, wie sie ständig auf meinem »normalen Tierarzt« herumritt. Bedeutete das, dass ein Spezialist nicht nötig war? Dass es nichts mit der Chemo zu tun hatte? Was sollte denn mein normaler Tierarzt ohne Notaufnahme mit einem lethargischen Chemobeagle anfangen?

»Ich möchte nicht zu meinem normalen Tierarzt. Ich möchte ihn zu Ihnen bringen.«

»Wenn Sie das so möchten, können Sie ihn natürlich bringen.«

»Ist es nicht das einzig Richtige?«

»Er sollte vor allem untersucht werden. Ich würde nicht zu lange warten.«

»Meinen Sie, die Fahrt zu Ihnen könnte zu lange dauern?« Normalerweise brauchte ich eine Dreiviertelstunde für die Fahrt.

»Nein, es steht Ihnen wirklich völlig frei, wo Sie ihn hinbringen.«

Meine Frustration kam mir schon zu den Ohren heraus. Warum konnte sie keine klare Anweisung geben wie »bringen Sie Ihren Hund sofort hierher«? Und warum konnte ich nicht einfach bestimmen »ich bringe meinen Hund sofort zu Ihnen«?

»Ich denke, es ist etwas, das Sie behandeln müssen. Warum sollte ich ihn zu meinem normalen Tierarzt bringen? Er ist doch kein Krebsspezialist.«

»Wir möchten uns einfach nicht in die Beziehung zu Ihrem Tierarzt einmischen. Es ist Ihre Entscheidung.«

Erst viel später wurde mir der Zusammenhang klar: Mein Tierarzt hatte mich ja zum Veterinären Krebszentrum geschickt, und nun wollten sie ihm nicht zum Dank auch noch alle weiteren Tierarztbehandlungen abluchsen. Gut, das mochte ja für ihre Beziehungen wichtig sein, aber was war denn mit der Behandlung, die Seamus brauchte, und zwar dringend?

»Ich bringe ihn jetzt sofort zu Ihnen. In einer halben Stunde bin ich da.«

Ich vergaß, in der Kanzlei Bescheid zu geben, dass ich nicht wiederkommen würde, und verfluchte jedes andere Auto auf der Autobahn, während ich jenseits der Geschwindigkeitsbeschränkung daran vorbeiraste. Eine halbe Stunde später jedoch war ich dort. Ich hob Seamus aus dem Auto und trug ihn hinein. Er hob noch nicht einmal den Kopf, um nach den Hundekeksen zu schnuppern. Seine sechzehn Kilogramm lagen schwer wie ein Mehlsack in meinen Armen.

»Oh, Seamus!« Die Empfangsdame kam hinter ihrem Schreibtisch hervor und streichelte ihm den Kopf. »Ich bringe ihn nach hinten. Wir werden uns sofort um ihn kümmern, die Ärztin wird danach zu Ihnen kommen.«

Ich weiß nicht, ob die Empfangsdame dieselbe war, mit der ich telefoniert hatte, aber endlich bekam Seamus die nötige Aufmerksamkeit. Oder die Aufmerksamkeit, die ich für nötig hielt. Sie nahm ihn mir ab und verschwand, ich konnte mich noch nicht einmal verabschieden. Panik überkam mich wie damals, als ich von Seamus' Krebsdiagnose erfuhr. Gerade als ich mich ein wenig entspannt hatte und allmählich zu hoffen wagte, dass er es schaffen würde, dass er nicht nur die Chemo, sondern auch den Krebs überleben würde – WUMMS, wurde Seamus eilig auf die Hundeintensivstation gebracht.

Ich zog mich in den Wartebereich zurück. Dieses Mal weinte ich, und es war mir egal, wer mich sah. Selbst wenn der Wartesaal voll besetzt gewesen wäre, hätte ich meine Tränen nicht zurückhalten können. Ich hätte mein Gesicht verzogen, geschnieft, geschluckt, aber schließlich hätte ich doch die Fassung verloren. Ich hatte ein schrecklich schlechtes Gewissen, weil ich ihn nicht sofort am Morgen hergebracht hatte. Dafür, dass ich Frau Doktor Klubzicke die Chemotherapie wechseln ließ, fühlte ich mich ebenfalls verantwortlich. Die Pillen, denen wir dieses Desaster zu verdanken hatten, hatte Seamus von mir bekommen! Ich hatte das Gift in seinen Hotdog gesteckt. Es war alles meine Schuld. Mein Hund würde sterben und ich war schuld. Noch nicht einmal ein leises Stimmchen meldete sich in mir, um mir zu sagen, dass das lächerlich war.

Als endlich ein Arzt zu mir kam, war das zum Glück nicht Frau Doktor Klubzicke, sondern wieder Dr. Roberts. Doch Seamus war nicht bei ihr.

»Seamus ist richtig krank. Gut, dass Sie ihn hergebracht haben«, bestätigte sie mich.

»Wird er denn wieder?« Das ist wohl die Frage, die ein Tierarzt am meisten zu hören bekommt. Ich frage mich, wie oft die Antwort darauf so lautete wie in meinem Fall.

»Wir hoffen es.« Sie lehnte sich über den Untersuchungstisch, gestützt auf ihre Unterarme, hielt aber den Blickkontakt. »Er hat Fieber und sein Leukozytenwert ist sehr niedrig. Wir führen intravenös Flüssigkeit und Antibiotika zu und haben ihm Neupogen injiziert, das die Bildung von weißen Blutkörperchen fördern soll.«

Gut, vielleicht hatte ich ihn ja doch noch rechtzeitig hergebracht. »Was geschieht als Nächstes?«

»Wir behalten ihn über Nacht hier. Vielleicht ein paar Tage. Morgen überprüfen wir den Leukozytenwert, dann sehen wir weiter. Das Problem ist das Infektionsrisiko. Er hat nicht mehr genügend weiße Blutkörperchen, um gegen eine Infektion anzukämpfen. Daher müssen wir sehr vorsichtig sein.«

»Darf ich zu ihm?«

»Im Moment besser nicht. Er ruht sich aus und bekommt seine Infusionen. Das ist momentan das Wichtigste.«

Nachdem man mir versichert hatte, dass Frau Doktor Klubzicke sich um Seamus kümmern würde und ich jederzeit anrufen könne, verabschiedete ich mich. Am Abend, so hieß es, würde mich die Ärztin anrufen und über Seamus' Zustand berichten. Mit der leeren Hundebox auf dem Rücksitz fuhr ich nach Hause und ließ vor meinem geistigen Auge immer wieder ablaufen, wie fröhlich Seamus noch am Abend zuvor gewesen war. Ich suchte nach Warnsignalen, die mir entgangen waren. Zu dem Zeitpunkt heulte er noch, stibitzte Fressen und wollte am Bauch gekrault werden. Jetzt, dank der »Heilmittel«, konnte er kaum noch den Kopf heben und kämpfte auf der Intensivstation um sein Leben. Es fiel mir schwer, nicht ständig zu denken, ich hätte die falschen Entscheidungen für seine Behandlung getroffen. Ganz besonders schwer, als am Abend keine Ärztin anrief. Ich sprach eine Nachricht auf das Band der Klinik.

Am nächsten Morgen und bis zum Nachmittag war meine einzige Informationsquelle die Empfangsdame, die meine Anrufe entgegennahm. Hunger hatte ich keinen. Warum hätte ich essen sollen, wenn Seamus nicht da war und seinen Anteil verlangte? Auf ein Glas Wein hatte ich auch keine Lust. Alkohol macht depressiv und das wäre sicher fehl am Platz. Ich sprach mit niemandem darüber, da die meisten offenbar ohnehin dachten, ich hätte bereits zu viele Gefühle, Geld und Zeit in diesen Hund investiert. Selbst bei Chris hatte ich den Verdacht, dass er mich allmählich für etwas besessen hielt.

Auch in der Kanzlei sprach ich nicht mehr über Seamus und seine Krebsbehandlung. Außer mir hatte dort niemand einen Hund, und es war mir nicht entgangen, dass sie mich alle ansahen, als hätte ich den Verstand verloren, wenn ich etwas über meine Tierarztbesuche oder meine Sorgen um Seamus erzählte. Bei meinen Freunden verhielt es sich meist ähnlich, und einige Bekannte meinten, mir unaufgefordert ihre schreckliche Meinung mitteilen zu müssen.

Es ist in dieser Welt völlig in Ordnung, Tausende und Abertausende von Dollar für schicke Autos, riesige Fernsehbildschirme, protzige Juwelen und sogar Schönheitsoperationen auszugeben. Gibt man sein Geld jedoch für ein Haustier aus, erntet man missbilligende Blicke, egal, wie nahe einem das Haustier steht. Die Leute nennen einen verrückt und machen fürchterliche

Vorschläge, wie zum Beispiel den Hund einschläfern zu lassen. Aber schließlich ist es mein eigenes, selbst verdientes Geld. Ich konnte es ausgeben, wofür ich wollte. Und ich würde jederzeit meinen Hund einem neueren Auto, mehr Klamotten oder einem Urlaub (in dieser Größenordnung bewegten wir uns mittlerweile) vorziehen. Es war mir egal. Ich wollte nur, dass Seamus überlebte.

Um sechzehn Uhr versuchte ich erneut, die Ärztin zu erreichen, hatte aber nur den Anrufbeantworter dran. Ich hinterließ eine Nachricht mit der Bitte um Rückruf. Dann machte ich mir Vorwürfe, weil ich nicht einfach hingefahren war und vor Ort mein Recht auf Information geltend gemacht hatte. Selbst wenn ich schon jetzt jahrelang Überstunden machen musste und erst viel später in Ruhestand gehen konnte, um seine Behandlung zu bezahlen, so hätte ich doch den Nachmittag freinehmen, in die Klinik fahren und nach Seamus sehen müssen. Jeder gute Hundebesitzer hätte das getan.

Spät am Abend rief die Ärztin endlich an. Aber es war gar nicht Frau Doktor Klubzicke, sondern eine neue Ärztin. Sie hieß Autumn Dutelle und war das krasse Gegenteil von Klubzicke: freundlich, fürsorglich, mitfühlend und geduldig. Sie war es auch, die sich um Seamus gekümmert hatte, seit ich ihn dort abgeliefert hatte. Sie entschuldigte sich dafür, dass mich niemand angerufen habe, und ich konnte indirekt heraushören, dass es die Aufgabe von Frau Doktor Klubzicke gewesen wäre, mich auf dem Laufenden zu halten.

Aber Seamus ging es gut. Sein Appetit war zurück und sein Leukozytenwert war wieder normal. Sofort normalisierten sich auch mein Herzschlag und meine Atmung wieder.

Dr. Dutelle rief mich auch am nächsten Morgen wieder an und teilte mir mit, dass Seamus fraß und bellte und wieder ganz der Alte war. Wenn seine Verdauung gut wäre, könnte ich ihn am Nachmittag abholen. Vielleicht ist es etwas ungewöhnlich, auf so etwas zu hoffen, doch ich hoffte den ganzen Nachmittag auf eine erstklassige Beagleverdauung!

Als Seamus wieder bei mir war, war er tatsächlich wieder ganz der Alte. Er heulte, schnupperte an den Schalen mit Leckerlis und zeigte immer noch eine Vorliebe für die grünen Kekse in Form eines Knochens. Die Tierarzthelferin ließ ihn bei mir im Untersuchungsraum und teilte mir mit, dass Dr. Dutelle gleich bei mir sein würde, und das war sie auch.

Dr. Dutelle konnte man leicht für einen Teenager halten, einen glücklichen, lächelnden, klugen Teenager. Sie hatte Sommersprossen, braunes Haar bis zum Kinn und einen kurzen, akkurat geschnittenen Pony. Ihre Augen waren groß und grün und zeigten Mitgefühl. Ich konnte es ihr ansehen, dass ihr Seamus wirklich am Herzen lag und sie sich über seine Gesundung beinahe so sehr freute wie ich mich selbst. Sie setzte sich zu ihm auf den Boden, streichelte ihm den Rücken, kraulte ihm den Bauch und hielt seine Schnauze in der Hand, während sie mit ihm sprach. Er kletterte auf ihren Schoß und streckte ihr die Pfote zu, damit sie ihn noch mehr streichelte und ihm noch mehr Hundekekse gab. Sie tat ihm den Gefallen.

Ebenso gut hätte sie meinen Bauch kraulen können, so sehr wirkte sich ihr Verhalten auf mein Wohlbefinden aus. Sie war empathisch, und es war offensichtlich, dass sie während Seamus' Aufenthalt die ganze Zeit nach ihm gesehen und sich um ihn gekümmert hatte. Und endlich bekam ich das Gespräch, auf das ich schon die ganze Zeit vergeblich gewartet hatte.

»Das kam doch alles von der neuen Chemo, oder?«

»Es kommt selten vor, aber ja, das war eine Reaktion auf die Chemo. Sein Leukozytenwert war gefährlich niedrig. Leider bekämpft Chemo nicht nur die schlimmen Krebszellen, sondern auch die guten Zellen. Doch normalerweise können sich die guten Zellen schneller regenerieren.«

»Und das ging diesmal nicht? Nicht bei Seamus?«

»Nicht mit dieser Chemo. Das passiert bei weniger als fünf Prozent der Patienten.«

»Dann geben wir es ihm nicht mehr, oder?«

»Nein. Ganz bestimmt nicht.«

»Warum nehmen wir nicht wieder die alte Chemo? Warum muss unbedingt etwas anderes her?«

Ich war mir nicht sicher, ob ich ihm eine andere Chemo verabreichen konnte. Wenn es nun noch einmal passieren würde? Wenn die Therapie schlimmer wäre als die Krankheit selbst? War das überhaupt möglich?

»Es ist so: Seamus hat – oder hatte – eine sehr aggressive Krebsart, wenn man bedenkt, wo der Krebs saß. Wir möchten ihm die besten Chancen geben, also müssen wir wirklich alle Register ziehen. Die erste Chemo hat möglicherweise gewirkt, vielleicht aber auch nicht. Wir können das nicht überprüfen. Eine andere Chemo ist eine neue Waffe im Kampf gegen den Krebs.«

»Und wenn es noch einmal passiert?«

»Bei der neuen Behandlung gibt es ein viel geringeres Risiko.«

»Aber es gibt eines?«

»Ich weiß, dass Sie sich Sorgen machen, ich verstehe das. Sie müssen viel durchmachen. Es gibt immer ein Risiko auf eine schlechte Reaktion, da will ich Ihnen nichts vormachen. Er hat aber das erste Medikament so gut vertragen, dass die Chancen gut stehen für das nächste. Es ist nur unsere Empfehlung, entscheiden müssen Sie.«

Zumindest gestand sie mir eine Entscheidungsfreiheit zu.

Als es Zeit wurde, traf ich gleich zwei Entscheidungen.

Dr. Roberts kam wieder herein, um mit mir zu sprechen, und ich stimmte einer weiteren Chemo zu.

»Aber ich stelle eine Bedingung. Ich möchte, dass Dr. Dutelle für Seamus' Behandlung zuständig ist. Dr. Gilbert vertraue ich nicht, und ihre Art liegt mir ganz und gar nicht. Mit ihr im Boot kann ich das nicht noch einmal durchziehen.«

»Gut. Man kann nicht mit allen gleichermaßen gut auskommen, manchmal passt es nicht. Darum haben wir mehrere Ärzte zur Auswahl.«

»Es ist nicht nur eine Frage des Charakters, vielmehr hat sie nicht im Interesse meines Hundes gehandelt.«

Dr. Roberts nickte, aber ich sah ihr an, dass sie nicht einer Meinung mit mir war, sondern nur einer Auseinandersetzung aus dem Weg gehen wollte. »Es ist natürlich Ihre Wahl. Ich teile Sie gerne einem anderen Arzt zu.«

»Da ich jetzt weiß, wie eine gute Behandlung aussehen sollte, habe ich mich für Dr. Dutelle entschieden.«

Noch während ich sprach, spürte ich die Erleichterung darüber, nichts mehr mit der kalten, emotionslosen und gleichgültigen Tierärztin zu tun haben zu müssen. Dass ich nun endlich das Schicksal in die eigene Hand genommen hatte, tat mir ebenfalls gut. Manege frei für die famose, jugendliche Tierärztin! Dr. Dutelle hatte eben erst ihre Ausbildung zum internationalen Facharzt abgeschlossen und war ganz neu, klärte mich Dr. Roberts auf. Daher würde sie zwar Seamus' Behandlung übernehmen, aber unter Aufsicht von Dr. Roberts. Umso besser.

Kurz danach war meine Kreditkarte um viele Dollar leichter und Seamus und ich verließen zufrieden die Klinik. Die Kosten für all die Spielsachen und Überraschungen, mit denen ich Seamus an jenem Wochenende überschüttete, waren auch nicht ohne, aber wenn ich schon pleite dabei ging, einem teuflisch süßen Beagle das Leben zu retten, sollte es wenigstens Spaß machen. Seamus raste durch das Haus, schleuderte dabei seinen aprikot-, türkis- und fliederfarbenen Hummer in die Luft, fing ihn auf und versuchte ihn zu zerfetzen. Als Zugabe wühlte er auch noch in jedem Mülleimer im Haus und sah nach, ob während seiner Abwesenheit nicht etwas liegen geblieben war. Sein Appetit war zurück.

Ich rief Chris an.

»Seamus ist jetzt bei mir zu Hause, es geht ihm wieder richtig gut.«

»Das ist schön. Ich sag's ja, der Hund ist unverwüstlich.«

»Na ja, das will ich lieber nicht noch mehr austesten.«

»Da hast du recht.«

»Die Sache mit Frau Doktor Klubzicke ist nun auch ausgestanden.«

»Hast du mit ihr gesprochen?«

»Nein, natürlich nicht. Aber ich habe darum gebeten, dass Seamus nun der Ärztin zugeteilt wird, die ihn letztes Wochenende behandelt hat. Sie ist wirklich wunderbar.«

»Das freut mich. Es wird sicher für euch beide ein Segen sein.«

Ja, genau.

In dieser und der nächsten Nacht sah ich alle paar Stunden nach Seamus. Als Chris am Wochenende kam, sah er ebenfalls häufiger nach ihm und streichelte und verwöhnte ihn öfter als gewöhnlich. Und am Samstagmorgen machte Chris Rührei mit Speck für uns drei.

11 Im roten Bereich

Jeden Morgen zog ich mir die Latexhandschuhe zur Verabreichung der Chemotherapie an, und jeden Morgen fragte ich mich, ob ich dabei war, Seamus zu töten. Dann sagte ich mir wieder, dass die Tabletten ja den Krebs töteten. Ich vertraute Dr. Dutelle und tat, was ich tun musste. Die Tablette steckte ich in ein großes Stück Käse, das ich Seamus gab. Er schnupperte daran, nahm es mir vorsichtig aus der Hand, biss aber nicht zu. Stattdessen hielt er es im Maul, ging weg, legte das Stück Käse mit der Tablette darin auf den Boden und machte sich daran, es auseinanderzunehmen.

»Seamus, Junge, tut mir leid«, beschwichtigte ich, nahm den Käse und stopfte die Tablette etwas tiefer hinein. In der Hoffnung, er würde es dann schneller schlucken, verkleinerte ich das Stück noch etwas und hielt es ihm dann erneut hin.

Gemäß dem neuesten Therapieplan wurde alle zwei Wochen im Wechsel Vinblastin intravenös im Krebszentrum verabreicht und Cytoxan als Tabletten zu Hause. Zudem bekam Seamus noch immer das Steroid Prednison, ebenfalls in Tablettenform. Obwohl er – ein echter Beagle eben – eigentlich so gut wie alles fraß, hatte er mich nun durchschaut. Sein Geruchssinn war so gut, dass er die Tablette aus allem herausriechen konnte, egal, worin ich sie versteckte. Er nahm sein Futter auseinander, spuckte die Tablette aus und schlang dann den übrig gebliebenen Leckerbissen hinunter. Ich versteckte das Medikament höchstens drei- oder viermal hintereinander im selben Futter, damit er es vor lauter Freude auf ein neues Geschmackserlebnis direkt verschlingen würde, anstatt es auseinanderzunehmen. Aber nach zwei oder drei Tabletten wusste er, dass der Hotdog, das Käsebällchen, die Scheibe Roastbeef oder der Schmelzkäse alle eine scheußliche, bittere Pille enthielten, und er fiel wieder auf seine investigativen Methoden zurück.

»Es ist zu deinem Besten, mein Junge. Ich versprech's dir.« Mit der Schnauze in meiner Hand versuchte ich ihn zu zwingen, die Tablette zu schlucken. Sein Blick offenbarte den Verrat, den er fühlte, und ich selbst blickte sicher ebenso traurig drein.

Immerhin blieb eine falsche Reaktion auf die Cytoxan-Chemotabletten aus. Stattdessen hatte er mehr Appetit und Energie. Seine Gewichtszunahme machte mir Sorgen. Und er hatte einfach zu viel Energie. Jeden Morgen ging ich mit ihm Gassi und normalerweise auch noch am Abend. Dennoch rannte er auf der Jagd nach seinen Spielsachen wild im Haus umher oder setzte sich, wippte vor und zurück und signalisierte mit frustrierten Seufzern, dass er Aufmerksamkeit benötigte. Letztere konnte er anscheinend gar nicht genug bekommen.

Eines Abends, als wir dem neuen Therapieplan schon einen Monat lang gefolgt waren, hatte ich endlich das Gefühl, dass es Seamus gut genug ging (oder vielmehr mir), um ihn einen Abend alleine zu Hause zu lassen. Chris und ich gingen essen und bemühten uns redlich, wie ein ganz normales Paar bei einer Verabredung zu wirken.

Als wir nach Hause kamen, hatten wir eine Nachricht auf dem Anrufbeantworter. Chris ließ das Band laufen, während ich einen heulenden und sich wälzenden Hund streichelte und mit ihm sprach.

»Teresa, es tut mir ja wirklich leid, dass ich Sie anrufen muss. Wirklich. Ich mag Hunde, aber Ihr Hund bellt heute Abend schon seit sechs Uhr am Gartentor.«

Ich sah zu Chris hinauf. Um sechs Uhr waren wir aufgebrochen. Chris schüttelte langsam den Kopf, während die Nachricht weiterging.

»Er bellt immer noch ...« Die Nachricht war um Viertel vor acht aufgenommen worden. »Es tut mir ja leid, aber wir halten es wirklich nicht mehr aus, und wir wollten Ihnen auch mitteilen, dass es nicht das erste Mal ist. Wenn Sie zur Arbeit gehen, ist es auch so.«

Das war nicht die Nachbarin, die sich ursprünglich beschwert hatte und die, da waren wir uns ziemlich sicher, den anonymen Brief geschrieben hatte. Das war Judy, die zurückhaltende Nachbarin auf der anderen Seite. Soweit wir wussten, waren sie und ihr Mann zu Hause und arbeiteten beinahe jeden Tag im Garten (sie) oder in der Garage (er).

Er bellte den ganzen Tag? Ich legte mich auf den Boden. »Ich gebe es auf. Dieser Hund wird noch mein Untergang.«

Ganz offensichtlich hatte ich ein Ungeheuer erschaffen. Der Hund mochte den Krebs überleben, aber er hatte sich so an meine Aufmerksamkeit und an eine prompte Reaktion auf alle gebellten Forderungen gewöhnt, dass er eine ausgewachsene Verlust- und Trennungsangst entwickelt hatte.

Dieses Problem hatte ich bisher erfolgreich verdrängt und mir weisgemacht, dass er nur dann heulte, wenn ich nach Hause kam oder fortging oder wenn er sich von irgendwelchen medizinischen Geschichten erholte. Dank dieser Nachricht konnte ich meine Verdrängungsmechanismen kaum mehr beibehalten.

»Tut mir leid, Schatz, aber dass das kommen würde, war doch klar. Du musst aufhören, den Hund zu verwöhnen, und ihn endlich unter Kontrolle bekommen. Ich denke, es ist offensichtlich, dass er den Krebs besiegen wird. Er braucht wahrscheinlich einfach mehr Auslauf.«

Ich hatte allmählich auch den Gedanken zugelassen, dass Seamus den Krebs besiegen würde, aber bisher hatte ich ihn noch nicht ausgesprochen. Neben der Erleichterung darüber, dass Chris Seamus' Überleben für wahrscheinlich hielt, trat seine (offensichtlich richtige) Feststellung, dass ich den Hund verwöhnte, in den Hintergrund. »Gut, du hast ja recht.«

»Wir können damit anfangen, dass wir mehr in den Hügeln hier in der Umgebung spazieren gehen. Eine längere, anspruchsvollere Strecke wird uns allen guttun.«

Bald wurden die intensiveren Spaziergänge zu einer Routine, und da Chris nun beinahe die ganze Woche bei mir wohnte, ging er mit Seamus zusätzlich eine noch längere Runde. Zudem versuchten wir ihn mit verschiedenen Leckerbissen abzulenken, wenn wir fortgingen, in der Hoffnung, so sein Heulen abzustellen. Mal gaben wir ihm einen Hundeknochen, mal einen Steakknochen.

Eines Nachmittags kamen wir vom Einkaufen nach Hause, wo Judys Mann, ein pensionierter Marinesoldat, vor dem Tor auf uns wartete und nicht gerade glücklich dreinblickte. Er erklärte höflich, aber deutlich, dass mein Hund ihnen die Freude an ihrem Garten verdarb. Sie konnten nicht draußen sein, ohne dass der Hund konstant bellte. Beschämt brachte ich den immer noch heulenden und wilden Hund ins Haus, während Chris zu erklären versuchte, dass wir bereits daran arbeiteten. Der Nachbar wiederum blieb hartnäckig und meinte, dass unsere Bemühungen erfolglos seien.

Mir war klar, was zu tun war. Da der Hund meine Ersparnisse noch nicht vollständig zunichtegemacht hatte, holte ich mir eine Hundetrainerin zu Hilfe. Nicht etwa irgendeine Trainerin, nein, eine, die von einem ausgebildet worden war, der bei keinem Geringeren als Cesar Millan gelernt hatte. Der Hundeflüsterer selbst, nur zwei Ecken entfernt.

Kaum hatte Nicole das Haus betreten, wusste Seamus, dass er in der Tinte saß. Normalerweise bellte er ausgelassen, rannte zu dem Gast, sprang an ihm hoch (böser, böser Hund), schnupperte und wartete, bis er gestreichelt wurde, oder stöberte in der Tasche des Gastes herum. Als Nicole hereinkam, trat er sofort den Rückzug an und verkrümelte sich in sein Körbchen in der Ecke des Wohnzimmers. Das war das Körbchen mit den Massen an Spielsachen und gleich mehreren Decken. Von diesem sicheren Platz aus musterte er sie.

Nicole und ich setzten uns auf die Couch.

»So lebt Seamus also?«

Ich sah mich um. Er hatte ein bequemes Körbchen, viele Spielsachen und ein weiteres Körbchen im Hauswirtschaftsraum (gerade sechs Meter von dem anderen entfernt). Auf einer Küchentheke stand ein Behälter mit Leckerlis, auf einer anderen das ganze Medikamentensortiment und an dem Küchenschrank unter der Spüle, wo sich der Mülleimer befand, war eine Babysicherung (oder besser Beaglesicherung) angebracht. Mir schwante nichts Gutes.

»Ja, im Prinzip schon. Nun ja, er war krank. Erinnern Sie sich, ich hatte erwähnt, dass er Krebs hat oder – hatte? Und dass er gerade Chemo bekommt? Also ja. Genau, so leben wir.«

»Und diese Decken?« Sie deutete auf die Decken auf der Couch – zwei davon waren auf die Größe eines Beagles zusammengefaltet. »Kommt Seamus zu Ihnen auf die Couch?«

»Manchmal, ja.«

»Wenn er möchte?«

Ja, genau, dann.

Auch Seamus spürte, was sich hier anbahnte. Um mich also noch weiter zu blamieren oder weil er seine Position demonstrieren wollte oder beides, kam er zu uns auf die Couch, kuschelte sich an mich und legte seine Pfote auf mein Bein.

»Sehen Sie?«, fragte Nicole und deutet auf die Pfote.

»Ja, das macht er ständig. Meine anderen Beagles haben nie so gekuschelt wie Seamus«, erklärte ich strahlend. Mein Hund war wirklich der süßeste, das konnte sie ruhig sehen. Er würde ihre eisige Art schon zum Schmelzen bringen.

»Das ist ein Besitzanspruch. Er erhebt einen Anspruch auf Sie als Teil seines Rudels. Er ist der Anführer hier, und das teilt er Ihnen unmissverständlich mit.«

Ach, es war nicht einfach nur niedlich??!!

Sie erklärte noch einiges über Rudelführer und die Rangordnung im Rudel und dass meine Führungsqualitäten nicht sehr ausgeprägt seien, während ich Seamus am Bauch kraulte und ihn herzte und mich darüber ärgerte, dass Nicole Seamus' Liebenswürdigkeit völlig übersah. Wie gut, dass ich keine Kinder habe.

Nicole machte mich darauf aufmerksam, dass sie mich trainieren würde, nicht den Hund (sowohl Seamus als auch ich sperrten uns gegen den Gedanken, dass er nur ein Hund war). Zuerst ließ sie mich all die bequemen Ruheplätze wegschaffen, die ich für Seamus eingerichtet hatte. Nur ein Körbchen durfte bleiben. Offenbar waren vier Körbchen und zwei Sofas in einem kleinen Haus für einen Hund zu viel des Guten. Ihrer Meinung nach hatte ich Seamus das Kommando im Haus überlassen und es war höchste Zeit, dass er seine Belohnungen erst verdienen musste. Keine Spielsachen, kein Platz auf der Couch, kein Menschenessen, kein Herumspringen auf meinem Bett, nur noch ein Hundekörbchen und die schlimmste Maßnahme: Streicheln nur, wenn er etwas getan hatte, was eine Belohnung rechtfertigte, oder nur ganz selten, wenn mir danach war, aber auch dann nur auf meine Initiative hin und wirklich nur ganz selten. Seamus musste viel lernen. Und, sie ließ keinen Zweifel daran, ich ebenso.

»Aber er hatte Krebs. Krebs! Und er ist immer noch in Behandlung. Er bekommt Chemo. Jetzt gerade.«

»Ja, und hätte er nur noch ein Jahr zu leben, würde ich auch sagen, machen Sie weiter so, verwöhnen Sie ihn nach Strich und Faden. Aber wahrscheinlich hat er noch zehn Jahre oder so vor sich, und so kann es nicht weitergehen mit seinem Verhalten.«

Seamus zog sich geduckt in eine Ecke zurück. Kurz dachte ich darüber nach, aufs Land zu ziehen, aber eigentlich lebte ich nicht ohne Grund in einem Wohnkomplex. (Es gab sogar mehrere Gründe: Ich war kein besonderer Fan von Gartenarbeit, Haushalt, Reparaturarbeiten und dunklen, schaurigen Orten ohne Nachbarn. Außerdem musste ich immer eine Starbucks-Filiale in meiner Nähe wissen.)

Der Trainingsplan wirkte auf mich schlimmer als Krebs.

Abgesehen von der Umgestaltung meines Hauses in eine Art Guantanamo Bay für Hunde (so wirkte es zumindest auf Seamus und mich), bestand unser Training aus vielen Übungen, bei denen ich Seamus mit etwas Leckerem belohnte, wenn er meinen Kommandos folgte – sitz, Platz, komm, bei Fuß. Außerdem noch Spaziergänge, viele Spaziergänge.

Mindestens eine Stunde sollte ich mit Seamus am Morgen gehen und dann noch eine Stunde am Abend. Dabei sollte ich ständig die Kontrolle über meinen Hund haben – er durfte nicht schnuppern, ziehen, bellen, Witterung aufnehmen, sein Revier ›markieren‹ oder sonst irgendwie Spaß beim Gassigehen haben. So jedenfalls kam es uns vor. Mir machten die Spaziergänge keinen Spaß. Morgens schaffte ich nie und nimmer eine Stunde (zwanzig Minuten waren es wohl) und abends gingen wir auch nur eine halbe Stunde. Aber es kam mir länger vor. Ein Spaziergang, bei dem man nur damit beschäftigt ist, zu ziehen, Kommandos zu brüllen und um Kontrolle zu kämpfen, war weder für Seamus noch für mich ein Vergnügen (wir wechselten uns bei all diesen Dingen schön ab).

Es soll auch kein Vergnügen sein, bestätigte mich Nicole. Das Vergnügen würde sich später einstellen. Jetzt waren Training und Disziplin an der Reihe. Beides hatte in Seamus' Leben bisher gefehlt, und deshalb terrorisierte er meine Nachbarn.

Für meine Verhältnisse machte ich mich ganz gut: Jeden Morgen stand ich auf und ging mit Seamus Gassi. Mein Haus lag an einem sehr steilen Hügel auf etwa einem Drittel der Höhe.

Ich ging mit Seamus bis ganz nach oben und blieb dann stehen, um wieder etwas zu Atem zu kommen. Entgegen der Regel ließ ich Seamus schnuppern und sich im Park dort oben im Gras vergnügen. Dann folgten wir den Weg hinauf und umkreisten den Baum und die großen Felsbrocken mehrmals. So konnten wir nach meiner Theorie einen richtigen Spaziergang machen, ohne die Sicherheit des Wohnkomplexes verlassen zu müssen. Außerdem würde mich immerhin jemand finden, sollte ich einen Herzstillstand haben und tot umfallen, und Seamus würde leicht wieder nach Hause finden.

Ich redete mir ein, dass Seamus ja Chemo bekam und nicht so viel Energie hatte und daher eine zwanzigminütige Runde genug war. Aber nachdem er zum zehnten Mal nach unserer Rückkehr bellend durch das ganze Haus raste, bei mir zum Stehen kam und mich lautstark zu seinem leeren Futternapf führte, musste ich wohl etwas ehrlicher mit mir sein. Die Chemo war kein Problem für ihn. Die Steroide waren offenbar die einzigen Tabletten, die ihm zu schaffen machten, denn er brachte nun knappe siebzehn Kilo auf die Waage und hatte nach wie vor einen riesigen Beagle-Appetit.

Nicole schlug einen Rucksack vor. Zum Glück einen für Seamus. Ich kaufte einen süßen, kleinen Outward-Hound-Rucksack in Dunkelgrün und steckte gemäß Anweisung eine volle kleine Wasserflasche in beide Seitentaschen. So musste Seamus ein Kilo mehr bewegen. Damit musste er sich mehr anstrengen und mehr Kalorien verbrennen. Zudem sollte ich natürlich den Spaziergang auf eine halbe Stunde ausdehnen. Mindestens.

Am Wochenende ging Chris mit ihm stundenlang bergauf und bergab. Meine »Führungsqualitäten« zeigten sich, wenn Seamus sich hinter meinen Beinen versteckte, sobald Chris den Rucksack holte.

Ich arbeitete maximal eine halbe Stunde am Morgen und ungefähr genauso lang am Abend mit ihm. Nach einigen Monaten schließlich hatte ich selbst viereinhalb Kilo abgenommen und war davon überzeugt, zumindest auf dem richtigen Weg zu sein.

Falsch gedacht.

Noch immer hagelte es Beschwerden von den Nachbarn. Wenn Chris und ich zum Essen gingen oder ins Kino oder auch nur kurz etwas erledigen mussten sah ich ständig auf meinem Handy nach, ob die Nachbarn angerufen hatten. Mir graute davor, nach Hause zu kommen. Sobald ich mich der Garage näherte, fuhr ich ganz langsam, öffnete meine Fenster und lauschte, ob ich das unvermeidliche Bellen schon hörte. Wenn nichts zu hören war, atmete ich auf, aber sobald das Garagentor sich öffnete, begann wildes Gekläffe und ich wusste, dass Seamus am Tor war. Ich lief in Windeseile aus dem Auto und trieb Seamus ins Haus. Dann kontrollierte ich den Anrufbeantworter – wenn er blinkte, wusste ich, dass die Nachbarn angerufen hatten. Ich rief sie zurück, hinterließ Nachrichten, schickte ihnen E-Mails, beschwor sie. Ich flehte sie an: *Ich kümmere mich schon darum, wirklich. Ich habe einen Trainer engagiert, wir versuchen alles. Aber ich bitte euch, ruft mich doch auf meinem Handy an, damit ich heimkommen und den Hund beruhigen kann! Ich kann nichts tun, wenn ich nicht weiß, was gerade passiert. Und wenn er heult, dann, weil ich nicht zu Hause bin. Genau deswegen bringt es gar nichts, wenn ihr Nachrichten auf meinem Festnetztelefon hinterlasst.* Aber meine Nachbarn gehörten einer Generation an, die keine Handys benutzt, wie ich erfahren musste. Und mein Hund trieb sie eher zum Gebrauch von Mistgabeln.

Der Anrufbeantworter blinkte also weiterhin.

Verzweifelt bat ich Nicole um Hilfe. Nichts schien zu funktionieren. Sie bot noch weitere Trainingseinheiten an. Als sie diesmal das Haus betrat, rief sie Seamus aus seinem Körbchen, das er aufgesucht hatte, sobald sie ihr Auto geparkt hatte. Mit eingezogenem Schwanz und angelegten Ohren kam er zu ihr. Ich konnte nicht erkennen, dass sie etwas Besonderes tat. Sicher, ihre Stimme war bestimmt und sie handelte ruhig, aber was auch immer Seamus da fühlte, entging mir.

Sie befahl ihm zu sitzen. Er sah mich mit aufgerissenen Augen an. *Mach doch etwas!* Ich sah weg. Seamus machte Sitz.

Dann ließ sie ihn Platz machen. Dafür zeigte sie ihm ein Leckerli, brachte es auf Bodenhöhe, sodass seine Augen ihm folgten (wenn er nicht gerade flehend zu mir sah). Dann hielt sie es ein paar Zentimeter weiter nach vorne, damit Seamus sich strecken und eine liegende Position einnehmen musste. Sie gab ihm das Leckerli und befahl ihm, so zu bleiben. Das tat er.

»Alle Achtung«, sagte ich anerkennend.

»Das ist wirklich ein sehr sturer Hund«, gab sie zu.

»Ja, ich weiß. Er ist eben ein Beagle.«

»Nein, das liegt nicht nur an der Rasse. Gehen Sie mit ihm Gassi?«

»Ja.«

»Jeden Morgen eine Stunde?«

Ich sah zu Seamus herunter und er stand sofort auf. Ohne ihn anzusehen, befahl sie ihm, wieder Platz zu machen. Er sah mich an. Ich blickte zu ihr. Seamus glitt wieder zu Boden.

»Ähm, nicht ganz, morgens habe ich nicht so viel Zeit.«

»Dann sollten Sie keinen Hund haben.«

Nach allem, was ich für den Hund getan habe? Sollte das ein Witz sein? Wenn ich diesen Hund nicht genommen hätte, wäre er schon zweimal gestorben! Er war ein Straßenköter mit Krebs, zum Kuckuck!

»Ich gebe mir alle Mühe.« Das war alles, was ich herausbringen konnte. Ich blickte ebenso elend drein wie Seamus. Sie hätte genauso gut mich in die Platzstellung bringen können.

»Seamus hat hier im Haus immer noch das Sagen. Er stellt ein echtes Problem dar, und Sie müssen lernen, sich dem zu stellen. Sehen Sie.«

Mit ihrem Fuß samt Stiefel rollte sie Seamus auf den Rücken. Seamus fletschte die Zähne. Das war das erste Mal, dass ich diese Hundezähne sah, außer wenn man ihm etwas Essbares aus dem Maul zog. Und noch nie hatte ich ihn so knurren gehört. Sie zwang ihn weiter in diese Stellung.

»Sehen Sie das?«

»Ja. Lassen Sie ihn doch aufstehen!«

»Nein. Er muss erkennen, dass er nicht der Rudelführer ist. Er muss Respekt lernen.«

Das Knurren steigerte sich und Seamus schnappte nach ihrem Stiefel.

»Oh Gott, so etwas hat er noch nie getan!«

»Dieser Hund ist im roten Bereich«, erklärte sie und hielt noch immer den mittlerweile wütenden, Zähne fletschenden und schnappenden Beagle unter dem Stiefel in Schach. »Das ist kein akzeptables Verhalten, und wenn Sie dagegen nichts unternehmen, werden Sie bald ein viel größeres Problem haben als das Bellen.«

Ja, sicher. Sollte jemand in mein Haus eindringen, meinen Hund auf den Rücken rollen und ihn dann mit dem Stiefel unten halten, würde mein Hund ihn wahrscheinlich beißen. Ist das ein Problem? Er ist ein Beagle! Ein Beagle! Snoopy? Ein Beagle!

»Lassen Sie ihn los. Lassen Sie ihn aufstehen. Das ist doch lächerlich.«

»Nein, überhaupt nicht. Ich werde ihn aufstehen lassen, sobald er aufgehört hat zu kämpfen.« Dann erklärte sie, dass ein Hund im roten Bereich ein gefährlicher Hund sei. Ein Hund, der aus der Bahn geworfen worden sei. Ein Hund, der ein ernstes Problem darstelle. Und falls seine Dominanz andauern würde, könne er womöglich … und an dieser Stelle konnte ich nicht mehr folgen. Er könnte womöglich weiterhin heulen? Er könnte völlig störrisch sein? Sicher. Okay. Aber das ist doch keine teuflische, Zähne fletschende Gefahr für die Gesellschaft. Oder für mich. Oder für ihn selbst.

»Tun Sie ihm nicht weh. Er hat schon genug mitgemacht.«

»Niemals würde ich einem Tier wehtun. Ich tue ihm nicht weh.«

Ich konnte gar nicht hinsehen und ging ein Stück weg, während sie mir etwas über meinen Energiehaushalt erzählte und dass Hunde Gefühle, emotionale Stärke und den mentalen Zustand eines Menschen wahrnehmen könnten. Etwas in der Art jedenfalls. Dann rief sie mich zu sich.

Seamus kämpfte nicht mehr. Er lag da, erschöpft, unter ihrem Stiefel und sah weder zu ihr noch zu mir.

»Das ist unterwürfiges Verhalten. Das möchten wir erreichen.«

»Wollen wir das wirklich?« Ich war mir sicher, dass ich das nicht wollte. Seamus sah elend aus. Sie nahm den Fuß von meinem Hund. »Bleib.« Er stand nicht auf.

»Das alles verdirbt einem doch den Spaß daran, einen Hund zu haben.«

»Zunächst vielleicht. Sie müssen erst – Bleib! – die Kontrolle über Ihren Hund erlangen.« Seamus hatte ein paar halbherzige Versuche gestartet aufzustehen. Wieder hatte sie ihm, ohne ihn anzusehen, Kommandos gegeben, denen er gehorchte. Es war ein Trauerspiel. Hatte dieser Hund nicht schon genug durchmachen müssen?

Endlich sagte sie: »Gut. Steh auf.« Seamus erhob sich langsam. Er befürchtete, dass noch weitere Kommandos kommen würden. Er schlich zu mir und ich wollte ihn natürlich streicheln.

»Tun Sie das nicht.«

»Was, nicht streicheln?«

»Er hat sich das Streicheln ja nicht verdient.«

»Meinen Sie das ernst?«

»Ja. Streicheln sollte ab sofort eine Belohnung sein. Er war ein ungezogener Hund. Haben Sie gesehen, wie lange er sich nicht unterworfen hat? So ein Verhalten dürfen Sie nicht belohnen. Geben Sie das Kommando für Sitz. Wenn er sitzt und sitzen bleibt, dann können Sie ihn streicheln.«

Das war wohl eine unglückliche Kombination von schlechtem Verhalten: Seamus' Sturheit, meine mangelnde Bereitschaft und Fähigkeit, ihn zu disziplinieren, und eine übertrieben und unverhältnismäßig strenge Trainerin. Ich wusste nicht mehr weiter.

Auf Chris' Vorschlag hin sahen wir uns den »Hundeflüsterer« im Fernsehen an. Ich las sogar sein Buch. Chris, der nie ein Hundemensch gewesen war, kam zu dem Schluss, dass das Training sinnvoll sei, und eignete sich immer mehr Techniken an. Seamus und ich kamen zu dem Schluss, dass der Hundeflüsterer Satan in Person sei.

Chris arbeitete nun hauptberuflich als freischaffender Schriftsteller, sodass er noch mehr Zeit bei mir verbringen konnte. (Seine Wohnung in Los Angeles wurde so überflüssig, doch das sollte erst später Thema werden.) Er konnte dadurch lange Spaziergänge mit Seamus unternehmen, die wenigstens einen Teil dieser Beagle-Energie verbrauchten. Chris lernte auch Übungen von Nicole und wir gingen mit Seamus zu der großen Wiese vor dem Wohnkomplex und trainierten. Ich dachte, es könne nicht schaden, wenn die Nachbarn zumindest sahen, wie sehr ich mich bemühte. Und das tat ich auch, egal, was Nicole darüber dachte.

Ich kaufte eine neun Meter lange Leine und brachte damit Seamus bei, zu sitzen, zu bleiben und auf Kommando zu kommen. Seamus saß angeleint auf der großen Wiese am Eingang des Wohnkomplexes und ich ging mit einem Neun-Meter-Radius um ihn herum. Wenn er Anstalten machte, zu mir zu kommen, musste er wieder zurückgehen. Wenn er so lange sitzen blieb, dass ich einen ganzen Kreis um ihn herumgehen konnte, durfte ich ihn zu mir rufen und ihn mit einem Leckerli belohnen. Mit dieser Übung sollte seine mentale und physische Energie zumindest teilweise erschöpft werden. Wir trainierten regelmäßig. Endlich durchschaute Seamus das Spiel und saß einfach da, blickte gelangweilt drein und folgte mir nicht einmal mit den Augen, bis ich zu meinem Ausgangspunkt zurückgekehrt war. Dann aber wurde er munter, wartete auf meinen Ruf und schoss dann zu meiner Hand mit dem Leckerli. Er tolerierte mich, aber Unterwürfigkeit war das noch lange nicht. *Nun gut, Frauchen, du hast mich an der Leine. Ich kann warten.*

Ich war mir sicher, dass wir bei der Trennungsangst und dem Bellen keine Fortschritte machten, aber ich musste es weiter versuchen.

Wenn ich nicht gerade mit Seamus spazieren ging, trainierte oder militärisch anmutende Übungen machte oder mir schädliches Verhalten verkniff wie Streicheln, ihn auf mein Bett oder meine Couch oder seine anderen Körbchen zu lassen oder ihm Tischabfälle zum Fressen zu geben, hakte ich die Tage auf dem Kalender für die Medikamentengabe ab. Ich gab ihm Steroide zum Ausschleichen und dann, immer am achten, neunten, zehnten und elften Tag, das Cytoxan (halt, zählte der Tag des Arzttermins als Tag null oder war das schon Tag eins?). Ich brachte ihn zur Blutabnahme und zum Krebszentrum für die vierte Chemorunde, mit der alles wieder von vorne losging. So ging es noch vier Monate weiter. Abgesehen von seiner Gewichtszunahme, gab es keinerlei Hinweise auf Seamus' Krebsbehandlung. Er war voller Energie, bellte, fraß mit großem Appetit und fühlte sich prima.

Dennoch war ich besorgt. Seamus' Gesundheitszustand besserte sich zwar stetig, aber die Situation mit Chris' Familie überhaupt nicht. Chris hatte Wort gehalten und seit Monaten nicht mehr mit seinen Eltern gesprochen. Nach außen hin ließ er sich zwar nichts anmerken, aber ich machte mir doch Sorgen.

12 Jeder andere Hund

Der Alltagstrott hatte uns gut im Griff. Wir lebten in unserer eigenen Welt von Spaziergängen, Hundetraining und Medikamenten (nur Seamus und nur auf Rezept). Während der langen Spaziergänge und natürlich auch in der Wanne sprachen Chris und ich immer häufiger darüber, eventuell zusammenzuziehen.

Wenn Chris keine Miete für seine Wohnung bezahlen und nicht mehrmals in der Woche knapp zweihundert Kilometer hin- und zurückzufahren bräuchte, könnte er sich viel besser aufs Schreiben konzentrieren. Er schrieb nun zweimal im Monat eine Weinkolumne und arbeitete an einem Roman. Zusätzlich arbeitete er noch freiberuflich als Texter für seinen früheren Arbeitgeber. Und mir gefiel es besser, Chris hier zu haben, als alleine zu sein. Seamus ging es ebenso, das war offensichtlich.

Seamus' Chemotherapie ging langsam zu Ende, wir kämpften nicht offen gegen die Meinungen von Chris' Familie an und meine einst missbilligenden Freunde hatten ihre Meinung entweder ganz über Bord geworfen oder teilten sie uns zumindest nicht mehr mit. Es war eine überaus friedliche Zeit für uns. Wir waren bereit, einen Schritt nach vorne zu gehen. Auch wenn mir die Situation mit seiner Familie nach wie vor Kopfschmerzen bereitete, konnte ich nicht leugnen, dass eine gewisse Freiheit damit einherging, sich mit keinen Meinungen und keiner Kritik von außen auseinandersetzen zu müssen. Wir beschlossen, nach dem Sommer zusammenzuziehen. Insgeheim fragte ich mich, ob er seinen Eltern die neue Adresse mitteilen würde, aber ich fragte ihn nicht. Dass er mit mir zusammenziehen wollte, würde ihnen gewiss den Rest geben.

Gestärkt durch unseren Beschluss und Seamus' Genesung, gingen wir eines Abends aus, nachdem Chris mit Seamus einen besonders langen Spaziergang gemacht hatte und wir davon überzeugt waren, der Hund sei müde und würde ruhig bleiben. Bei unserer Rückkehr begrüßte Seamus uns fröhlich schwanzwedelnd am Gartentor und legte mir die Vorderpfoten auf die Oberschenkel, damit er besser nach oben gelangen und meinen Geruch schnuppern konnte, als ich mich zu ihm herunterbeugte und ihn streichelte. Er machte einen guten Eindruck. Er schien weder nervös zu sein, noch kreiste er um mich oder bellte mir ins Gesicht. Dennoch ging ich schweren Schritts nach oben ins Schlafzimmer und überprüfte den Anrufbeantworter.

Das gefürchtete rote Licht blinkte. Widerwillig drückte ich auf ›Nachrichten abspielen‹, es musste ja sein. Nach dem Signalton ertönte die klagende Stimme der Nachbarin, die sich als Erste beschwert hatte. Sie beschrieb jammernd Seamus' Terrorherrschaft.

»Bitte sehr, hören Sie selbst, es ist fürchterlich. Einfach fürchterlich. Wir halten es nicht mehr aus. Hören Sie mal!« Sie hielt den Hörer von sich weg und nahm von ihrem Haus aus Seamus' Gebell auf – unaufhörlich und rasend war seine ganz eigentümliche, raue Whiskeystimme zu hören. Selbst auf Band aufgenommen war das Bellen unerträglich.

Das saß.

Ich ließ meinen Kopf hängen. »Ich weiß wirklich nicht mehr weiter. Wir schaffen es einfach nicht.«

»Wir finden eine Lösung«, beschwichtigte Chris. »Wir müssen herausfinden, was genau das Bellen auslöst. Er heult ja nicht jedes Mal, wenn wir weggehen. Das ist unmöglich.«

»Da wäre ich mir nicht so sicher. Er ist ein ziemlicher Dickkopf.«

In den nächsten Wochen versuchten wir den Auslöser für seine Trennungsangst auszumachen. Anscheinend hielten die morgendlichen Spaziergänge ihn zumindest tagsüber halbwegs ruhig. Oder die Medikamente. Doch am Abend, wenn ich schon daheim war, ließ er mich nicht mehr weg. Außerdem fanden wir heraus, dass Seamus nicht bellte, wenn ich wegging und Chris etwas später. Bei umgekehrter Reihenfolge heulte er und ebenso, wenn wir zusammen weggingen.

Wenn wir abends zusammen ausgehen wollten, ging ich als Erste aus dem Haus, fuhr die Straße hinunter und wartete auf Chris, der eine gute Viertelstunde später nachkam. Doch bald hatte Seamus uns durchschaut und heulte, sobald Chris nur ein paar Meter vom Haus entfernt war. Und wenn Chris nicht da war, konnte ich abends das Haus überhaupt nicht mehr verlassen.

Ich fühlte mich eingesperrt und konsultierte Dr. Davis, Seamus' Tierarzt für alles, was nicht mit dem Krebs zu tun hatte. Dr. Davis schlug ein Medikament vor, das wir ›Hunde-Prozac‹ nannten, doch mir war nicht wohl dabei, Seamus noch mehr Medikamente zuzumuten. Stattdessen gab ich die Arbeit mit der Hundetrainerin auf, die ich mir ohnehin nicht mehr leisten konnte, und nahm den Teenagersohn einer Freundin als Hundesitter an. Für einen Schüler in dem Alter schien dieser Job nicht allzu schwierig zu sein – er konnte seine Hausaufgaben, seine Freundin oder was er sonst mochte, mitbringen und musste einfach nur da sein, damit mein Hund nicht bellte.

An seinem ersten Hundesitterabend brachte Mitchell seine Freundin mit. Wir bestellten Pizza für die beiden, heizten den Whirlpool und erklärten ihnen noch, wie der Fernseher funktionierte. Viel Spaß dann! Wir Erwachsenen wollten einfach nur als solche ausgehen, koste es, was es wolle.

Als wir nach Hause kamen, saßen die beiden Teenager noch immer auf dem Sofa, nur sahen sie deutlich weniger entspannt aus. Seamus hatte so viel gebellt, dass sie ihn im Haus halten und den Zugang zum Hundetürchen versperren mussten. Mitchells Freundin, eine gute Sängerin, sang Seamus zur Beruhigung Wiegenlieder vor. Ohne Erfolg. Sie füllten Trockenfutter in seinen Napf – auch das lenkte ihn nicht ab. Sie streichelten ihn, ließen ihn zwischen sich auf die Couch – der Erfolg hielt nicht lange an. Nichts half länger als ein paar Minuten. Seamus hielt das Teenagerpärchen offensichtlich für keine geeignete Gesellschaft und tat dies den ganzen Abend lautstark kund.

Für die nächsten Abende kam meine Sekretärin – Single und über 20 – zum Aufpassen. Seamus konnte Kelly gut leiden und schien ruhig zu bleiben, doch bald hatte Kelly keine Zeit mehr für den Hundesitterjob. Gelegentlich passte auch eine alleinstehende Freundin auf, die zu der Zeit keine eigenen Hunde hatte, doch ich kam mir blöd dabei vor, eine erwachsene Frau herzuholen, die jegliche Bezahlung verweigerte, um einfach mit meinem neurotischen Hund in meinem Haus herumzusitzen, während ich mit anderen Freunden etwas trinken oder mit Chris essen ging.

Gerade als ich mich schon damit abgefunden hatte, nach meinen Ersparnissen nun auch noch meine Sozialkontakte für diesen Hund aufzugeben, kam wie vom Himmel gefallen eine Lösung des Problems. Ich erfuhr, dass eine Mandantin in meiner Straße eine Hundetagesstätte eröffnete.

Seamus und ich waren die Ersten, die sich vorstellten, und ich war genauso nervös wie Eltern mit ihrem Kleinkind, die auf einen Platz in der perfekten Privatvorschule in Manhattan aus waren. Wenn ich ehrlich war, hatte ich keine Ahnung, wie Seamus mit anderen Hunden auskommen würde. Die Interaktion mit anderen Tieren beschränkte sich auf den Wartebereich in der Klinik. Würden sie ihn denn aufnehmen, wenn sie erführen, dass er regelmäßig Medikamente einnehmen musste? Würde er heulen und die anderen Hunde verrückt machen? Auch der Gedanke, dass dies sicher kein billiger Spaß werden würde, regte sich in mir.

Ausnahmsweise lösten sich meine Sorgen in Wohlgefallen auf. Seamus meisterte seinen Hundetest und wurde der erste Übernachtungsgast im Ruff-House-Tierhotel. Da man die Tiere spätestens um halb sieben abholen musste, würden wir ihn jedes Mal über Nacht dort lassen müssen, wenn wir in ein Restaurant oder ins Kino gehen oder einfach etwas machen wollten, was normale Leute mit normalen Hunden so machten. Jede Verabredung mit Chris kostete also noch einmal fünfunddreißig Dollar mehr – der Preis einer Übernachtung für Seamus.

Als ich das erste Mal das Ruff House ausprobierte, nahmen Chris und ich an einer Wohltätigkeitsveranstaltung für ein Frauenhausprojekt teil, bei dem ich im Vorstand war. Ungefähr im Viertelstundentakt sah ich nach, ob jemand angerufen oder eine Nachricht hinterlassen hatte, und rechnete fest damit, den Hund abholen zu müssen. Ich konnte die Beschwerde à la »wir können nicht mehr« förmlich hören.

Doch mein Telefon klingelte nicht.

Als am nächsten Morgen nur Chris neben mir lag, keine Beagle-Schnauze in mein Gesicht gehalten wurde, kein drängendes Gebell zu hören war und ich nicht eilig nach unten in die Waschküche musste, wo ich das Trockenfutter aufbewahrte, war mir ganz seltsam zumute. Plötzlich hatte ich so viel Zeit für mich. Und diese Ruhe! Doch nach einem Kaffee machte ich mich auf den Weg, um den Hund abzuholen. Die Ruhe brauchte ich viel weniger als die Gewissheit, dass mit Seamus alles in Ordnung war.

»Er hat sich prima bei uns gemacht!«, sagte Denise, die Besitzerin.

»Wirklich?«, fragte ich erstaunt.

»Ja, er ist toll. Ich habe noch nie so einen verschmusten Beagle gesehen. Wir hatten nicht so viele Hunde hier, und da er als Einziger über Nacht blieb, ließ Karen, unsere Nachtaufseherin, ihn bei sich auf dem Bett schlafen.«

Oh je. »Die ganze Nacht?«

»Ja, er hat es richtig genossen.«

»Das glaube ich gerne. Wie war er denn tagsüber zu haben? Hat er mit den anderen Hunden gespielt?«

»Ein wenig schon. Aber sobald er mich sah, heulte er, bis ich zu ihm kam. Er ist so witzig!« Sie lachte darüber, aber ich hatte die Vermutung, dass das kein gutes Ende nehmen würde.

»Ein witziger Hund ist er sicher. Das mit dem Heulen tut mir leid.«

»Ach, kein Problem, wir sind eine Hundetagesstätte. Klar gibt es da Lärm. Ich habe ihn einfach zu mir geholt, er war bei mir im Büro und ging mir überallhin nach. Es ist schön, ihn bei sich zu haben. Er ist ein richtiges Kuschelmonster.«

Seamus hatte seine Dominanz also weiter ausgebaut. Zwar hatte ich eine Lösung für das Problem mit den Nachbarn gefunden – eine für 35 $ die Nacht, aber immerhin eine Lösung–, doch immer wenn Seamus im Ruff House blieb, tat er heulend sein Bedürfnis kund, nicht bei den anderen Hunden bleiben zu müssen, und man kam diesem Bedürfnis nach. Wenn ich ihn abholte, saß er auf dem Schoß der Empfangsdame oder in einem Hundekörbchen in Denise' Büro. Manchmal war er im Garten mit den anderen Hunden, aber dann rannte er immer heulend am Zaun entlang. Jeder wusste von seinem Kampf gegen den Krebs, und jeder verzog ihn nach Strich und Faden. Jeder. Selbst andere Hundebesitzer gaben ihm Leckerlis, streichelten ihn, versicherten, dass das Heulen verständlich sei, sobald sie von seinem Kampf hörten. Klar, solange man nicht unser Nachbar war.

Ich redete mir selbst ein, dass wir das Problem nach Beendigung der Behandlungen und wenn wir wüssten, dass er krebsfrei war und nicht innerhalb eines Jahres sterben würde, wirklich angehen würden. Ich würde einen neuen Hundetrainer suchen, der realistischere Techniken zu bieten hatte. Schließlich war es keine Frage der Übung. Nur noch eine Runde mit den zwei Chemomedikamenten, und dann könnten wir von Neuem beginnen. Auch um die Probleme mit Chris' Familie wollte ich mich nach Beendigung von Seamus' Behandlung ausgiebig kümmern. Eine Krise nach der anderen, dann würden wir schon Fortschritte machen.

Fit und gepflegt marschierte Seamus am 2. Juni in die Krebsklinik, seine rechte Hinterpfote hinter sich herziehend. Mittlerweile wog er knapp achtzehn Kilogramm. Beinahe zwanzig Prozent seines Körpergewichtes hatte er nun schon zugelegt. Egal, wie viel wir mit ihm spazieren gingen oder wie viel wir trainierten, Seamus nahm zu und heulte. Vielleicht lag es ja wirklich an mir. Vielleicht hatte ich einfach keine Führungsqualitäten. Vielleicht gab ich ihm zu viel zu fressen. Natürlich nahm er Steroide ein und Gewichtszunahme gehörte zu den üblichen Nebenwirkungen, aber es gehört auch zu den Nebenwirkungen von Toast, Burritos, Käse, Pizza, Speck, Chips und Brathähnchen.

Dr. Dutelle begrüßte Seamus ausgelassen wie immer und mit ein paar grünen Hundekeksen. Seine Gewichtszunahme schien sie nicht zu beunruhigen. Die letzte Runde Vinblastine wurde intravenös verabreicht und Seamus bekam zum letzten Mal einen Verband – wieder einen leuchtend grünen – an seiner rechten Vorderpfote. Nun musste er nur noch die Cytoxan-Tabletten an Tag acht, neun, zehn und elf bekommen, dann war alles vorüber. Ich fühlte mich euphorisch. Die Zielgerade war in Sichtweite.

»Sein nächster Termin ist in einem Monat, dann wird die erneute Einstufung des Tumorstadiums vorgenommen«, erklärte Dr. Dutelle.

»Erneute Einstufung des Tumorstadiums?«

»Wir empfehlen eine Aspirationsbiopsie der Leber und der Milz, ein großes Blutbild und einen Ultraschall des Unterleibes. So können wir Anzeichen für eine Metastasierung erkennen. Wenn Sie auschecken, bekommen Sie einen Behandlungsplan mit Kostenvoranschlag an der Rezeption.«

Kostenvoranschlag? Hatte ich nicht schon einen? Die Zielgerade löste sich gerade in Staub auf. Den Kostenvoranschlag konnte ich mir selbst ausmalen – eine Menge. Mehr als ich mir leisten konnte. Als ich für diesen Termin bezahlte, wurde er mir dennoch ausgehändigt: 1059 Dollar. Das waren ungefähr zweitausend Dollar mehr, als ich mir leisten konnte.

An Tag acht zog ich die Gummihandschuhe an, um Seamus die erste der vier letzten Cytoxan-Tabletten zu verabreichen. Ein Gefühl der Erleichterung machte sich breit. Was die künftigen Tests und Kosten auch bedeuteten, Seamus war zumindest mit seinen Behandlungen fertig. Ich war fest entschlossen, das zu Ende zu bringen und dann den Sommer ohne medizinische Sorgen zu genießen.

Eine Woche später sprang Seamus auf mein Bett, zwängte sich zwischen Chris und mich, hielt mir die Schnauze ins Gesicht, um sicherzugehen, dass ich auch wirklich wach war und mich an sein Frühstück machen konnte. Sofort fiel mir ein Knubbel an seinem Augenlid auf. Der Knubbel war klein, schwarz und wie ein Muttermal, aber er war ganz sicher neu. Ich zeigte ihn Chris.

»Wie kann denn mitten in der Chemo ein neuer Krebs auftauchen? Wie ist das überhaupt möglich?«, fragte ich entsetzt. »Habe ich ihm die Chemo womöglich falsch gegeben?«

»Halt, warte mal. Du weißt doch noch gar nicht, ob es überhaupt Krebs ist. Dr. Dutelle soll sich das beim nächsten Termin mal ansehen«, beschwichtigte Chris.

»Das ist ja erst in zwei Wochen.« Trotz allem, was ich für den Hund bereits getan hatte, und trotz allem, womit er mir das Leben schwer machte, war ich doch bereit, alles stehen und liegen zu lassen, ihn ins Auto zu packen und mit ihm den Krebsspezialisten aufzusuchen – ganz besonders, wenn er sich so zusammenrollte und sich zu mir in die Decke kuschelte.

Chris übernahm die Rolle des rational denkenden Erwachsenen. »Ich glaube nicht, dass es Krebs ist. Aber selbst wenn, erst vor ein paar Tagen hast du ihm die letzte Chemotablette gegeben. Was sollten sie denn sonst gerade für ihn tun? Du kannst ruhig seinen nächsten Termin abwarten.«

In mir arbeitete es und ich ging sämtliche Optionen im Geist durch. Chris hatte vermutlich recht, aber andererseits hatte ich beinahe zu lange gewartet, als Seamus' weiße Blutkörperchen im Keller waren. Was, wenn auch jetzt wieder schnelles Handeln gefragt war? Wenn er sofort eine Operation brauchte? Und falls ja, wie sollte ich das bezahlen können? Und wenn er mehr Chemo brauchte? Würde Seamus das überhaupt aushalten? Und ich?

Ich ließ mich auf einen vernünftigen Kompromiss zwischen hysterischem Überreagieren und kaltem, herzlosem Abwarten ein. Ich ging mit Seamus zu Dr. Davis. Ein weiterer Bluttest sollte Aufschluss über seine weißen Blutkörperchen geben, und ich wollte, dass er sich den Knubbel am Lid ansah.

»Ich glaube nicht, dass es Krebs ist«, beschwichtigte er.

Ich antwortete nicht, sondern starrte ihn nur an.

»Sehen Sie mich doch nicht so an. Ich weiß schon, Sie denken, dass ich das auch beim letzten Mal gesagt habe. Aber das ist etwas anderes. Und er ist ja nun schon – wie lange in Chemo?«

»Sechs Monate. Oder hundert Jahre. Ich weiß es nicht mehr.«

»Ich gebe Ihnen ein Rezept für eine Salbe mit. Und Valium.«

»Valium?«

»Na, für Sie.«

Ich brachte tatsächlich ein Lachen heraus. Dr. Davis und ich hatten uns schon immer gegenseitig veräppelt. Der Gedanke, dass mein Humor zugleich mit meinen Ersparnissen dahinschwand, war mir zuwider. »Treffer, versenkt. Ich bin womöglich etwas gestresst.«

»Tragen Sie zweimal täglich die Salbe am Lid auf. Wenn es sich nicht bessert, werden wir es entfernen.«

Mir war klar, dass ›entfernen‹ eine Biopsie bedeutete, aber ich war ihm für seine vorsichtige Wortwahl dankbar.

Ich war nicht gerade optimistisch. Bei einem Preis von 13,80 $ kam mir die Salbe beinahe lächerlich vor. Wie sollte etwas, das keine Tausende Dollar kostete, denn diesem Hund helfen? Doch nicht diesem Hund. Denn dieser Hund bekam nur sehr, sehr teure Behandlung. Was sollte da so ein kleines Tübchen mit Geschmiere schon ausrichten können?

Zwei Wochen später fuhr ich mit Seamus zu dem Termin in der Krebsklinik.

Dr. Dutelle saß auf dem Boden, Seamus zugewandt. Sie streichelte ihn, kraulte ihm den Kopf und hinter den Ohren. Sie vergaß nicht, ihm seinen grünen Hundekeks zu geben, und er heulte sie um Nachschub an.

»Wie erging es ihm denn?«

»Mit den Tabletten prima. Gar keine Probleme. Abgesehen von der Gewichtszunahme.«

»Das Gewicht sollte mit dem Absetzen der Steroide wieder heruntergehen. Er ist ja so gut wie fertig.«

Das ging runter wie Öl. Ich zögerte etwas, ihr den Knubbel zu zeigen.

»Ja, das ist wunderbar. Ich – ähm, könnten Sie sich bitte das Geschwür an seinem Augenlid ansehen?«

»Ja, ich sehe es. Dann wollen wir mal sehen.«

Dr. Dutelle hob Seamus auf den Untersuchungstisch und der drehte sein Hinterteil sofort von ihr weg. Er ließ sie nicht einmal in dessen Nähe kommen. Dr. Dutelle und ich lachten. Kluger Hund. Ich hielt ihn, während sie sich sein Augenlid ansah.

»Dr. Davis hat eine Salbe verschrieben. Ich gebe sie ihm nun schon seit einer Woche und meine, dass es besser wird.« Ich wollte einfach, dass das stimmte.

»Bei jedem anderen Hund, also bei jedem Hund, der keinen Mastzelltumor hatte, würde ich Ihnen wohl sagen, dass dies eine Entzündung der Meibom-Drüsen ist. Aber wir müssen sicher wissen, dass es kein Rezidiv ist.«

»Es könnte also ein neuer Krebs sein?«

»Ich glaube es eigentlich nicht. Aber ich empfehle doch eine Aufarbeitung mittels Feinnadelaspiration und anschließender zytologischer Untersuchung.«

Ich streichelte Seamus' Kopf. »Ich weiß nicht, ob ich mir das alles noch einmal leisten kann.«

»Nein, nein, nein. Ich sage ja gar nicht, dass es sich um Krebs handelt und wir alles noch einmal von vorne machen müssen. Ganz und gar nicht. Ich möchte nur, dass wir uns sicher sind, womit wir es hier zu tun haben.«

Eine Viertelstunde später und 240 Dollar ärmer fuhren Seamus und ich nach Hause und warteten auf die Ergebnisse.

Dr. Dutelle rief mich am nächsten Tag in der Kanzlei an und warf mit schwierigen Wörtern nur so um sich: »wahrscheinlich eine Hyperplasie oder ein Andenom der Meibom'schen Drüsen«, was bedeutete, dass der Tumor gutartig war. Sie wollte, dass ich mit der Salbe von Dr. Davis weitermachte, und sollte sich dadurch die Geschwulst nicht auflösen, empfahl sie eine operative Entfernung. Wäre Dr. Dutelle nicht so fürsorglich und ehrlich, würde ich wohl denken, dass sie ein Stipendium zurückzuzahlen hatte und Seamus und ich ihr dabei lange, lange helfen würden. Ich kam zu dem Schluss, nicht mehr über die Notwendigkeit einer Operation nachzudenken, egal, wie klein sie wäre.

Eine Woche später kuschelte sich Seamus an mich und ich kraulte und streichelte seinen Bauch. Da fühlte ich plötzlich einen Knoten. Etwas gummiartig, nicht besonders groß, aber definitiv fühlbar und unter der Haut. Ich tastete um den Knoten herum, ob er mit etwas anderem verbunden wäre, aber ich war mir nicht sicher, abgesehen davon, hätte ich auch nicht gewusst, was es bedeutete, wenn da noch etwas wäre.

Unsere normale Kontrolluntersuchung (ja, mittlerweile war auch ich Patient – es ging hier sehr wohl auch um meine Gesundheit) war in einer Woche an Chris' Geburtstag. Wegen beider Termine hatte ich bereits den Nachmittag freigenommen.

Nachdem Dr. Dutelle das Augenlid untersucht und eine Verbesserung festgestellt hatte, zeigte ich ihr, wo ich den Knoten ertastet hatte.

»Sehr gut, dass Sie das gefunden haben. Es ist prima, dass Sie ihn auf Knoten, Knubbel und Veränderungen hin untersuchen.«

Ich streichle Seamus, und zwar oft und ausgiebig. Er fordert das ein. Gut zu wissen, dass es auch einen medizinischen Nutzen hat.

»Was halten Sie davon?«

»Bei jedem anderen Hund ...« Ich hörte die Fortsetzung des Satzes gar nicht mehr. Es war mir klar, dass es weitere teure Tests und Behandlungen bedeutete.

Diesmal erleichterten die zytologische Untersuchung, die Ultraschallgesteuerte Biopsie und die zytologische Kontrolluntersuchung meine Kreditkarte um 503 Dollar. An die Rechnung war noch eine Notiz geheftet mit dem Hinweis auf eine Ernährungsberatung bei einem geprüften Ernährungsberater. Falls ich noch nicht genug getan hätte, könnte ich nun einen speziell auf Seamus abgestimmten Ernährungsplan bekommen.

Dr. Dutelle teilte mir, wie immer, prompt telefonisch die Ergebnisse mit.

»Es handelt sich um eine Fettgeschwulst. Und sein Augenlid ist in Ordnung. Seine Testergebnisse sind alle prima. Herzlichen Glückwunsch! Seamus ist in kompletter Remission.«

Komplette Remission.

Ich traute meinen Ohren nicht.

Ich legte auf und jubelte vor Aufregung los. An diesem Abend quälte ich Seamus mit Umarmungen und Küssen. Chris war ebenso euphorisch und grillte für uns drei Steaks – nur der Champagner war uns Menschen vorbehalten. Zu Ehren von Seamus' Remission zogen wir uns nicht in den Whirlpool zurück, wo der Hund nicht hinkam, sondern blieben auf dem Sofa und nahmen den zufriedenen Seamus zwischen uns.

Die folgenden Tage und Monate machte ich mir natürlich weiterhin Sorgen. Ich überprüfte ständig seine Haut und beobachtete sein Verhalten, ob sein Appetit womöglich schwand, er mehr Durst oder weniger Energie hatte, und überhaupt jede Veränderung. Doch er änderte sich nicht. Er war und blieb einfach Seamus.

Als ich eines Abends spät von der Arbeit nach Hause kam und sah, dass er hinkte, fuhr ich ihn nicht direkt in die Notaufnahme, sondern brachte ihn erst am nächsten Tag zu Dr. Davis. Gemeinsam beschlossen wir, dass wir Seamus fortan wie ›jeden anderen Hund‹ behandeln würden. Wir würden sehen, ob sich das Hinken mit entzündungshemmenden Medikamenten wieder geben würde, und wir würden nicht direkt röntgen und auf Knochenkrebs testen. Nicht einmal vierundzwanzig Stunden später lief Seamus schon wieder völlig normal.

Später, als Seamus mit seinem Hinterteil auf den Boden scheuerte, wusste ich, dass seine verbliebene Analdrüse ausgedrückt werden musste (gut, dass es Hundefriseure gab) und es sich nicht um ein Anzeichen für erneuten Krebs handelte. Krebs, das sollte einem klar sein, juckt nicht.

Kurze Zeit später zog Chris bei mir ein. Ich war mir sicher, dass die Beziehung von Dauer sein würde. Was wir da hatten, wie auch immer wir oder andere es nannten, hatte Zukunft. Das wurde mir am meisten bewusst, als ich von Seamus als »unserem Hund« sprach. Als Chris Seamus nach seiner OP abgeholt hatte, hatte er *meinen* Hund abgeholt. Als er ihn in den Monaten und dem Jahr nach der Behandlung zu Kontrolluntersuchungen brachte, ging er mit *unserem* Hund zum Tierarzt. Trotz aller Pläne für das Alphabetleben machte »L« für Liebe einen Riesensatz nach vorne. Chris, Seamus und ich lebten als Familie zu dritt glücklich in unserer schnittigen und eleganten Hundehütte. Wir dachten, unser größtes Problem sei die gestörte Beziehung von Chris zu seinen Eltern.

Doch da hatten wir uns gewaltig getäuscht.

Teil 2

13 Krebsverdacht

Seamus' Knoten wurde von der Friseurin im Bad entdeckt. Meinen entdeckte ich unter der Dusche.

Während ich mich unter der Achsel rasierte, strich ich mit der linken Hand über meine rechte Brust und spürte etwas Ungewöhnliches, Dickes.

Wäre ich eine bessere Köchin, hätte ich gewusst, dass etwas Eingedicktes nach einiger Zeit hart wird. Aber seit Chris bei mir eingezogen war, kümmerte er sich ums Kochen. Als ich aus der Dusche kam, streckte ich ihm meine rechte Brust entgegen.

»Fühlt sich das irgendwie merkwürdig an? Wie ein Knoten?«

Unerschrocken untersuchte Chris mehrere Minuten lang eingehend die ihm dargebotene Brust, während ich mich bemühte, seine Aufmerksamkeit auf einen weniger bevorzugten Bereich in der Nähe meiner Achselhöhle zu lenken.

»Ich spüre es auch, aber es fühlt sich nicht wie ein Knoten an.«

»Nein. Aber es ist seltsam. Ich sollte es beobachten.«

»Vermutlich eine gute Idee.«

In den folgenden Wochen strich ich hin und wieder unter der Dusche oder morgens im Bett mit den Fingern über die betreffende Stelle. Ich drückte gegen den Knoten in der Hoffnung, er würde verschwinden, obwohl ich genau wusste, dass das nicht passieren würde. Ich versuchte, mich auf meine Arbeit zu konzentrieren, da im letzten Quartal des Jahres in meiner Kanzlei normalerweise immer am meisten los ist. Und meine Anwaltspraxis war mir momentan besonders wichtig. Nachdem mein Privatleben mittlerweile glücklich und ausgeglichen war, hatte ich Anfang des Jahres beruflich einen Riesenschritt gewagt. Ich hatte die Gemeinschaftskanzlei verlassen und ein eigenes Anwaltsbüro eröffnet. Die ersten zehn Monate waren aufregend gewesen, und die Kanzlei schien ein Erfolg zu sein. Ich konnte es mir nicht leisten, mich von etwas ablenken zu lassen. Aber trotz aller Entschlossenheit, mich weiter auf meine Arbeit zu konzentrieren, gingen mir alle möglichen Gedanken durch den Kopf, angefangen von der logischen Schlussfolgerung, zum Arzt zu gehen, über die klassische Ausrede, zu viel zu tun zu haben, bis hin zu der beruhigenden Feststellung, die letzte Mammografie sei noch nicht mal vier Monate her.

Das war Anfang November. Im Dezember war aus der Verdickung ein harter Knoten geworden. Da half kein Koch. Ich musste zum Arzt. Noch im Dezember.

Ich bekam einen Termin am 18. Dezember, ausgerechnet an dem Tag, an dem in meinem Büro die Weihnachtsfeier stattfinden sollte (und, das muss ich noch erwähnen, einen Tag nach dem Jahrestag von Seamus' erster Chemotherapie). Dieses Abendessen sollte eigentlich in einer besonderen Atmosphäre stattfinden und nicht durch eine dunkle Wolke in Form einer Krankheit getrübt werden.

Am 2. Januar hatte ich meine eigene Anwaltskanzlei eröffnet. Meine Pläne waren groß und bescheiden zugleich. Ich nannte das Büro »The Teresa Rhyne Law Group», obwohl es nur aus mir, Michelle (meiner überaus fähigen Assistentin), Laureen (meiner tüchtigen und scharfsinnigen Rechtsanwaltsgehilfin, die nur halbtags arbeitete) und dem stets flexiblen Chris bestand, der bei der Buchhaltung half und »Männerarbeit« erledigte (schwere Kisten mit Wasserflaschen schleppte, Möbel verrückte, unliebsame Vertreter abwimmelte) und der sogar eine Zeit lang den Müll rausbrachte. Und, nicht zu vergessen, Seamus, den ich jetzt meistens mit zur Arbeit nahm. Obwohl in einer Ecke bei meinem Schreibtisch sein Hundekörbchen mit Spielzeug stand, zog er es vor, sich direkt mir gegenüber auf einem der Besucherstühle zusammenzurollen, als hätte er einen Termin und dringende Angelegenheiten zu bejaulen. (*Mehr Futter, verdammt noch mal! Im Ernst, Leute. Ich brauche mehr Fuuuuuuuuutter!!*)

Ich liebte mein Büro. In diesem Jahr hatte ich Tag und Nacht und sogar an den Wochenenden gearbeitet, um mir meine Kanzlei für Erbschaftsplanung nach meinen Vorstellungen aufzubauen. Es war ein ziemlich guter Start gewesen, aber ich hatte viel mehr zu tun, als ich eigentlich wollte. Sehr viel mehr.

Während meine ehemaligen Partner, die sich in Gruppen aufgespalten hatten, in hübsche Büros mit fast denselben Möbeln und Kunstwerken wie in unseren alten Büros gezogen waren, hatte ich beschlossen, ganz klein anzufangen. Ich mietete ein eher bescheidenes Büro mit vier schlichten Räumen im Erdgeschoss, damit meine älteren Klienten uns leicht erreichen konnten. Meine Einrichtung kam von Staples. Wir strichen die Wände in einem kräftigen Grün und Orangerot, um unserer kleinen Kanzlei eine persönliche Note zu geben. Der einzige Luxus, den ich mir leistete, war ein Bild im Empfangsbereich – es zeigt einen Hund, der zur Tür hereinkommt und dabei gemächlich über eine Fußmatte mit der Aufschrift »Willkommen« schreitet.

Als eine der Gruppen meiner ehemaligen Partner ihrer Kanzlei einen neuen Namen gab, der aus den Initialen RCK bestand, tauften wir sie umgehend »The Rock«. Mein Büro hatte die Initialen TRLG. Aber als ich mich so in unserer winzigen, bunten, fröhlichen Kanzlei im Erdgeschoss umsah, die nicht mehr im Stadtzentrum lag und viel, viel kleiner und bescheidener war als unser ehemaliges Büro, da taufte ich sie spaßeshalber »Trailer Law Group« (was so viel heißt wie »Wohnwagenkanzlei«). Das blieb selbstverständlich unter uns und war nicht für die Ohren unserer Klienten bestimmt, auf die wir ja Eindruck machen wollten.

Zwei meiner Klienten – ein Ehepaar – besaß ein gut gehendes Fachgeschäft für Fliesen und Granitstein mit Kunden wie dem Ritz-Carlton. Ich weiß noch, wie sie mir erzählten, dass sie früher die Fliesen selbst mit einem Kleintransporter ausgeliefert hatten. Mir gefiel diese Vorstellung, und mir gefiel, was sie aus ihrem Geschäft gemacht hatten. Statt eines Kleintransporters hatte ich meine kleine Kanzlei, und statt der Fliesen hatte ich meine Bücher, meine Akten und meine nunmehr über zwanzigjährige Berufserfahrung. Außerdem war ich gerade im Begriff, unsere Kanzlei zu erweitern. Ich stand in Verhandlung mit dem Vermieter, um die Bürofläche zu verdoppeln und die erst kürzlich frei gewordenen Räume nebenan dank der sinkenden Konjunktur zu einer deutlich reduzierten Miete zu übernehmen. Und ich schlug einem Absolventen der juristischen Fakultät von Georgetown vor, als Partner in meine Kanzlei einzusteigen. Auf den Weihnachtskarten mit den Gratifikationen für die Mitarbeiter stand »Schmückt die doppelte Fläche« – eine Anspielung auf unsere Expansionspläne. Es war eine aufregende Zeit, wäre da nicht diese heraufziehende dunkle Wolke gewesen.

Das Weihnachtsessen sollte unvergesslich werden. Obwohl mir Sentimentalitäten, zumindest was Menschen betrifft, ziemlich fremd sind, sollten meine Mitarbeiter wissen, wie sehr ich all das, was sie im vergangenen Jahr mit mir durchgemacht hatten, zu schätzen wusste und dass mir bewusst war, wie hart alle gearbeitet hatten. Die Partner waren ebenfalls zu dem Essen eingeladen. Alle sollten sich erholen, entspannen, Spaß haben und sich über unseren gemeinsamen Erfolg freuen. Ausnahmsweise wollte ich einmal so richtig feiern.

Ich ging allein zu dem Arzttermin, nur Chris und meine Assistentin Michelle wussten Bescheid. Chris bot an, mich zu begleiten, aber ich lehnte ab. Er musste zu Hause bei Seamus bleiben, dessen Trennungsangst sich nur verschlimmert hätte, da er sich mittlerweile daran gewöhnt hatte, dass Chris für ihn da war. Außerdem, wenn Chris mitgekommen wäre, hätte das bedeutet, dass dieser Termin eine große Sache war, was ich nicht hoffte.

Ich lag mit offenem Patientenkittel auf dem Untersuchungstisch, dachte an das Abendessen im Büro und erinnerte mich daran, dass ich noch die Prämienschecks unterschreiben musste. Die Arzthelferin tastete mit den Fingerspitzen meine rechte Brust ab, zog dabei konzentriert die Augenbrauen zusammen und sah über mich hinweg.

»Es ist hier«, sagte ich und legte meinen linken Zeigefinger in der Nähe der Achselhöhle seitlich an meine rechte Brust.

Sie legte ihre Finger über meinen und ich zog die Hand weg.

»Sie müssen ein wenig dagegendrücken, aber das ist die Stelle.«

Sie drückte. »Ah, ja. Ich fühle es. Gut, dass Sie es entdeckt haben.«

»Trotzdem wünschte ich, da wäre nichts.«

Sie betastete in aller Ruhe meine Brust und sprach dann die Worte, die mich aus meinem Nicht-wahrhaben-Wollen herausrissen. »Das gefällt mir gar nicht.«

Okay. Mir auch nicht.

Auf dem Untersuchungstisch, in meinem Patientenkittel, mit all den Glasgefäßen mit Wattebäuschen, den Plakaten zu medizinischen Themen und den sterilen Behältern auf beschichteten Arbeitsflächen um mich herum, fiel mir Dr. Davis' Bemerkung nach Seamus' Diagnose ein: »Damit hatten wir wirklich nicht gerechnet.« Rechnet eigentlich überhaupt jemand mit Krebs? Gibt es überhaupt einen geeigneten Zeitpunkt für Krebs? Und genügte es nicht, dass ich das alles bereits mit Seamus durchgemacht hatte?

Offensichtlich nicht. Ich bekam eine Überweisung und sollte umgehend zur Mammografie und zum Ultraschall.

Zurück im Büro, rief ich gleich bei der zuständigen Stelle an, doch der nächste freie Termin war erst in zwei Wochen. Damit gab ich mich nicht zufrieden, sondern beharrte darauf, dass es dringend sei, aber ohne Erfolg. Zum Glück schaltete sich die Praxis meines Arztes ein und erreichte, dass ich … oder, besser gesagt, meine Brust dazwischengeschoben wurde. Die Mammografie sollte am nächsten Tag, einem Freitag, stattfinden und die Ultraschalluntersuchung am darauffolgenden Montag; anscheinend konnten nicht einmal meinem Arzt zuliebe beide Prozeduren am selben Tag vonstattengehen.

Ich ging in dem Glauben zu meiner Weihnachtsfeier, wenigstens an diesem Abend die Untersuchungen, den Blick der Arzthelferin oder den Knoten selbst vergessen zu können. Ich versuchte es, obwohl die verschlossene Tür meines Büros am frühen Nachmittag wahrscheinlich darauf hindeutete, dass etwas in der Luft lag. Hoffentlich dachten meine Mitarbeiter, dass es etwas mit den Geschenken zu tun hatte. Beim Abendessen amüsierten sich alle über die Airstream-Trailer-Weinverschlüsse und Anhänger, die sie zusammen mit ihren Prämien erhielten, und ich glaube, keiner bemerkte, dass etwas nicht stimmte (abgesehen von meiner Assistentin Michelle, die immer weiß, was mit mir los ist). Trotzdem war das Abendessen nicht ganz so, wie ich es mir vorgestellt hatte. Meine Stimmung war umgeschlagen.

Am nächsten Tag fuhr ich zur radiologischen Praxis, um die Mammografie machen zu lassen. Danach musste ich ein endlos langes Wochenende überstehen, bis ich endlich am Montag zum Ultraschall gehen konnte. Beide Prozeduren waren nicht besonders schwierig; das Wochenende dazwischen, an dem ich viel Zeit hatte, nachzudenken und mir Sorgen zu machen, war weitaus schwieriger. Ich konnte jedoch spüren, dass die Fachkräfte, welche die Prozeduren durchführten, genau wussten, dass sie es hier mit Krebs zu tun hatten. Das lag an dem fehlenden Augenkontakt. Und niemand sagte zu mir: »In 85 Prozent der Fälle stellt es sich als harmlos heraus«, wie es häufig Frauen erklärt wird, bei denen Unregelmäßigkeiten festgestellt werden. Niemand sprach von einer »Zyste« oder von »Fettgewebe« oder meinte, »es könnte harmlos sein«.

Man teilte mir lediglich mit, dass mein Arzt mich anrufen würde. Langsam wünschte ich, Chris wäre bei mir, würde mit mir reden, mich necken und mich davor bewahren, in einen Abgrund zu stürzen.

Und schließlich rief der Arzt an – am 23. Dezember nachmittags um Viertel vor vier. Allein wegen des Datums hätte ich mir das Ergebnis eigentlich schon denken können. Mittlerweile war ich auf die Nachricht vorbereitet. Wie gesagt, meine Erwartungen sind gering und im Allgemeinen zutreffend.

»Tut mir leid, aber es besteht der begründete Verdacht, dass es sich um einen bösartigen Tumor handelt. Ich werde Sie zu einem Chirurgen schicken. Sie müssen den Knoten entfernen lassen. Wir werden uns gar nicht lange mit einer Biopsie aufhalten. Der Knoten muss sofort entfernt werden«, erklärte der Arzt.

Er nannte mir den Namen und die Telefonnummer eines Chirurgen, den ich gleich am nächsten Morgen anrufen sollte. In der Zwischenzeit wollte man die Untersuchungsergebnisse an dessen Praxis faxen.

Ich hielt kurz inne. Ich dachte: »Wow. Okay, Krebs. Vermutlich. So ist das also. Zuerst Seamus und jetzt ich. Ein Chirurg? Einen Chirurgen anrufen. Morgen … ich will nicht bis morgen warten, ich will schon morgen einen Termin. Morgen ist Heiligabend. Auf keinen Fall werde ich an Heiligabend einen Chirurgen in seiner Praxis erreichen. Ich werde jetzt gleich anrufen.« Und diese Überlegung war richtig.

Ich nahm den Hörer ab.

»Hallo. Chirurgische Praxis Riverside.«

»Hi, ich habe eine Überweisung von meinem Hausarzt. Aufgrund der Ergebnisse meiner Mammografie und meines Ultraschalls besteht der DRINGENDE Verdacht auf einen BÖSARTIGEN TUMOR. Deshalb brauche ich schnellstmöglich einen Termin. Ich würde gerne schon morgen kommen.«

Sie machte sich gar nicht erst die Mühe, sich ein Lachen zu verkneifen. »Unsere Praxis ist morgen geschlossen. Und auch für den Rest der Woche.«

Danke. Danke für Ihre Hilfe. Dies war das erste Mal, dass ich am liebsten gesagt hätte: »Ich habe Krebs«, um mir dadurch einen Vorteil zu verschaffen. Aber stattdessen fragte ich: »Wann kann ich einen Termin bekommen?«

»Am 12. Januar.«

»Ich brauche einen früheren Termin. Es ist DRINGEND. Es besteht der VERDACHT auf einen BÖSARTIGEN TUMOR.«

»Ich kann Ihnen nur diesen Termin anbieten.«

»Dann brauche ich noch eine Überweisung. Ich kann nicht so lange warten.«

»Okay«, meinte die herzlose, ungefällige, böse Sprechstundenhilfe. Und ich könnte schwören, ich hätte gehört, wie sie dabei eine Kaugummiblase platzen ließ. Aber vielleicht war es auch nur mein Kopf, der explodierte.

Ich rief in der Praxis meines Arztes an. Ich war wütend, weil er mir nur einen einzigen Chirurgen genannt hatte und weil er nicht wusste, dass dessen Praxis noch dazu für den Rest der Woche geschlossen war. Zudem war ich mir ziemlich sicher, dass ich am 23. Dezember um Viertel nach vier weder ihn noch irgendeinen Chirurgen erreichen würde. Ich schilderte der Sprechstundenhilfe meines Arztes die Situation und eine halbe Stunde später noch mal der Vertretung und am nächsten Morgen einer anderen Person, die in der Praxis ans Telefon ging. Aber niemand rief mich zurück.

Heiligabend verließ ich um die Mittagszeit meine Kanzlei und fuhr zu meinem Friseurtermin (oh, welche Ironie). Als ich gerade mit dem Frisierumhang um die Schultern auf dem Friseurstuhl saß und meine Stylistin wissen wollte, wie viel sie abschneiden solle, klingelte mein Handy. Endlich rief mein Arzt an. Seine Sprechstundenhilfen hätten überall herumtelefoniert, um einen Chirurgen zu finden, der mich »sofort« behandeln könnte. Ein Chirurg in der benachbarten Stadt habe am 30. Dezember einen Termin frei. Ich nahm den Termin an, obwohl mir etwas beklommen zumute war bei dem Gedanken, wie weit unten dieser Arzt wohl auf der Liste der »empfehlenswerten« Chirurgen stand. Somit war Kelly, meine Hairstylistin, jetzt die Nächste, die wusste, was mit mir los war. Und weil die Mutter ihrer besten Freundin erst kürzlich an Brustkrebs gestorben war, war Kelly auch die Erste, die weinte, als sie die Neuigkeit erfuhr.

Von meiner Familie sollte niemand erfahren, was los war, da die meisten ebenso über Weihnachten dachten wie ich, und außerdem gab es zu diesem Zeitpunkt noch nichts Definitives zu berichten. Fest stand nur, dass ich einen Termin bei einem Chirurgen hatte. In diesem Jahr hatte meine Familie endlich mal die Chance auf schöne Feiertage.

Mein Bruder Jay und seine Frau Jennifer kamen mit Tochter McKinzee und Sohn Lucas extra mit dem Wohnmobil aus Missouri nach Kalifornien, und am 26. Dezember wollten wir alle zusammen feiern. Dabei handelte es sich um ebenjenen Bruder, der nach einem Motorradunfall im Dezember wochenlang auf der Intensivstation im Koma gelegen hatte. Aber weil er sich nicht daran erinnerte und, da bin ich mir sicher, weil er Kinder hatte, mochte er den Dezember immer noch. Und wir alle waren schon ganz aufgeregt, weil seine beiden Kinder und die beiden Kinder meiner jüngeren Schwester sich zum ersten Mal sehen würden.

Vor dieser Familienzusammenkunft hatten Chris und ich allerdings noch ein Abendessen zu überstehen. Knapp drei Stunden nach dem Anruf meines Arztes fuhren Chris und ich zum Weihnachtsessen zu seinen Eltern.

Das Weihnachtsessen war nicht das erste Zusammentreffen mit Chris' Familie seit dem Krach, aber das hieß nicht, dass ich mich wohlfühlen würde – jedenfalls nicht unter diesen Umständen.

Chris und seine Eltern standen sich in Sachen Sturheit in nichts nach – über eineinhalb Jahre hatten sie weder miteinander telefoniert noch Mails ausgetauscht. Als Chris bei mir einzog, fragte ich ihn, ob er seinen Eltern seine neue Adresse mitteilen wolle, und er meinte, Nein. Aber er informierte seine Schwestern und eine seiner Tanten. Und durch diese Tante und, bis zu einem gewissen Grad, durch seine Schwestern bestand Kontakt zu seiner Familie.

Da ich selbst einmal fast zwei Jahre lang mit meiner Mutter weder gesprochen noch etwas von ihr gehört hatte, wusste ich, wie so was lief. In beiden Fällen hatte nie jemand lauthals gedroht: »Ich werde nie wieder ein Wort mit dir reden.« Vielmehr hatte jede Partei sich heimlich geärgert und beschlossen, es der anderen »zu zeigen», bis Wochen, Monate und schließlich über ein Jahr vergingen. Und wie findet man danach wieder zusammen? Wer nimmt als Erster den Hörer in die Hand? Was sagt man?

Bei Chris machte sein Vater den ersten Schritt, indem er ihn in einer E-Mail um ein Gespräch bat. Nachdem sie eine Reihe von E-Mails ausgetauscht hatten und schließlich auch Chris' Mutter einlenkte, einigten wir vier uns auf ein Treffen.

An einem Abend besprachen Chris und ich die Grundregeln. Chris bestand darauf, dass wir uns gemeinsam mit seinen Eltern trafen. Und da uns anscheinend klar war, dass das Problem hauptsächlich in der Unfähigkeit seiner Eltern bestand, Chris als Erwachsenen zu betrachten, hielten wir es für angebrachter, wenn das Treffen in unserer Wohnung stattfand, damit sie sich davon überzeugen konnten, dass er tatsächlich erwachsen war und dass er sich kein schlechtes Leben ausgesucht hatte, ganz gleich, ob sie nun mit seiner Wahl einverstanden waren oder nicht. Wein oder sonstige alkoholische Getränke anzubieten hielten wir für keine gute Idee – immerhin brauchten wir einen klaren Kopf, um uns zu konzentrieren, aber ich wusste auch, dass ich aufpassen musste, was ich sagte.

Das Treffen fand an einem unangenehm heißen Augusttag in Riverside statt (wo die Temperaturen häufig auf über 38° Celsius steigen), und zu allem Übel hatten Chris' Eltern auch noch Mühe, uns zu finden. Bei ihrer Ankunft waren sie vielleicht etwas durcheinander von der Fahrt, aber ich merkte, dass sie wegen des Treffens ebenso gestresst waren wie wir. Ich zeigte ihnen unser Zuhause, und sie waren erstaunt über den Ausblick und wie groß und luftig die Wohnung war. Trotzdem dachten sie sicher bei sich: »Zum Glück ist es kein Drogenlabor in einem Wohnwagen!«

Schließlich setzten wir uns ins Wohnzimmer, Jim und Trudi auf der einen Seite des Tisches und Chris und ich auf der anderen. Seamus saß mitten im Zimmer, gegenüber von Chris' Eltern, und immer wieder blickte er nervös und mit großen Augen von einem zum andern. Er schien zu wissen, dass ich einen Puffer brauchte. Es konnte nicht schaden, einen niedlichen Puffer zu haben.

Es sprach für Jim und Trudy, dass sie gleich zu Beginn des Gesprächs zugaben, Chris wie ein Kind behandelt zu haben. Sie hatten erst allmählich eingesehen, dass er ein erwachsener Mann war, der das Recht hatte, eigene Entscheidungen zu treffen. Weniger sprach für sie, dass sie anfangs über Chris' Wahl seiner Freundin »schockiert« waren und dass Chris' Vater mich mit einem knurrenden Dobermann verglich, der sich auf ihren kleinen Liebling stürzte. Während er das sagte, deutete er auf Seamus, der inmitten dieses Tohuwabohus ganz unschuldig dasaß. Es ist schwer zu sagen, wer ob dieses Vergleichs beleidigter war, Chris oder ich (oder möglicherweise auch Seamus), aber nachdem wir beide uns verdutzt angesehen hatten, ließen wir das Thema ruhen. Das Gespräch war schwierig und persönlich, und schließlich begriff ich, dass es eigentlich nichts mit mir zu tun hatte – das war eine Sache zwischen Eltern und ihrem Erstgeborenen. Aus diesem Grund werde ich die Diskussion hier nicht wiedergeben.

Das Treffen endete mit einer Art gegenseitigem »Zugeständnis«, unterschiedlicher Meinung darüber zu sein, wie Dinge behandelt wurden, und mit dem Vorsatz, sich um ein Vorankommen der Beziehung zu bemühen. Wir alle mussten lernen, einander als Menschen und nicht als Typen zu sehen; insoweit waren wir uns einig.

Von August bis Dezember arbeiteten wir also an unserer Beziehung. Wir trafen uns ein paarmal und ich konnte sehen, dass Chris' Eltern sich redlich bemühten. Trotzdem fiel es mir schwer, ihren Handlungsweisen oder Motivationen zu trauen. Ständig rechnete ich damit, dass es wieder Ärger gab, als würden sie nur Beweismaterial gegen mich sammeln. Ich konnte einfach nicht vergessen, wie nett und freundlich sie zu mir gewesen waren und nur achtundvierzig Stunden später von Chris verlangt hatten, mich zu verlassen. Folglich war mein Verhältnis zu ihnen freundlich, aber distanziert. Ich hatte Chris erklärt, dass ich ihn bei Pflichtterminen begleiten würde – bei Geburtstagen, an Feiertagen oder bei Hochzeiten –, aber zu freiwilligen, zwanglosen Familientreffen müsste er allein gehen.

Das Essen an Heiligabend mit all den Tanten und Onkeln, die ich seit jenem unglückseligen Thanksgiving nicht mehr gesehen hatte, zählte zu den Pflichtterminen. Ich überlegte, mich vorzeitig zu verabschieden, aber ich wusste nicht, wie ich sagen sollte: »Ich kann nicht bleiben, denn ich bin ziemlich sicher, dass ich Krebs habe, obwohl der Arzt es noch nicht bestätigt hat«, ohne dass es sich pathetisch oder einfach wie eine schlechte Lüge anhörte. Die Vorstellung, allein mit Seamus zu Hause zu bleiben, war zunächst auch irgendwie reizvoll, aber die Vorstellung, mit meinen Gedanken allein zu sein, die durch ein leeres Haus hallten, war es keineswegs.

Außerdem war Seamus noch so ein ungelöstes Problem. Chris ging weiterhin regelmäßig mit Seamus spazieren, weiter und schneller, als ich es jemals getan hatte, aber es half nichts. Je mehr wir ihm boten, desto höhere Ansprüche stellte Seamus. Mittlerweile ließen wir ihn nicht mehr allein, sowohl aus Rücksicht gegenüber unseren Nachbarn als auch aus Angst, sie könnten sich beim Tierschutz oder beim Haubesitzerverein beschweren. Wenn wir beide wegmussten, nahmen wir uns einen Hundesitter oder brachten Seamus über Nacht ins Ruff House, das inzwischen eine neue Besitzerin hatte. Aber zum Glück behandelte Marti Seamus ebenso liebevoll, wie Denise es getan hatte. Doch ich wollte Seamus an Heiligabend nicht dorthin bringen, weil wir ihn erst am 26. Dezember wieder abholen könnten. Das Einzige, was ich an Weihnachten genoss, war der Morgen allein mit Chris und Seamus, mit Kaminfeuer, einem starken Kaffee und einem Stapel Bücher, mit denen wir uns immer gegenseitig beschenkten. Darauf wollte ich auf keinen Fall verzichten, vor allem nicht unter den gegebenen Umständen. Ich brauchte meine Zweierselbsthilfegruppe.

Wir beschlossen, Seamus mitzunehmen.

Die Nachbarn von Chris' Eltern würden allerdings keinen jaulenden Beagle tolerieren, und demzufolge würde auch ihre Wohnungseinrichtung keinen hyperaktiven Beagle mit einer Vorliebe für komfortable Betten, die schon an Besessenheit grenzte, vertragen. Obwohl sie »Hundemenschen« waren, waren die Hunde von Chris' Familie wie sie – schön, reinlich, gut erzogen und aus einem kleinen engen Rudelverband. Die Hunde meiner Familie dagegen waren wie wir – groß (an Statur oder Persönlichkeit), unbändig, anfällig für schlechtes Benehmen und immer in großen Rudeln unterwegs wie Streuner. Chris' Eltern waren zwar einverstanden, dass wir Seamus mitbrachten, aber es mussten ein paar Regeln beachtet werden. Während wir zum Abendessen in ein Restaurant gingen, musste Seamus in ihrer Garage in seiner Hundebox bleiben.

Obwohl Seamus bei dem Essen nicht anwesend war, war er wieder mal mein Puffer. Ich erntete von allen Seiten Gelächter, als ich erzählte, wie Seamus zu Beginn der Woche fast drei Pfund Gourmetkäse gefressen hatte, was mal wieder dem Lieferanten zu verdanken war, der es versäumt hatte, den Hinweis »keine Pakete über den Zaun werfen« zu lesen, der über dem Schild mit der Aufschrift »Hund im Garten« an unserem Tor angebracht war. Weitere Geschichten über Seamus' Fresseskapaden folgten, darunter die mittlerweile legendäre Sauerteigstory. Mir fiel es leichter, nicht an den Knoten oder an den »dringenden Verdacht auf einen bösartigen Tumor« zu denken, wenn ich mich unterhielt, anstatt allein mit meinen Sorgen dazusitzen, wie ich es normalerweise in Gesellschaft von Chris' Familie tat.

Als wir wieder zu Hause bei Chris' Eltern waren, wurde Seamus aus seiner Hundebox befreit und durfte beim Fest dabei sein. Chris achtete darauf, dass mein Weinglas immer gefüllt und Seamus mit seinem Spielzeug beschäftigt war. Ich setzte mich zu Chris' Schwester Courtney auf den Fußboden im Wohnzimmer. Courtney war das jüngste Kind der Familie, und sie spielte diese Rolle sehr gut. Sie stand ständig im Mittelpunkt. Mit anderen Worten, für mich war es geradezu perfekt, mit ihr den Abend zu verbringen. Sie redete ununterbrochen, und ich musste nicht mal antworten, sondern nur gelegentlich nicken. Seamus lief hin und her, schnüffelte unterm Tisch und kam zu mir, um zu sehen, ob ich etwas zu fressen für ihn hatte. Da er nichts Fressbares fand, jagte er hinter Chloe her, der kleinen entzückenden Cockapoo-Dame, die seit vierzehn Jahren der Familienhund von Chris' Eltern war und die mich an Tippy, den Hund aus meiner Kindheit, erinnerte.

Gegen zweiundzwanzig Uhr brachen wir auf. Chris fuhr, und Seamus schlief während der Heimfahrt erschöpft in seiner Hundebox.

»Mit Seamus ist es besser gelaufen, als ich dachte«, sagte ich.

»So?«, erwiderte Chris.

»Na ja, er scheint nicht allzu viel Ärger gemacht zu haben. Und deine Eltern hatten offenbar auch kein Problem mit ihm.«

Chris drehte sich erstaunt zu mir um. »Er hat mitten ins Wohnzimmer gekackt.«

»Wirklich?«

Man kann wohl sagen, dass ich verwirrt war. Ich weiß nicht, ob ich es geschafft hätte, gleichzeitig an Krebs und an Hundescheiße auf dem elfenbeinfarbenen Teppich zu denken. Ich weiß auch nicht, wie Chris oder seine Eltern es geschafft hatten, diese stinkende Tatsache vor mir zu verbergen, aber ich war froh darüber.

Wir drei bekamen unseren ruhigen Weihnachtstag allein zu Hause.

Chris und ich gaben viel Geld für Bücher aus, die wir einander schenkten, für Essen für uns drei und für neues Spielzeug für Seamus, wobei wir uns bei Letzterem gegenseitig zu überbieten versuchten. Okay, inzwischen wussten wir zwar, dass es falsch war – ganz falsch –, den Hund derart zu verwöhnen, aber trotzdem war es unendlich amüsant zuzusehen, wie Seamus das neue Spielzeug in die Luft warf und darauf herumkaute, und immer wieder das laute Quietschen zu hören, bis wir ihn durchs ganze Haus jagten. Mit Spielzeug, das nicht quietschte, konnte er nichts anfangen. Kein Gummispielzeug und keine Kuscheltiere für Seamus. Nur Spielzeug, das innen drin quietschte – umso besser konnte man es zerfetzen und eine Spur von Füllmaterial hinterlassen.

Am nächsten Tag fuhren wir zu meinem Vater in die Wüste bei Palm Springs, wo er mit seiner Frau Nancy lebte. An diesem Tag waren wir insgesamt vierzehn Personen. Und zwei Hunde. Seamus natürlich und Max, der Australian Shepherd meines Dads.

Mein Weihnachtsgeschenk für alle war ein Familienfoto, das ein befreundeter Fotograf aufnahm. Als ich mich dafür entschied, diente es zwei Zwecken – ich musste nicht für jeden etwas kaufen, und es wäre ein einmaliges Geschenk, das allen gefallen würde. Und jetzt würde die Fotosession noch einem dritten Zweck dienen – sie würde für die Nachwelt die letzten Momente festhalten, ehe der Krebs in unsere Familie eindrang, und sie würde mich auf angenehme Weise von dieser Tatsache ablenken.

Wir mussten noch vier weitere Tage überstehen, bevor ich endlich einen Chirurgen aufsuchen konnte.

14 Dr. Good Karma

»Das kann es nicht sein«, sagte ich.

»Überprüf noch mal die Adresse«, meinte Chris.

Ich warf einen Blick auf die Papiere auf meinem Schoß und reichte dann Chris den Einweisungsschein.

»Es sieht nicht mal wie eine Klinik aus«, bemerkte ich.

»Das finde ich auch. Es sieht eher aus wie ein ehemaliges Liegenschaftsamt oder so was.«

»Und davor war es eine Tankstelle.«

Wir starrten auf das graue zweistöckige Gebäude mit dem rissigen Putz am Ende einer größtenteils leer stehenden Ladenzeile.

»Na, dann lass uns mal reingehen. Vielleicht sieht es drinnen besser aus.«

Chris hielt mir die Tür auf und ich ging hinein.

Das Wartezimmer war bis auf den letzten Platz besetzt. Jeder Patient schien drei oder mehr Kinder im Schlepptau zu haben. Ein Mann eilte an uns vorbei zur Tür und wartete nicht einmal, bis er ganz draußen war, bevor er sich eine Zigarette anzündete. Ein Meter Entfernung zur Tür genügte ihm.

Ich drehte mich zu Chris um, wollte wieder gehen. »Ich bin versichert.«

»Offensichtlich steht während der Ferien nur diese Einrichtung zur Verfügung«, sagte er. »Aber wo wir schon mal hier sind, rede wenigstens mit dem Chirurgen. Es geht ja nur um eine Beratung.«

»Hier sieht es so schmuddelig aus. Ich will nicht in eine schmuddelige Klinik.«

»Dann können wir nur hoffen, dass hier keine Operationen durchgeführt werden. Los, melde dich an. Vielleicht schicken sie dich danach in eine andere Klinik.«

»Dein Optimismus ist erstaunlich.«

Bei der Anmeldung bekam ich ein Klemmbrett mit diversen Formularen überreicht, und man bat mich, Platz zu nehmen.

Aber es war kein Platz frei.

Wir lehnten uns an eine Wand und ich versuchte, die Formblätter auszufüllen. Schließlich wurde eine Patientin aufgerufen, hinter der zwei Kinder hertrotteten, und so wurden in der hintersten Ecke des Wartezimmers drei Plätze frei.

Ich setzte mich, konzentrierte mich auf das Ausfüllen der Formulare und hielt den Kopf gesenkt.

»Ob das tatsächlich Kunstrasen ist?« Chris deutete auf den hellgrünen, grasähnlichen Bodenbelag.

»Vielleicht auch nur Industrieteppich?«

»Er hat keine Unterlage.«

»Woher weißt du das?«

Er deutete auf eine Ecke des Zimmers. Dort hatte sich der Kunstrasen abgelöst und der Betonboden und etwas Bonbonpapier kamen zum Vorschein. »Hast du ihnen gesagt, dass du versichert bist?«

»Ich werde mit der Ärztin sprechen. Aber ich glaube nicht, dass man mich hier behandeln kann. Es ist schrecklich.«

Der Mann, der weggegangen war, um zu rauchen, kam zurück und setzte sich neben Chris. Er roch nach Tabak und hustete.

Wir warteten fünfundvierzig Minuten – begleitet vom Räuspern des Rauchers, diversen Wutanfällen von Kindern und einigen lauten, banalen Handygesprächen –, bis ich endlich in ein Behandlungszimmer gerufen wurde. Chris kam mit und wartete mit mir weitere fünfzehn Minuten auf den Arzt.

Als Dr. Tamil den Raum betrat, war ich verunsichert und wütend zugleich. Warum war es so schwer, selbst mit einem »höchst verdächtigen« Leiden medizinische Hilfe zu bekommen? Mir fiel Dr. Klubzicke mit ihrer kalten, gleichgültigen Art ein, und ich versuchte, all meinen Mut zusammenzunehmen. Ich wollte mir Klarheit verschaffen, um jeden Preis.

Aber Dr. Tamil war zurückhaltend und still. Trotz der Umgebung hatte sie eine würdevolle Ausstrahlung, und ihre Bemerkungen gleich zu Beginn entwaffneten mich im Nu.

»Tut mir leid, dass Sie warten mussten. Ich verstehe, dass das schwer ist, aber wir sind zu dieser Jahreszeit leider massiv unterbesetzt«, erklärte sie.

»Das liegt offensichtlich daran, dass dies die einzige Klinik ist, die über die Feiertage offen hat.«

Sie nickte resigniert. »Ich fürchte, das kommt der Wahrheit ziemlich nahe.«

Immerhin hatte sie bereits meinen Befund gelesen und sich die Bilder von der Mammografie und dem Ultraschall angesehen. Und sie nahm sich Zeit.

Ich legte mich auf den Untersuchungstisch, und sie tastete meine rechte Brust ab.

»Es ist sehr gut, dass Sie den Knoten entdeckt haben.«

»Das hat man mir schon mal gesagt. Aber irgendwie fühle ich mich nicht wohl dabei.«

»Das kann ich gut verstehen. Aber ich würde zunächst keine Operation empfehlen. In dieser Hinsicht stimme ich nicht mit Ihrem Hausarzt überein. Sie sind noch jung. Es gibt keinen Grund, Ihnen mehr Narben zuzufügen als nötig. Ich würde als Erstes eine Biopsie empfehlen, um sicher zu sein, womit wir es zu tun haben. Danach können wir, wenn nötig, einen chirurgischen Eingriff vornehmen.«

»Das heißt, falls es Krebs ist?«

»Ja.«

»Aber man kann noch nicht sagen, ob es Krebs ist, oder?«

»Nein, nicht mit Bestimmtheit. Ich will Ihnen nichts vormachen. Es sieht nicht gut aus, aber in jedem Fall ist vor einer OP eine Biopsie zu empfehlen.«

Ich setzte mich auf und machte mein Kleid zu. »Okay, wann können wir das machen?«

Dr. Tamil seufzte und lehnte sich gegen einen Tisch. »In einem speziellen Krebszentrum würde die Biopsie höchstwahrscheinlich in den nächsten Tagen stattfinden. Falls bei der Biopsie Krebs festgestellt würde, würden wir eine Kernspintomografie machen und anschließend operieren. Das alles würde innerhalb von ein bis zwei Wochen passieren.«

»Zwei Wochen?« Das erschien mir einerseits recht schnell (was die Operation anging), andererseits aber auch endlos lang (was den Krebs in meinem Körper betraf).

»Zwei Wochen, wenn Sie in einer Spezialklinik wären. Aber nicht hier. Nicht in Riverside. Sie sind gut versichert und könnten ins City-of-Hope-Krebszentrum, ins UCLA Medical Center oder in eine andere Einrichtung gehen. Dort würde es dann so ablaufen. Ich und einige andere Ärzte setzen uns dafür ein, dass auch hier ein Krebszentrum eingerichtet wird, aber noch ist es nicht so weit.«

»Und was geschieht hier?«

Dr. Tamil setzte sich, und ihre Verdrossenheit war so spürbar wie mein Tumor. Sie erklärte mir die langwierigen Untersuchungen, die vor mir lagen.

Ein paar Tage später traf ich mich mit Stacey zum Mittagessen.

»Äh, wow. Du siehst großartig aus. Hübsches Kostüm. Hast du abgenommen?«, fragte sie.

»Vermutlich.«

»Mist. Was ist los?« Stacey ist jene Freundin, die mir erklärt hatte, sie wisse genau, wann etwas in meinem Leben schiefläuft, weil ich dann immer richtig gut aussähe. Ihre Methoden waren altbewährt.

Jedes Jahr nach Weihnachten trafen wir uns, um zu vergleichen, wer von uns beiden über die Feiertage am meisten gelitten hatte. Dieses Jahr würde ich den Wettbewerb »Wessen Feiertage waren ätzender« garantiert gewinnen. Ich erzählte ihr von meinem verdächtigen Knoten und dem Besuch in der Klinik für ferien- und hoffnungslose Fälle.

Sie lehnte sich nach vorn. »Du musst raus aus der Stadt. Geh ins UCLA.«

»Nein, es war okay. Die Ärztin war sehr nett. Und sie schien ziemlich kompetent zu sein. Ich mochte sie. Und die OP wird sowieso nicht dort stattfinden. Das war nur eine Zwischenstation.«

»Wann ist denn die OP?«

»Nun, das ist kompliziert.« Ich stocherte in dem Salat auf meinem Teller herum. »Und ein bisschen unbegreiflich. Ich warte immer noch auf einen Termin für die Biopsie. Dabei habe ich die Aufnahmen von meiner Mammografie und vom Ultraschall persönlich in die radiologische Praxis gebracht in der Hoffnung, die Sache damit zu beschleunigen. Aber nein. Es hieß lediglich, der Radiologe werde sich die Aufnahmen irgendwann ansehen und mir dann den Termin für die Biopsie telefonisch mitteilen. Im Moment sieht es so aus, als würde sie am 16. Januar stattfinden. Aber ich will versuchen, ob sie mich nicht früher drannehmen können. Dr. Tamil will mir dabei helfen.«

Sie wäre nicht überrascht gewesen zu erfahren, dass ich in meinem tadellosen schwarzen Tahari-Kostüm und mit meinen hochhackigen Cole-Haan-Nike-Air-Schuhen aus schwarzem Lackleder herumgefahren war, um meine Krankenakten abzuholen und in diversen überfüllten Praxen abzugeben, ohne dabei auch nur einmal meinen roten Lippenstift zu verwischen oder meine sorgsam frisierten und erst kürzlich gefärbten Haare durcheinanderzubringen.

»Das sind noch zwölf Tage. Das ist absurd. Und nur wegen einer Biopsie. Und was dann?« Sie stocherte mit der Gabel in ihrem Caesar Salad herum.

Ja, es war absurd. Wie Dr. Tamil mir erklärt hatte, würde es vor Ort drei Wochen dauern, bis die Biopsie vorgenommen werden könnte, und noch einmal fast eine Woche, bis die Ergebnisse vorlägen. Falls sich bei der Biopsie herausstellte, dass es Krebs war, würden bis zur Kernspintomografie wieder ein paar Wochen vergehen. Und wenn deren Ergebnisse vorlägen, könnten wir einen Termin für die OP festlegen, die dann etwa drei bis sechs Wochen später stattfinden würde. Falls es Krebs war, würde der Tumor dann alles in allem weitere neun bis zwölf Wochen in meinem Körper bleiben. Unfassbar.

Aber hatte ich eine andere Wahl?

Ich war schon so erschöpft. Seit ich am Telefon von dem »Verdacht auf einen bösartigen Tumor« erfahren hatte, konnte ich weder schlafen noch wurde ich medizinisch versorgt. Kaum hatte ich Weihnachten überstanden und einen Chirurgen aufgesucht, da machten über Neujahr sämtliche Arztpraxen zu und waren auch telefonisch nicht zu erreichen. Als ich mit Stacey zu Mittag aß, hing die dunkle Wolke Krebs schon seit fast zwei Wochen über mir, und ich wusste immer noch nicht, ob ich wirklich Brustkrebs hatte. Ich hatte nicht mal einen Termin für eine Biopsie, geschweige denn für eine OP.

Als ich Stacey das sagte, wurde sie noch unerbittlicher. »Also hör mal, du kannst das auf keinen Fall hier in der Stadt machen lassen. Wir haben hier nicht die Spezialisten, die du brauchst. Wir haben nicht mal genügend Ärzte. Und offenbar verfügen wir auch nicht über die entsprechenden Einrichtungen. Ich sage dir, du musst ins UCLA.«

»Ich weiß nicht, wie ich das machen soll. Soll ich einfach dort anrufen? Und mit wem soll ich sprechen? Soll ich einfach das UCLA Medical Center anrufen und sagen: ›Hi, ich hab vielleicht Krebs. Kann das jemand für mich feststellen?‹ ganz gleich, wer am Apparat ist?«

»Ja, so ungefähr. Das solltest du tun. Ich besorge dir die Nummer. Wie bist du versichert?«

»Über die Preferred-Provider-Organisation.«

»Dann kannst du hingehen, wo du willst, und bist nicht an bestimmte Einrichtungen gebunden, stimmt's?«

»Ja, ich denke schon. Die Ärztin hat mir gesagt, ich könnte mit meiner Versicherung in ein Krebszentrum gehen, denn dort sei der Zeitplan deutlich gestrafft.«

Erst als ich das erwähnte, begriff ich, dass Dr. Tamil damit wohl gemeint hatte, ich solle genau das tun. Vielleicht wusste sie, dass der Zeitplan hier vor

Ort nicht akzeptabel war, und wollte mich auf diese Weise ermutigen, mich für eine zügigere Behandlung zu entscheiden.

Was war ich doch für eine Idiotin gewesen! Ich musste raus aus der Stadt! Sogar die Chirurgin war dieser Meinung!

»Genau.« Stacey stocherte wieder in ihrem Caesar Salad herum.

Auf dem Rückweg zur Kanzlei fuhr ich bei Starbucks vorbei und besorgte mir einen doppelten Milchkaffee. Koffein zum Mittagessen war ein Muss. Bereits eine Stunde nach meiner Rückkehr in die Kanzlei schrieb mir Stacey eine Mail und schickte gleich die E-Mail ihrer Ärztin vom UCLA Medical Center mit.

> Hi, Stacey,
>
> handelt es sich um einen Knoten in der Brust? Wenn ja, kann ich ihr wahrscheinlich einen früheren Termin beschaffen … aber lassen Sie mich wissen, wo genau sich der Knoten befindet, damit ich weiß, wen sie aufsuchen sollte.
>
> Ich hoffe, es geht Ihnen gut.
>
> Jeannine

Ich konnte meine Ärzte tagelang nicht telefonisch erreichen, und Stacey erhielt von ihrer Ärztin binnen einer Stunde sogar eine persönliche E-Mail. Eine E-Mail? Von einem Arzt?

Meine Antwort lautete folgendermaßen:

> An Stacey (und Dr. Rahimian):
>
> Danke für die prompte Antwort.
>
> Es handelt sich um einen Knoten in der Brust, und er wird immer beschrieben mit »rechte Brust, zehn Uhr« – das ist ziemlich präzise. Wenn ich den Arm hebe, ist er am leichtesten zu ertasten, weil er sich im Bereich der Achselhöhle befindet. Man hat mir gesagt, es sei keine Zyste (das war nach dem Ultraschall).

Ich hätte gern eine Überweisung. Momentan ist die Biopsie am 16. Januar geplant. Danke,

Teresa

Die Antwort kam fünf Minuten später direkt von Dr. Rahimian, ein Geschenk des Himmels, das noch ein weiteres Geschenk beinhaltete:

Hi, Teresa,

ich würde Ihnen Dr. Amer Karam empfehlen. Er ist Gynäkologe am UCLA Medical Center und Spezialist für Brustbiopsien und Brustoperationen. Ich habe vollstes Vertrauen in seine chirurgischen Fähigkeiten und sein Urteil. Ich habe gerade in seiner Praxis angerufen, und der nächste freie Termin wäre der 8. Januar. Unter der Nummer 310-xxx-xxx können Sie einen Termin vereinbaren.

Lassen Sie mich wissen, wenn Sie Hilfe brauchen. Und sagen Sie Dr. Karam, dass ich Sie geschickt habe.

Jeannine

Ich rief sofort an und bekam am 8. Januar um vierzehn Uhr einen Termin. Zwei Tage später.

Als ich es Chris erzählte, war er erleichterter als ich.

»Ich bin wirklich froh, dass du das gemacht hast. Ich weiß, du liebst und unterstützt Riverside, aber offensichtlich haben sie diesmal nicht das, was du brauchst.«

»Vermutlich fiel es mir schwer, das zu glauben. Ich wollte es aber auch wohl nicht glauben.«

»Für Seamus' Behandlung musstest du auch nach außerhalb fahren. Weißt du noch, wie viel Zeit du damit verbracht hast, einen Termin für Seamus zu bekommen? Wie lange du herumtelefoniert und gebettelt hast?«

»Das habe ich ganz vergessen. Anscheinend bin ich aggressiver, wenn es um tierärztliche Versorgung geht.«

Chris zog mich an sich und umarmte mich. »Lass uns daran arbeiten, okay? Stell dir einfach vor, du tust es für Seamus.«

Am Abend vor meinem Termin bei Dr. Karam saßen Chris und ich im Bett und lasen. Na ja, er las. Ich starrte nur auf die Buchstaben in meinem Buch.

Obwohl es noch keine offizielle Diagnose gab, wusste ich, dass ich Krebs hatte. Und dieses Gefühl hatte sich mit jedem Arztbesuch nur noch verstärkt.

Chris sah zu mir herüber und legte sein Buch weg. »Bist du okay?«

»Ich versuche gerade, mich an den Gedanken zu gewöhnen, dass ich Krebs habe. Denn ich habe das Gefühl, dass es tatsächlich Krebs ist.«

Er legte seine Hand auf mein Bein. »Ja, irgendwie glaube ich das auch.«

»Wirklich? Du? Der ewige Optimist?«

»Ja. Ich gebe es nicht gern zu, aber seit du es gesagt hast … Es scheint so, als wüssten die Ärzte, dass es Krebs ist.«

Seamus schnarchte zwischen uns. Ich streichelte seinen Kopf, und er gähnte, streckte sich und rollte sich auf die Seite, damit ich ihm den Bauch kraulte.

»Wenigstens wissen wir, wie man mit Krebs umgeht, stimmt's?«, sagte Chris. »Und ich musste mitansehen, wie eine andere Frau dich begrapscht. Aber das war gar nicht mal so schlimm.«

Ich warf ihm ein Kissen an den Kopf. »Das war bestimmt total erotisch.«

»Eigentlich nicht. Es hat fast alle meine Fantasien, was Mädchen so miteinander treiben, zerstört. So hatte ich mir das nicht vorgestellt.«

»Dr. Tamil und ich bedauern das sehr.«

»Mach's besser.«

Ich rückte näher und schmiegte mich an Chris. Dabei quetschte ich Seamus zwischen uns ein, der kein Stückchen weichen wollte. Ich war erleichtert – gestärkt und erleichtert, weil ich es ausgesprochen hatte und weil Chris mir eine ehrliche Antwort gegeben hatte, ohne hohle Phrasen zu benutzen oder mir falsche Hoffnungen zu machen. Er hatte mich sogar zum Lachen gebracht. Vielleicht hätten wir mehr Angst gehabt, wäre da nicht ein vierzehn Kilo schwerer, braunäugiger Futterdieb und Krebsüberlebender gewesen, der sich im Bett zwischen uns kuschelte, als wir uns unterhielten. Er war der lebende Beweis dafür, dass Krebs nicht immer ein Todesurteil ist. Obwohl das Wort *Krebs* jetzt ausgesprochen worden war und bei uns im Bett saß, waren wir ganz ruhig.

»Am meisten mache ich mir Gedanken, wie ich das durchstehen soll«, sagte ich. »Egal, welche Behandlung ich über mich ergehen lassen muss, ich kann die Kanzlei nicht dichtmachen.«

»Wir werden sehen. Wir schaffen das.«

Mir gefiel, dass er »wir« sagte.

Seit Chris bei mir eingezogen war, war er nicht mehr so oft in Los Angeles gewesen, wie er gern gewollt hätte. Hundert Kilometer kommen einem viel länger vor, wenn sich am Ende der Reise keine Romanze anbahnt. Chris hatte ganz in der Nähe des UCLA Medical Center gewohnt, deshalb wollten wir uns nach meinem Termin bei Dr. Karam mit zwei seiner Freunde zum Abendessen treffen. Wenn man um vierzehn Uhr einen Termin hat, hat es keinen Sinn, gleich anschließend auf der Schnellstraße nach Hause zu fahren, denn der Verkehr in L.A. ist ein Problem für sich.

Das UCLA Medical Center befindet sich auf demselben Campus, auf dem Chris und ich uns vor Jahren im Schriftstellerklub kennengelernt hatten. Das Medical Center ist ein ausgedehnter, blendend weißer Gebäudekomplex, bestehend aus drei Hochhäusern, einem niedrigen Verwaltungsgebäude und einer Tiefgarage, in der man eine ganze Stadt unterbringen könnte. Deshalb beträgt die Parkgebühr wohl auch elf Dollar, selbst wenn man dort nur eine Stunde parkt.

»Kennst du noch etwas, das der Suche nach einer Behandlung für Seamus gleichkommt?«, fragte ich.

»Nach L.A. zu fahren?«, sagte Chris.

»Ja, aber auch das Gefühl ›Scheiße, das wird ein Vermögen kosten‹.« Ich deutete auf die Wagen, die auf den für Ärzte reservierten Plätzen parkten – Mercedes, Mercedes, BMW, Jaguar, Mercedes, BMW, Porsche.

»Wir sind hier im Westen von L.A. Solche Wagen sind hier obligatorisch. Und geleast.«

Im Tower 200 gingen wir einen lichtdurchfluteten Gang mit großen, fröhlichen Bildern an den Wänden entlang. Auf dem Schild neben Zimmer 240 stand »Gynäkologie und Geburtshilfe«, was mich für einen Moment stutzig machte, bis ich mich daran erinnerte, dass Dr. Karam zwei Spezialgebiete hatte.

Offenbar war auch Chris stutzig geworden. »Ich müsste lügen, wenn ich behaupten würde, dass mich dieses Schild nicht wahnsinnig macht«, meinte er.

»Echt? Mehr als Krebs?«

»Da ist was dran … glaube ich.«

Ich meldete mich an, und wir setzten uns. Mit uns warteten sieben Frauen und ein Mann. Ich fragte mich, ob all diese Leute Krebspatienten waren. Hatte jeder von ihnen eine traurige Geschichte, so wie damals die Hunde im Wartezimmer, die ich nicht ansehen konnte? Aber nein, das musste hier nicht unbedingt der Fall sein. Noch war ich keine Patientin mit einer diagnostizierten Krebserkrankung. Und ich vermutete, dass die lautstark jammernde junge Frau mit dem verlegenen Mann an ihrer Seite wahrscheinlich hier war, weil sie erneut schwanger war. Ich glaube nicht, dass Krebspatienten tatsächlich so stinksauer sind, wenn sie zwanzig Minuten warten müssen. Wir regen uns über wichtigere Dinge auf.

Kurz darauf wurde ich ins Behandlungszimmer gerufen. Chris kam mit.

»Du weißt ja, dass Dr. Karam ein Mann ist, oder? Das wird dir nicht so viel Spaß machen«, meinte ich.

»Diesmal bin ich aus anderen Gründen hier.«

Das Personal war freundlich und tüchtig, und im Nu hatte man mir den gewohnten Patientenkittel mit Ärmeln übergestreift. Dann ließ man Chris und mich allein, und wir warteten auf den Arzt. Ich hielt die Aufnahmen aus Riverside in der Hand und die verschiedenen Krankenakten vom Röntgenlabor, von der Chirurgin und von dem Radiologen. Wir mussten nicht lange warten.

Dr. Karam kam lächelnd und energiegeladen ins Zimmer gestürmt. Er war durchschnittlich groß, aber schmal, hatte wilde dunkle Locken und trug den erforderlichen weißen Laborkittel, eine schicke Brille und Clogs. Und er war jung. Sehr, sehr jung. Aber er strahlte Selbstvertrauen und Intelligenz aus. Ich mochte ihn sofort.

»Für eine Patientin sehen Sie zu gesund aus«, sagte er, während er meine Hand schüttelte.

Am liebsten hätte ich erwidert: »Für einen Arzt sehen Sie zu jung aus.« Ich war dreiundzwanzig gewesen, als ich mein Jurastudium abschloss, und ich hatte es gehasst, wenn die Leute zu mir sagten, ich sei zu jung für eine Anwältin.

»Das hoffe ich. Ich möchte eigentlich keine Patientin sein.«

»Stimmt. Niemand möchte das wirklich.« Er lächelte freundlich.

Ich stellte ihm Chris vor, und dann sprachen wir drei darüber, warum wir hier waren und wie schwierig es gewesen war, in unserer Heimatstadt einen Termin zu bekommen.

»Tut mir leid, dass Sie solche Schwierigkeiten hatten. Das ist eine lange Wartezeit, wenn man mit solchen Neuigkeiten konfrontiert wird«, sagte Dr. Karman. »Dann wollen wir mal sehen, was wir da haben.«

Ich reichte ihm meine Krankenakten und Aufnahmen, und er studierte sie eingehend. Schließlich schaute er auf und fragte: »Darf ich Sie untersuchen?« Eine nette Art zu sagen: »Zeig mir deine Brüste.«

Das war nunmehr die fünfte Untersuchung meiner rechten Brust in einem Monat (Chris' Untersuchung ausgenommen). Mittlerweile fand ich den Knoten in weniger als einer Sekunde, aber als Neuling musste man ein wenig suchen. Dr. Karam ertastete den Knoten dennoch sehr schnell und meinte nur: »Ich sehe schon.«

»Irgendwie hatte ich gehofft, Sie würden ihn nicht finden.«

»Sie können sich wieder anziehen. Ich bin gleich zurück, und dann reden wir.« Er verließ den Raum und nahm die Unterlagen mit.

Chris und ich sahen uns an. »Das ging aber schnell«, sagte er.

»Er kommt mir so jung vor«, meinte ich.

»Ja. Aber er scheint zu wissen, was er tut.«

Ich war froh, dass Chris ihn auch mochte. »Ich mag ihn. Woher kommt sein Akzent?« Ich war der festen Überzeugung, dass Chris nahezu jeden Akzent bestimmen (und anschließend nachahmen) konnte, weil es ihm normalerweise immer gelang.

»Nun, vom Namen her würde ich sagen, er stammt aus dem Nahen Osten, aber er hat auch einen westeuropäischen Akzent. Interessant.«

Nach ungefähr fünf Minuten kam Dr. Karam zurück und machte ein ernstes Gesicht. »Wenn Sie hier so lange warten könnten, würde ich gerne nach unten gehen und sehen, ob heute Nachmittag noch eine Biopsie gemacht werden kann.«

»Heute Nachmittag?«

»Ja. Ist das möglich?«

»Na ja, wenn wir schon mal hier sind. Danach kann ich doch nach Hause fahren und morgen wieder arbeiten, oder?«

»Ja, die meisten können das. Das dürfte kein Problem sein.«

»Das hört sich ernst an.« Natürlich wusste ich, dass es ernst war, aber dies waren die letzten Momente, um es zu verdrängen. Zu Hause im Bett zu sitzen, mit einem Beagle neben sich, und zu Chris zu sagen: »Es ist Krebs« war auf einmal etwas ganz anderes, als in einer Arztpraxis zu sitzen und darauf zu warten, dass er sagt: »Es ist Krebs.« Die Diagnose ist ernst zu nehmender, wenn die Person, die sie stellt, einen Laborkittel trägt und keinen Pyjama.

»Ich will Ihnen etwas zeigen«, sagte Dr. Karam.

Wir folgten ihm in einen anderen kleinen Raum, wo meine Aufnahmen an einer Leuchttafel befestigt waren – die Mammografie vom Juli, auf der nichts zu erkennen war, und daneben die Mammografie vom Dezember mit einem weißen Klumpen. Er deutete auf den Klumpen.

»Der hier macht uns Sorgen. Wie Sie sehen, war er vorher noch nicht da. Das gefällt uns nicht. Ich würde gerne gleich eine Biopsie machen lassen und wir können auch schon einen Termin für eine Kernspintomografie vereinbaren. Falls Sie die Kernspin nicht benötigen, können wir den Termin streichen, aber falls doch, kann es dann gleich losgehen.«

»Falls doch? Heißt das, falls ich Krebs habe?«

»Ja.«

»Und gehe ich recht in der Annahme, dass Sie der Meinung sind, es ist Krebs?«

Er neigte den Kopf nach rechts und sah mich an. Dann sagte er mit freundlicher Stimme: »Der Knoten watschelt wie eine Ente und schnattert wie eine Ente … Deshalb werden wir ihn ab sofort wie eine Ente behandeln.«

Damals war mir bei dem Gedanken, eine Ente in der Brust zu haben, nicht zum Lachen zumute. Erst später machte ich solche »Entenbrust«-Witze. »Ich bin für eine Biopsie«, erklärte ich.

Wir warteten in seinem Büro, während er nach unten ging, um die Biopsie in die Wege zu leiten, und Chris und ich überlegten, unsere Pläne fürs Abendessen zu ändern.

Kurz darauf kam Dr. Karam zurück; er wirkte deprimiert. »Tut mir leid, aber sie können es heute Nachmittag nicht mehr machen. Es ist schon zu spät. Deshalb habe ich die Biopsie für morgen früh um neun Uhr angesetzt. Ist das okay?«

Ich konnte mir nicht vorstellen, Nein zu sagen. »Ja, natürlich. Wir werden zwar schon gegen fünf Uhr losfahren müssen, um pünktlich hier zu sein, aber ich werde heute Nacht sowieso nicht schlafen können.«

Nachdem wir ein paar Minuten lang diskutiert hatten, beschlossen Chris und ich, uns trotzdem mit seinen Freunden zu treffen und gemeinsam mit ihnen zu Abend zu essen. Warum sollten wir nicht unter Leute gehen, solange wir es noch konnten? Und außerdem war da immer noch das Problem mit dem Verkehr.

Ein paar Stunden nachdem man mir gesagt hatte, dass der Knoten in meiner Brust watschle und schnattere wie eine Krebsente, lernte ich in einem italienischen Café in Brentwood zum ersten Mal Chris' Freundin Ashley, seine langjährige Freundin Emily und deren Date dieses Abends kennen, dem weder Chris noch ich jemals begegnet waren (und den wir auch nie wiedersehen würden). Ich überlegte kurz, ob ich wohl vor einer Biopsie Wein trinken durfte, und dann bestellte ich mir einfach einen.

Das Abendessen verlief erstaunlich normal. Man stellte sich vor und sprach darüber, wie man die Feiertage verbracht hatte, bis jemand fragte, was wir eigentlich in L.A. machten.

Ach, das. Okay.

Da alle Anfang dreißig waren, vermutete ich, dass sie keine Erfahrung mit Brustkrebs hatten. Als ich erklärte, wie wir den Nachmittag verbracht hatten, fühlte ich mich plötzlich wie eine Frau mittleren Alters.

»Oh, mein Gott! Und da sitzt du hier völlig gelassen mit uns beim Abendessen«, meinte Emily.

»Nun ja. Ihr wart eine nette Ablenkung, und das ist doch allemal besser, als auf der Autobahn im Stau zu stehen, oder? Tut mir leid wegen dieses Wermutstropfens. Ich bin mir sicher, so was wollt ihr gar nicht hören, und schon gar nicht von jemandem, der euch im Grunde fremd ist.«

»Meine Mum hatte Brustkrebs. Ich weiß alles darüber, ich habe sie immer zu ihren Arztterminen begleitet. Lass mich einfach wissen, wie ich dir helfen kann. Du kannst mich jederzeit anrufen«, sagte Ashley und war damit die Erste auf einer langen Liste von Leuten, die mir ihre Hilfe anboten.

»Oh, das tut mir leid. Wie geht es deiner Mum jetzt?«, erkundigte ich mich. Chris stieß mich unter dem Tisch mit dem Fuß an.

»Sie ist vor einem Jahr gestorben. Ich weiß, das willst du jetzt bestimmt nicht hören. Aber offenbar hast du den Knoten ja frühzeitig bemerkt. Du wirst sehen, alles wird gut. Sag mir Bescheid, wenn du irgendwelche Überweisungen brauchst. Meine Mum hatte ausgezeichnete Ärzte.«

Scheiße. Sie ist gestorben. An derselben Sache, die ich wahrscheinlich auch hatte. Ich bemühte mich um eine Antwort. Was soll man da sagen? Wie schafft man es, all das zu vergessen, wenn auch nur einen Abend lang? Ich kannte mich damit nicht aus. Ich musste noch so viel lernen.

»Tut mir leid, dass du solch einen schweren Verlust erlitten hast. Und danke für dein Hilfsangebot. Ich werde gerne darauf zurückkommen. Aber jetzt lasst uns einfach alles vergessen, was ich gesagt habe, und den Abend genießen, okay?«

Das Klirren der Weingläser war eine nette Überleitung und übertönte die Seufzer der Erleichterung.

Um elf waren wir zu Hause, und obwohl wir gleich zu Bett gingen, konnte ich nicht schlafen. Ich wälzte mich umher und überlegte, ob ich es meiner Familie sagen sollte, machte mir Gedanken über eine mögliche Chemotherapie, eine Brustamputation, Haarausfall, Übelkeit … eine Vielzahl von Möglichkeiten, eine schrecklicher als die andere. Ich versuchte mich auf die Biopsie zu konzentrieren – die Sache, die mir unmittelbar bevorstand. Es hörte sich alles gar nicht so schlimm an. Dr. Karam hatte mir den Ablauf genau erklärt. Ich müsste eine gute halbe Stunde still liegen, während sie mir eine Nadel in den Brusttumor einführten. Mit einem Instrument, das er als kleinen »Pac Man« bezeichnete, würden drei bis fünf Gewebeteilchen aus dem Tumor entnommen. Und wenn alles vorbei war, würde ich endlich ein paar Antworten bekommen. Ich holte tief Luft und schmiegte mich an Chris. Schließlich schlief ich doch noch ein paar Stunden, bis der Wecker klingelte.

An diesem Morgen war kein lustiger kleiner Beagle da, der mich anjaulte und nach unten in die Küche begleitete, damit ich ihm sein Frühstück machte. Seamus war im Ruff House, wo er wahrscheinlich noch eine weitere Nacht bleiben musste, es sei denn, wir waren bis um achtzehn Uhr wieder zu Hause, was hoffentlich der Fall war. Ich wusste, mir würde es gleich besser gehen, wenn Seamus bei uns war.

Obwohl wir das Haus um sechs verließen, blieben Chris und ich im morgendlichen Berufsverkehr stecken. Um Viertel nach neun waren wir endlich am Ziel, aber weil es eine gute Viertelstunde dauert, den Wagen abzustellen und zu dem Gebäude zu gelangen, kamen wir eine ganze halbe Stunde zu spät.

»Teresa Rhyne«, sagte ich, als ich das Anmeldeformular unterschrieb.

»Ihr Geburtsdatum?«

»17. Februar 1963.«

»Februar?«

»Ja.«

»Hier steht März.«

Ich wusste nicht recht, was ich tun sollte. Ich war natürlich nervös, aber trotzdem war ich mir ziemlich sicher, dass ich mein eigenes Geburtsdatum kannte. Immerhin hatte ich schon ein paar Geburtstage hinter mir.

»Okay, da stimmt was nicht.« Ich zeigte der Dame meinen Führerschein.

»Wir werden das korrigieren. Nehmen Sie bitte Platz.«

Als ich in das Behandlungszimmer gerufen wurde, musste ich alleine gehen. In dem OP-Raum waren keine Besucher erlaubt. Ich gab Chris einen Abschiedskuss und er drückte meine Hand. Wahrscheinlich sahen wir aus wie ein Paar auf einem Renaissancegemälde: Die beiden berühren sich beim Auseinandergehen noch mit den Fingerspitzen und schauen einander sehnsüchtig nach. Oder jedenfalls stellte ich es mir so vor. Bisher hatte ich mich darauf verlassen, dass Chris mir meinen Pessimismus ausredete und mich von der ernsten Prozedur, der ich mich gerade unterziehen musste, ablenkte. Ich wollte nicht allein sein, aber nun war ich allein.

Natürlich bekam ich wieder einen Krankenhauskittel, aber ich musste nur den Oberkörper freimachen. Das beruhigte mich ein wenig. Bei einem Patienten, der noch seine Jeans trägt, wird kein richtiger chirurgischer Eingriff vorgenommen.

Wieder las eine Frau im OP-Kittel mein Geburtsdatum falsch vom Computerbildschirm ab.

»Ich werde das gleich abändern lassen«, versprach sie.

Ich lächelte und stellte mir vor, wie ich immer wieder aufs Neue erklärte, dass mein Geburtsdatum der 17. Februar sei, obwohl der Computer meinte, es wäre der März. Außerdem fiel mir auf, dass das Computersystem des UCLA nicht annähernd so effektiv war wie die mit Filzstift eingetragene Korrektur »SCHÄI-MÄS« auf dessen Karteikarte. Ich stellte mir schon vor, dass ich nicht operiert werden durfte, weil auf meinem Führerschein nicht 17. März stand.

Als ich mich so von einem Ort zum nächsten bewegte – Umziehen, Gewichtskontrolle, Blutdruck- und Temperaturmessung, ein anderes Wartezimmer –, verstärkte sich das Gefühl, dass ich tatsächlich eine Krebspatientin war. Da war eine Frau, die mir bei jeder Prozedur immer einen Schritt voraus zu sein schien. Sie war sichtlich erschüttert, ja sogar regelrecht verstört. Ich fragte mich, ob sie ihre Diagnose bereits kannte, redete aber nicht mit ihr. »Nicht sprechen« war hier anscheinend ein ungeschriebenes Gesetz, das sogar vom medizinischen Personal befolgt wurde. Die einzigen Worte, die gesprochen wurden, waren Anweisungen, was man wann zu tun hatte. Kommen Sie hierher. Ziehen Sie das an. Warten Sie hier. Unterschreiben Sie das.

Schließlich war es Zeit für den Ultraschall und ich wurde in einen kleinen Raum mit vielen komplizierten, computergesteuerten Apparaten geführt. Die Radiologin war Assistenzärztin und stellte sich als Dr. Koo vor. Sie sah aus wie eine Fünfzehnjährige. Stellte das UCLA etwa nur junge Absolventen ein? Wurden hier speziell Wunderkinder angeworben? Ließ man sie nach zwei Jahren weiterziehen mit der Begründung, dass sie ihre jugendliche Erscheinung verloren hätten? Immerhin befanden wir uns hier im Westen von Los Angeles.

Während der Ultraschalluntersuchung meiner »rechten Brust auf zehn Uhr« streckte Dr. Karam den Kopf durch die Tür, um den Termin für die Kernspintomografie zu bestätigen. Er wies mich nochmals darauf hin, dass wir den Termin streichen könnten, falls sich herausstellte, dass es kein Krebs war.

»Anscheinend gehen Sie davon aus, dass es Krebs ist, deshalb werden wir den Termin für die Kernspin vermutlich nicht streichen. Ich nehme an, Sie wissen bereits, dass es Krebs ist.« Ich brauchte eine endgültige Antwort. Und hoffte vermutlich immer noch, dass die Ente in Wirklichkeit ein Huhn war oder eine Gans oder etwas anderes.

»Ich bin zu 95 Prozent davon überzeugt, dass es Krebs ist«, sagte Dr. Karam.

Dr. Koo atmete tief aus. Sie war zweifellos derselben Meinung, durfte aber nichts sagen. Als Dr. Karam gegangen war, laberte Dr. Koo etwas von einer »hohen Überlebensrate in einem so frühen Stadium«. Als ich das hörte, war ich beunruhigt. Überlebensrate? Was hatte das damit zu tun? Ich hatte doch nur diese kleine Krebsgeschwulst; wir würden uns darum kümmern, und fertig. Kein theatralisches Getue, bitte. Dr. Koo hatte ja keine Ahnung, dass Seamus mir bereits beigebracht hatte, was sie mir zu erklären versuchte. Sie hatte keine Ahnung, dass ich nicht an »Tod« dachte, wenn das Wort *Krebs* ausgesprochen wurde.

Und dann sagte Dr. Koo etwas noch Absurderes und lächelte dabei scheu. »Ihr Arzt scheint noch sehr jung zu sein.« Wenn ich daran denke, dass diese Worte ausgerechnet aus dem Mund der kleinen Dr. Cindy Koo kamen – die nicht älter als zweiundzwanzig aussah –, muss ich heute noch lachen.

Schließlich wurde es Zeit für die Biopsie.

Der OP-Raum, in dem die Biopsie stattfinden sollte, war groß und gut beleuchtet; es gab einen Untersuchungstisch, eine Ablage für die Instrumente und helle Deckenleuchten. Mehrere Frauen in weißen Labor- und OP-Kitteln waren anwesend, und ihre gute Laune und ihr zwangloses Benehmen beruhigten mich.

Ich musste mich auf die linke Seite legen, den Kopf halb nach rechts drehen und den Arm noch weiter nach hinten strecken. Diese Haltung ist der Position, die man bei bestimmten chiropraktischen Korrekturen einnimmt, bemerkenswert ähnlich … das habe ich von meinem Vater, dem Chiropraktiker, gelernt, seit ich fünf oder sechs Jahre alt war. Diese Position war kein Problem für mich. Aber auf die Nadel, mit der in die Brust gestochen wird, um sie für die Biopsie zu betäuben, ist man kaum vorbereitet. Es brannte. Dr. Overstreet hielt meine Hand und drückte sie, als mit der Nadel in die Haut gestochen wurde.

Die Betäubungsspritze wirkte zum Glück sehr schnell, und als das Pac-Man-Instrument eingeführt wurde, spürte ich nichts. Aber ich hörte es. Es hörte sich an wie das Knacken eines Tackers. Wenn sie die Brust betäuben, sollten sie dasselbe mit den Ohren machen.

Die Prozedur war kurz. Fünfmal tackern und es war vorbei. Ein Wattebausch wurde auf meine Brust gepresst und mit einem Klebeband fixiert. Dann half man mir langsam auf.

»Wie fühlen Sie sich?«, erkundigte sich die Ärztin.

»Gut, nehme ich an.«

»Schön. Mehr können wir im Moment auch nicht erwarten.«

»Dann hüpft also niemand beschwingt vom OP-Tisch?«

»Kaum«, erwiderte sie. »Sie können jetzt wieder mit Dr. Koo mitgehen. Sie wird eine Mammografie machen.«

»Eine Mammografie? Jetzt? Nach all dem hier?« Ich spürte, wie der Bluterguss in meiner Brust größer wurde. Und jetzt wollten sie dieselbe Brust zwischen zwei Glasplatten pressen?

»Betrachten Sie es einfach als Vorher-nachher-Bilder.«

Wer glaubt, eine normale Mammografie sei schmerzhaft, der sollte es mal ausprobieren, nachdem Pac Man seine Brust attackiert hat. Sagen wir mal, es hat geblutet.

Chris durfte wieder hereinkommen. Während Dr. Koo mir einen Verband anlegte, kam es zwischen Harvard (wo die Ärztin studiert hatte) und Princeton (wo Chris studiert hatte) zu einer Debatte um die Vormachtstellung. Die Universität von Santa Barbara (wo ich studiert hatte) gewann. Schließlich war ich diejenige mit einer 95-prozentigen Aussicht auf Krebs und einer blutenden Brust.

15 Die Diagnose

Es war nach Büroschluss und ich war allein in meiner Kanzlei, als Dr. Karam anrief.

»Leider muss ich Ihnen mitteilen, dass sich meine Vermutung bestätigt hat«, sagte er.

»Was ist es?«

»Es handelt sich um ein invasives duktales Karzinom.«

»Aha. Ein duk-tales Karzinom also.« Es hörte sich mit seinem Akzent etwas komisch an, aber ich konnte es nur so lange mit Humor nehmen, bis man mich mit dem Krebs allein ließ.

»Man kennt es auch unter der Bezeichnung dreifach negativer Brustkrebs. Leider ist es ein aggressiver Krebs, aber Sie haben großes Glück, weil er frühzeitig erkannt wurde.«

»Im Moment bin ich gar nicht froh darüber.«

»Das kann ich gut verstehen.«

»Dann muss ich also operiert werden. Werde ich eine Chemotherapie brauchen?«

»Ich denke, ja. Bei dieser Krebsart ist eine Chemotherapie die Regel. Nach der Kernspin morgen wissen wir mehr.«

Den Termin hatte ich bereits auf meinem Kalender vermerkt. Nach dem Gespräch mit Dr. Karam rief ich gleich Chris an.

»Ich denke, wir wussten, dass es so kommt«, meinte er.

»Ja. Trotzdem fühlt es sich ein wenig seltsam an, dass es jetzt feststeht – endlich zu wissen, dass ich Krebs habe. Dass, während ich hier sitze und mit dir spreche, der Krebs in meinem Körper herumgeistert.«

»Ja, seltsam. Bist du okay?«

»Ich glaube schon. Morgen müssen wir wieder ins UCLA. Und vermutlich sollte ich es jetzt mal langsam meiner Familie sagen.«

»Stimmt. Aber dafür ist noch Zeit. Kommst du heute Abend früher nach Hause?«

Ich warf einen Blick auf die Akten auf meinem Schreibtisch und die Papiere in meinem Posteingangsordner. »Wahrscheinlich kann ich mich sowieso nicht konzentrieren. Aber ich muss trotzdem noch ein paar Dinge erledigen. Wir sehen uns dann in ein paar Stunden.«

»Okay. Ich liebe dich. Sehr sogar.«

»Ich liebe dich auch. Gib dem Beagle einen Kuss von mir.«

Ich legte den Hörer auf die Gabel und starrte eine Weile auf die Wand vor mir, ehe ich mich wieder an die Arbeit machte. Aber schon nach kurzer Zeit schob ich die Papiere nur noch hin und her, ordnete sie neu und las immer wieder denselben Satz, ohne den Inhalt zu verstehen. Deshalb fuhr ich nach Hause.

Chris schenkte mir ein Glas Wein ein, und wir sprachen darüber, was ich meiner Familie sagen sollte. Wie sagt man, dass man »Krebs« hat? Das ist gar nicht so leicht, und da keiner darauf vorbereitet war, müsste ich bei jedem Anruf wieder von vorn anfangen. Vermutlich würden sie mich fragen, warum ich es nicht schon früher erwähnt hatte.

Als Erstes rief ich meinen Dad an, erreichte aber nur seine Mailbox.

Als Nächstes war mein Bruder an der Reihe, aber auch bei ihm war nur die Mailbox dran. Beide Male überlegte ich krampfhaft, was für eine Nachricht ich hinterlassen sollte. Ob ich wohl ganz normal klingen würde? Vielleicht sollte ich einfach auflegen.

Piep.

»Hi. Ähm, ich bin's. Ruf mich zurück.« Hoffentlich begriffen sie, dass ich damit noch »heute Abend« meinte.

Als ich die Nummer meiner Schwester wählte, rief mein Vater zurück.

Ich war froh, dass es mein Dad war. Das Kind in mir wollte es seinem Dad als Erstem erzählen. Ich wusste, dass er es ruhiger und gefasster aufnehmen würde als andere Familienmitglieder und wahrscheinlich auf konsequente Weise reagieren würde, was mir eindeutig lieber war. Vermutlich konnte er mir auch nützliche medizinische Ratschläge geben. Aber ich brauchte ihn auch, wie kleine Mädchen ihre Väter eben brauchen – um die bösen Dinge zu verscheuchen. Oder um sie wenigstens erträglicher zu machen.

Aber als Erwachsene war mir klar, dass es ihn, ungeachtet seiner Reaktion nach außen, wahrscheinlich am härtesten treffen würde. Ich war zwar nicht das, was man gemeinhin als »Daddys kleines Mädchen« bezeichnet, aber trotzdem standen wir uns schon immer sehr nahe. Außerdem hatte er schon viele Verluste erlitten. Seine Eltern kamen bei einem Autounfall ums Leben, als er gerade zwei Jahre alt war. Eine seiner Schwestern starb bereits im Kindesalter. Es war seine Frau, die am 23. Dezember starb. Ich sah, wie es ihm schier das Herz zerriss, als mein Bruder diesen Motorradunfall hatte, und ich wollte nicht die Ursache dafür sein, dass er denselben Schmerz noch einmal erlebte. Es ist bestimmt nicht einfach zu erfahren, dass dein Kind Krebs hat, selbst wenn dieses Kind schon fünfundvierzig ist. Ich befand mich in dieser nicht eben seltenen Lage, dass ich einen Vater haben wollte, der sich um mich kümmert, obwohl ich gleichzeitig das Gefühl hatte, mich um ihn kümmern zu müssen.

Als ich es ihm erzählte, meinte er, er wolle mich zu meinen Arztterminen begleiten. Ich saß bei mir zu Hause auf meinem Bett, noch immer in Kostüm und High Heels von der Arbeit, ein Glas Wein auf der einen und Seamus auf der anderen Seite, aber ich hätte ebenso gut wieder als Dreizehnjährige mit Jeans und Zahnspange auf meinem gelben Himmelbett sitzen können, mit einer Dose Limo in der Hand und Tippy neben mir, daheim in La Habra Heights – das letzte Haus, in dem meine Eltern vor ihrer Scheidung zusammengelebt hatten. Ich lächelte. Mir gefiel die Vorstellung, meinen Dad bei meinem Arzttermin an meiner Seite zu haben. Trotzdem versicherte ich ihm, dass Chris es im Moment ganz gut allein schaffte.

»Er begleitet dich?«

»Ja, natürlich. Er ist auch gestern mitgekommen.«

»Er ist ein guter Junge. Sag ihm, er soll auf dich aufpassen. Anweisung vom Onkel Doktor.« Er hielt eine Weile inne, und mir war klar, dass er, genau wie ich, seine ganze Kraft zusammennehmen musste. »Nein. Sag ihm, es sei die Anweisung von deinem Dad.« Und nach einem kurzen Moment fragte er mit leiserer Stimme: »Bist du dir sicher, dass er es schafft?«

»Ich bin mir sicher. Er macht seine Sache richtig gut, und das schon seit Wochen.«

»Ich kann nicht begreifen, warum du es uns nicht schon früher gesagt hast. Du hättest es uns sagen sollen.«

»Jay und die Kinder waren doch da. Es war Weihnachten, und ich wollte, dass alles okay ist, wenigstens für eine Weile. Außerdem hatte ich da noch keine Gewissheit. Du hättest dasselbe getan.«

Er musste nur einen kurzen Moment nachdenken. »Ja, du hast recht.«

Ich legte auf und fing sofort an zu überlegen. Vielleicht sollte mein Dad doch mitkommen. Vielleicht war das für Chris allein zu viel. War ich zu egoistisch? Chris, und nur Chris, bei mir zu haben hatte mir bisher Trost und Halt gegeben. Aber sollte ein Dreiunddreißigjähriger sich mit der Brustkrebserkrankung seiner Freundin befassen müssen? Seine Freunde waren alle verheiratet und hatten ein oder zwei Kinder. Sie führten ein ganz anderes Leben als er. Niemand könnte sich in ihn hineinversetzen.

Ich beschloss, mit ihm darüber zu sprechen. Später.

Es meiner Mom zu sagen war aus anderen Gründen schwierig. Ich neigte nicht dazu, etwas zu dramatisieren. Ganz im Gegensatz zu Mom. Erschwerend kam hinzu, dass sie und mein Stiefvater Ted nach ihrer Pensionierung nach Missouri gezogen waren, um in der Nähe meines Bruders und seiner Familie zu sein, und die Entfernung würde die Dramatik wahrscheinlich noch erhöhen. Zum Zeitpunkt meiner Diagnose befanden sie sich gerade auf einer Urlaubsfahrt in Richtung Westen. Als ich meinen Bruder anrief, erwähnte ich, dass ich es Mom persönlich sagen würde, wenn sie nach Kalifornien komme.

»Mom kommt nicht nach Kalifornien«, sagte Jay.

»Was? Ich dachte, sie würden hier haltmachen.«

»Ich habe gestern mit ihnen gesprochen. Sie wollen bis nach Arizona fahren. Kalifornien sei zu kompliziert.« Falls man mit der Stimme ein Wort in Anführungszeichen setzen konnte, dann hatte mein Bruder das gerade getan, als er »kompliziert« sagte.

»Was soll das heißen?«

»Keine Ahnung. Sie ist deine Mutter.«

»Wer fährt denn die ganze Strecke von Missouri nach Arizona und ist nicht mal imstande, nur ein paar hundert Kilometer weiterzufahren, um seine beiden Töchter zu besuchen?«

»Deine Mutter.« Ich sah ihn direkt vor mir, wie er grinste. So wie ein Elternteil bei einem unartigen Kind dieses oftmals ausschließlich als das Kind des anderen Elternteils bezeichnet, verhielt es sich bei meinem Bruder und mir in Bezug auf unsere Mutter. »Sie meinte, in Kalifornien gebe es zu viele Leute, die sie besuchen müsste, und dafür fehle ihr einfach die Zeit, also warum sich die Mühe machen. Aber du sollst sie anrufen. Offenbar will sie sich jetzt doch mal sehen lassen.«

Und genau das war der heikle Punkt. Wollte ich überhaupt, dass sie sich ausgerechnet jetzt sehen ließ? Chris wollte mit mir zur Kernspintomografie gehen, und mein Dad und ich hatten vereinbart, dass er Chris und mich zur OP-Besprechung mit Dr. Karam begleiten würde, sobald die Ergebnisse der Kernspin vorlägen. Das war genügend Unterstützung. Und selbst dreißig Jahre nach ihrer Scheidung war es immer noch keine angenehme Situation, wenn meine Eltern sich im selben Zimmer aufhielten. Ich verschob den Anruf bei ihr noch mal um einen Tag, damit sie ihren Urlaub noch einen Tag länger genießen konnte.

»Weißt du, was ich überlegt habe?«, sagte ich, als Chris und ich am nächsten Morgen zum UCLA fuhren. »Es wäre die größte Ironie meines Lebens, wenn Seamus überlebt hätte und ich nicht.«

Chris wusste besser als jeder andere, dass ich noch nie ein Buch lesen oder mir einen Film, einen Zeichentrickfilm oder einen Werbespot mit einem Hund anschauen konnte, wenn auch nur die geringste Möglichkeit bestand, dass der Hund leiden musste oder starb. Einmal musste er sogar bei dem Disneyfilm *Underdog – Unbesiegt weil er fliegt* den Fernseher ausschalten, weil in der Anfangsszene ein Beagle in einem Labor als Versuchstier dient. Dabei handelte es sich bei dem Beagle um Underdog persönlich, und da dies gleich zu Beginn des Films gezeigt wurde, war es ziemlich offensichtlich, dass der Hund überleben würde. Egal. Ich konnte es nicht mal ertragen, wenn das Leiden nur fingiert war. Chris machte mich darauf aufmerksam, dass dies ein Disneyfilm für Kinder sei und der Hund deshalb wahrscheinlich nicht leiden oder sterben müsse. Ich erinnerte ihn daran, was mit Bambis Mutter passiert war. Nicht, dass ich mir den Film angeschaut hätte, aber ich wusste es vom Hörensagen.

»Das ist nicht komisch«, meinte Chris.

»Nun, irgendwie schon. Und das wäre so typisch dafür, wie mein Leben verläuft.«

»Du wirst nicht sterben. Ich verbiete es dir. Der Hund hat es überlebt, und du wirst es auch überleben.«

»Wir können nur hoffen, dass ich genauso viel Glück habe wie Seamus.«

»Das wirst du.«

»Ich werde mein Bestes tun. Und wo wir gerade vom Sterben sprechen … ich werde jetzt meine Mom anrufen.«

Ich erreichte meine Mutter in ihrem Hotelzimmer in Scottsdale, Arizona, und bat sie, auf Lautsprecher zu stellen, damit mein Stiefvater mithören konnte. Er ist gelassener. Sehr viel gelassener. Ich dachte, er könnte helfen, die Nachricht erträglicher zu machen. Aber zu meinem Erstaunen blieb meine Mutter auch ganz ruhig.

»Ich weiß nicht, was ich sagen soll.«

»Ich weiß, Mom. Das geht allen so. Aber ich bin okay, und weil der Tumor frühzeitig entdeckt wurde, ist die Prognose gut.« Das kam mir schon wie eine vorgefertigte Antwort vor.

»Was können wir tun?«

»Im Moment nichts. Chris begleitet mich zu meinen Arztterminen, und Dad will bei unserem Gespräch mit dem Chirurgen dabei sein. Im Augenblick haben wir alles unter Kontrolle.«

»Das ist gut. Richte Chris meinen Dank aus. Er passt gut auf dich auf.«

»Ja, das tut er. Er passt sehr gut auf mich auf.«

»Und ich vermute, es ist gut, wenn dein Dad dich zu dem Termin beim Chirurgen begleitet. Das wird hilfreich sein. Aber ich möchte trotzdem mal vorbeischauen. Wir sind nur fünf Stunden entfernt.«

Der Anruf war viel unproblematischer als erwartet.

Im ersten Moment muss sie unter Schock gestanden haben, denn kurz darauf rief sie immer wieder an und bombardierte mich mit Fragen, Befürchtungen und Überlegungen, ob sie jetzt oder später nach Kalifornien kommen sollten. Dazwischen kamen Anrufe von meiner jüngeren Schwester und von ein paar Freunden, die Chris aufforderten, mir vorzuschlagen, einen Blog einzurichten.

»Einen Blog?« Bis zu diesem Zeitpunkt hatte ich nur einen Blog gelesen – den von dem Leiter des Schriftstellerworkshops, bei dem Chris und ich uns kennengelernt hatten. Aber das machte mich noch lange nicht zu einer Kandidatin für einen eigenen Blog.

»Denk darüber nach. Du schreibst doch sowieso. Anstatt Rundmails zu verschicken, könntest du einfach posten, was los ist, und wer will, kann sich anmelden. Du müsstest nicht so viel Zeit mit Telefonieren verbringen und nicht lange nachdenken, wer eine E-Mail bekommen soll.«

»Hmmm.« Ich hätte mir noch mehr Gedanken darüber gemacht, aber mein Handy klingelte wieder.

Wir trafen pünktlich in der Röntgenabteilung des UCLA Medical Center ein, und ich wiederholte meinen Standardspruch: »Teresa Rhyne, 17. Februar 1963, aber in Ihrem System ist als Geburtsdatum der 17. März gespeichert.« Die Mitarbeiterin versprach, das Geburtsdatum zu korrigieren. Dr. Karam bog um die Ecke, mit zerzausten Haaren, lächelnd und mit einem großen Starbucks-Becher in der Hand.

»*Hola,* T«, sagte er mit breitem Grinsen und voller Energie.

»Klar, Sie können sich freuen. Sie haben einen Becher Starbucks und müssen keine Kernspin über sich ergehen lassen.«

»Stimmt. Mögen Sie Starbucks?«

»Es ist eher eine Sucht.«

»Dann wird es Sie freuen zu hören, dass es auf dem Campus einen Starbucks gibt. Ich werde Ihnen später zeigen, wo.«

»Sie müssen ihn mir nicht zeigen. Bringen Sie mir einfach eine Tasse, wenn ich nach der OP aufwache. Ich habe Bedenken wegen der Vorschrift ›keine Flüssigkeit nach Mitternacht‹.«

»Das mach ich!« Er sagte das so überzeugend, dass ich ihm einfach glauben musste. Oder zumindest machte es mir Hoffnung, dass der Eingriff einfach vonstattengehen und er danach mit einer Tasse French Roast an meinem Bett stehen würde. Das war so beruhigend.

»Was machen Sie denn hier unten in der Röntgenabteilung?« Wir befanden uns zwei Stockwerke tiefer als seine Praxis, und ich hatte nicht erwartet, ihn hier zu treffen. Schließlich war er Chirurg.

»Ich habe beschlossen, dabei zu sein. Ich will sehen, was sie machen.«

Es kam mir gar nicht in den Sinn, mich zu fragen, warum er das tun wollte. Ich hielt ihn einfach für einen ungeheuer netten und engagierten Arzt – was er natürlich auch war.

Während Chris und Dr. Karam sich draußen unterhielten, arbeitete ich im Kernspintomografen einen Plan für meinen Blog aus. Die Sache machte Sinn. Mir war klar, wenn ich Freunde anrief, um ihnen zu sagen, was los war, würde es schwierig werden, weiter zu kommen als: »Hi, bestimmt wollt ihr bis ins Detail erfahren, was in meinem Leben so vor sich geht, also, bei mir wurde Brustkrebs diagnostiziert und dies ist offensichtlich ein Schrei nach Aufmerksamkeit.« Und wen sollte ich überhaupt anrufen? Leute, die ich schon seit vielen Jahren kannte? Seit ein paar Jahren? Monaten? Menschen, die ich liebte? Mochte? Tolerierte? Und wer besaß schon die Energie, so viele Anrufe zu tätigen? Eine Rundmail schien die logische Antwort zu sein. Aber wie sollte ich diejenigen auf dem Laufenden halten, die informiert werden wollten, ohne zu viele persönliche Informationen an Leute weiterzugeben, die das gar nicht interessierte?

Ein Blog machte Sinn.

Ich konnte den Blog einrichten und es allen in einer Rundmail mitteilen, und wer mehr Details wissen wollte, konnte, wann es ihm passte, im Blog nachsehen. Das erschien mir ausgesprochen vernünftig. Während ich mir das alles überlegte, bekam ich das laute Geräusch in der Röhre gar nicht mit.

Gerade als ich dachte, dass ich mich gerne an der Nase kratzen oder den Kopf zur Seite drehen würde, ertönte über die Sprechanlage die Stimme des Radiologen.

»Gut gemacht, Teresa. Sie waren ja richtig entspannt. Wir werden Sie jetzt herausholen.«

Sie holten mich aus der Röhre wie ein Blech mit Keksen, das gerade aus dem Ofen kommt (hoffen wir mal, dass ich nicht zu lange im Ofen war).

Dr. Karam musste gehen, bevor ich fertig war (was war los? Vielleicht eine OP?), aber Chris wartete weiter geduldig und tippte in sein iPhone.

»Also, du hast recht. Du musst mir diesen Blog einrichten«, sagte ich.

»Schon geschehen.«

»Was? Braucht er nicht einen Namen?« Mir war in der Röhre einer eingefallen.

»Du bist auf thedoglived.blogspot.com registriert.« Er zeigte mir das Display seines iPhones.

Ja. Das war der Name, den ich haben wollte. »Danke!«

»Kein Problem. Der vollständige Blogname lautet übrigens *The Dog Lived and So Will I.*«

»Also, keine Ironie?«

»Nein. Du stehst ausnahmsweise mal auf positives Denken.«

Ich lächelte. »Scheint der geeignete Zeitpunkt dafür zu sein.«

Als wir wieder zu Hause waren, postete ich meinen ersten Blogeintrag und verschickte eine Rundmail mit der Blogadresse. Schien ganz einfach zu sein.

Doch mit einer Rundmail klappt es nicht bei allen. Am Abend wollte Chris seine Eltern anrufen, um es ihnen zu sagen, aber stattdessen rief ihn seine Schwester an. Kati teilte ihm mit, dass seine Eltern gerade mit Chloe, dem Familienhund, beim Tierarzt seien – die Hündin, mit der Seamus an Heiligabend herumgetollt war und sich danebenbenommen hatte und die aussah wie meine Tippy. Chloe war schwer krank und musste eingeschläfert werden. Als Chris es mir sagte, weinte ich zum ersten Mal, seit ich meinen Knoten entdeckt hatte.

Aus Respekt vor Chloe und allem, was sie der Familie bedeutet hatte, wartete Chris ein paar Tage, ehe er seinen Eltern von meiner Diagnose erzählte.

Nachdem die Familie und enge Freunde Bescheid wussten, widmete ich mich wieder meiner Arbeit. Ich wartete immer noch auf das Ergebnis der Kernspintomografie, aber selbst im besten Fall würde die Krebsbehandlung vermutlich mehrere Monate dauern. Ich arbeitete bis spätabends, um voranzukommen und mich abzulenken. An einem dieser Abende rief Chris mich in der Kanzlei an.

»Ich möchte nicht, dass du allzu überrascht bist, deshalb will ich dich schon mal vorwarnen«, meinte er.

»Ich war in letzter Zeit häufig überrascht, also nett von dir, dass du mir Angst machst.«

»Tut mir leid. Aber vielleicht kriegst du tatsächlich einen Schrecken. Meine Mutter will dich nämlich anrufen.«

Einen Schrecken kriegen? In den vier Jahren, in denen Chris und ich jetzt zusammen waren, hatte ich nicht ein einziges Mal mit einem Mitglied seiner Familie telefoniert, und ich glaube, das waren allen recht so. Obwohl Chris sich mit seinen Eltern ausgesöhnt hatte, hatte ich das Gefühl, dass sich ihre Ablehnung mir gegenüber lediglich in Enttäuschung verwandelt hatte.

Ich konnte mich nicht mehr auf meine Arbeit konzentrieren, sondern saß einfach nur am Schreibtisch und ging im Geist mehrere Szenarien durch. Am wahrscheinlichsten war wohl, dass sie mich beschwören wollte, mit Chris Schluss zu machen. Warum sollte ein dreiunddreißigjähriger junger Mann mit seiner Freundin eine Krankheit wie Brustkrebs durchmachen? Das war ihm gegenüber nicht fair. Und weil mir selbst schon dieser Gedanke gekommen war, würde es mir schwerfallen, mich mit ihr darüber zu streiten. Das Beste, was mir einfiel, als ich so allein an meinem Schreibtisch saß und ängstlich auf den Anruf wartete, war: »Das hängt ganz von Chris ab.« Wie erbärmlich.

Das Telefon klingelte.

Ich ließ es ein zweites Mal klingeln und überlegte, gar nicht ranzugehen.

Dann entschied ich, mich wie eine Erwachsene zu benehmen. Verängstigt, verletzlich und defensiv … aber eben erwachsen.

Ich überlegte krampfhaft, wie ich mich melden sollte. Ein simples »Hallo«, wenn ich den Hörer in meiner Kanzlei abnahm, würde zu locker klingen und vielleicht darauf hindeuten, dass Chris mich vor ihrem bevorstehenden Anruf gewarnt hatte. »Anwaltskanzlei« klang zu förmlich. Nach dem vierten Klingeln meldete ich mich mit »Teresa Rhyne«, wobei mir einen Tick zu spät klar wurde, wie bescheuert sich das anhörte, vor allem weil ich es als Frage formulierte. Teresa Rhyne? Vielleicht? Tu mir nicht weh?

»Hallo, Teresa, hier ist Trudi.«

»Oh, ähm, hallo.« Ach ja, der gewohnt brillante Umgangston, wenn ich unter Druck stehe.

»Ich habe mit Chris gesprochen, und ich rufe an, um dich im Klub willkommen zu heißen.«

Mich willkommen zu heißen? Nun, vielleicht dachte sie, ich würde sterben, und damit wäre ihr Problem gelöst. »Ähm, danke.«

»Natürlich, ich weiß, niemand wünscht sich das. Aber es ist ein Klub, und man begreift es erst, wenn man es selbst durchmacht. Ich weiß nicht, ob Chris es dir erzählt hat, aber ich hatte selbst Brustkrebs. Das ist jetzt sechzehn Jahre her. Deshalb bin ich mir sicher, dass du es schaffst. Du bist stark; du wirst es durchstehen.«

Sie glaubt, ich sei stark? Und sie klang echt besorgt. Mitfühlend. Ich rechnete kurz nach. Wenn das sechzehn Jahre her war, dann war sie damals in meinem Alter, als sie die Diagnose bekam. Und sie hatte drei Kinder; das Jüngste musste damals acht Jahre alt gewesen sein.

»Danke. Ich denke, ich werde es schaffen. Mir bleibt eigentlich keine andere Wahl.« Hörte ich mich undankbar an? Unnahbar?

»Chris wird auch stark sein. Ich hab ihm gesagt, er müsse dich zu allen Terminen begleiten. Das hat sein Dad damals auch für mich getan, und das macht viel aus.«

»Chris hat sich bisher großartig verhalten, und ich bin sehr froh darüber. Er hat mich zu jedem Termin begleitet und mich immer wieder zum Lachen gebracht.«

»Jim war meistens der einzige Ehemann, der bei der Chemo dabei war. Viele Männer können damit nicht umgehen; es ist schockierend. Aber die Kern-Männer schaffen das. Ich habe Chris gesagt, er müsse seiner Mutter Rede und Antwort stehen, falls er dich nicht unterstützt.«

Wow. Hatten wir etwa größere Fortschritte gemacht, als ich es uns zugetraut hätte? Vielleicht hatte ich meine eigenen Ängste etwas zu sehr in den Vordergrund gestellt. »Er ist wirklich eine große Stütze. Er hat jetzt sogar einen Blog für mich eingerichtet, damit ich alle auf den neuesten Stand bringen kann, ohne mich ständig zu wiederholen.«

»Du musst mir unbedingt die Adresse geben. Ich will auch auf dem Laufenden bleiben. Und die Mädchen werden bestimmt auch wissen wollen, wie es weitergeht. Sie machen sich ebenfalls Sorgen um dich.«

Wir sprachen zwanzig Minuten miteinander, und mein Erstaunen und meine Skepsis verflogen, als ich endlich begriff, dass der Krebs uns die Basis dafür geliefert hatte, wie vernünftige Menschen miteinander zu sprechen und uns nicht gegenseitig Steine in den Weg zu legen. Sie erzählte mir von ihrer OP und der Chemotherapie und versäumte es auch nicht, mir zu erklären, wie viel besser die Behandlungsmethoden heutzutage seien. Sie sagte mir, wie wichtig es während der Behandlung für sie gewesen sei, dass ihre Krankheit die Kinder nicht belastete. Außerdem bot sie mir an, mich zur Chemotherapie zu begleiten. Aber ich versicherte ihr, dass Chris und, wenn nötig, auch mein Dad mitkommen würden.

Obwohl ich mir nicht so recht vorstellen konnte, dass sie und ich etwas so Persönliches – so Intimes – tun könnten, wie zusammen zu meiner Chemotherapie zu gehen, war ich dankbar für ihren Anruf.

In diesen wenigen Minuten hatte sich unsere Beziehung verändert. Nein, nicht verändert. Das stimmt nicht ganz. Davor hatten wir überhaupt keine Beziehung. Aber jetzt schon. Ich war nicht länger diejenige, die möglicherweise das Leben ihres Sohnes ruinierte, und sie war nicht länger diejenige, die möglicherweise versuchte, mein Leben zu ruinieren. Wir hatten zwei Dinge gemeinsam: Wir hatten beide Brustkrebs und wir beide liebten Chris. Das war eine solide Basis. Darauf konnte man aufbauen.

Chris war ebenso überrascht wie ich, und ich stellte mir vor, dass seine Eltern gleichfalls überrascht waren. Und erleichtert.

Ich begann, immer mehr Blogeinträge zu schreiben:

Brustkrebs-Lichtblick Nummer eins: Wer hätte gedacht, dass ich Freunde habe, die so optimistisch sind?! Tatsache ist, dass ich wohl noch nie so oft von so vielen Leuten die Worte »Ich liebe dich« gehört habe (von vernünftigen Leuten jedenfalls). Außerdem haben sich viele Freunde und Familienangehörige gemeldet, darunter einige, von denen ich schon lange nichts mehr gehört hatte. Weitere Lichtblicke: Manche haben angedeutet, dass die Chemo zu Gewichtsverlust führen könnte (ich versuche, nicht darüber nachzudenken, was sie von meinem gegenwärtigen Gewicht halten), und es gibt plötzlich einen neuen Schwerpunkt in meinem Leben (ich habe für zwei Dinge Zeit: arbeiten und mich »damit« befassen, und, hey, ich kann auch kein Geld mehr für etwas anderes ausgeben ... das vereinfacht die Sache sehr).

Und schließlich gibt es da noch den Lichtblick »DER KREBS GEWINNT«. Nein, wirklich, das ist ein Lichtblick. Im Grunde ist die Feststellung »Ich habe Krebs« auch eine fantastische Möglichkeit, alles hinter sich zu lassen!! Oh, und natürlich überall seinen Willen durchzusetzen! Wer kann schon Nein sagen, wenn er gefragt wird: »Ich habe Krebs, kannst du mir einen Gefallen tun?« Niemand!! (Okay, abgesehen von Seamus – ihn lässt das völlig kalt.) Ich werde versuchen, es damit nicht zu übertreiben. Ich bin mir ziemlich sicher, dass ich es mir aufsparen werde, bis ich wirklich Hilfe brauche. Außerdem würde Chris mich durchschauen.

Ich hatte volles Vertrauen zu Dr. Karam. Aber das heißt nicht, dass es vor der OP nicht auch Momente gab, in denen ich Panik hatte. Und jedes Mal, wenn ich in Panik geriet, reagierte er mit Humor und Gelassenheit und lieferte mir Informationen. Obwohl er mich bat, ihn bei seinem Vornamen, Amer, zu nennen, nannte ich ihn stattdessen Dr. Good Karma.

Als ich von einer ehemaligen Sekretärin aus meiner alten Kanzlei von einer schmerzhaften Injektion erfuhr, bei der ein blauer Farbstoff in die Brustwarze gespritzt wurde, um vor der Operation den Wächterlymphknoten zu finden, schrieb ich Dr. Karam sofort eine E-Mail. Ich war in der ganzen Zeit den Tränen noch nie so nah gewesen (außer bei dem Verlust von Chloe, dem Cockapoo). Der Schmerz bei der Injektion wurde auf einer Schmerzskala von eins bis zehn bei elf eingestuft, und ich brauchte Gewissheit (oder besser noch ein Dementi!) von Dr. Karam. Ich schickte ihm die Mail gegen neunzehn Uhr, kurz bevor ich meine Kanzlei verließ. Ich hätte einfach bleiben und auf seine Antwort warten sollen. Auf diese Weise hätte ich mir die Höllenqualen, die ich aufgrund meiner lebhaften Fantasie während meiner fünfzehnminütigen Heimfahrt durchmachte, erspart. Obwohl Dr. Karam fast umgehend antwortete, erhielt ich seine Mail erst, nachdem ich zu Hause war, Chris die ganze Story erzählt und den Schmerzlevel auf ungefähr 426 auf einer Skala von eins bis zehn angehoben hatte.

Die Antwort, die er mir per Smartphone sendete, lautete wie folgt:

> Blauer Farbstoff wird bei OP in Arm gespritzt, wenn Sie schlafen, damit Sie nichts spüren. Meine geschickten Hände werden jeden Schmerz fernhalten ;-). Verfärbung der Brust vorübergehend, Urin einen Tag blau und grün (meine Studenten sind immer hellauf begeistert). Spritze am Morgen enthält winzige Menge einer radioakt. Subst., die Wächterlymphknoten markiert. Tut nicht weh. Wende beide Methoden an, um WLK auch bestimmt zu finden.

Mich amüsierte die stichwortartige Sprache. Sie erinnerte mich an das, was meine Nichte auf Facebook postete oder in ihren seltenen Textmitteilungen an mich schrieb, es war nur etwas leichter zu entziffern. Ich wusste, was er damit sagen wollte: Die Narkose ist mein Freund. Wie Dr. Good Karma. Lebenslang.

Ich bekam auch andere, meist unerwünschte Ratschläge. Manchmal ignorierte ich sie einfach, und manchmal fragte ich Amer per E-Mail. Er antwortete immer schnell und ausführlich.

Während dieser Zeit war meine Assistentin Michelle mit ihrem ersten Kind schwanger. Wir verglichen von (hoffentlich) wohlmeinenden Leuten gegebene Kommentare zu unserem Zustand und fragten uns, warum alle der Meinung waren, dass ihre eigenen Schauergeschichten, sei es von der Geburt oder von der Chemo, hilfreich sein würden. Michelle ließ es mich auch wissen, wenn sich einer meiner Klienten am Telefon nach meinem Befinden erkundigte, weil sie eines Abends mitangehört hatte, wie sich zwei Männer in einem öffentlichen Lokal über meine Krebsdiagnose unterhalten hatten.

Obwohl ich einen öffentlichen Blog eingerichtet hatte, hatte ich mich noch nicht entschieden, wie ich im Hinblick auf meine Klienten mit meiner Diagnose und meiner Behandlung umgehen sollte. Da ich mich mit Nachlassplanung befasse, spreche ich mit meinen Klienten häufig über Krankheiten und Tod, aber es erschien mir nicht richtig, meine eigene Krankheit oder Sterblichkeit zur Sprache zu bringen. Da jedoch meine rechte Brust bereits Gesprächsthema bei zwanglosen Abendessen war, beschloss ich, ganz offen und unverblümt über meine Krebserkrankung und deren Behandlung zu sprechen – und zu betonen, dass ich meine Kanzlei in jedem Fall weiterführen würde. Ich wollte das sein, wogegen ich mich so lange gewehrt hatte – selbstbewusst und optimistisch. Na ja, vielleicht nur optimistisch.

Am Donnerstag war ich bei der Rede des Bürgermeisters zur Lage der Stadt, mein erster öffentlicher Auftritt nach der Diagnose. Aufgrund dieser kleinen, aber überaus wissenschaftlichen Studie kann ich sagen, dass es vier grundlegende Reaktionen gibt, wenn eine Person auf eine Frau trifft, bei der Brustkrebs diagnostiziert wurde:

1. Die Person macht ein ernstes, ja sogar gequältes Gesicht, ergreift die Hand der Krebskranken und sagt mit kaum hörbarer Stimme: »Ich habe von Ihrer Situation/Diagnose/Krankheit erfahren (keiner nimmt das Wort *Krebs* in den Mund). Es tut mir ja sooooooooooooooooo leid.« Dann neigt er oder sie den Kopf zur Seite und starrt die Krebskranke an, als ob sie auf der Stelle tot umfallen würde.
2. Die Person sagt mit stoischer Miene zu der Krebskranken: »Hi. Wie geht es Ihnen?« und blickt dabei verstohlen auf die von Krebs befallene Brust, unterlässt es aber, in irgendeiner Weise nach außen hin zuzugeben, davon »gehört« zu haben.
3. Die Person eilt auf die Krebskranke zu, umarmt sie, lächelt oder meint nur überschwänglich: »Oh, mein Gott, ich habe Ihren Blog gelesen. Es ist so toll, dass Sie Ihren Sinn für Humor nicht verloren haben.« Und häufig wird noch hinzugefügt: »Bitte sagen Sie mir, wenn ich irgendetwas für Sie tun kann.« ODER
4. Die Person stürzt sich auf die Krebskranke und bombardiert sie sogleich mit Dingen, die sie wissen muss, mit Namen von Personen, die sie kontaktieren soll, mit Informationen, die eingeholt werden müssen, mit Namen von Ärzten und anderen Krebskranken, mit denen sie sprechen soll, und mit anschaulichen Schilderungen von Dingen, die die Krebskranke vielleicht noch ertragen muss, aber über die sie im Moment nicht nachdenken will, weil sie dafür nicht in Stimmung ist.

Welche Reaktion ist mir wohl am liebsten? Es ist die Nummer 3. Ich glaube, wenn man jemanden kennt, bei dem Krebs diagnostiziert wurde, und insbesondere Brustkrebs, dann gibt es ein paar Dinge, die man beachten sollte. Zunächst einmal, der Person geht es gut. Physisch gesehen, könnte ich im Moment nicht behaupten, dass ich krank bin. Abgesehen von dem gelb-grünen Bluterguss von der Biopsie geht es mir gut, also warum sollte ich nicht auch weiterhin ein ganz normales Leben führen? Wenn man eine Krebskranke trifft und wenn man sie noch dazu kennt, sollte man sie ganz normal behandeln. Für diejenigen, die vielleicht in der Zukunft unter die Kategorien 1, 2 oder 4 fallen, noch ein paar Anmerkungen:

1. Diese Reaktion ist häufig bei Männern festzustellen. Ich verstehe das – Männer wollen immer alles regeln und Probleme lösen, aber in diesem Fall können das die meisten Männer nicht (aber Dr. Good Karma kann es!). Die Reaktion ist bestenfalls peinlich. Noch mal, mir geht es immer noch gut. Und ich habe das Gefühl, ich müsste EUCH trösten und EUCH versichern, dass alles gut wird. Aber, hey, es geht doch um MICH!!
2. Ihr macht doch Spaß, wenn ihr auf meine Brust starrt, oder? Ihr erwartet doch nicht im Ernst, dass etwas Alienähnliches aus meiner Brust hervorbricht? Mir wäre lieber, wenn ihr sagen würdet: »Ich habe gehört, dass du vor Kurzem eine schlechte Nachricht erhalten hast« oder etwas, das mir zumindest die Möglichkeit gibt, mit »Ja« zu antworten, das Thema zu wechseln oder etwas anderes zu tun, als zu denken: »Wow, diese Person ist jetzt wirklich unangenehm; ich frage mich, was ich getan habe?«
3. Ähm, wow. Ich kann mir das nicht alles merken. Und obwohl ich weiß, dass ihr es nur gut meint, bei jeder Frau ist die Situation anders, und ich bin echt empfindlich, deshalb müssen viele Details weggelassen werden. Ich werde mich erst damit befassen, wenn es unbedingt sein muss. Es ist besser, wenn ihr etwas aufschreibt oder einfach nur sagt: »Ich kenne einen guten Arzt/jemanden, der das kürzlich durchgemacht hat/eine tolle Website« etc. oder: »Soll ich dir die Information SCHICKEN?« Das ist viel, viel besser. Weil die Krebskranke (die sehr wenig Kontrolle über die Krankheit hat, gegen die sie seit Kurzem ankämpft) dann zumindest die Kontrolle über Informationen und Entscheidungen behalten kann. Und falls nötig, ist die Information verfügbar. Ich kann kaum die ganzen Arzttermine, Restriktionen, Instruktionen, Tests, Ergebnisse etc. der letzten Zeit im Auge behalten, geschweige denn Dinge, die mir vielleicht in ein paar Monaten bevorstehen.

Ich erhielt einen Anruf wegen meiner grandiosen Vorstellung bei der Kernspintomografie. Oder zumindest hielt ich es dafür. Vom UCLA Medical Center kam die Anfrage, ob ich bereit wäre, an einer wissenschaftlichen Studie teilzunehmen, die von einigen dieser genialen zwölfjährigen Wissenschaftler geleitet wurde, die sich anscheinend auf dem dortigen Campus versammeln. Das Ziel dieser wissenschaftlichen Untersuchung war, einen Weg zu finden, Brustkrebs mithilfe einer Magnetresonanzspektroskopie (MRS) anstatt mit der invasiveren Biopsie zu diagnostizieren. Man benötigte Freiwillige, bei denen Brustkrebs diagnostiziert wurde und die bereit waren, vor ihrer OP diese zusätzliche Prozedur über sich ergehen zu lassen. Es kostete viel Mühe, Freiwillige zu finden.

Die Zeit zwischen Diagnose und Operation ist sehr stressig, und ich verstehe, dass viele ruhiggestellt werden müssen, um still in der Kernspinröhre zu liegen. Deshalb war leicht vorherzusehen, warum es schwierig werden könnte, Freiwillige zu finden. Aber während andere sediert werden mussten, brauchte ich nur eine gute Idee – den Blog – und verbrachte die eine Stunde, die ich in der Röhre eingesperrt war, mit Nachdenken. Ich erklärte mich also zur Teilnahme an der Studie bereit. Chris und ich hatten bereits beschlossen, die Nacht vor meiner OP in einem Hotel in der Nähe des Medical Center zu verbringen, und die Wissenschaftler waren einverstanden, die MRS ebenfalls an diesem Abend vorzunehmen.

An einem kühlen, windigen Januartag fuhren wir nach Los Angeles, mit einem Koffer mit Wäsche für zwei Tage, einer Flasche Wein (für Dr. Karam) und einer Reservierung für das Angeleno-Hotel, einem kultigen runden Hochhaus mit Blick auf die Stadt und das Getty Center, etwa eine Meile vom UCLA Medical Center entfernt. Kurz nachdem wir eingecheckt und uns auf unser Zimmer begeben hatten, mailte mir Michelle ein Foto mit Blumen, die Klienten an die Kanzlei geschickt hatten. Später mailte sie mir noch ein Foto von sich und meinem Anwaltsgehilfen, auf dem sie aus Solidarität pinkfarbene Schleifen am Arm trugen und mir Glück wünschten. Chris und ich saßen für einen Moment auf dem Balkon und genossen die Aussicht, bevor es so windig wurde, dass wir wieder ins Zimmer gingen.

Die MRS war für zwanzig Uhr angesetzt. Das Gebäude, in das man uns geschickt hatte, war leer, als wir ankamen. Vorsichtig gingen wir durch die verlassenen Korridore, bis wir auf einen Arzt im weißen Laborkittel trafen, der sich als Scott vorstellte und mir immer wieder dafür dankte, dass ich mich zur Teilnahme an der Studie bereiterklärt hatte. Nachdem er uns die Studie nochmals erläutert und ich ein paar Formulare unterschrieben hatte, zog man mir wieder einen Krankenhauskittel über, und dann musste ich mich in einer Magnetresonanzröhre auf den Bauch legen. Das Gerät machte nicht so ein lautes Geräusch, und ich musste diesmal im Geist keinen Blog entwerfen, aber ansonsten verlief die Prozedur ähnlich ab wie die, der ich mich bereits unterzogen hatte.

Dr. Good Karma erschien sogar persönlich, um die Behandlung zu verfolgen und um, wie er sagte, zu sehen, was die Wissenschaftler untersuchten. Ich merkte das erst, als er über die Sprechanlage der Maschine mit mir sprach und mich aufweckte.

»Wie geht es Ihnen da drinnen?«, erkundigte er sich.

Obwohl ich gerade aus dem Schlaf gerissen worden war und nur eine Stimme hörte, erkannte ich ihn an seinem ausgeprägten Akzent und dem heiteren Tonfall.

»So weit ganz gut. Danke.«

»Wir unterhalten uns gerade über Wein und Frankreich.«

Ich wusste, dass dies zwei von seinen und Chris' Lieblingsthemen waren. »Dann vergesst mich nur nicht hier drinnen. Und apropos Wein, darf ich heute Abend welchen trinken? Solange es vor Mitternacht ist?«

»Ein Glas. Aber von einem guten.«

Er war gegangen, bevor ich aus der Röhre kam, aber es war schön zu wissen, dass er vorbeigekommen war, um diese wichtige medizinische Frage zu beantworten.

Auf Anweisung des Arztes bestellten Chris und ich im West, dem Restaurant im obersten Stockwerk des Hotels, ein köstliches Menü aus pochierten Eiern auf Frissée-Salat mit Speckstreifen und Croûtons, Steak mit Gorgonzolabutter und gebratenen Trüffeln. Ich genoss ein Glas Châteauneuf-du-Pape. Kalorien, die am Abend vor einer Krebsoperation konsumiert wurden, zählten vielleicht nicht mit.

Um fünf Uhr früh war ich hellwach, aber nicht wegen des Essens.

16 Nuklearmedizin

Um sieben Uhr morgens meldeten wir uns brav in der Chirurgie, so wie ungefähr 163 andere Leute auch. Anscheinend wurden an diesem Tag Kinder zum halben Preis operiert, weil sie vor der Tür Schlange standen. Und weinten. Kinder weinen immer, wenn sie was von Operation hören. Ich muss weinen, wenn ich morgens um sieben keinen Kaffee/Cappuccino bekomme. Es war nicht gerade eine beschauliche Szene. Wieder mal war ich der Meinung, dass man hier in der Chirurgie etwas von der Veterinärmedizin lernen könnte. Da Seamus jedes Mal, wenn wir in die Veterinäre Krebsklinik kamen, eine Handvoll Hundeknochen bekam, brachte er die Fahrt dorthin und das Gebäude immer mit bewundernden Fans und einer fast unbegrenzten Menge an Keksen in Verbindung. Und so stürmte er schwanzwedelnd in das Gebäude. Vielleicht sollte in den OP-Zentren für Menschen auch etwas verteilt werden, das einen ablenkt. Seamus hatte seine Hundeknochen; mir hätte schon ein Becher Starbucks genügt.

Nachdem sie einen nach dem anderen aufgerufen und die Familienmitglieder sich zerstreut hatten, kauerten Chris und ich immer noch in der Ecke. Es war schon halb acht vorbei, und um zwanzig vor acht ging ich schließlich zu der Frau an der Aufnahme.

»Hi. Ich sollte um halb acht in der Nuklearmedizin sein.«

»Da sind Sie hier falsch.«

»Okay, aber ich sollte mich hier melden.«

»Wozu?«

Wow. Okay. »Vielleicht kann mich ja jemand in die Abteilung für Nuklearmedizin bringen. Ich bin mir nicht ganz sicher.«

»Ich mir auch nicht. Ich bin neu hier.« Sie stützte sich mit den Handflächen auf dem Tresen ab und erhob sich. »Warten Sie. Ich werde jemanden suchen, der sich auskennt.«

Das war eine gute Idee.

Hätte ich allerdings gewusst, was auf mich zukommt, wäre ich ihr für jede Verzögerung dankbar gewesen. Ein paar Minuten später kam sie mit einer Krankenschwester zurück, die sich hastig entschuldigte und darauf bestand, dass ich mich in einen Rollstuhl setzte, während sie mich durch eine Reihe langer Korridore schob und schließlich mit dem Aufzug nach unten in die Nuklearmedizin brachte, wobei Chris immer hinter uns herlief.

Die Abteilung für Nuklearmedizin befand sich im Untergeschoss. Es ist ein unheimlicher, kalter Ort, sowohl was die Temperatur als auch die Atmosphäre betrifft. Im Wartezimmer werden Wolldecken ausgegeben, aber das wussten wir anfangs nicht. Die Schwester meldete mich bei der Aufnahme an, sagte, ich solle mich hinsetzen (sie brauchte den Rollstuhl wieder), und verschwand.

Mit uns im Wartezimmer saß ein dunkelhäutiger Mann von Anfang vierzig, unrasiert, mit Lederjacke und Stiefeln, und neben ihm eine Frau, die aussah wie eine »Mama« – nur nicht wie seine Mama. Eine Mama wie Mrs Cunningham oder June Cleaver oder wie eine von diesen Müttern, die keine dunkelhäutigen Söhne haben. Der Mann wurde in den Behandlungsraum geführt, und nach fünf Minuten kam eine Arzthelferin heraus und sagte zu Mama: »Mrs Jones? Ihr Schwiegersohn möchte, dass Sie bei dem Eingriff dabei sind.« Die Frau lächelte freundlich (und vielsagend) und folgte der Arzthelferin.

Die Tatsache, dass der Mann in der arktischen nuklearen Zone Beistand benötigte, machte mir noch mehr Angst. Außerdem hoffte ich, dass der Eingriff nichts mit seiner Prostata zu tun hatte.

Nach kurzer Zeit betrat ein großer, kräftiger Mann in einem offiziell aussehenden Laborkittel das Wartezimmer. Ich verstand seinen Namen nicht, oder wenn doch, dann verdrängte ich ihn. Wir werden ihn den »Riesen« nennen.

Die Frau an der Aufnahme sagte zu dem Riesen so etwas wie: »Heute steht eine größere Gehirn-OP auf dem Plan.«

»Tatsächlich?«, erwiderte der Riese. »So was hatte ich ja in zwanzig Jahren nicht.«

Solche Worte in einem medizinischen Zentrum zu hören war nicht gerade tröstlich. Bitte, lass mich nicht herausfinden, dass sich mein Gehirn in meiner rechten Brust befindet.

Der Riese begab sich in den Behandlungsbereich, kam aber nach ein paar Minuten schon wieder zurück.

»Mrs Rhyne?«

Ich stand auf. »Ja?«

»Kommen Sie mit.« Der Riese drehte sich um und ging in die Richtung, aus der er gekommen war, ohne sich die Mühe zu machen, auf mich zu warten.

Ich wandte mich an Chris. »Und du kommst auch mit.« Wenn er nicht da gewesen wäre, hätte ich die Schwiegermutter des dunkelhäutigen Typen gebeten, mich zu begleiten. Der Riese war kein Mann, dem man gerne in die Tiefen der Nuklearmedizin folgte.

Auf dem Flur holte ich den Riesen ein, und er fragte, ohne stehen zu bleiben: »Wissen Sie, warum Sie hier sind und was wir vorhaben?«

Ich wusste, dass mir in der Nuklearmedizin, wie Dr. Good Karma es beschrieben hatte, »eine winzige Menge einer radioaktiven Substanz« injiziert werden sollte, die ihm später helfen würde, den Wächterlymphknoten zu finden, wenn er in meiner Achselhöhle herumwühlte. Was diesen Eingriff betraf, vertraute ich ihm blind. In dieser Hinsicht unterschied ich mich nicht wesentlich von Seamus, der naiv einem Keks bis in den OP hinterherlief. »Ähm, ja, irgendwie schon«, murmelte ich. »Ich weiß, dass es nicht wehtut.«

Der Riese lachte mich aus.

Er stieß ein lautes »Ha!« aus, das auf dem Flur widerhallte.

Ich folgte ihm nicht weiter, sondern blieb einfach stehen und starrte ihm regungslos und mit offenem Mund hinterher.

Er drehte sich um und sah mich an. »Ach, kommen Sie schon. Sie bekommen vier Injektionen in die Brust und das wird natürlich wehtun.«

Ich habe keine Ahnung, wie ich es noch bis zum Behandlungszimmer schaffte. Dr. Karam hatte mir doch versichert, dass die ganze Prozedur nicht schmerzhaft sein würde. Hätte ich mein Handy dabeigehabt, ich hätte ihm sofort eine SMS geschrieben: »Sie sagten, keine Schmerzen. Der Riese behauptet, doch Schmerzen. Kommen Sie schnell.«

Im Behandlungszimmer war ich erleichtert, als ich feststellte, dass der Riese, dieses Arschloch, nicht der behandelnde Arzt war. Der Riese war gar kein Arzt. Der Arzt war eine junge Frau (natürlich war sie jung) und viel, viel netter. Der Riese war nur irgendein Masochist, der zu viel Zeit in der nuklearen Zone verbracht hatte, sodass sein Mitgefühl eingefroren war.

Nach Dr. Karams kurzer Schilderung der Prozedur informierte ich mich noch zusätzlich. Ich verstand in groben Zügen, was mit mir passieren würde, und ein Teil von mir (der Teil, der im Hotel Angeleno geblieben war, Kaffee trank und es sich bequem machte) fand das alles ziemlich faszinierend. Dr. Karam hatte mir ein Buch gegeben, das sein Kollege Dr. Chang geschrieben hatte. Darin konnte ich jeden Schritt der Behandlung nachlesen.

»Ärzte verwenden den radioaktiven Tracer oder Markierstoff folgendermaßen: Sie injizieren ihn vor der Krebsoperation in den Tumor und in das Gewebe in der Nähe des Tumors (oder unterhalb der Brustwarze). ... Mithilfe eines tragbaren Geigerzählers, der sogenannten Gammasonde, identifiziert das Chirurgenteam im OP den ersten drainierenden Lymphknoten (erster Lymphknoten im Lymphabfluss) und entfernt ihn nach der Entfernung des Primärtumors. Anschließend analysiert der Pathologe den Knoten mithilfe des sogenannten Gefrierschnitts. Dabei wird der Knoten unter dem Einsatz von Flüssigstickstoff eingefroren und danach in hauchdünne Scheiben geschnitten und unter dem Mikroskop betrachtet. Wird kein Krebs festgestellt, ist kein weiterer Eingriff erforderlich.«

Ich bekam vier Injektionen in das umliegende Gewebe des Tumors. Im Gegensatz zu Seamus und seinem empfindlichen Hinterteil befand sich mein Tumor, wenn es denn schon Krebs sein musste, vielleicht an einer günstigeren Stelle. Drei der vier Injektionen waren eigentlich gar nicht so schlimm. Aber die ganz dicht an der Brustwarze ... ähm ... au. Es war zwar nicht ganz so schmerzhaft, wie der Riese offenbar erwartet hatte, und einigermaßen erträglich, aber ... nun ja, der Schmerz reichte aus, dass ich mir auf die Lippe biss, aber dabei keine blutende Wunde hinterließ.

Habe ich schon erwähnt, dass dieser Riese ein Arschloch ist?

Chris und ich mussten zwei Stunden totschlagen, während die radioaktive Substanz durch meine Brust wanderte, bevor in der Nuklearmedizin »Aufnahmen« gemacht werden konnten. Wir beschlossen, nicht frierend in der Nuklearmedizin herumzuhängen, und suchten uns stattdessen einen sonnigen Fensterplatz zum Lesen. Wir mussten lachen, als wir feststellten, welche Lektüre wir uns ausgesucht hatten, nämlich ich: *Schöner wird's nicht* von David Sedaris und Chris: *Wir waren unsterblich* von Joshua Ferris. Vielleicht hätten wir vorher über die Auswahl unserer Lektüre nachdenken sollen.

Das Hotel, das Essen am Abend zuvor und die kleine sonnige Leseecke, wo wir uns über unsere jeweilige Lektüre amüsierten – das war fast so wie ein kleiner Urlaub. Wir mussten nur den Abstecher in die Nuklearmedizin und den Teil ignorieren, wo Dr. Karam mir ein kleines Stück aus meiner Brust entfernen wollte. Und wenn der Urlaub wirklich erholsam sein sollte, dann müssten wir vermutlich auch den Krebs ignorieren.

Bei unserer Rückkehr in die Nuklearmedizin war der Ort nicht weniger Furcht einflößend. Auf einer Trage auf dem Flur lag ein alter Mann und schlief (bildete ich mir jedenfalls ein). Die dünne Haut, die seine deformierten Knochen überzog, war runzlig und trocken, und sein Mund stand offen. Das Positive daran war, dass dieser Anblick jedes Gefühl von Selbstmitleid in mir verdrängte.

Die »Aufnahmen« gestalteten sich nicht so einfach, wie ich dachte, wenn man bedenkt, mit welcher Ehrfurcht alle von diesen »Aufnahmen« sprachen. Ich stellte mir vor, dass ich nur schnell geröntgt würde und dann gleich wieder draußen wäre. Aber so schnell ging es nicht. Ich musste mich auf einen ziemlich normal aussehenden Behandlungstisch legen, und dann wurde über mir ein Flachbilddetektor herabgelassen (wieder wurde ich gefragt: »Bekommen Sie Platzangst?«). Zwei »Aufnahmen«, die jeweils fünf Minuten dauerten, waren notwendig. Der Röntgenassistent erläuterte anhand des Monitors, was er machte. Ich drehte meinen Kopf zum Bildschirm und tat so, als wüsste ich, was ich da sah.

Während die Aufnahmen gemacht wurden, verließen natürlich alle den Raum, schließlich befanden wir uns in der Nuklearmedizin. Ich harrte die fünf Minuten aus und stellte dabei fest, dass es eigentlich drei Monitore waren. Der, auf den der Assistent gezeigt hatte, ein viel größerer in der Mitte und dann noch einer am äußersten Rand meines Gesichtsfelds, den ich kaum sehen konnte. Aber der große in der Mitte war schrecklich, obwohl ich Mühe hatte daraufzuschauen. Da war viel Rot, etwas Gelb, ein wenig Rosa und mittendrin ein großer unheimlich aussehender schwarzer Punkt mit gezacktem Rand.

Wow.

Ich hatte schon viele erschreckende Bilder von meinem Krebs gesehen, aber dieser Anblick war der schlimmste. Wahrscheinlich lag es an dem vielen Rot überall, und offenbar war es extrem vergrößert, da sie ja nach einem winzig kleinen Lymphknoten suchten. Trotzdem flippte ich bei dem Anblick fast aus. Ich versuchte herauszufinden, wo auf dem Monitor sich dieser berühmte Lymphknoten inmitten all dieses pulsierenden Blutes versteckte. Ich fragte mich auch, ob Krebs tatsächlich schwarz war oder ob er auf dem Schirm nur so dargestellt wurde. Schließlich ertrug ich den Anblick dieses Bildes nicht mehr und wandte mich wieder dem völlig harmlos aussehenden Schwarzweiß-Monitor zu, auf den ich ja eigentlich schauen sollte. Er verfügte über eine Zeitkontrolluhr, und die half, mich zu beruhigen. Es würde nicht mehr allzu lange dauern, bis Dr. Karam diese schreckliche, pulsierende, gezackte schwarze Masse aus meinem Körper entfernte.

Der Röntgenassistent kam zurück. »Gut gemacht. Wir haben den Knoten gefunden. Ich werde ihn jetzt markieren.« Mit einem Edding markierte er für den Chirurgen den Knoten in meiner Achselhöhle. Das erschien mir recht simpel, denn immerhin hatte die ganze Prozedur mit der Injektion einer radioaktiven Substanz begonnen.

»Sie sind jetzt fertig und können sich aufrichten.«

Ich setzte mich auf und starrte wieder auf den großen, furchtbaren Monitor, bereit zu erfahren, wie schlimm es eigentlich war. Und dann waren auf einmal auf diesem furchtbaren Monitor ein herrlich roter, gelber und rosafarbener Sonnenuntergang und die schwarze Silhouette einer Palme zu sehen, die in der Mitte des Bildes emporragte. Darüber stand: »Polynesische Entspannungsmusik«.

Als sie darauf bestanden, mich im Rollstuhl zurück in die Chirurgie zu bringen, hatte ich nichts dagegen. Schließlich hatte ich den Krebs im Sonnenuntergang gesehen.

Von der OP weiß ich nur noch so viel: Die eine Narkoseschwester war ein Mann, hieß Steve, war sehr nett und verstand ihr Geschäft. Die andere (die offenbar Steve auf die Finger schauen sollte) war eine attraktive Frau mit einer wirklich hübschen, bunten OP-Haube – aber nur so lange, bis ich feststellte, dass auf der Haube Kaffee abgebildet und Worte wie *latte* und *cappuccino* aufgedruckt waren. In meinem damaligen Zustand empfand ich das als seelische Grausamkeit. Sie hatte zu Recht Angst, ich könnte ihr die Haube vom Kopf reißen, wenn die Narkose anfing zu wirken und ich auch noch die letzten Hemmungen verlor.

Als der Anästhesist die Spritze setzte, hielt Chris meine Hand, und ich zählte rückwärts, »zehn, neun, acht …« Das war alles.

Und was war mit der Spritze mit dem blauen Farbstoff, der direkt in die Brustwarze injiziert wurde? Wie versprochen, hielt Dr. Good Karma mit seinen geschickten Händen den Schmerz von mir fern. Obwohl er mir versicherte, dass ich etwas spürte, weil ich versuchte zu »helfen« – das heißt, ich versuchte, sie wegzustoßen. Und wie Dr. Karam vorausgesagt hatte, war mein Urin mehrere Tage lang türkisblau.

Ein Versprechen hielt Dr. Karma allerdings nicht. Als ich aus der Narkose erwachte, stand er nicht mit einem Becher Milchkaffee von Starbucks an meinem Bett. Schließlich hatte er noch andere Patienten. (So eine Frechheit!)

Als Chris und ich am selben Abend ins Hotel zurückkehrten, ging es mir eigentlich recht gut, aber ich war ziemlich müde. Ich musste mich hinlegen. Ich zog meine leichte pinkfarbene Kapuzenjacke aus und wollte ins Bett. Chris stockte der Atem.

»Baby, leg dich noch nicht hin.«

»Warum? Ich muss schlafen«, sagte ich und beugte mich sehnsüchtig über die Matratze.

»Du blutest. Ziemlich stark sogar.«

Ich blickte hinunter auf meine Brust und erwartete, dass jeden Moment Blut aus meiner Brustwarze spritzte. Umso erleichterter war ich, dass es sich nur um einen dreizehn Zentimeter großen kreisrunden Fleck aus dunkelrotem Blut handelte, das durch den Gazeverband, die Bandage, meine Bluse und die ehemals schöne Kapuzenjacke auf der rechten Brust bei zehn Uhr bis zur Achselhöhle durchgesickert war.

Chris erreichte Dr. Karam auf dessen Handy, während ich mir ein Handtuch schnappte und mich aufs Bett legte, um zu schlafen. Entweder das, oder ich wurde ohnmächtig. Ich kann nun mal den Anblick von Blut nicht ertragen.

Als ich wieder aufwachte, war es schon nach acht und Dr. Karam stand an meinem Bett.

Ich sah mich im Zimmer um. Die lavendelfarbenen und grauen Möbel aus der Mitte des Jahrhunderts verrieten mir, dass ich mich noch im Hotelzimmer befand. »Damit bekommen Hausbesuche eine ganz neue Bedeutung, Doktor.«

»Stimmt! Ein hübsches Haus haben Sie da.« Er kniete sich neben das Bett. »Ich wollte nicht, dass Chris sie aufweckt, und ich war sowieso gerade mit der Visite fertig. Tut mir leid, dass ich nach dem Eingriff nicht nach Ihnen geschaut habe. Ich hatte noch eine kompliziertere OP. Aber bei Ihnen ist alles gut verlaufen, und darüber bin ich sehr froh.«

Während er meinen Verband wechselte, sagte er mir, dass nach dem vorläufigen Bericht kein Lymphknoten befallen sei und dass er glaube, den Tumor vollständig erwischt zu haben. Er war zuversichtlich, dass sie, wie bei Seamus, im Gesunden exzidiert hatten. Dr. Karam gab Chris eine Tüte mit Verbandmaterial für künftige Verbandwechsel und erklärte mir, dass es im Laufe der Behandlung immer wieder zu starken Blutungen kommen könne. Aber in diesem Moment, eingekuschelt im warmen Bett, mit frisch gewechseltem Verband, der Gewissheit, dass die OP gut verlaufen war, und mit dem großartigsten Freund der Welt sowie Dr. Good Karma an meiner Seite, die sich mal wieder über Wein unterhielten (jetzt hatten wir Gelegenheit, Dr. Karam als kleines Dankeschön die Flasche Pinot Noir zu überreichen), rückte die weitere Behandlung in weite Ferne.

17 Der Spieler

Ich würde gerne behaupten, dass Seamus ein Hund ist, der spürt, wenn sein Frauchen krank oder erschöpft ist oder einfach einen schlechten Tag hat, und der dann mit mir kuschelt, an meiner Seite bleibt, mir die Hausschuhe bringt und mir die Tränen (falls es welche gibt) ableckt. Aber wer bis hierher gelesen hat, der weiß es besser. Er ist nicht so ein Hund.

Er ist Seamus. Er ist der Herr.

Während ich mich von der OP erholte, lag er zwar bei mir auf dem Sofa, aber in der Regel klaute er die Kaschmirdecke und ließ mir die aus Baumwolle. Er bestimmte, wann gekuschelt wurde, ganz gleich, ob ich es wollte oder nicht oder ob ich wach war oder nicht. Er forderte auch weiterhin sein Frühstück ein, indem er morgens um sieben in unser Bett hüpfte und sich zwischen Chris und mich drängte. Zum Glück war ich auf der rechten Seite operiert worden und schlafe auf der rechten Seite des Bettes, deshalb bekam meine linke Seite im Allgemeinen die volle Wucht von Seamus' morgendlichen Forderungen ab. Trotzdem hielt er mich bei guter Laune und brachte mich zum Lachen, und er lenkte mich ab. Mir gefiel es, einfach mit Chris und Seamus zu Hause zu sein und gelegentlich Besuch zu bekommen. Ich liebte die Ruhe und den Frieden, und Chris kümmerte sich rührend um mich. Ich konnte zwar meinen rechten Arm nicht heben, brauchte regelmäßig meine Medizin und war ständig müde, aber ansonsten funktionierte ich.

Meine Mutter war vor meiner OP nach Kalifornien gekommen, als sie und mein Stiefvater im Urlaub waren, und schon damals (als ich noch gesund aussah und mich gut fühlte) war klar, dass meine Diagnose für sie eine Menge Stress bedeutet hatte. Sie rief regelmäßig an und wollte anfangs vorbeikommen und mir helfen, während ich mich erholte. Aber ich riet ihr, noch abzuwarten. Während der Chemotherapie würde ich wahrscheinlich mehr Unterstützung brauchen, als Chris mir bieten konnte. Das war eine kluge Entscheidung. Denn noch ehe ich mich von dem Eingriff erholt hatte, erkrankte meine Mutter stressbedingt an Gürtelrose.

Am Tag nach meiner Operation und auch am Tag darauf rief Dr. Karam an, mailte und simste, um sich nach meinem Befinden zu erkundigen. Als er am dritten Tag wegen des Berichts aus der Pathologie anrief, hatte ich schon ganz vergessen, dass ich ja darauf wartete. Endlich war ich wieder in der Lage, zu duschen und, da ich ja den rechten Arm nicht hochheben konnte, notdürftig meine Haare zu föhnen und zu frisieren. Ich fühlte mich kräftig genug, um meine Nachbarn und Freunde Jane und Francis einzuladen, die etwas zu essen mitbrachten. Vor lauter Erzählen und wegen Seamus' Gejaule um Futter hätte ich fast das Klingeln des Telefons überhört.

»*Hola,* T. Hier ist Amer. Wir haben im Gesunden exzidiert. Ich bin so froh. Das sind gute Neuigkeiten.«

»Oh, hi, Dr. Karam. Richtig. Im Gesunden exzidiert. Warten Sie mal, ich dachte, das wüssten wir schon?«

»Das steht im Pathologiebericht, deshalb ist alles gut. Jetzt wissen wir es mit Bestimmtheit. Ihr Tumor war übrigens 1,7 Zentimeter groß. Also war die Mammografie genauer als die Kernspintomografie.«

»Und was bedeutet das?«

»Stadium 1c, aber kleiner, als wir dachten. Weniger als zwei Zentimeter. Das heißt, Sie müssen nicht noch mal operiert werden.«

»Dann ist unsere Beziehung also jetzt beendet?«

»Ha! Nein. Ich bin immer noch Ihr behandelnder Arzt und Ihr wichtigster Ansprechpartner. Sie werden mich auch weiterhin sehen.«

»Bekomme ich noch Chemo?«

»Vermutlich ja. Wir werden Sie dafür an Dr. Glaspy überweisen. Eine Chemo wird gut für Sie sein – und notwendig. Es handelt sich um einen aggressiven Krebs, und eine Chemo ist in dem Fall das Beste. Aber heute gibt es nur gute Neuigkeiten. Eine Exzision im Gesunden ist eine sehr gute Neuigkeit.«

»Ja, ich weiß. Exzision im Gesunden. Das war auch für Seamus eine große Sache.«

»Wie geht es Seamus?«

»Es geht ihm gut. Er ist gerade hier.«

»Ja! Ich höre ihn.«

Man sollte immer so einen enthusiastischen Arzt haben. Und einen, der zuhört. Mein Chirurg konnte sich nicht nur an meinen Namen, meinen Gesundheitszustand und meine Krankengeschichte erinnern, sondern auch an den Namen meines Hundes. Und Obengenannte waren ihm nicht gleichgültig.

Ich teilte Chris, Jane und Francis die Neuigkeit mit, die zufällig drei der intelligentesten und wortgewandtesten Menschen sind, die ich kenne. Aber welches Vokabular reicht als Antwort auf die Frage aus: »Bin ich jetzt krebsfrei?« Wir begnügten uns daher mit simplen Ausrufen der Erleichterung, die nicht viel mehr waren als das »Oh, mein Gott!« eines Teenagers. Zum Glück war Francis Carney nicht nur charmant, gebildet und ein Ire im besten Sinn, sondern er mixte auch tolle Martinis. Ich feierte meine Exzision im Gesunden mit einem Dirty Martini. Und die grüne Olive spielte die Rolle des grünen Hundekuchens perfekt.

Im Anschluss an meinen Kontrolltermin bei Dr. Karam ging er mit Chris und mir in die Onkologische Abteilung, die in einem anderen Gebäude untergebracht war, um uns mit Dr. Glaspy bekannt zu machen.

»Sie werden ihn mögen. Er ist der Beste auf seinem Gebiet. Er wird Ihnen genau erklären, was Sie tun müssen«, sagte Dr. Karam.

»Er wird mir sagen, dass ich eine Chemotherapie brauche. Schon deshalb werde ich ihn wahrscheinlich nicht mögen.« Ich hatte immer noch die Hoffnung, irgendwie um die Chemotherapie herumzukommen. Obwohl Dr. Karam mich sehr schonend auf die Möglichkeit vorbereitet hatte, hatte ich zu große Angst vor dieser Therapie, um die Botschaft zu akzeptieren.

»Kann sein, aber warum machen Sie so ein Gesicht? Erschießen Sie nicht den Boten.«

Nachdem Dr. Karam uns vorgestellt hatte, verabschiedete er sich mit den Worten: »Sie sind hier in guten Händen.« Er umarmte mich und schüttelte Chris die Hand.

Dr. Glaspy war ganz anders als Dr. Karam. Er war ein stattlicher Mann und wirkte ernst und irgendwie reserviert. Vielleicht war ich ja verwöhnt, weil ich so einen humorvollen, geselligen Chirurgen hatte, der noch dazu nett und mitfühlend war, und war deshalb voreingenommen.

Dr. Glaspy begann mir zu erklären, welche Rolle er bei meiner Behandlung spielte.

»Meine Aufgabe ähnelt ein wenig der eines Typen, der sich mit Spielern auf einem Flussdampfer befindet. Kennen Sie diese Flussdampfer, auf denen Poker gespielt wird?«

Mir fielen sofort Mel Gibson und Jodi Foster in dem Film *Maverick – Den Colt am Gürtel, ein Ass im Ärmel* ein. War das ein Flussdampfer? Und wie endet die Geschichte? Der einzige Flussdampfer, der mir noch einfiel, war das Mark Twain Riverboat in Disneyland, und dort wurde bestimmt nicht gezockt. Mickey würde das nicht erlauben. Aber warte mal. Was hat das mit meinem Krebs zu tun?

»Ähm, ja, richtig. Riverboat-Poker«, erwiderte ich und sah dabei Chris an. Chris lächelte und zog die Augenbrauen hoch.

»Mein Job ist es, auf dem Dampfer auf und ab zu gehen und einen Blick auf die Karten der einzelnen Spieler zu werfen. Ich kann Ihnen sagen, dass Ihre Chancen von den Karten in Ihrer Hand abhängen, aber ich könnte mich auch irren. Sie könnten ein ganz anderes Blatt bekommen. Ich kann lediglich in Ihre Karten schauen und Ihnen sagen, wie Ihre Chancen stehen und wie Sie mit Ihrem Blatt am besten spielen.«

Meine Besorgnis wuchs. Ich fing an, willkürlich meine Überlebenschancen auszurechnen. 50 Prozent? »Okay. Also, wie stehen meine Chancen? Was habe ich für Karten?«

»Nun, es ist kein gutes Blatt.«

Dreißig Prozent Überlebenschance? Chris erzählte mir später, dass er auf zwanzig Prozent getippt hatte. Den größten Moment der Angst erlebten wir beide auf der *Delta Queen.*

»Wieso nicht gut?«

»Ohne Chemotherapie werden Sie mit dreißigprozentiger Wahrscheinlichkeit erneut an Krebs erkranken. Und wenn der Krebs zurückkommt, sprechen wir nicht mehr von Heilung, sondern von lebensverlängernden Maßnahmen.«

Also, warte mal, dann liegt die Chance, dass der Krebs nicht zurückkommt, ja bei 70 Prozent. Das ist gar nicht schlecht. Ich brachte meine Erleichterung zum Ausdruck, sehr zum Entsetzen von Dr. Glaspy.

»Nein«, sagte er. »Das ist überhaupt nicht gut. Das sind keine akzeptablen Aussichten. Sie sind geradezu das Paradebeispiel für eine Chemotherapie. Mit einer Chemotherapie können wir diese Wahrscheinlichkeit halbieren. Mit einer Chemotherapie lässt sich die Wahrscheinlichkeit einer Wiedererkrankung auf fünfzehn Prozent reduzieren – das ist zwar immer noch viel, aber jedenfalls besser als dreißig.«

»Okay. Nein, ich habe verstanden. Nur, so wie Sie es gesagt haben, hatte ich etwas Schlimmeres erwartet. Ich dachte, ich hätte keine Bildkarten und nicht mal ein paar Zweien.« Als Kind hatte ich an so manchem Tag mit meinem Großvater und unserem Nachbarn von nebenan Poker gespielt. Mit sieben war ich bereits eine ausgezeichnete Pokerspielerin. Ich wusste gleich, wenn ich es auf die Hand bekam, was ein schlechtes Blatt war.

»Es ist ein schlechtes Blatt. Triple-negativ ist eine sehr aggressive Form von Krebs. Wenn ich sage, dass Sie das Paradebeispiel für eine Chemotherapie sind, dann meine ich damit, dass Ihnen jeder Onkologe eine Chemotherapie empfehlen würde. Das ist die einzige Behandlungsmethode. Onkologen diskutieren gerne über die wirksamsten Behandlungsmethoden bei verschiedenen Krebsarten, aber in Ihrem Fall nicht. Jeder Onkologe wird Ihnen dasselbe sagen. Sie brauchen eine Chemotherapie.«

Ich bemerkte, dass er aufgrund meiner Reaktion Angst hatte, ich würde einer Chemotherapie nicht zustimmen. Aber der nette und großartige Dr. Karam hatte gute Vorarbeit geleistet und langsam, aber sicher das Thema Chemotherapie angeheizt, und Dr. Glaspy brachte die Sache jetzt zwangsläufig zum Kochen. Es war klar, was ich tun musste, und ich wollte es tun. Sofort musste ich an Seamus denken und an das Blatt, das er bekommen hatte – immerhin hatte er es entgegen aller Wahrscheinlichkeit geschafft.

Dr. Glaspy fuhr mit seiner Erklärung fort. »Nehmen wir mal an, in einem Raum befinden sich hundert Frauen, die dieselbe Krebserkrankung haben wie Sie. Ohne postoperative Behandlung werden dreißig Frauen erneut an Krebs erkranken. Aber wir wissen nicht, welche.«

Statt Frauen stellte ich mir hundert Beagles in einem Raum vor. Dreißig von ihnen liefen sofort jaulend zu einer Seite des Raumes. In Seamus' Fall waren es vermutlich nur dreißig, die nicht erneut erkrankten. Bei den siebzig Beagles auf der anderen Seite des Raumes würde der Krebs zurückkommen. Wenn der Arzt auf dem Flussdampfer sein konnte, stellte ich mir vor, dann konnte ich ja bei der Beagle-Rettung sein. Wenn diese Beagles nun an einem Spieltisch säßen und Poker spielen würden ... Stopp! Hör auf den Onkologen! Er spricht von deinem Krebs!

»Also bekommen alle eine Chemotherapie. Die Chemotherapie wird die Zahl auf fünfzehn reduzieren. Das heißt, fünfzehn von diesen Frauen werden erneut erkranken, aber die anderen fünfzehn nicht. Und wieder wissen wir nicht, welche.«

In meinen Gedanken liefen fünfzehn Beagles durch den Raum und gesellten sich zu den anderen dreißig Beagles, die keinen Krebs mehr bekommen würden. Auf welcher Seite des Raumes hatte Seamus nach seiner Operation gestanden? Ganz egal, jedenfalls wusste ich, dass immer die Chance bestand, dass er überlebte, und das hatte ich auch dieser Klubzicke von Ärztin gesagt. Es gibt immer eine Chance. Seamus hatte es allen bewiesen.

Als ich später einer Freundin erklärte, warum ich mich einer Chemotherapie unterziehen wolle, obwohl es nach der Operation keinerlei Hinweise mehr auf Krebs in meinem Körper gab, als ich ihr erklärte, was diese Statistiken bedeuteten, was die Wissenschaft uns verraten konnte und was nicht, und vor allem, als ich ihr von den Beagles erzählte, die in meiner Vorstellung durch das Zimmer rasten, dachte sie bestimmt, dass ich bei diesem Beagle-Ansturm den Verstand verloren hatte.

»Teresa, der Arzt spricht mit dir über dein Leben und über deine Diagnose, und du denkst dabei nur an deinen Hund? Du nimmst die Sache nicht ernst«, meinte sie.

Als ob man Krebs nicht ernst nehmen könnte. Sie war nicht die Erste und nicht die Letzte, die mir gegenüber diese Bemerkung machte. Ich nahm den Krebs ernst. Ich nahm auch die Chancen sehr ernst. Die Erfahrung mit Seamus half mir, meine Chancen auf überaus positive Weise zu begreifen, ob meine Freundin das nun verstand oder nicht.

Ich wandte mich an Dr. Glaspy. »Dann könnte ich also die Chemo bekommen, ohne dass ich sie eigentlich bräuchte – ich könnte eine von den siebzig Frauen gewesen sein?« Dr. Glaspy gehörte offensichtlich nicht zu den Ärzten, mit denen man über die Krebsdiagnose seines Beagles diskutiert, wenigstens nicht zu diesem Zeitpunkt, deshalb beschränkte ich mich auf Fragen, die meine eigenen Chancen betrafen.

»Ja, aber Sie könnten auch zu jenen fünfzehn Frauen gehören, deren Leben durch eine Chemotherapie gerettet wurde.«

Wie Seamus. Jetzt verstand ich viel besser als damals, warum Seamus sich einer Chemotherapie unterziehen musste, obwohl um den Tumor herum im Gesunden exzidiert worden war. Mit der Chemo hatte er die beste Chance, der Beagle zu sein, der den Raum durchquerte, um auf die sichere Seite zu gelangen, und gesund durch die Hundeklappe nach draußen spazierte. Ob ich wohl auch so viel Glück hatte?

Es gab nur eine Möglichkeit.

Nachdem ich mich mit der Chemotherapie einverstanden erklärt hatte, erläuterte mir Dr. Glaspy den Behandlungsverlauf. Ich würde im Abstand von drei Wochen je viermal Taxotere und Cytoxan bekommen. Ich kannte Cytoxan – Seamus hatte Cytoxan bekommen. Hunde und Menschen kriegen tatsächlich dieselbe Chemotherapie. Ich nahm mir vor nachzuprüfen, ob Cytoxan bei Seamus den Rückgang der weißen Blutkörperchen verursacht hatte.

Dr. Glaspy besprach die möglichen Nebenwirkungen mit mir. »Vielleicht werden Sie müde und leiden unter Übelkeit. Wir haben die Möglichkeit, das zu kontrollieren, und das klappt heute sicherlich besser als früher, aber manchen Patienten wird auch während oder kurz nach der Behandlung übel. Die lange Fahrt könnte ein Problem werden. Haben Sie jemanden, der Sie fahren kann?«

»Ich werde bei jedem Termin dabei sein. Meinen Sie, wir könnten gegen vierzehn Uhr wieder nach Hause fahren und so vermeiden, in den Berufsverkehr zu kommen?«, fragte Chris.

»Schwer zu sagen. Bei der ersten Behandlung wahrscheinlich nicht. Sie könnten sich ein Hotelzimmer nehmen. Oder ich überweise Sie an einen Onkologen bei Ihnen in der Nähe.«

Ich dachte über diese Möglichkeit nach. Man hatte sich im UCLA so gut um mich gekümmert und ich vertraute so sehr auf Dr. Karams Urteil in Bezug auf Dr. Glaspy, dass ich eigentlich nirgendwo anders hinwollte. Andererseits war mir klar, dass ich mir nicht jedes Mal nach der Chemo ein Hotel leisten konnte, zumal ich an so einem Tag auch nicht arbeiten konnte. Die Vorstellung, dass mir während der dreistündigen Fahrt übel wurde, war auch nicht gerade angenehm. Für Chris wäre es ebenfalls einfacher, wenn die Behandlung näher bei unserem Wohnort stattfände. Deshalb beschloss ich, mir eine Überweisung geben zu lassen und einen anderen Onkologen aufzusuchen.

Hallo, alle zusammen, hier ist Chris.

Wie ihr wahrscheinlich wisst, hat Teresa Krebs. Ich weiß, totaler Schocker! Aber ihre OP war erfolgreich, und jetzt muss sie zur Chemotherapie. Hossa! Dabei werden ihr, wie der Onkologe es ausdrückte, GARANTIERT die Haare ausfallen. GARANTIERT. (Seine Betonung, nicht meine.)

Weil ich damit schon vor der OP gerechnet hatte (offenbar färbt ihr Pessimismus so langsam auf mich ab), tat ich, was jeder gute Freund tun würde – ich bot an, mir den Kopf kahl zu scheren. Ich meine, wenn man schon einen Glatzkopf in der Familie hat, warum dann nicht auch zwei, stimmt's? Drei war allerdings keine Option. Seamus ist viel zu widerspenstig, um das mitzumachen. Er flippt ja schon beim bloßen Anblick eines Mach-3-Rasierers aus. Außerdem ist er offenbar eitel.

Aber Teresa sträubte sich genauso wie Seamus, meinen Plan mit dem kahl rasierten Schädel durchzuziehen. Sie hat schon immer mein volles Haar geliebt (»Demokratenhaar« nennt sie es – und denkt dabei an Kennedy, Kerry, Clinton … ja, ihr habt's erfasst), und das Letzte, was sie wollte, war, dass ich mich von meinen Haaren trennte, wenn sie ihre verliert. Ein Glatzkopf in der Familie reicht doch wohl, oder?, meinte sie. Und warum soll ich mich mit ihr streiten? Ich meine, sie hat KREBS, verdammt noch mal! (Und glaubt nicht, dass sie einen das jemals vergessen lässt.)

Also habe ich beschlossen, einen anderen Weg zu gehen: Anstatt mir aus Solidarität den Schädel kahl zu rasieren, wollte ich mir während der Dauer ihrer Chemo und der Bestrahlungen die Haare wachsen lassen. Ich werde aussehen wie Clinton und sie wie Jimmy Carville.

Kurzum, ich hatte vielleicht am Samstag den letzten Haarschnitt in 2009 (schluck! Oder zumindest bis August – schluck!).

Aber Folgendes: (1) Meine Haare wachsen richtig, richtig schnell. So schnell, wie Usain Bolt rennen kann. (2) Ich glaube, die längste Zeit ohne Haareschneiden waren mal drei Monate – diesmal werde ich sie mindestens sechs Monate wachsen lassen, möglicherweise sogar sieben oder acht oder noch länger (wenn ich auch nach der Behandlung noch durchhalte, solange Teresa noch kahl ist. Wir werden sehen. Das wird eine mutige Zeit und die Entscheidung hängt von der Psoriasis ab). Ich habe mir die Haare noch nie so lang wachsen lassen. Keine Ahnung, was passieren wird, und (3) im Gegensatz zu den meisten normalen Menschen, deren Haare nur länger werden, wachsen meine auch nach oben und werden fülliger. Ich kriege Schmalzlocken, wie Del Shannon 1957. Oder sie erinnern an den Helm eines römischen Centurio. Wenn meine Haare wachsen, kriege ich einen regelrechten White Irish Afro (oder Whi-fro).

Jedenfalls werde ich Teresa auf diese Weise bei ihrem Kampf gegen den Krebs unterstützen.

Bis später. Länger, zotteliger und wesentlich demokratischer als vorher.

Eine Woche nach unserem Gespräch mit Dr. Glaspy trafen Chris und ich uns mit Dr. Blaine, einer Onkologin in unserer Nähe. Beim Anblick ihrer Praxis war ich sofort entmutigt. Der Valentinstag stand bevor, und Wände und Decken waren mit rosafarbenen und roten Luftschlangen, mit Ausschneidefiguren vom Liebesgott Amor und mit Herzen geschmückt. Als ob die Chemo nicht schon genug Übelkeit erzeugte, musste ich dann auch noch eine Überdosis an Niedlichkeit ertragen? Ich rechnete rasch nach und stellte fest, dass ich in den drei Monaten meiner Chemotherapie noch die Dekoration vom St. Patrick's Day und von Ostern ertragen müsste. Meine Hoffnung, dass die Behandlungszimmer nicht ebenso verschandelt wären, wurde zerstört, als ich dreißig Minuten nach dem vereinbarten Termin in das Untersuchungszimmer geführt wurde, vorbei an Tellern mit herzförmigen Keksen auf herzförmigen Zierdeckchen, noch mehr Luftschlangen und Luftballons mit der Aufschrift »Alles Gute zum Valentinstag!!«.

Ich wartete noch weitere 20 Minuten in meinem Patientenkittel, bevor die Ärztin erschien. Während Dr. Glaspy im Vergleich zu Dr. Karam einen reservierten und irgendwie humorlosen Eindruck gemacht hatte, erschien er im Vergleich zu dem Eiszapfen Dr. Blaine liebenswert und herzlich.

Sie stellte sich rasch vor und befahl mir anschließend, mich hinzulegen, damit sie mich untersuchen konnte. Ich tat es.

Sie fummelte mit ihren kalten Händen an mir herum.

»Sie können sich jetzt aufsetzen.«

Ich tat es.

»Sie sind also Anwältin«, sagte sie und griff nach einem Aktenordner. »Welcher Schwerpunkt?«

»Ich befasse mich mit Nachlassplanung. Meine Klienten sind vorwiegend Besitzer von Familienunternehmen.«

»Nachlassplanung? Machen das nicht viele Anwälte? Geht es da nicht nur um Testamente und Stiftungen?«

Netter Schachzug. Es ist immer reizend, wenn vor den Beruf ein »nur« gesetzt wird. Sind Sie nur Priester? Nur Lehrer? Nur Onkologe?

»Nein, nicht ›nur‹ das.«

»Oh. Nun, ich hatte schon viele Anwälte als Patienten. Kennen Sie John Allen? Er ist kein Patient, aber wir haben schon oft zusammengearbeitet.«

Ich kannte John Allen. Er war ein bekannter, angesehener Anwalt, der Versicherungsunternehmen wegen Vertrauensbruchs und Machtmissbrauchs gegenüber ihren Versicherten verklagte. Ich war mir nicht sicher, was ich davon halten sollte, dass sie mit ihm zusammenarbeitete und dass wir über rechtliche Angelegenheiten sprachen. Aber sie hatte ein Motiv für diese Diskussion.

»Nun, meine Mitarbeiterin hat mir berichtet, dass Sie es abgelehnt haben, unsere Verzichtserklärung zu unterschreiben«, sagte sie.

»Ja, das stimmt. Aus zwei Gründen – erstens bin ich nur wegen eines Beratungsgesprächs hier, deshalb habe ich es nicht nötig, auf etwas zu verzichten, und zweitens liest sich die Verzichtserklärung so, als könnten Sie jede Menge Mist bauen und ich hätte keinen Anspruch auf Entschädigung.«

»John Allen hat sie aufgesetzt.« Sie lächelte auf eine Weise, als wollte sie sagen: »Schachmatt, Miststück.« Und sie fuhr fort: »Wenn Sie nicht unterschreiben, werde ich Sie nicht behandeln.«

Am liebsten hätte ich sie nach dem Grund für ihre abwehrende Haltung gegenüber Gerichtsverfahren gefragt, aber ich tat es nicht. Ihre Reaktion und ihr Auftreten machten mich sprachlos.

Da meine OP-Narbe noch nicht verheilt war, konnte ich nicht mit Chris im Whirlpool sitzen und über meine Auswahl an Onkologen sprechen. Vielleicht war unsere Entscheidung deshalb nicht richtig. Ich wünschte, ich hätte mich genauer an meine Begegnung mit Seamus' Dr. Klubzicke erinnert und erkannt, dass ich einen weiteren Kampf mit einem Alphaweibchen nicht gewinnen konnte, vor allem nicht in einem Patientenkittel, mit einer Naht an der rechten Brust und mit dem Albtraum Chemotherapie vor Augen. Hätte ich gewusst, was mit Dr. B los war, hätte ich mir in den nächsten Monaten eine Menge Frust und Schmerzen erspart. Aber als wir erfuhren, dass Dr. B die Onkologin war, die auch die Mutter von Chris' Freundin Ashley behandelt hatte (mit der wir am Tag unserer ersten Begegnung mit Dr. Karam zu Abend gegessen hatten), und weil Ashley so begeistert von ihr war, schien sie eine gute Wahl zu sein. Auch Dr. Glaspy hatte Dr. B wärmstens empfohlen.

Außerdem ging ich zu ihr, um mich behandeln zu lassen, und nicht, um eine neue Freundin zu finden. Vielleicht hatte sie ja auch nur einen schlechten Tag gehabt.

Vielleicht.

Ich habe schon viele erstaunliche Dinge gelernt, aber ganz oben auf der Liste steht folgende Tatsache: Zu dem Zeitpunkt, wenn eine Brustkrebsmasse (ausgefallene Bezeichnung für »Knoten«; es sei denn, ihr versucht, sie auf euren Partner anzuwenden – das funktioniert nicht genauso) zu spüren ist, sind diese heimtückischen Krebszellen bereits seit sechs bis acht Jahren in der Brust fleißig bei der Arbeit. Jahre! Ich hatte schon seit Jahren Krebs! (Ich erwarte von einigen von euch Anrufe, Postkarten und Blumen … so wie ihr mich behandelt habt … und ich hatte damals Krebs!!!) In den Anfangsjahren des Wachstums kann der Krebs mithilfe moderner Technik nicht entdeckt werden (nein, weder mittels Mammografie noch mittels Kernspin, und man kann ihn auch nicht spüren … es sind nur winzig kleine böse Zellen). Erst wenn die Zellen sich geteilt, vermehrt und zu einer Gang zusammengeschlossen haben, werden sie entdeckt.

Im Grunde werden aus einer fruchtbaren kleinen Krebszelle in etwa hundert Tagen zwei Zellen, in zweihundert Tagen vier Zellen, in dreihundert Tagen acht Zellen, in vierhundert Tagen sechzehn Zellen, bis der Krebs nach ungefähr fünf Jahren etwa einen Millimeter groß ist. Millimeter … nicht Zentimeter. Erst nach acht Jahren erreicht er eine Größe von einem Zentimeter und wird dann allgemein als kleinster »tastbarer« Tumor betrachtet (das heißt, man kann ihn fühlen – wenn man es versucht; die Apparate können ihn schon vorher aufspüren … wenn man regelmäßig zur Mammografie geht). Nach zehn Jahren kann er zwei bis drei Zentimeter oder größer sein, je nach Wachstumsrate.

Und nun zu meinem bösen kleinen Eindringling, diesem Tumorbastard (nur ein kleiner Kosename, den ich mir für ihn ausgedacht habe). Seit meinem vierzigsten Lebensjahr habe ich jedes Jahr eine Mammografie machen lassen. Somit wurde bei fünf Mammografien nichts festgestellt. Die letzte war im Juli. Und im November konnte ich etwas fühlen. Im Dezember war es eindeutig ein »Knoten«. Und wie sich herausstellte, war er 1,7 Zentimeter groß. Vielleicht war er dort in acht Jahren gewachsen??

Eine ziemlich üble Gesellschaft. Das erklärt die Veränderung von Juli bis Dezember. Es erklärt zum Teil auch die Notwendigkeit der Chemotherapie. Wir wissen nicht, ob es noch andere Zellen gibt, die sich an anderer Stelle in meinem Körper vermehren und die noch nicht entdeckt wurden – einige Gangmitglieder könnten auf die Straße und zu einem Nachbarn geflohen sein und sich dort so lange verstecken (Feiglinge, echt), bis es genug von ihnen gibt, um ihre Anwesenheit publik zu machen. Wir müssen sie aufstöbern und verjagen.

18 Verschleierung

Ich saß an meinem Schreibtisch, vor mir lag das Rezept, und ich las: »Schädelprothese.« Ich strich das blaue Stück Papier glatt, nahm es in die Hand, legte es wieder hin, las das Kleingedruckte und starrte schließlich ausdruckslos auf den Zettel.

Ich brauchte Haare.

Ich hatte keine Ahnung, wie ich an eine Perücke kommen sollte, aber schon in ein paar Wochen würde ich eine Glatze haben. Dr. Glaspy hatte mir das garantiert.

»Und Sie werden Ihre Haare verlieren. Garantiert. Hundertprozentig. Kein Zweifel. Aber sie werden wieder nachwachsen. Es wird zwar ein paar Jahre dauern, bis sie wieder so sind wie jetzt« – und dabei betrachtete er meine blonden und relativ gesunden schulterlangen Haare –, »aber Sie kriegen sie wieder.«

Dr. B war ebenfalls sehr direkt, obwohl sie unnötigerweise mit den Augen rollte, als sie mir auf meine Frage, ob ich tatsächlich alle Haare verlieren würde, antwortete: »Natürlich.«

Eine Chemotherapie ist fast ebenso beängstigend wie der Krebs selbst. Alle Chemopatienten klammern sich an den Gedanken, dass ihnen vielleicht nicht alle Haare ausfallen und dass sie vielleicht zu denen gehören werden, die Glück haben. Die Onkologen müssen dieses Thema offenbar nur allzu oft erörtern.

Bei meiner ersten Begegnung mit Dr. Glaspy im UCLA Medical Center verordnete er mir mehrere Mittel als Vorbereitung auf die Chemotherapie (darunter auch einige recht starke Medikamente) – Medikamente gegen Übelkeit, unterschiedlich starke Schmerzmittel und eine Schädelprothese. Letztere bekommt man nicht in der Apotheke nebenan – deshalb saß ich jetzt in meinem Büro, spielte mit dem blauen Stück Papier und dachte über Kunsthaar nach.

Ein paar Tage lang war ich ratlos. Meine »Krebs-To-do-Liste« war lang, und ich war damit beschäftigt, mithilfe meiner Familie und Chris das meiste zu erledigen. Meine Mom schickte mir Trainingsanzüge, deren Oberteile einen Reißverschluss hatten und die ich während der Infusionen tragen sollte. Mein

Dad schickte Antioxidantien, Vitamine und Bücher. Chris legte in der Speisekammer einen Vorrat an Lebensmitteln an, die ich am liebsten aß oder die mir empfohlen worden waren (dasselbe hatte ich für Seamus getan). Ich holte mir möglichst viele Informationen aus dem Internet und meldete Chris und mich für das Chemo-»Trainingscamp« in Dr. Bs Praxis an.

Aber obwohl schon in einer Woche die Chemotherapie beginnen sollte, hatte ich mir immer noch keine Perücke besorgt. Der Gedanke daran verwirrte mich einfach. Wieder einmal konnte ich nicht von hier nach da gelangen (oder, Verzeihung, von mit Haar zu ... ohne Haar). Ich kam mir albern vor. Alles andere hatte ich relativ leicht geschafft. Ich hatte möglichst immer und überall die Kontrolle behalten, aber bei dem Gedanken, mir eine Perücke zu kaufen, fühlte ich mich irgendwie hilflos.

Wie? Wo? Wann? Was? Ich hatte keine Ahnung.

Im Internet stieß ich schließlich auf ein Krebszentrum, das Krebspatienten kostenlos Perücken mit Anprobe anbot. Ich brauchte keine kostenlose Perükke; das kam mir irgendwie eigenartig und falsch vor. Ich fragte mich, ob ich wohl, finanziell gesehen, als hilfsbedürftig durchgehen würde. Ich erinnerte mich, dass mein irischer Großvater damals in der Ära Reagan auf seinem Anteil an dem vom Staat kostenlos zur Verfügung gestellten Käse bestanden hatte, obwohl er ihn gar nicht brauchte. Ich brauchte keine kostenlose Perücke, aber eine Anprobe wäre hilfreich. Ich hatte nicht die leiseste Ahnung, wie man eine Perücke auswählte, trug oder pflegte.

Ich rief in dem Zentrum an, um Näheres zu erfahren, und die Frau, die meinen Termin vormerkte und mir die simple Vorgehensweise erklärte, hieß Hope (Hoffnung). Das war wie damals, als Destiny (Schicksal) mich anrief und fragte, ob ich bereit sei, Seamus bei mir aufzunehmen. Ob es wohl irgendwann in meiner Zukunft auch eine Faith (Glaube) oder Charity (Barmherzigkeit) geben würde?

Nachdem Chris und ich alle Termine kannten und wussten, an wie vielen Tagen wir Seamus allein lassen mussten, baten wir in einem Rundruf um Unterstützung. Jeder, der seine Hilfe anbot, musste sich die Frage gefallen lassen: »Mögen Sie Hunde?« Zum Glück für uns und unsere Nachbarn lieben viele Menschen Hunde und Seamus im Besonderen.

Mein Termin wegen der Schädelprothese war am selben Tag wie der Termin für das Chemotrainingscamp. Die Leute von der Mary-S.-Roberts-Tiervermittlung, Seamus' alter Heimat, boten an, an diesem Tag auf ihn aufzupassen, und wie wir vermuteten, konnte es ein langer Tag werden. Chris und ich gaben Seamus ein Abschiedsküsschen, ließen ihn im Büro der Tiervermittlung zurück (mit der klaren und skurrilen Anweisung, dass er nicht zu vermitteln sei, als ob jemand so verrückt gewesen wäre) und fuhren zum Krebszentrum.

Bei unseren Terminen im UCLA Medical Center staunte ich immer wieder über die jungen Fachkräfte. Manches Mal dachte ich: »Wow, was für ein junges Genie« oder »Wow, du warst an der Columbia-Universität und in Harvard, hattest Stipendien an der Johns-Hopkins-Universität und an der UCLA und bist erst fünfundzwanzig?« An diesem Tag wunderten wir uns, wie jung die Mädchen waren, mit denen wir zu tun hatten: »Gestern war sie noch Babysitten« und »Direkt von der Schulbank ins Berufsleben, was?«

An der Aufnahme des Cancer Care Center wurden wir von einem Teenager begrüßt. Ich erklärte, warum ich da sei, und das Mädchen starrte mich mit ausdruckslosem Gesicht an. »Heute?«, fragte sie schließlich.

»Ja. Ich habe einen Termin.« Ich muss genauso verloren gewirkt haben, wie ich mich fühlte, denn eine andere Frau kam hinter ihrem Schreibtisch hervor, eilte auf mich zu und bot mir an, doch an der Rezeption Platz zu nehmen, damit sich der Teenager um mich kümmern konnte.

Der Perückenteenie sei die »Kosmetikerin«, hatte man mir erklärt, und sie werde die »perfekte Perücke« für mich finden. Ich sah Chris an, und er schien ebenso erstaunt zu sein wie ich. Nun, wenigstens handelte es sich um Kunsthaar.

Der Perückenteenie führte uns in das »Perückenstudio«, wie sie es nannte. »Perückenkämmerchen« wäre wohl passender gewesen.

»Normalerweise haben die Leute, die wegen einer Perücke hierherkommen, weniger Haare. Deshalb war ich ein wenig verwirrt«, meinte der Teenager und deutete auf einen Stuhl vor einem Spiegel.

Ja, gut, in einem Krebszentrum können Haare einen schon mal verwirren. Ich setzte mich und erklärte, dass meine Chemo erst diese Woche beginnen würde und dass ich deshalb noch meine Haare hätte.

Sie sah mich im Spiegel an. »Ja, aber so kann ich Ihnen die Perücken nicht aufsetzen. Ich weiß nicht, wie ich sie anpassen soll.«

Ich hatte Angst, sie würde mir den Kopf kahl rasieren, nur um sich die Arbeit zu erleichtern. Aber sie hatte eine Idee. Sie öffnete eine Schublade und nahm etwas heraus, das aussah wie ein Nylonkniestrumpf. Sie zog mir den Strumpf über den Kopf und stopfte meine Haare darunter. Sehr schön.

»Möchten Sie blond sein? Ich meine, blond bleiben?«, fragte sie.

»Ja. Das erscheint mir am sichersten zu sein. Bleiben wir bei Blond.«

Der Perückenteenie zog eine Schachtel mit braunen Perücken hervor. Kurze, gelockte, zottelig aussehende Perücken in einem Frisurenstil, wie ich ihn zuletzt bei den *Golden Girls* gesehen hatte.

»Die sind brünett«, bemerkte ich.

Der Perückenteenie starrte in die Schachtel und meinte, ohne aufzublicken: »Nein, die sind blond. Das sind unsere blonden.«

»Die sind nicht blond. Die sind braun.«

Sie drehte die Schachtel um und schaute auf das Etikett aus Malerkrepp. Da stand »Blond«, und sie sah sich offenbar außerstande, eine Auseinandersetzung mit dem Etikett zu gewinnen. »Ja, die sind blond«, erklärte sie und hielt eine Perücke hoch, die an ein Biberfell erinnerte.

»Okay, haben Sie auch welche mit längeren Haaren? Mindestens schulterlang, aber am besten noch länger.«

»Wir haben keine längeren. Nur diese.« Sie hielt eine Perücke hoch, die aussah wie ein totes Meerschweinchen.

Es wäre sehr hilfreich gewesen, wenn ich das schon vorher gewusst hätte, vor der halbstündigen Autofahrt, bevor mir der Nylonstrumpf über den Kopf gezogen wurde und bevor ich den Teenager erwürgte. »Okay«, sagte ich, »ich bräuchte die längste, die Sie haben, denn ich hatte noch nie kurze Haare.«

Sie wählte eine eisgraue Murmeltierperücke aus und drückte sie mir auf den Kopf. Plötzlich sah ich aus wie Bea Arthur. Nur älter. Und viel verrückter. Chris und ich mussten lachen. Ich rief: »NEIN, NEIN, NEIN, NEIN, NEIN!!«, und er fing an zu singen: »Thank you for being a friend …«

Ich probierte noch drei weitere Nagetierperücken auf, eine lächerlicher als die andere. Die Perücken steckten platt gedrückt und unfrisiert in Plastikhüllen und wurden in einer Schachtel aufbewahrt, die in einem Regal stand. Wie Bastelzubehör. Wenn sie mir auf den Kopf geknallt wurden, waren sie platt, und die Haare standen wie Drähte nach allen Seiten ab. Eine Frisur war nicht im Entferntesten zu erkennen. Der Perückenteenie hatte offenbar auch keine Ahnung, deshalb strich das Mädchen einfach willkürlich mit der Drahtbürste leicht über die Perücke in der Hoffnung, dass es schließlich doch noch nach einer Frisur aussehen würde. Da die Serie *Golden Girls* nicht mehr lief, als das Mädchen geboren wurde, hatte es auch keinerlei Anhaltspunkt.

Chris beendete die Verzweiflungsphase. »Ich kann nicht glauben, dass Sie keine Langhaarperücken haben.«

»Alle wollen immer Kurzhaarperücken. Sie sehen natürlicher aus.«

Chris brach in schallendes Gelächter aus. Er konnte gar nicht anders reagieren. »Der Meinung bin ich nicht«, sagte er und deutete auf die kerzengerade nach oben stehenden Haare über meiner Stirn.

»Doch, jeder findet das.«

Ich fragte mich, womit sie diese Perücken verglichen. Wenn einem nur kurzes Eichhörnchenfell aus einer Schachtel mit Bastelzubehör angeboten wird, was ist daran natürlicher? Natürlicher als was? Als der Styroporkopf, der von dem oberen Regal auf uns herabschaute?

Chris stellte die logische Frage: »Wie alt sind Ihre Kunden im Schnitt?« Das hatte ich mich schon die ganze Zeit gefragt, aber nichts gesagt, weil mich die Rennmausperücke auf meinem Kopf ganz sprachlos gemacht hatte. Schon als wir auf den Parkplatz gefahren waren, hatte ich mit Blick auf das Gebäude gemeint: »Warum habe ich das Gefühl, als würde ich in ein Pflegeheim gehen?«

Der Perückenteenie versicherte uns, dass sie viele junge Kunden hätten. Wir glaubten ihr nicht, aber das war ihr egal.

In den folgenden dreißig Sekunden gab sich der Teenager keine Mühe mehr, und wir schrieben ihn und seine Nagerkollektion ab. Lieber wollte ich kahlköpfig herumlaufen als mit so einer Perücke, kostenlos hin oder her. Sie zog mir den Kniestrumpf vom Kopf und kümmerte sich nicht darum, dass meine Haare platt gedrückt und unordentlich waren und mir in die Augen fielen. Natürlich hatte sie keine Bürste oder dergleichen, um meine Frisur wieder in Ordnung zu bringen, weil ihre Kunden, wie sie bereits erklärt hatte, normalerweise keine Haare mehr hatten. Aber sie schlug mir vor, in die Boutique nebenan zu gehen und mir als Alternative »Turbane« anzuschauen.

Die Boutique war zwar doppelt so groß wie das Perückenstudio, aber leider hatten sie nur drei Turbane für Erwachsene. Eins. Zwei. Drei. Nicht drei Modelle, sondern drei identische – einen in Rosa, einen in Rot und einen in Weiß, und alle in Größe Medium/Large. Wäre ich ein Kind gewesen, hätte ich eine größere Auswahl an Turbanen gehabt (immerhin sechs). Wir brachten ungefähr achteinhalb Sekunden in dem »Laden« zu – lange genug, um erklärt zu bekommen, dass sie gerade einen geringen Lagerbestand hätten und ich in etwa einer Woche noch mal vorbeikommen solle. Okay. Das musste ich mir nicht merken.

Kaum waren wir draußen, brach Chris auch schon in schallendes Gelächter aus – denn in dem winzigen Laden hingen zwei Schilder mit der Aufschrift »Ladendiebstahl wird strafrechtlich verfolgt«. Er hätte zu gern gewusst, wie oft der Laden schon von Dieben heimgesucht worden war, die auf Turbane scharf waren, bevor die Schilder angebracht wurden (die natürlich jeden Ladendieb abschrecken würden).

Ich hatte noch keine Perücke, und es waren erst fünfzehn Minuten vergangen.

Wir fuhren zu dem Labor, wo ich vor der Chemo ein Blutbild machen lassen sollte. Ich wurde in den hinteren Teil des Labors geführt, und nach einer Weile kam eine nette, ältere, nur etwa einen Meter zwanzig große Frau herein und nahm mir schnell Blut ab. Sie drückte einen Tupfer auf die Einstichstelle, wickelte einen Verband darum und ließ mich wieder gehen. Ich war erst zehn Schritte den Flur entlanggegangen, als mir ein kleiner warmer Strahl den Arm hinunterlief.

Wir gingen zurück ins Labor. Beide Schwestern waren gerade mit einem schreienden Kind beschäftigt, und wegen des sich ängstlich windenden Kindes und dessen Eltern konnte keine von ihnen mich sehen oder hören. Ich drückte mit den Fingern auf den blutdurchtränkten Verband, hielt den Arm hoch und wartete. Ich hoffte, ich würde nicht ohnmächtig oder mir noch eine Jacke verderben, und erst da fiel mir ein, dass Dr. Karam gesagt hatte, ich würde stark bluten. Schließlich kam eine dritte Schwester und brachte mich in einen anderen Raum. Sie machte mich sauber, stillte die Blutung und legte mir einen frischen Verband an.

»Denken Sie beim nächsten Mal daran, den Schwestern, die Ihnen Blut abnehmen, zu sagen, dass Sie stark bluten. Sie müssen Ihnen einen festeren Verband machen«, sagte sie.

Ich hatte verstanden.

Ich erzählte es Chris. »Vielleicht kannst du den Schwestern beim nächsten Mal ja sagen, dass ich stark blute, denn ich bin immer zu sehr damit beschäftigt, mich darauf zu konzentrieren, dass ich bei der Blutentnahme nicht ohnmächtig werde.«

»Gut zu wissen. Ich werde es mit auf meine Liste schreiben«, meinte Chris.

Das nächste Mal fuhren wir wegen des Chemotrainings zu Dr. Bs Praxis.

In einem kleinen Zimmer, das sich vermutlich neben dem Infusionsraum befand, musste Chris auf einem Stuhl neben dem Krankenhausbett Platz nehmen, auf dem ich saß.

»Meinst du, Sie führen uns herum und lassen dich die Chemo mal ausprobieren?«, fragte er.

»Keine Ahnung. Ich hatte angenommen, das würde in der Gruppe stattfinden. Ich dachte, mehrere Patienten würden das Chemotraining gemeinsam absolvieren. Aber wenn ich so darüber nachdenke, würde das wahrscheinlich jede Menge Probleme mit dem Datenschutz geben.«

»Ich weiß nicht, wie ich es mir vorgestellt habe, aber an ein Krankenhausbett habe ich dabei sicher nicht gedacht. Obwohl ich mich langsam an diese Schemel mit den Rollen gewöhnt habe.«

Chris war eigentlich viel zu groß für diese winzigen Stühle, aber er musste sich damit abfinden, denn in jedem Untersuchungszimmer, in dem wir bislang waren, musste er darauf Platz nehmen.

Die Tür ging auf und eine zierliche junge Frau mit blasser Haut und langen strähnigen, mausgrauen Haaren kam herein (ihre echten Haare, wohlgemerkt, für den Fall, dass Sie der Verweis auf das Nagetier verunsichert haben sollte). Schüchtern stellte sie sich vor, öffnete eine große, volle Aktenmappe und fing an, mir Sachen vorzulesen. Langsam. Ganz. Langsam. Und. Ruhig. Und sie. Wirkte. Verwirrt. Nein, verloren. Verwirrt. Sie wirkte verwirrt. Nein. Verloren. Sie wirkte. Verloren.

Zum Glück hatten Chris und ich die Broschüre schon gelesen und wir konnten ihre Aufmerksamkeit auf andere Dinge lenken.

»Okay, ich soll also während der Chemo viel Flüssigkeit zu mir nehmen. Mein Dad hat mir Antioxidantien und Immunverstärker geschickt – megagrün und megarot –, sie sind in Pulverform und werden mit Wasser oder Fruchtsaft vermischt. Gibt es irgendeinen Grund, weshalb ich sie nicht nehmen sollte?«, fragte ich.

Sie sah mich mit ausdrukslosem Gesicht an und erinnerte mich stark an den Perückenteenie.

»Es sind auch Vitamine und andere Sachen drin. Ganzheitliche Medizin, ganz natürlich«, erklärte ich.

»Sie meinen, wie Crystal Light?«

»Nein, nicht wie Crystal Light.«

Keine Reaktion.

»Gibt es Vitamine, Kräuter oder etwas in der Art, auf das sie verzichten sollte?«, versuchte es Chris.

»Das hängt davon ab, was es ist.«

»Nun, haben Sie eine Liste von Dingen, auf die ich verzichten sollte?«

»Da müssten wir auf der Zutatenliste nachschauen. Sie sollten sie mitbringen.«

Ich blätterte die Materialien durch, die sie mir gegeben hatte – darunter zwei Broschüren von der American Cancer Society. Ich stieß auf eine Seite, auf der die Nahrungsmittel aufgelistet waren, die ich meiden sollte:

- Fetthaltige oder gebratene Speisen
- Rohes Gemüse und ungeschältes Obst
- Ballaststoffreiches Gemüse
- Sehr heiße oder sehr kalte Speisen
- Speisen und Getränke, die Koffein enthalten, wie Kaffee
- Bier, Wein und Alkohol
- Vorsicht bei Milchprodukten

Hmm … was zum Teufel darf ich dann essen? Wenn ich schon auf eine von den vier oder fünf Tassen Kaffee/Cappuccino am Tag verzichten sollte, wäre es schön, das im Voraus zu wissen, um die Entzugserscheinungen abzumildern. Und was war mit dem Glas Wein, das ich nach Meinung des Arztes trinken durfte, wenn mir danach war?

Die Schwester wich allmählich von dem meisten ab, was in der Broschüre stand (und später zu Hause stellte ich fest, dass das Buch 1997 geschrieben wurde – und seit damals haben sie eine Menge über Chemotherapie dazugelernt).

Schließlich gaben wir es auf, Fragen zu stellen, denn wir hätten, wie uns später klar wurde, ebenso gut fragen können: »Was ist mit Gras? Darf ich mich in der Nähe von Gras aufhalten? Ist Luft ein Problem? Sollte ich auf Luft verzichten?« Und sie hätte vermutlich gelächelt und gesagt: »Was? Da muss ich nachschauen. Ähm, das ist bei jedem verschieden.«

Wie ihre Seelenverwandte, der Perückenteenie, gab sie schließlich auf und ging, um die Sachbearbeiterin zu holen, die die »finanziellen Vereinbarungen« mit mir besprechen sollte. Erst jetzt bemerkte ich, das aus dem Lautsprecher der Song »I Will Remember You« von Sarah McLachlan scholl. Ich deutete auf den Lautsprecher und sah Chris an. Wir mussten beide lachen. Er hatte zuvor schon bemerkt, dass sie auch »You Had a Bad Day« und »Just Once« von James Ingram gespielt hatten. Was uns jetzt noch fehlte, war »Seasons in the Sun«; dann hätten wir für alle Zeiten ein Chemoband mit verschiedenen Titeln. Chris ging sogar in den Chemoraum, um herauszufinden, ob uns dort auch diese Art von Ständchen erwartete, wenn ich auf dem Stuhl verkabelt wurde. Gott sei Dank gab es in diesem Raum keine Beschallung.

Während die in Sachen Chemo unerfahrene Schwester ruhig, leise und verwirrt war, war die für die Finanzen zuständige Dame laut (richtig laut), sehr genau (bis auf den Penny) und gut informiert. So erfuhr ich, dass ich von den 3.000 Dollar Behandlungskosten 2.114 Dollar erstattet bekäme und dass ich am Donnerstag einen Scheck über 800 Dollar Eigenanteil plus die 20 Dollar Zuzahlung für den Praxisbesuch mitbringen solle – beim nächsten Mal dann 96 Dollar und danach jedes Mal 20 Dollar. Das war klar und deutlich. Aber ob ich Kaffee trinken oder megagrüne Immunverstärker und Antioxidantien in meinen Fruchtsaft mischen durfte, welche der möglichen Nebenwirkungen ich telefonisch durchgeben und was wir zur Chemo mitbringen sollten (Essen? Wasser? Decken?), da war sie sich nicht so sicher.

Das nutzlose Training an diesem Tag und die kurze Begegnung mit Dr. B., die frostig an mir vorbeirauschte, zahlte ich mit derselben Kreditkarte, mit der ich Seamus' Behandlung beglichen hatte.

Als die Frau an der Rezeption mir die Karte zurückgab, dachte ich: »Seamus' Karte.« Auf einmal war mir klar, warum mich der Gedanke an eine Perücke so verwirrt hatte. Alles andere war nach einem bekannten Muster abgelaufen. Die Diagnose, die Suche nach einem Arzt, die Operation, der Pathologiebericht, das Chemotherapietraining und nun sogar die Zahlweise. Damit hatte ich bereits Erfahrung. Ich hatte einen Bezugsrahmen. Dank Seamus.

Aber Seamus waren die Haare nicht ausgefallen. Seamus hatte keine Perücke gebraucht. Ich musste mich an den Gedanken gewöhnen, die Haare zu verlieren und eine Perücke zu tragen. Für diesen Teil meiner Reise hatte ich keinen Beagle-Führer. Plötzlich vermisste ich meinen teuflisch süßen Guru.

Ich wandte mich wieder an Chris. »Lass uns Seamus abholen und nach Hause fahren. Ich möchte diesen Tag gerne vergessen.«

»Nichts lieber als das«, meinte er.

Auf der Heimfahrt schlief ich und wachte erst auf, als Chris vor der Tiervermittlung anhielt. Ich eilte hinein, um Seamus zu holen.

Aber Seamus war nicht da.

»Destiny hat ihn mit nach Hause genommen«, sagte die junge Frau hinter dem Tresen.

»Mit nach Hause genommen?«

»Ja. Sollte sie das nicht?«

Chris und ich sahen uns entgeistert an und hofften, Denise könnte uns das erklären.

»Ohhh …« Ich sah mich im Eingangsbereich um. »Ist Denise da?« Denise hatte früher das Ruff House geleitet und mit mir zusammen Seamus verwöhnt. Jetzt war sie Geschäftsführerin der Tiervermittlung. Sie wusste bestimmt, warum Seamus mit Destiny nach Hause geschickt worden war. Leider waren meine Befürchtungen richtig.

Denise erzählte uns, Seamus habe den ganzen Tag so laut und so lange gejault, dass Destiny ihn nach ihrer Schicht mit nach Hause genommen habe in der Hoffnung, ihn zu beruhigen. Seamus musste geahnt haben, wie schlimm unser Tag war.

»Für eine Einrichtung mit fünfzig anderen Hunden hat er zu oft gejault?«, sagte ich und zuckte zusammen.

»Das ist typisch Seamus.« Denise gelang es zu lächeln. Seamus hatte Glück, dass sein Charme ebenso weitreichend war wie sein Geläut. »Wahrscheinlich spürt er zu Hause einfach den Stress. Bei Ihnen ist im Moment ja auch eine Menge los.«

Wir fuhren zu Destiny nach Hause. Sie wohnte nur ein paar Meilen von uns entfernt, und ich fragte mich die ganze Fahrt über, wie ich die bevorstehende Behandlung durchstehen sollte, wenn Seamus' Geheul sogar für eine Tiervermittlung zu viel war.

Destiny reichte mir Seamus' Leine, und er sprang wie wild herum und jaulte, während Chris seine Box hinten in meinen Wagen lud.

»Wenn Sie Hilfe brauchen«, meinte Destiny, »passe ich gerne auf ihn auf. Wir lieben Seamus. Und er jault auch nicht, wenn er hier ist.«

Ich blickte hinunter auf den fröhlichen, wirbelnden Derwisch am anderen Ende der Leine. Seamus war zwar nur eine Handvoll, aber eine liebenswerte Handvoll. Sein Charme wirkte Wunder. Im Grunde wollte er nur geliebt und nicht allein gelassen werden. Und viel Futter natürlich.

»Das ist wirklich nett von Ihnen, Destiny. Vielleicht komme ich schon bald auf Ihr Angebot zurück. Ich habe nämlich in nächster Zeit viele Termine.«

Am nächsten Tag machte ich mich mit neuer Entschlossenheit, die aus der Not geboren wurde, auf die Suche nach einem Perückengeschäft. Ich mailte mit ein paar ehemaligen Brustkrebspatientinnen, die ich kannte, und ging ins Internet, bis ich fand, was ich suchte. Ein Name tauchte immer wieder auf.

Als ich bei Splendor Wigs anrief, hörte ich im Hintergrund Hundegebell. Und obwohl ich eigentlich nicht viel von »Zeichen« halte, wusste ich, dass ich mir dort eine Perücke kaufen würde. Ebenso wie ich mithilfe von Poker spielenden Hunden auf einmal meine Überlebensstatistik verstand, fand ich Trost in dem Gebell dieses Hundes. Ich werde einem Zeichen aus dem Hundehimmel folgen.

Als ich den kleinen Perückenladen in einer belebten Geschäftsstraße betrat, fragte ich gleich nach dem Hund. Diedre, die Ladeninhaberin, zögerte nur einen Moment und erklärte dann, sie habe keinen Hund. Ich sah mich in dem Geschäft um, ob es irgendwelche Hinweise auf einen Hund gab, und gleichzeitig versicherte ich der Frau, dass es mich nicht im Geringsten stören würde, wenn sie hier im Laden einen Hund hätte. Ich nehme meinen Hund jeden Tag mit ins Büro, erklärte ich. Aber nein, sie habe wirklich keinen Hund. Sie schien sich ganz sicher zu sein.

Hatte ich mir das Hundegebell nur eingebildet? War es ein Hund aus der Nachbarschaft gewesen? Eigentlich spielte das keine große Rolle, außer vielleicht im Hinblick auf meinen gesunden Verstand; dies war der richtige Ort, um eine Perücke zu kaufen, die perfekt passte und natürlich aussah, und wo ich Anleitungen von jemandem bekam, der etwas von Perücken verstand.

Das Hundegebell in der Ferne, ob real oder nicht, hatte genügt, um mich zu dem Laden mit einer großen Auswahl an Perücken zu führen und zu einer Frau, die wusste, wie man eine Perücke auswählt, anpasst und stylt.

Chris und Laureen, meine Freundin und Anwaltsgehilfin, trafen sich mit mir in dem Perückengeschäft. Obwohl ich immer noch überwältigt war, gelang es ihnen mit ihrem Enthusiasmus und ihrer Begeisterung über die große Auswahl, meine Ängste zu zerstreuen. Ich nahm auf einem Stuhl Platz, und Diedre setzte behutsam jede perfekt gekämmte, gestylte und gepflegte Perücke, die Chris und Laureen für mich aussuchten, auf meinen Kopf. Einige gefielen mir recht gut, andere wiederum sahen lächerlich aus, aber die drei feuerten mich an, und Chris und Laureen probierten sogar selbst ein paar Perücken auf während sie Kommentare abgaben und Vorschläge machten – manche waren sogar hilfreich.

»Ich weiß nicht, ob ich blond bleiben will«, sagte ich zu meinem eigenen Erstaunen.

»Wirklich?«, meinte Chris.

»Ja. Ich will keineswegs verheimlichen, dass ich eine Chemotherapie mache oder eine Perücke trage. Vielleicht will ich einfach nur ein bisschen Spaß haben.«

»Das gefällt mir. Das ist so, als hätte ich für eine Weile eine neue Freundin«, sagte Chris.

»Werde brünett. Dann kannst du mal sehen, wie der Rest von uns lebt«, meinte Laureen.

»Sie können immer zwei bekommen«, sagte Diedre lächelnd.

Erst gab es keine Lösung für mein Perückendilemma, und jetzt war die Auswahl zu groß.

Aber ich hatte eine Idee.

Ich fuhr auf der Stelle nach Hause und postete auf meinem Blog Fotos von mir mit verschiedenen Perücken. Dann startete ich eine Umfrage und ließ meine Freunde und meine Familie (und, wie sich herausstellte, auch ein paar Fremde) entscheiden, welchen Look ich wählen sollte. Seamus konnte mir bei diesem Abschnitt meiner Krebsodyssee kaum helfen, aber meine Freunde konnten es.

19 Cocktail for One

Auf meiner Geburtstagsparty trug Seamus ein Shirt mit der Aufschrift »Beagles for Boobies«.

Sein Shirt und mein dazu passendes Sweatshirt waren ein Geschenk meiner Mutter.

Da mein Geburtstag genau in die Zeit zwischen der Operation und dem Beginn der Chemotherapie fiel, hielten Chris und ein paar Freunde eine »Post-OP/Prä-Chemo«-Geburtstagsfeier für angebracht. Im Nu wurde die Party als »POP-C-Party« oder alternativ als »Tittenfete« tituliert.

Destiny kam als besonderer Gast, um Seamus im Zaum zu halten und aufzupassen, dass wenigstens etwas von dem Essen für die Menschen übrig blieb. (Seamus stibitzte immer noch mehr als nur seinen gerechten Anteil.) Was die Erfrischungen anging, hatte ich noch nie so viele verschiedene rosa Speisen und Getränke gesehen. Obwohl noch gar nicht Oktober war, der Monat, in dem ich den Brustkrebs entdeckt hatte, hatten meine Freunde rosa Wodka, Weine mit rosa Banderolen, rosa Kuchen und Kekse, Tischdecken mit rosa Schleifen, rosa Teller und Tassen und sogar rosa Martini-Gläser besorgt. Und was es nicht zu kaufen gab, machten sie selbst. Eine Freundin hatte sogar sogenannte »Tittenpops« kreiert – kleine, auf Zahnstocher aufgespießte Kuchenbällchen mit rosa Glasur und einem dunkelrosa Geleebonbon als »Nippel«.

Meine Mom und mein Stiefvater schickten Blumen, und Chris' Eltern schickten einen Geschenkkorb voller nützlicher Dinge, darunter eine wunderschöne, veilchenblaue, weiche Baumwollstola, die ich, wie Trudi mir versicherte, während der Infusionen gut gebrauchen könne. Ein paar Freunde überraschten mich mit der Lithografie eines Künstlers, den ich sehr mochte und dessen Ausstellung ich wegen der Operation verpasst hatte (Fakt ist, dass ich jetzt Geld für meine Gesundheit ausgeben musste und nicht für Kunst). Das farbenfrohe Bild zeigte einen Hund, der auf einem saftig grünen Rasen steht und umgeben ist von leeren Schnapsflaschen. Der Titel lautete »The Booze Hound«, »Der Schluckspecht«! Es gab vielerlei Gründe, weshalb ich darüber lachen musste. Ich war begeistert, als ich entdeckte, dass der Künstler, Robert Deyber, ein Begleitheft zu seiner Ausstellung signiert hatte, mit den besten Wünschen für meine bevorstehende Behandlung.

Wenigstens diesen einen Abend konnte ich vergessen, was vor mir lag.

Aber schon kurz danach fing ich an, die Tage bis zum Beginn der Chemotherapie zu zählen. Ich schlief nicht mehr gut. Ich wachte jede Nacht um zwei Uhr auf, stieg aus dem Bett, nahm ein Buch von meinem Nachttisch und setzte mich in den Lehnstuhl in unserer Bibliothek. Ich fand es süß, dass Seamus jedes Mal ebenfalls aufstand und mit mir in das andere Zimmer ging. Wenn er sich dann auf meinem Schoß zusammenrollte und bei mir schlief, war mir klar, dass meine Nervosität spürbar war.

Obwohl ich mir einbildete, mich an den Gedanken gewöhnt zu haben, meine Haare zu verlieren, versuchte ich mir immer wieder vorzustellen, wie es passieren würde – würde ich eines Morgens aufwachen und meine Haare lägen auf dem Kopfkissen? Würde ich sie eines Morgens beim Haarewaschen in der Dusche den Abfluss hinunterspülen? Oder würden meine Haare mitten in einer Besprechung mit einem Klienten plötzlich büschelweise auf den Konferenztisch fallen? Was, wenn es ein neuer Klient wäre? Er wäre so entsetzt, dass er nicht wiederkäme!

Die Ärzte und Schwestern schienen zuversichtlich zu sein, dass Übelkeit kein Thema sein würde, aber weil ich schon immer einen empfindlichen Magen gehabt hatte, war ich nicht davon überzeugt. Und die Liste der anderen möglichen Nebenwirkungen war grausig. Vielleicht lockerten sich meine Finger- und Zehennägel und fielen schließlich aus? Vielleicht bekam ich Hautausschlag? Eine Pilzkrankheit? Schwellungen der Hände und Füße? Starke Knochenschmerzen? Wassereinlagerungen? Bläschen im Mund? Blutarmut? Nervenschmerzen? Lebensbedrohliche Infektionen? Krampfanfälle? Neuropathie? Erschöpfungszustände? Ich erinnerte mich noch genau an den dramatischen Rückgang von Seamus' weißen Blutkörperchen.

Ich musste mir immer wieder sagen, dass es nur *mögliche* Nebenwirkungen waren und dass nicht alle bei mir auftreten würden. Bestimmt würden sie nicht alle gleichzeitig auftreten. Und dennoch, die einzige Möglichkeit festzustellen, wie ich auf die Chemotherapie reagierte – die einzige Möglichkeit festzustellen, welche dieser Nebenwirkungen bei mir auftreten würde –, war, Runde eins der Chemo anzugehen.

So, ich bin für die Chemo am Donnerstag um zehn Uhr gerüstet. Morgen hole ich mir meine Rezepte und meine Perücke (ich bin mir ziemlich sicher, dass ich »ihr« einen Namen geben muss), und morgen Abend fange ich mit der Einnahme der Medikamente gegen Übelkeit an. Chris hat schon die Sachen eingekauft, die wir für geeignet hielten – denn wir mussten es weiß Gott selbst herausfinden. Aufgrund der Materialien, die wir im UCLA Medical Center bekommen haben, des Buches, das der großartige Dr. Karam mir gegeben hat, und der vielen Gespräche mit Ärzten scheint alles darauf hinauszulaufen: Im Grunde gibt es keine spezielle Chemodiät oder einen speziellen Ernährungsplan. Es geht lediglich darum, die Nebenwirkungen zu kontrollieren. Wir werden so lange nicht wissen, bei welchen Nahrungsmitteln ich mich einschränken muss oder welche Speisen und Getränke helfen können, bis klar ist, wie ich reagiere. Ich kann Kaffee/Cappuccino trinken. Ich kann ab und zu ein Glas Wein trinken. Ich muss auf einige problematische Nahrungsmittel wie Sushi, Pilze, Himbeeren (schwer zu waschen) etc. verzichten. Im Grunde geht es darum, sich möglichst keine Infektion einzuhandeln, da das Immunsystem durch die Chemo sehr angeschlagen ist. Gesunder Menschenverstand wird genügen.

Ich werde immer wieder gefragt, ob ich Angst habe. Eigentlich habe ich keine Angst. Ich bin vielleicht ein bisschen unruhig, aber vor allem möchte ich bis Freitagabend durchhalten. Der Freitag wird mir ziemlich zusetzen – normalerweise ist der Tag nach der Behandlung der »schlimmste«, und ich werde einen Vorgeschmack davon bekommen, was mir noch bevorsteht. Am liebsten wäre ich schon an dem Punkt, wo ich es weiß. Ich bin vorbereitet, und mehr kann ich eigentlich nicht tun.

Danke noch mal für all eure guten Gedanken und eure Unterstützung. Ich werde meinen Laptop zur Chemo mitnehmen und von dort bloggen, wenn ich kann. Ich frage mich, ob sie mir erlauben werden, Fotos zu machen. Wenn ja, könnt ihr darauf zählen!

Zwei Tage vor meiner ersten Infusion saß ich zu Hause an meinem Schreibtisch und starrte auf den Medikationsplan, den die Schwester mir gegeben hatte. Er war so ähnlich wie der von Seamus, nur dass seiner sorgsam erstellt und am Computer ausgedruckt worden war, während es sich bei meinem um einen schlecht kopierten Kalender mit handgeschriebenen Notizen handelte, die in den Kästchen für jeden Tag steckten. Das Diagramm war eine Art Medikamentenplan zur Linderung oder Beseitigung von Übelkeit und Schmerzen. Das waren »gute« Pillen.

Es gab Pillen, die ich am Abend vor der Infusion, am Morgen und am Abend der Chemo und an den beiden Tagen nach der Behandlung einnehmen musste, und es gab Schmerzmittel, eines gegen leichte und eines gegen starke Schmerzen, die ich bei Bedarf einnehmen konnte. Ich hatte mir sowohl die verordneten Medikamente als auch die frei verkäuflichen besorgt, die man mir empfohlen hatte – Benadryl, Antidiarrhoika, Stuhlweichmacher, Tylenol –, sowie zwei Fieberthermometer, damit ich bei der Arbeit und zu Hause konstant meine Temperatur überwachen konnte. Ich fragte mich, ob die Füllung von Kürbispasteten die Nebenwirkungen bei Menschen ebenso lindern konnte wie bei Hunden.

»Vielleicht solltest du den Plan irgendwo hinlegen, wo wir ihn beide finden können«, sagte Chris, als er das Arbeitszimmer betrat.

»Ich kann mir nicht vorstellen, dass ich ihn angesichts der schlimmen Folgen mal vergesse«, erwiderte ich.

»Man kann nie wissen. Aber für den Fall, dass du mal nicht aufstehen möchtest, um die Liste zu holen, sollte ich wissen, wo sie ist.«

»Ich hab mir überlegt, sie neben die Kaffeekanne zu legen. Da werde ich sie bestimmt gleich sehen.«

»Und was ist, wenn du keinen Kaffee trinkst? Denk daran, dass man dir gesagt hat, dein Geschmackssinn könnte sich verändern.«

Obwohl ich mir nur schwer vorstellen konnte, wie gewohnt literweise Kaffee zu trinken, während mir übel war oder, noch schlimmer, ich mich übergeben musste, war es auch schwer vorstellbar, diese stressige Zeit ohne Kaffee durchzustehen. Ich konnte mir nicht vorstellen, einen Vormittag ohne Kaffee zu überstehen.

Wir beschlossen, den Plan neben den Computer in meinem Arbeitszimmer zu legen, und wieder einmal reihte ich die Pillen neben der Liste auf und ging jedes Medikament mit Chris durch. »Du solltest auch die Gebrauchsanweisung kennen, für den Fall, dass ich mich übergeben muss, zittere oder ohnmächtig werde.«

»Alles wird gut werden. Bestimmt geht es dir wie Seamus – du wirst großen Appetit haben und voller Energie stecken.«

»Das Glück werde ich nicht haben. Außerdem sollte der Lichtblick bei der Chemo besser Gewichtsverlust sein.«

Am Morgen meines Infusionstermins wachte ich um fünf Uhr auf. Seamus streckte sich, gähnte, folgte mir und wartete, bis ich die Treppe hinuntergegangen war, ehe er an mir vorbeidüste. Die eine gute Angewohnheit, die ich Seamus beigebracht hatte, würde sich noch als sehr nützlich erweisen.

Als ich ihn das erste Mal mit nach Hause nahm, rannte Seamus regelmäßig vor mir her, versperrte mir den Weg und dachte sich nichts dabei, zwischen meinen Beinen herumzulaufen. Bevor Chris einzog, hatte ich Angst, auf der Treppe über Seamus zu stolpern, wenn er wie wild zur Futterschüssel stürmte. Ich sah mich schon ausgestreckt am Boden liegen, mit verletztem Rücken oder gebrochenem Genick, und Tage vergingen, bis jemand nach mir schaute. Und das auch nur, weil Seamus am Gartentor jaulte, weil er kein Frühstück bekommen hatte. Also brachte ich ihm bei, nicht vor mir die Treppe hinunterzustürmen. Er musste geduldig oben sitzen bleiben, bis ich am Fuß der Treppe angelangt war und ihm das Zeichen gab, dass er herunterkommen konnte. Dabei forderte er mich regelmäßig heraus, indem er an mir vorbeiraste, wenn ich noch drei oder vier Stufen vom Fuß der Treppe entfernt war. Dann blieb ich auf der Treppe stehen und schickte ihn wieder nach oben, bevor ich die letzten Stufen hinunterging. Und selbst dann sauste er gelegentlich nach unten, nachdem ich nur eine weitere Stufe genommen hatte. Dann blieb ich wieder stehen, schickte ihn nach oben, und das ganze Spielchen begann von vorn. Schließlich setzte er sich ganz an den Rand der obersten Stufe, rutschte auf seinem Hinterteil hin und her, verlagerte das Gewicht auf seine Vorderpfoten – links, rechts, links, rechts – und winselte vor Ungeduld, bis ich am Fuß der Treppe angekommen war, mich zu ihm umdrehte und sagte: »Okay.« Dann stieß er ein lautes Siegesgeheul aus und jaulte: *»AAAAAAAAAAUUUUUUUUU! Beeil dich, verdammt noch mal! Mach mir Frühstück, Frauchen! Ich hab keine Zeit für diese blöden Spielchen! AAAAAAAAAUUUUUUUU!!!* Und dann stürmte er in Richtung Waschküche, wo seine Schüsseln standen. Für Seamus war das ein Spiel, das wusste ich. Und diese Übung funktionierte nur, weil Seamus wusste, dass er kein Frühstück bekam, bevor ich nicht am Fuß der Treppe angelangt war.

Für den Fall, dass ich mich krank und schwach fühlte und vielleicht taube oder schmerzhaft geschwollene Füße hatte, war es eine gute Sache, dass ich es geschafft hatte, Seamus dieses spezielle Spiel beizubringen.

Seamus folgte mir in die Waschküche und ich füllte Trockenfutter in seine Schüssel. Diesmal bekam er ein bisschen mehr. Der Morgen der Chemo verlangte regelrecht nach Nachsicht und Mitgefühl für alle Kreaturen. Ich goss mir einen großen Becher Kaffee ein und trank ihn unten; Chris sollte ruhig noch weiterschlafen. Nach dem Frühstück kuschelte Seamus sich neben mich auf das Sofa.

»Was meinst du, mein Junge? Sollen wir uns Toast machen?« Ich sollte etwas essen.

Bei dem Wort *Toast* wedelte Seamus mit dem Schwanz. Er wedelte auch bei *was, mein Junge* und *sollen wir,* da er bis jetzt nur sein eigenes Frühstück bekommen hatte und wusste, dass er als Nächstes von meinem etwas abbekommen würde.

Dr. Dutelle hatte mir erklärt, dass Seamus jetzt Kohlenhydrate bräuchte. Seit ich ihm das proteinhaltige, kohlenhydratarme Trockenfutter gab, kehrte ich allmählich wieder zu unserer Routine des Toastteilens zurück. Ich nahm zwei Scheiben Weizentoast und bestrich sie mit Erdnussbutter.

Als Chris nach unten kam, gab ich Seamus gerade das letzte Stück Brotrinde.

»Hast du deine Pillen schon geschluckt?«, fragte er.

»Ich wollte gerade nach oben, um sie zu holen. Ich dachte, etwas Essen im Bauch könnte nicht schaden. Und Kaffee für das Gehirn … damit ich die Etiketten auf den Pillenschachteln lesen kann. Keine Überdosis Vicodin am ersten Tag.«

»Guter Plan. Ich werde uns ein Lunchpaket machen, während du dich fertig machst.«

Seamus wedelte wieder mit dem Schwanz. *Lunch? Ja, bitte!*

Ich war wenig begeistert davon, dass ich mich »fertig machen« musste. Und wie bereitet man sich darauf vor, dass der Körper von Gift durchspült wird? Sollte man Schwarz tragen?

Ich duschte und zog mich an. Ich entschied mich für eine bequeme schwarze Hose, ein kurzärmeliges veilchenblaues Baumwolloberteil und die große Stola aus weicher Baumwolle, die Trudi mir geschenkt hatte. Sie erklärte mir, im Infusionsraum sei es in der Regel kalt, aber ich könne von den Medikamenten auch Hitzewallungen bekommen. Die Stola lasse sich leicht um- und wieder ablegen, ohne dabei die Schläuche in meinem Arm zu beschädigen. Praktisch. Und schick – die Stola war wunderbar weich und hatte meine Lieblingsfarbe. Ich föhnte und frisierte meine Haare und bemühte mich vergeblich, nicht darüber nachzudenken, wie oft ich das wohl noch tun würde, bevor keine Haare mehr da waren.

Unten wartete Chris, geduscht, rasiert und angezogen, mit Seamus zusammengekuschelt auf dem Sofa.

»Okay, ich hab die Pillen geschluckt. Jetzt bin ich bereit für den Stuhl.«

»Die Lunchpakete sind auch gepackt. Es ist erst halb acht, wir sind früh dran.«

»Der Krebs hat uns offenbar verändert. Und nicht gerade zum Besseren.«

»Erstaunlich.«

»Lass uns gehen. Ich will mich nicht noch mal hinsetzen und ausruhen.«

Seamus ging mit uns hinaus in den Vorgarten, und wir machten Fotos von mir, dem neuen Krebskrieger, und Seamus, dem Veteranen. Ich streichelte Seamus, gab ihm einen Kuss auf die Stirn und setzte ihn dann in seine Box auf dem Rücksitz unseres Wagens.

Wir lieferten Seamus bei Destiny zu Hause ab. Wie versprochen, wollte sie am Vormittag auf Seamus aufpassen. Oder so lange, wie mein Termin eben dauerte.

Ich war erleichtert, als ich sah, dass die Valentinstags-Dekoration entfernt worden war. Ohne rosafarbene und rote Luftschlangen und Herzen wirkte die Praxis gleich viel professioneller. Und diesmal hatte ich um Viertel nach neun bereits meinen Patientenkittel an und die Arzthelferin kümmerte sich um mich. Sie meinte, meine Operationsnarbe würde gut verheilen und das Blutbild, das Anfang der Woche gemacht worden war, sei völlig in Ordnung.

»Gehen Sie schon mal vor und ziehen sie sich an, und dann werden wir einen Stuhl für Sie suchen«, meinte sie.

Obwohl ich selbst von »dem Stuhl« gesprochen hatte, wurde diese Bezeichnung jetzt immer ominöser, je näher der Zeitpunkt rückte, an dem ich mich auf ihn setzen musste, um an einen Beutel angeschlossen zu werden, aus dem Gift tropfte. Chris folgte mir zum Infusionsraum. Wir blieben beide in der Tür stehen, sahen uns in dem Raum um und warteten auf Anweisungen.

Nach ein paar Minuten führte mich eine Schwester zu meinem Stuhl auf der linken Seite des Raumes, neben einer älteren Frau, die ein Buch las. Ich setzte mich, und Chris nahm neben mir auf einem kleineren Stuhl Platz.

»Wir mischen jetzt Ihren Cocktail. Ich bin gleich wieder da«, sagte die Schwester beim Hinausgehen.

Ich sah Chris an. »Ich war noch nie so enttäuscht, das Wort *Cocktail* zu hören.«

»Im Ernst. Dieses wunderbare Wort wird ja regelrecht missbraucht.«

Der Infusionsraum war klein. Die Stühle (sie waren groß und erinnerten an die Massagesessel, die normalerweise an Orten, die »Happy Nails« hießen, zu finden waren) standen an jeder Wand des Raumes. Das bedeutete, dass die Patienten, zehn an der Zahl (neun Frauen und ein Mann), ob es einem nun gefiel oder nicht, einander schweigend anstarrten.

Ich fragte mich, welche Benimmregeln hier wohl galten? Was sollte man sagen? »Ich bin neu hier?« oder »Kommen Sie oft hierher?« oder »Weshalb sind Sie hier?« Es war schwierig. Ich finde, mein Chemotraining hätte die Benimmregeln miteinschließen sollen. Die Hunde bei Seamus hatten dieses Problem anscheinend nicht. Im Wartezimmer der Veterinäronkologie beschnüffelten sich die Patienten zur Begrüßung. Dieses Wissen würde mir hier drinnen nichts nützen, aber die Lässigkeit eines Hundes schon.

Die meisten Patienten sahen uns nur an und wandten sich dann wieder ihren Zeitschriften zu. Ein paar schliefen. Alle hingen am Tropf, und neben ihren Stühlen standen die Infusionsständer.

Chris begann alles auszupacken, was wir mitgebracht hatten – ein paar Bücher, mein Tagebuch, meinen Laptop, Chris' Laptop, den großen Beutel mit dem Essen, das Chris vorbereitet hatte, zwei Literflaschen Gatorade und mehrere Zeitschriften. Weil die Infusion sehr langsam durchtropft, damit eventuelle negativen Reaktionen festgestellt werden können, sei der erste Tag der Chemo, wie man uns sagte, besonders lang. Aber wir waren darauf vorbereitet. Vielleicht hatten wir es damit ja sogar übertrieben, denn es sah so aus, als wollten wir dableiben.

Ich hatte genügend Arbeit und andere Dinge eingepackt, damit ich den Tag über beschäftigt war. Wer will sich schon langweilen, während Gift durch seine Venen gepumpt wird. Wir ich es verstanden hatte, würde es mir wahrscheinlich erst am nächsten Tag schlecht gehen. Das bedeutete, dass ich während der Infusion noch arbeiten konnte. An der Seite des bequemen Ruhesessels befand sich sogar ein Tischchen für meinen Computer. Die Schwester stellte sich neben meinen Sessel und wollte meinen linken Arm sehen. Die Chemo wird in den Arm verabreicht, der sich gegenüber von der Seite befindet, auf der die OP stattgefunden hat. Rechte Brust, linker Arm.

Ich streckte den Arm aus und schob die weiche Baumwollstola zurück.

»Oh, Sie haben Glück. Großartige Venen. Brauchen Sie keinen Port?«, fragte die Schwester.

»Nein. Man hat mich nicht einmal danach gefragt. Aber man hat mir schon gesagt, dass ich tolle Venen habe. In meinem Alter ist das vermutlich ein Kompliment.«

Chris wurde auf einmal munter. »Die Venen bluten stark. Das sollte ich Ihnen sagen.«

»Das ist gut zu wissen, aber hier wird das kein Problem sein«, meinte die Schwester und rieb meinen Handrücken mit Alkohol ab.

Die Nadel drang leicht und schnell in eine große Vene ein. Ich zuckte zusammen. Nicht weil es wehtat, sondern weil es begonnen hatte. Ich sah zu, wie sie den Katheter mit Klebeband auf meinem Handrücken befestigte. Sie hängte einen undurchsichtigen, robusten Plastikbeutel mit dem Chemococktail an den Haken des Infusionsständers und beugte sich nach vorn, um einige Knöpfe auf dem Monitor zu drücken, der an dem Ständer befestigt war. Chris hielt meine rechte Hand fest, und ich legte meine linke auf die Armlehne. Wir beobachteten, wie die Flüssigkeit langsam durch den Schlauch sickerte und in meine Hand und meine Vene drang.

Nachdem die Schwester ein paar Minuten bei mir gesessen und sich erkundigt hatte, ob es mir gut gehe, ob mir warm sei, ob es mich jucken oder ob ich überhaupt etwas spüren würde, ging sie und kümmerte sich um andere Patienten.

Ich wandte mich an Chris. »Jetzt geht's los.« Jetzt gab es kein Zurück mehr.

»Na, das muss ja helfen«, meinte Chris und deutete auf das obere Ende des Infusionsständers.

Ich blickte auf. Dort hingen ein Beanie-Pandababy, das an seinem Hals festgebunden war, und etwas weiter unten ein brauner Bär. Beide waren in sich zusammengesunken und sahen deprimierend aus. Ich wandte mich wieder an Chris. »Was zum Teufel?«

»Sieh mal – die sind überall. Als sei dieses Erlebnis nicht schon schlimm genug, haben sie noch an jedem Infusionsständer lebensmüde Beanie-Babys angebracht.«

Ich sah mich in dem Raum um – da waren Einhörner, Engel, blauen Bären, ein Hund, ein Lamm und etwas, das vielleicht mal ein Kätzchen oder ein Waschbär gewesen war, bevor es am Leben verzweifelte. Alle baumelten an den Hälsen von den Infusionsständern.

»Die Person, die für die Feiertage dekoriert, hatte hier offenbar auch die Hand im Spiel. Und das soll mich aufmuntern?«

»Schau mal auf die Wand«, sagte Chris und deutete auf die Drucke von Engeln, Delfinen, Regenbögen und als Engel verkleideten Bären in billigen Rahmen, die hinter mir an der Wand hingen. »Das gefällt mir besonders.« Er zeigte auf eine Decke in einem viereckigen Glasrahmen. »Was? Im Falle eines Temperaturabfalls Glas einschlagen?«

Ich lachte, was die meisten Leute in dem ansonsten stillen Raum veranlasste, in meine Richtung zu schauen. Einige von ihnen lächelten, aber nur eine Frau lachte mit mir. Sie war hübsch, dunkelhaarig, jung und saß auf einem der »normalen« Besucherstühle vor uns. Auf ihrem Schoß lag ein aufgeschlagenes Lehrbuch.

»Tut mir leid«, meinte sie. »Ich wollte nicht lauschen, aber es ist schwer, nicht zuzuhören. Und Sie beide haben mich zum Lachen gebracht.«

»Verzeihung, wir wollten Sie nicht beim Lernen stören«, sagte ich.

»Nein, ist schon okay. Es tut gut, mit jemandem zu sprechen.«

Wir erfuhren, dass sie Elizabeth hieß und mit ihrer Mutter hier war, die zwei Stühle weiter saß und schon zum fünften Mal da war. Ihre Mutter mochte während der Behandlung nicht reden, sondern las lieber. Elizabeth reichte einen Teller mit Schokoladen-, Walnuss- und Preiselbeerkeksen herum, die sie für die Schwestern und die anderen Patienten mitgebracht hatte.

Die Frau im Sessel neben mir wollte keine Kekse, und ein paar Minuten später erbrach sie sich in den Abfalleimer, der zwischen uns stand, ein schrecklicher Hinweis darauf, was in diesem Raum passierte. Zu meiner Enttäuschung und Überraschung verfügte das Onkologiezentrum über keine drahtlose Internetverbindung, deshalb konnte ich kaum etwas arbeiten. Stattdessen las ich, bis Chris unser Lunchpaket auspackte – Käse und Cracker, Brote mit Erdnussbutter und Marmelade, ein Becher Pudding und Traubensaft.

»Das ist wie ein Picknick«, sagte ich.

»Fast. Ich dachte mir, etwas Futter für die Seele wäre gut, und außerdem müssen es Sachen sein, die den ganzen Morgen im Beutel bleiben können. Stell dir einfach vor, der Traubensaft wäre Wein und dies wäre ein Park. Mit, du weißt schon … lebensmüden Einhörnern.«

Später, als ich zur Toilette musste, zeigte die Schwester mir den Weg und erklärte, dass ich den Infusionsständer (mitsamt Panda und Bär) mitnehmen müsse. Ich zog den Ständer hinter mir her und mühte mich ab, die Räder in dieselbe Richtung zu steuern; offenbar hatte ich mit Infusionsständern ebenso wenig Glück wie normalerweise mit Einkaufswagen. Ich schloss die Tür hinter mir und wurde sofort mit einem Schild über der Toilette konfrontiert: »Chemotherapie-Patienten: Bitte zweimal spülen.« Ja, das war eine kurze Zusammenfassung meiner Situation.

Um dreizehn Uhr waren die meisten anderen Patienten schon gegangen, unter ihnen auch Elizabeth und ihre Mom, und mir wurde gerade das zweite Medikament Cytoxan verabreicht. Mit diesem Medikament hatte Seamus keine Probleme gehabt, deshalb bildete ich mir unsinnigerweise ein, dass diese Behandlung einfach würde.

Nach fünfzehn Minuten begann ich zu frieren. Ich wickelte mich ganz fest in die Stola ein und fragte Chris, ob ihm auch kalt sei. Aber Chris war nicht kalt.

Ich musste niesen, dann noch mal, und als ich zum dritten Mal nieste, waren sofort zwei Schwestern bei mir.

»Ist Ihnen heiß? Juckt es Sie? Ist Ihnen übel?«

»Nein, ich friere.«

»Wir müssen auf allergische Reaktionen achten.«

»Nein, ich glaube, mir ist einfach nur kalt.«

Sie gab mir eine warme Decke.

Ich wickelte mich ein und schlief fast bis um drei. Seamus hatte kein Problem gehabt und ich würde auch keines haben. Als ich aufwachte, war es vorbei. Die Schwester entfernte die Nadel aus meinem Handrücken.

»War's das?«

»Ja. Sie haben das großartig gemacht. Die meisten Nebenwirkungen treten, wenn überhaupt, erst zwischen vierundzwanzig und achtundvierzig Stunden später auf. Achten Sie darauf, dass Sie Ihre Medikamente einnehmen, und rufen Sie uns an, wenn etwas nicht in Ordnung ist. Wenn Sie jetzt aufstehen, dann bitte langsam.«

Ich stand langsam auf und fühlte mich ganz sicher auf den Beinen. Chris hatte schon unsere Sachen zusammengepackt. Wir waren die Letzten, die den Infusionsraum verließen. Jetzt mussten wir nur noch Seamus abholen und abwarten, wie ich auf die Chemo reagierte.

20 Beagle-Fest

Voller Energie wachte ich morgens um drei auf. Ich postete einen Blog über meine Erfahrung bei der Chemo, räumte meinen Schreibtisch auf und las dann ein paar Stunden. Seamus folgte mir in die Bibliothek und blieb bei mir; er schlief auf einem Kissen und einer Decke auf dem Fußboden, bis ich wieder ins Bett ging. Um acht wachten wir beide hungrig wieder auf. Chris machte Rühreier mit Speck und Toast (für mich und Seamus) und ich trank zwei Tassen Kaffee. Die Steroide leisteten ganze Arbeit.

Das war gar nicht gut. Als ich zur Toilette ging, hatte ich die schlimmste Verstopfung aller Zeiten. Das stand auf der Liste der möglichen Nebenwirkungen von Steroiden; ich hatte zwar Mittel dagegen, sie aber bisher noch nicht eingenommen, weil die Möglichkeit bestand, dass durch die Chemo genau das Gegenteil eintreten könnte. Woher sollte man das wissen?

Wie zuvor vereinbart, kam Stacey vorbei, um mit mir auf bestimmte Nebenwirkungen zu achten. So konnte Chris den Tag damit verbringen, für die Vereinigung ehemaliger Studenten Bewerber für Princeton zu interviewen, wofür er sich schon vor Monaten freiwillig gemeldet hatte. Eigentlich wollte er absagen, aber ich ermutigte ihn, seinen Job zu machen. Schließlich hatte ich mit ihm darüber gesprochen, wie unfair ich es fand, dass er in seinem Alter so was durchmachen musste. Er tat es mit der Antwort ab, dass es noch unfairer sei, dass ich das durchmachen musste. Trotzdem wollte ich die Auswirkungen, die das alles auf ihn hatte, möglichst gering halten. In dieser Hinsicht war ich wie seine Mutter, als sie Krebs hatte.

Als Stacey kam, war ich wach, und obwohl ich mir nicht die Mühe gemacht hatte, mich zu frisieren und Make-up aufzutragen, sah ich nicht krank aus. Die Erleichterung war Stacey anzusehen, als ich die Tür öffnete, und mir war klar, dass sie Schlimmeres erwartet hatte.

»Das muss verwirrend für dich sein«, sagte ich.

»Wieso?«

»Nun, wenn ich richtig gut aussähe, würdest du deiner Theorie zufolge denken, mir ginge es richtig mies. Aber wenn richtig schlecht aussähe … würdest du unter diesen Umständen nicht auch annehmen, mir ginge es furchtbar und du hättest heute alle Hände voll zu tun?«

»Ah. Ja. Deshalb bin ich dankbar, dass du mit deinem Aussehen irgendwo dazwischenliegst. Bist du okay?«

»Mir geht es erstaunlich gut.«

Wir saßen ein paar Stunden auf meinem Bett, sahen uns alte Fernsehshows an und waren ganz mit uns selbst beschäftigt. Das erinnerte mich an meine Teenagerzeit, als man den Tag mit Fernsehen und einer guten Freundin vertrödelte. Abgesehen von dem Teil des Tages, wo wir auf die Auswirkungen des Gifts auf meine Innereien warteten.

Es klingelte an der Tür, und Seamus lief laut jaulend los, schlüpfte durch seine Hundeklappe und stürmte auf das Gartentor zu.

»Armer FedEx-Bote. Er hat sich zu Tode erschrocken«, sagte Stacey, als sie das Paket zu mir nach oben brachte.

»Ich verstehe ja, dass Seamus laut und ein bisschen verrückt ist, aber ich habe nie Angst vor einem Beagle, vor allem nicht, wenn er sich hinter einem eisernen Gartentor befindet. Er hofft doch nur auf eine weitere Kekslieferung.«

»Mutterliebe macht blind.« Sie gab mir das Paket.

Es waren die Perücken, die Chris und ich zusammen ausgesucht und online bestellt hatten. Nicht die, die ich bei Diedre gekauft hatte, sondern ein paar billigere Modelle. Es hatte so viel Spaß gemacht, die verschiedenen Frisuren und Farben auszuprobieren, dass ich zusätzlich noch welche bestellt hatte.

Ich setzte eine langhaarige, stufig geschnittene pechschwarze Perücke auf.

»Oooh. Sehr Natascha-mäßig«, meinte Stacey.

»Stimmt. Und deshalb heißt diese ab sofort Natascha.« Ich setzte Natascha ab, holte einen blonden Bob hervor und drehte mich zu Stacey um.

»Sienna.«

»Miller?«

»Ja, Miller. Gib sie mir mal.« Stacey nahm mir die Perücke vom Kopf und setzte sie sich auf.

Ich musste lachen. »Sorry, aber du siehst kein bisschen wie Sienna Miller aus.«

»Nein?« Stacey stand vom Bett auf und ging zum Badezimmerspiegel. Ihr schallendes Gelächter hallte von den Fliesen wider. »Ich sehe aus wie eine Cracknutte! Oder wie eine abgewrackte Stripperin!«

»Dann werden wir diese ›Sienna Chablis‹ nennen – sie ist sehr vielseitig.«

Ich probierte die nächste Perücke auf, ein Modell mit dickem rotblonden schulterlangen Haar. Ich hatte mir immer dicke Haare gewünscht.

»Erinnert an eine Hausfrau aus den Siebzigern«, meinte Stacey.

»Ja? Okay. Ich weiß nicht, warum, aber ich werde sie ›Connie‹ nennen.«

»Ich weiß es auch nicht, aber es funktioniert. Und jetzt will ich eine blonde.« Sie nahm die letzte Perücke aus dem Paket. Diese hatte lange blonde, glatte Haare – genau so hatte ich mein Haar auf der Highschool getragen. Stacey stülpte die Perücke über ihre kurzen dunklen Haare. »Ich will sofort mehr Spaß haben.«

Stacey stand Blond nicht. Ich musste wieder lachen.

»Schön«, sagte sie, setzte die Perücke ab und gab sie mir. Ich probierte sie auf und taufte sie sofort »Britney-Biest«. Ich fand, das passte. Als Chris nach Hause kam, machte er bei dem Spaß mit. Er setzte Sienna Chablis auf und ähnelte so sehr einem englischen Bandmitglied aus den Achtzigern, dass ich die Perücke kurzerhand in »Nigel« umtaufte. Ich musste so lachen, dass mir der Bauch wehtat.

Ich fand, das war ein ziemlich guter erster Tag der Chemotherapie. Der einzige Schmerz, den ich fühlte, kam vom Lachen. Damit kam ich zurecht.

An dieser Meinung hielt ich die nächsten Tage fest, ermutigt durch den Steroidenergieschub und den gewaltigen Appetit.

Aber dann plötzlich ließ meine Energie nach.

Am Dienstag gönnte ich mir mitten am Nachmittag in meiner Kanzlei ein Nickerchen. Ich schloss meine Bürotür, breitete den Futon aus, den ich mitgebracht hatte, und schlief eine halbe Stunde. Nach diesem kurzen Nickerchen konnte ich bis achtzehn Uhr durcharbeiten. Am Mittwoch machte ich wieder ein Nickerchen, schaffte es diesmal aber nur, bis siebzehn Uhr zu arbeiten. Trotzdem fühlte ich mich besser als erwartet.

Dadurch ermutigt, schlug ich Chris einen Wochenendtrip nach Phoenix vor. Seamus und ich wollten zum Beagle-Fest. Chris bezweifelte, dass das vernünftig war.

Ich rief bei meiner Onkologin an. Wieder einmal wurde ich an die Arzthelferin verwiesen, aber das machte mir nicht viel aus, weil sie mir ihr Okay gab. Ich war begeistert.

»Bist du dir sicher?«, fragte Chris.

»Ja. Das wird viel besser sein, als zu Hause herumzusitzen. Wenn ich müde werde, gehen wir einfach zurück ins Hotel.«

»Ist es denn okay für dich, mit all den Hunden um dich herum?«

»Ja. Vor allem weil das Ganze draußen stattfindet. Aber sie sagte, ich solle mich von jedem fernhalten, der offensichtlich krank ist oder hustet oder so was in der Art.«

»Ich weiß nicht recht. Mir erscheint es ein wenig verrückt, fünf Stunden mit einem Hund im Auto unterwegs zu sein, nur um einen Tag mit Hunderten von anderen Hunden zu verbringen, und dann am nächsten Tag wieder heimzufahren, obwohl du gerade eine Chemotherapie machst.«

Es klang zwar ein wenig verrückt, aber genau das taten wir.

Die Fahrt nach Phoenix führte fast nur durch Wüste und verlief daher recht ruhig. Wir hielten jede Stunde an, um etwas zu essen oder zu trinken und damit Seamus sich strecken, herumlaufen und schnüffeln konnte. Nach sechs Stunden kamen wir in dem einzigen Hotel in der Nähe des Beagle-Fests an, in dem Hunde erlaubt waren.

Der Empfangschef gab uns ein Zimmer im ersten Stock mit »problemlosem Zugang zum Rasenbereich« – einem knapp zwei Quadratmeter großen Grasstreifen neben dem Treppenhaus, das sich ebenfalls vor unserem Zimmer befand.

Bevor wir zum Abendessen gingen, machte ich ein Nickerchen. Inzwischen war es deutlich kühler geworden und der Wind frischte auf.

Weil wir Seamus dabeihatten, mussten wir auf der Terrasse essen. Die Kellner streichelten Seamus im Vorbeigehen, brachten ihm zuerst eine Schüssel Wasser und schließlich einen großen Knochen aus der Küche. Andere Gäste, die aus der Wärme kamen oder im Begriff waren, ins Warme zu gehen, blieben ebenfalls stehen, um Seamus zu streicheln, der ganz still dasaß und einfach entzückend aussah. Chris und ich saßen bibbernd am Tisch, während Seamus das aufsammelte, was ihm zustand.

Später im Hotel bellte Seamus jedes Mal, wenn das Licht der Scheinwerfer in unser Zimmer fiel, und er bellte auch, als zwei Teenager sich draußen im Treppenhaus unterhielten. Als wir gerade am Einschlafen waren, blitzten Lichter auf und der Beagle fing an zu jaulen. Erst nach drei Uhr am Morgen konnten wir endlich ungestört schlafen. Am nächsten Morgen ging ich über den Parkplatz, um mir einen großen Becher French-Roast-Kaffee und Bagels für uns drei zu holen. Wir kamen eineinhalb Stunden zu spät zu dem Fest.

Beagle-Fest ist, wie der Name schon sagt, eine Festveranstaltung für Beagles, mit Hunderten von Hunden, die bellen, herumspringen, jaulen und sich eben beagletypisch benehmen. Wir verpassten zwar den Jaulwettbewerb, erlebten aber den erfolglosen Wettbewerb um den »besten Trick«, der uns das beruhigende Gefühl vermittelte, dass wir nicht die Einzigen waren, die keinen Beagle abrichten konnten. Wenigstens waren wir klug genug gewesen, Seamus nicht zu dem Wettbewerb anzumelden. Der Wettbewerb um den »besten Kuss« schien auch ein Reinfall zu sein, da offenbar die meisten Beagles, wie Seamus, einem nicht gerne das Gesicht leckten. (Es sei denn, jemand kommt auf den Gedanken, sich Schweineschmalz ins Gesicht zu schmieren.) Wie ich feststellte, waren die Organisatoren nicht dumm genug, einen Fresswettbewerb für die Beagles zu veranstalten.

Es war ein windiger Tag und meine Augen tränten. Ich wurde zwar schneller müde als sonst, aber ich war glücklich. Der ganze Tag hatte nichts mit Krebs zu tun. Ich war einfach ein Mädchen, dass mit seinem Freund und seinem Beagle ein Date hatte. Wie hundert andere an diesem Tag auch. Seamus und ich verschliefen fast die gesamte Heimfahrt, deshalb war Chris von dem Trip möglicherweise nicht so begeistert, aber er beschwerte sich nicht.

Am nächsten Tag weckte mich der Wecker um halb sieben. Seamus und ich gingen nach unten. Ich gab ihm sein Frühstück und machte mir Toast und Kaffee. Danach gingen wir wieder nach oben, ich trank meinen Kaffee und checkte dabei E-Mails, wie jeden Morgen.

Um Viertel nach sieben wurde ich auf einmal müde und mir war ungewöhnlich warm. Ich maß meine Temperatur. 37,5 °C. Chris war noch unter der Dusche, deshalb sagte ich ihm nichts. Ich nahm Tylenol und legte mich wieder hin. Nach zwanzig Minuten ging es mir besser.

Ich setzte mich wieder an meinen Computer und mailte meiner Kanzlei, dass ich später käme. Meine Finger auf der Tastatur zitterten. Ich hatte Hitzewallungen. Dann war mir auf einmal kalt. Und schließlich zitterten nicht nur meine Hände.

Langsam ging ich zurück ins Schlafzimmer und maß noch einmal meine Temperatur. 38,8.

Wir hatten wiederholt die Anweisung erhalten, sofort den Arzt anzurufen, wenn meine Temperatur auf über 38,6 anstieg. Ich legte mich ins Bett, wickelte mich fest in die Decke ein und rief meine Onkologin an. Sie war nicht da, aber man versicherte mir, dass mich jemand zurückrufen würde.

Fünfzehn Minuten später war meine Temperatur auf 39,4 angestiegen. Ich war zu schwach und zittrig, um noch einmal anzurufen. Chris rief für mich an, und auch ihm wurde versichert, dass jemand zurückrufen würde. Außerdem wurde er angewiesen, mich schlafen zu lassen und mir Tylenol zu geben, um das Fieber zu senken.

Mit dem Tylenol ging das Fieber so weit zurück, dass ich schlafen konnte, aber mein Schlaf war unruhig. Obwohl ich in mehrere Decken gehüllt war, zitterte ich immer noch. Ich hatte nicht die Kraft, mich aufzusetzen, zu essen oder Wasser zu trinken. Chris holte einen feuchten Lappen und legte ihn mir auf die Stirn. Ich kann mich nicht erinnern, wann das jemand das letzte Mal für mich getan hat. Er setzte sich zu mir aufs Bett, beobachtete mich und prüfte gelegentlich meine Temperatur. Er rief in meiner Kanzlei an und teilte meinen Mitarbeitern mit, dass ich nicht komme würde.

Am frühen Nachmittag stieg meine Temperatur auf 40 °C, aber von der Arztpraxis hatte immer noch niemand zurückgerufen. Trotz des Fiebers wurde mir nicht warm. Die einzige Bewegung, die ich zustande brachte, war das unkontrollierte Zittern.

Mittlerweile hatte ich 40,5 °C Fieber und wurde immer wieder ohnmächtig. Ich hörte ganz von ferne, wie Chris am Telefon die Mitarbeiter der onkologischen Praxis anbrüllte, und ich war mir ganz vage bewusst, dass es bei mir wahrscheinlich ebenso wie damals bei Seamus zu einem rasanten Rückgang der weißen Blutkörperchen gekommen war. So wie Seamus mir an jenem schicksalhaften Morgen nicht nach unten folgen konnte, um sich seinen Toast abzuholen, so konnte ich Chris' Telefongespräch nicht folgen. Ich wollte einfach nur schlafen. Ich war mehr als erschöpft. Mein Körper funktionierte nicht mehr.

Chris packte mich, zog mich aus dem Bett, wickelte mich in eine dicke Decke und brachte mich zum Wagen. Seamus ließen wir jaulend am Gartentor zurück. Wir hatten keine andere Wahl. Ich war nicht einmal in der Lage, eine Entscheidung zu treffen. Fest in die Decke eingehüllt, kauerte ich auf dem Beifahrersitz.

An die Fahrt kann ich mich nicht erinnern. Aber ich weiß noch, wie ich aus dem Auto stieg, die Decke wie Linus hinter mir herschleifte und das Wartezimmer betrat. Alles andere hat Chris mir später erzählt.

»Du weißt doch, in der Notaufnahme oder sogar im Wartezimmer einer Arztpraxis gibt es immer jemanden, der richtig krank und blass ist, hustet, keucht, zittert oder sich übergibt. Und jeder hält sich von dieser Person fern. Diese Person warst du. Aber die Leute konnten nirgendwo anders hin. Jeder einzelne Stuhl war besetzt. Ich musste sogar jemanden bitten, dass er dir seinen Platz überlässt.«

»Man sollte meinen, sie würden besser vorselektieren«, sagte ich.

»Glaub mir, ich hab's versucht. Alle paar Minuten hab ich die Schwester an der Anmeldung daran erinnert, dass du Krebs hattest und gerade eine Chemotherapie machst. Aber sie beharrte darauf, dass derjenige, der als Erster da war, auch als Erster drankomme, und wenn mir das nicht passe, müssten wir in die Notaufnahme.«

»Ich kann immer noch nicht glauben, dass sie uns ins Labor geschickt haben, um mir Blut abzunehmen, anstatt in die Notaufnahme.«

»Und das gleich zweimal. Wir mussten zwei verschiedene Bluttests machen lassen, und der zweite durfte erst zwanzig Minuten nach dem ersten vorgenommen werden.«

»Daran erinnere ich mich nicht.«

»Erinnerst du dich, dass du auf dem Parkplatz im Auto gesessen hast?«

»Irgendwie schon.« Ich wusste noch, dass ich schlafen wollte, dass ich fror und unheimlich erschöpft war und dass ich den Kopf nicht heben konnte.

»Das war zwischen den Bluttests. Du hast immer gesagt, dass du frierst, und im Wartezimmer war es kalt, deshalb hab ich dich ins Auto gesetzt und die Heizung angestellt.«

»Komisch, dass einem mit über 40 °C Fieber so kalt sein kann.«

»Ja, das passiert anscheinend, wenn nur noch sechs weiße Blutkörperchen vorhanden sind.«

»Wie bei Seamus.«

»Was?«

»Bei Seamus war das auch so. Er hat zwar nicht gezittert, aber er war ziemlich neben der Spur. Hätte er gezittert, wäre ich noch mehr ausgeflippt.«

»Glaub mir, ich bin ausgeflippt. Ich war zwar nicht dabei, als das mit Seamus passiert ist, aber wenn es auch nur halb so schlimm war wie bei dir, dann war es entsetzlich.«

»Das war es. Definitiv. Danke, dass du auf mich aufpasst.«

»Du und dieser Hund – ich kann es nicht fassen, dass es bei dir zu demselben rapiden Rückgang der weißen Blutkörperchen gekommen ist. Ich hätte gut und gern darauf verzichtet.« Als er das sagte, streichelte er Seamus, der bei mir im Bett lag.

»Ich weiß, mein Schatz, ich weiß.« Ich streichelte Seamus ebenfalls. Seamus und ich hatten beide Cytoxan bekommen, aber bei ihm war das nicht die Ursache für den rapiden Rückgang der weißen Blutkörperchen gewesen. Törichterweise hatte ich angenommen, das sei auch bei mir nicht der Fall.

Das blinkende rote Licht auf unserem Anrufbeantworter bemerkten wir erst am nächsten Morgen. Die Nachbarn zu beiden Seiten hatten angerufen und sich über Seamus' Jaulen am Gartentor beschwert. Ich sagte Chris, ich würde mich wenigstens darum kümmern. Ich wollte den Nachbarn in einer Mail erklären, was los war, und sie um Geduld und Verständnis bitten. Ich war mir nicht sicher, ob es mir gelingen würde, aber Chris sollte sich nicht auch noch mit verärgerten Nachbarn herumschlagen müssen.

In den Mails, die ich verschickte, erzählte ich meinen Nachbarn zum ersten Mal von meiner Krebserkrankung. Judy rief mich sofort an. Sie ließ mich wissen, dass auch sie den Krebs überstanden hatte. »Bitte, mach dir keine Sorgen wegen des Hundes. Du hast schon genug am Hals. Tut mir leid, dass wir angerufen haben. Wir hatten ja keine Ahnung.«

»Oh, ich weiß. Und mir tut es leid, dass er euch gestört hat. Normalerweise lassen wir ihn nicht allein.«

»Du hattest ja keine andere Wahl. Bitte, sag Bescheid, wenn wir etwas für dich tun können. Und keine Sorge wegen Seamus. Du tust, was du tun musst.«

Unsere Nachbarin auf der anderen Seite antwortete kurz darauf, und zu meiner freudigen Überraschung bot sie an, auf Seamus aufzupassen, wenn wir mal wegmüssten. Ich wäre nicht überraschter gewesen, wenn sie angeboten hätte, meinen Krebs zu übernehmen.

Auf einmal kam mir einfach so, ohne jeden Zusammenhang, der Gedanke (so ist das bei mir), dass es bei Krebsbehandlungen in erster Linie darum geht, den Wolf vom Gartentor fernzuhalten oder zumindest dafür zu sorgen, dass er auf der anderen Seite des Zauns bleibt. Diese Woche drehte sich alles um die Nebenwirkungen der Chemotherapie. Der rapide Rückgang der weißen Blutkörperchen ist Gott sei Dank größtenteils wieder unter Kontrolle. Ich habe wieder Energie, meine Körpertemperatur liegt bei Einnahme von Tylenol im normalen Bereich, steigt aber immer noch etwa vier Stunden nach der Einnahme leicht an, und aber ich muss weiterhin Menschenansammlungen oder kranke Personen meiden. Ich habe drei weitere Tage Antibiotika bekommen, aber ich bin einfach keine gute Kranke. Wenn nicht ganz offensichtlich ist, dass ich krank bin (siehe Montag), neige ich dazu, es zu vergessen. Heute habe ich die Antibiotika vergessen, und sofort hat der Wolf sich das Maul geleckt. Ich hab ihn dann beim Abendessen eingenommen. Den Antibiotikacocktail, nicht den Wolf.

Dann sind da noch die Probleme mit dem Mund. Ich habe keine Geschmacksknospen mehr. Doch schon, aber sie sind größtenteils so programmiert, dass alles wie »unter der Motorhaube« oder nach »Dreck« schmeckt. Natürlich hält mich das nicht vom Essen ab. Das heißt nur, dass ich von allem nur wenig esse und versuche, etwas zu finden, das gut schmeckt. Dann denke ich daran, dass es eigentlich um die Ernährung geht und nicht um den Geschmack. Und dann muss ich über mich selbst lachen, oder ich schimpfe mich aus. Also, mittlerweile sind mein Zahnfleisch und mein Mund allgemein derart empfindlich, dass ich keine elektrische Zahnbürste mehr benutzen kann und mit einer extraweichen Bürste vorliebnehmen muss. Ich verwende schon eine spezielle Zahncreme und Mundwasser für einen trockenen Mund und mit antibakterieller Wirkung. Mein Zahnhygieniker hat mir das empfohlen, als ich bei meiner letzten Zahnreinigung vor der Chemo war (richtig, das kann man während der Chemo auch nicht machen lassen). Insbesondere die Mundspülung wirkt sehr beruhigend. Was die Zahnpflege angeht, habe ich jetzt also ganz spezielle Bedürfnisse. Ich putze meine Zähne ganz anders als ihr. Ich nehme aber auch viel mehr Tylenol als ihr. (Und, nicht zu vergessen, die Chemo.)

Als ich am Donnerstagmorgen aufwachte, genau zwei Wochen nach der Infusion, zögerte ich, meinen Kopf anzuheben, weil ich vermutete, meine Haare könnten auf dem Kissen liegen bleiben. Man hatte mir gesagt, dass es mit dem Haarausfall so losgehen würde. Unter der Dusche wusch ich meine Haare ganz vorsichtig aus Angst, sie könnten auf einen Schlag ausfallen. Ich kämmte sie langsam aus, ließ sie an der Luft trocknen und band sie behutsam zu einem Pferdeschwanz zusammen. An diesem Tag gingen mir so wenig Haare aus, dass ich schon dachte, ich hätte vielleicht Glück. Aber dann fielen mir wieder Dr. Glaspys Worte ein: »Garantiert fallen Ihnen die Haare aus. Hundertprozentig.«

Ich rief Kelly, meine Hairstylistin, an. Sie sollte mir am Freitagabend die Haare abrasieren. Meine Perücke lag schon bereit – bald würde ich rothaarig sein. Schließlich sehen alle Hundebesitzer mit der Zeit ihren Hunden ähnlich, stimmt's? Es handelte sich nicht um die Perücke, die bei meiner Blog-Umfrage gewonnen hatte, sondern um die, die auf einen respektablen zweiten Platz gekommen war. Die Umfrage hatte mir bei der Überlegung, was ich tatsächlich wollte, sehr geholfen. Und außerdem wollte ich bei dem Ganzen auch ein bisschen Spaß haben.

Ich hatte es satt, mir ständig darüber Gedanken zu machen, wann und ob meine Haare ausfallen würden. Ich wollte es hinter mich bringen. Irgendwie hatte ich das Gefühl, je eher ich die Haare loswürde, desto schneller wäre die Behandlung vorbei und ich könnte mich um meine Genesung kümmern.

Kelly kam um Viertel nach fünf, und Chris mixte uns Margaritas. Aber Kelly hatte es mit dem Abrasieren der Haare nicht eilig. Sie fragte mich immer wieder, ob ich tatsächlich dazu bereit sei.

»Kelly, ich muss bereit sein. Lass es uns einfach tun.« Ich setzte mich auf den Stuhl, den Chris ins Wohnzimmer gebracht und auf den Holzfußboden gestellt hatte. Ich sah, dass Kelly mit den Tränen kämpfte. »Nicht weinen! Es soll dir nicht schwerer fallen als mir.«

»Ich weiß, ich weiß. Tut mir leid. Du hast wirklich Mut.«

Seit meiner Diagnose hatte ich das schon von vielen Leuten gehört, aber hatte ich eine andere Wahl?

Während Seamus sich vor mich hinsetzte und zu mir hochschaute und Chris Fotos machte, legte Kelly mir einen Frisierumhang um und begann, die Haare abzuschneiden. Zuerst schnitt sie fünfzehn Zentimeter ab, und für kurze Zeit hatte ich einen Bob. Dann kürzte sie die Seiten, und wir lachten über meine Vokuhila-Frisur. Als Nächstes waren die Haare im Nacken dran. Ich sah nicht auf den Boden; es war leichter, nach vorne zu schauen – manchmal auf Seamus, manchmal zu Chris. Es waren ja nur Haare. Die wachsen wieder. Ein geringer Preis für ein Leben.

Kelly holte eine Haarschneidemaschine für Männer hervor. »Bist du auch bestimmt bereit?«

»Es wäre ein bisschen spät, jetzt aufzuhören«, meinte ich. Es befanden sich nur noch ungefähr zwei Zentimeter lange Stoppeln auf meinem Kopf. »Mach schon.«

»Ich werde sie nicht ganz abrasieren. Das Risiko ist zu groß, dass ich dich schneide. Ich lasse ungefähr einen halben Zentimeter stehen, dann wird die Kopfhaut nicht zu sehr gereizt.« Sie schaltete die Maschine an.

Ich hörte das Brummen der Maschine und spürte das Kitzeln der Härchen, die auf meinen Nacken fielen, und in wenigen Augenblicken war es vorbei.

Kelly reichte mir einen Spiegel.

Ich war nicht schockiert über meinen Anblick. Ich hatte noch dasselbe Gesicht, trug noch dieselben Kleider, war noch dieselbe Person. Ich hatte nur viel weniger Haare. Niemand würde mich jetzt noch »Blondie« nennen. Allerdings fragte ich mich, wie schlimm ich wohl aussehen würde ohne Make-up und farbenfrohe Kleidung und wenn alle Haare verschwunden waren.

»Du siehst hübsch aus«, meinte Chris.

»Hübsch ist übertrieben, aber danke.«

»Du hast ein hübsches Gesicht. Du bringst es total.«

»Ich habe gerade dasselbe gedacht«, sagte Kelly.

»Danke, Leute. Ich bin okay. Danke.«

In den folgenden Tagen verlor ich überall winzige Härchen. Ich haarte schlimmer als Seamus. Binnen einer Woche hatte ich nur noch ein wenig Flaum auf dem Kopf und um die Ohren herum, und nach einiger Zeit empfand ich die Glatze fast als Erleichterung. Ich wäre ohnehin zu müde gewesen, um mir die Haare zu frisieren.

21 Nebenwirkungen

Gestern hatte ich es mit diversen Arztrechnungen und der Steuer zu tun, heute verpasste ich ein Wein-und-Essen-Festival in San Diego, zu dem Chris mit einigen Freunden ging, weil ich arbeiten musste (ihr wisst schon, damit ich die erwähnten Arztrechnungen bezahlen kann). Da fiel es mir schon verdammt schwer, nicht völlig im Selbstmitleid zu versinken. Ich war schon nahe daran. Mehr als einmal.

Aber zum Glück hatte ich Seamus, und der verabscheut Selbstmitleid. Wenn man an einer Depression leidet, sollte man sich am besten einen Beagle anschaffen. Dann noch Essen. Man wird sich im Nu köstlich amüsieren und viel lachen. Seamus überzeugte mich sogar, mit ihm spazieren zu gehen. (Das geschah, als ich ihm erklärte, dass ich fett, hässlich und jetzt auch noch pleite bin; er war sich sicher, dass ein Spaziergang all dies ändern würde.)

Zwei Tage hintereinander spazieren gehen, das ist für mich ein anspruchsvolles Fitnessprogramm. Die Chips, die ich irgendwann in der Selbstmitleidsphase in mich hineingestopft habe (Selbstmitleid ohne Chips geht nun mal gar nicht), habe ich sicher wieder abgearbeitet. Ich glaube ja, sich irgendwie zu beschäftigen ist der Schlüssel zu diesem Positivdenkendingens. Aber vielleicht nicht gerade mit einer Tüte Chips.

Vor meiner zweiten Chemo wachte ich nicht ganz so früh auf, doch ohne Haare und die Fähigkeit, den Geschmack von Kaffee zu genießen, wurde ich recht schnell fertig. Ich trug die blonde Perücke, setzte aber noch eine weiche Schirmmütze auf, damit es weniger nach Perücke aussah. Ich sah gut aus und fühlte mich auch so, dachte ich. Noch ein letztes Mal Seamus umarmen, damit er mir Glück brachte, ein Foto mit ihm machen, dann packten Chris und ich Proviant und Bücher für unser ›Picknick‹ ins Auto, danach noch Seamus und was er so für den Tag brauchte. Ihn lieferten wir bei Destiny ab.

Als wir am Onkologiezentrum parkten, sagte ich zu Chris: »Ich glaube, es macht mir nichts aus, wenn du nicht die ganze Zeit bei mir bist. Ich habe das Gefühl, dass ich einschlafen werde. Jetzt verstehe ich auch, warum die anderen Patienten letztes Mal alle so aussahen, als würden sie schlafen.«

»Gut, wenn das so ist, ziehe ich vielleicht los und erledige ein paar Dinge.«

»Ja, mach das.«

Chris blieb die erste halbe Stunde meiner Infusion und plauderte mit mir und Elizabeth, die zur letzten Behandlung ihrer Mutter dort war.

»Ich denke, ich werde jetzt ein wenig lesen, wenn du magst, kannst du also gehen«, sagte ich.

»Bist du dir sicher?«

»Ja. Es ist langweilig hier, und du hast etwas zu erledigen. Wenn du zum Mittagessen zurück bist, ist das schon in Ordnung.«

Sobald Chris weg war, lehnte ich mich in meinem Stuhl zurück und öffnete mein Buch. Eine Viertelstunde später fragte Elizabeth mich: »Geht es einigermaßen?«

»Ja. Warum?«

»Sie sind etwas rot.«

»Oh, wirklich?«

Die Dame in dem Stuhl neben mir drehte sich um und sah mich an. »Ja, das stimmt. Sie sind sehr rot.«

Just in dem Moment fühlte ich ein Stechen in meinem Gesicht. Dann kribbelten meine Hände und wurden taub. Und dann wurde mir heiß – sehr heiß. Ein stechender Schmerz schoss durch den unteren Rückenbereich, als ich gerade um Hilfe bitten wollte. Ich konnte nur noch ein Ächzen hervorbringen. Die Schwester kam vom anderen Ende des Raumes herübergerannt.

Sie legte den Hebel an meinem Tropf um und stoppte die Infusion.

»Wie fühlen Sie sich?«

»Mir ist heiß. Und ich habe unerträgliche Rückenschmerzen. Ich hätte das Beruhigungsmittel nehmen sollen, das Sie mir angeboten haben.«

»Ich gebe Ihnen Benadryl und Dexamethasone über den Tropf; Sie werden sich gleich besser fühlen.« Sie wechselte die Infusionsbeutel und schaltete die Pumpe wieder an.

Minuten später ließ der Schmerz in meinem Rücken nach. Und die Damen um mich herum gaben mir direkt Rückmeldung, meine Gesichtsfarbe habe sich normalisiert. Dann hängte die Schwester eine Kochsalzlösung an den Tropf, um alles durchzuspülen. Sobald die durchgelaufen war, konnte es mit der Chemo weitergehen, dieses Mal mit einem langsameren Tropf. Doch schon nach einer Viertelstunde kamen das Kribbeln und die Hitzewallung erneut. Die intravenöse Spülung musste wiederholt werden.

Als Chris zum Mittagessen zurückkam, war die eigentliche Chemo nicht weiter fortgeschritten als bei seinem Weggehen.

»Du hast den aufregendsten Teil verpasst.«

»Wirklich? Was ist denn passiert?«

Ich erzählte ihm alles, während Elizabeth meinen Bericht farblich ergänzte – zumeist tiefrot.

»Himmel. Ich hätte nicht weggehen sollen«, sagte er.

»Das ist schon okay. Konntest du ja nicht wissen. Und jetzt geht es mir ja wieder gut.«

»Habe ich schon einmal erwähnt, wie schrecklich ich Chemotherapie finde? Ich werde nicht mehr von deiner Seite weichen.«

»Gut. Dann richte dich schon mal häuslich ein. Die Schwester meinte, dass die Infusion nun viel langsamer eingestellt ist, um eine weitere Reaktion zu vermeiden. Und nächstes Mal wollen sie die Steroide höher dosieren. Das wird also ein Riesenspaß.«

Chris ließ sich in den Stuhl neben mir plumpsen. »Ich dachte schon, der Leukozytenvorfall hätte sich wiederholt.«

Ich langte zu ihm hinüber und hielt seine Hand mit meiner freien, rechten Hand. Denselben Gedanken hatte ich auch gehabt.

Wieder einmal durften wir zusehen, wie die anderen Patienten, einer nach dem anderen, nach Hause gingen. Wir verabschiedeten uns von Elizabeth und ihrer Mutter, die ihre ›Abschlussfeier‹ zur Beendigung der Behandlung bekam. Die Ärzte, das Pflegepersonal und wir (neidischen) Mitpatienten klatschten Beifall, als die Belegschaft ihr eine Abschlusszeremonie zuteilwerden ließ.

Chris und ich gingen als Letzte, gemeinsam mit unserer Krankenschwester, um beinahe sechs Uhr abends.

»Die Steroide wirken«, sagte ich, sobald Chris und ich im Auto saßen. »Weißt du, woher ich das weiß?«

»Hast du ein plötzliches Verlangen danach, um dich zu schlagen? Oder bist du wütend und willst streiten?«

»Pizza. Ich habe Lust auf Pizza.«

»Das geht klar. Ich habe heute ohnehin keine Lust zu kochen. Wir holen erst Pizza und dann unseren Hund und fahren nach Hause.«

»Das klingt gut.«

Am nächsten Tag würden wir wieder zum Onkologiezentrum müssen. Ich würde dort eine Spritze bekommen, die verhindern sollte, dass meine Leukos wieder in den Keller stürzten. Die Injektion selbst hatte eine lange Liste von möglichen Nebenwirkungen, einschließlich ›starken Knochenschmerzen‹ bei dreißig Prozent aller Patienten, aber heute Abend wollten wir erst einmal die Ruhe zu Hause genießen.

Doch Seamus machte uns einen dicken Strich durch die Rechnung. So wie er nach der Pizza heulte, musste er wohl eine Art Steroidsolidarität empfinden.

AAAAARRUUUUUUUUUU!! Pizza! Ich liebe Pizza!! Pizza ist mein Lieblingsessen. AAAAAAAARRRUUUUUUUUUU!!! Pizza! Das ist wie Toast mit Würstchen!! Pizza!!! Gib mir endlich meine verdammte Pizzzzaaaaaaaaarrrruuuu!!

Ich gab Seamus meinen Rand. Chris schüttelte den Kopf.

»Du kannst dir gar nicht vorstellen, wie viel Mitleid ich gerade mit diesem Hund habe«, erklärte ich.

Nachdem wir die Pizza verspeist hatten, blieben wir gerade noch zwanzig Minuten wach und schliefen dann alle zusammen auf der Couch ein.

Dieser Brustkrebsklub ist offenbar ein reiner Weiberverein. Ja, das ist nicht einfach. Frauenvereinigungen waren noch nie mein Ding. Noch nie. Gruppen sind allgemein nicht so meines. Der Gedanke an eine Frauenselbsthilfe nach Krebs kommt mir schlimmer vor als die Krankheit selbst. Erstaunlicherweise hat mir bisher auch niemand (nicht einmal einer meiner Ärzte) den Besuch einer solchen nahegelegt. Gut, beim Onkologen bekam ich einen Veranstaltungskalender, der viele Selbsthilfegruppen auflistet, aber keine für übellaunige und sarkastische Gesellen wie mich, zudem war es der Kalender für Januar und Februar, und ich bekam ihn am 26. Februar.

So bin ich – eine Brustkrebspatientin – nun in eine Welt von rosa Schleifen, zuckersüßen T-Shirts, inspirierenden Vorträgen, Zeichen, Gedichten, Büchern, Frauenpower und … Cliquen geraten. Jawohl, Cliquen. Nicht, dass man mich falsch versteht, ich finde die Shirts großartig. Aber ich mag Rosa nicht so gerne (Pink schon, aber nicht dieses Babyrosa). Außerdem fühle ich mich meist herzlich wenig von Dingen inspiriert, von denen ich weiß, dass sie mich inspirieren sollen. Ich will das alles eigentlich nur durchstehen und wieder ich selbst sein können. Nicht ein besseres Ich, nur Ich.

Das Gefühl, einem Klub anzugehören, hatte ich schon kurz nach meiner Diagnose. Und wie Trudi schon sagte, es ist kein Klub, zu dem man gerne gehören möchte. Das Gefühl, dass ich zu den Verlierern gehören und den Erwartungen des Klubs nicht gerecht werden könnte, ist relativ neu. Doch die Tatsache, dass es innerhalb des Klubs Cliquen gibt und auch Regeln, wird mir erst jetzt richtig klar. Ich weiß nicht, ob ich meine Clique finden werde. Vielleicht, weil meine Leute nicht an den rosafarbenen Veranstaltungen teilnehmen?

Ich bin wohl gerade wie ein Gothic-Anhänger an einer Highschool.

Aufgrund der Injektion, die einen Absturz der weißen Blutkörperchen verhindern soll, musste ich nun noch ein hübsches Sortiment diverser Pillen einwerfen, die die Nebenwirkungen vermindern sollten. Das war einmal ein völlig anderes Rezept: ein ›Cocktail‹ aus Claritine, Benadryl und Tylenol und Gatorade zum Nachspülen. Seamus bekam damals Tagamet und Zantac. Bis dahin hatte ich nicht gewusst, dass in der Krebsbehandlung so viele rezeptfreie Medikamente zum Einsatz kommen.

Dank dieser zusätzlichen Medikamente hatte ich nicht einmal annähernd so viel Energie wie am dritten Tag der ersten Runde. Ich war enttäuscht und suchte nach Lichtblicken, egal, wie schwach. (Bisher hatte ich zu- statt abgenommen.) Ich döste ein wenig, sah etwas fern mit Chris, dann schlief ich ein. Da ich Steroide einnahm und viel Flüssigkeit zu mir nahm, musste ich einige Male nachts aufstehen und zur Toilette gehen. Als ich mitten in der Nacht aufstand, fühlten meine Glieder sich bleischwer an. Es war mir, als würde mich jemand nach unten drücken. Es tat nicht sehr weh, aber es war eigenartig und erschreckend. Als würde Zement in meinen Adern aushärten. Wie sollte ich alle vier Gliedmaßen zur Toilette bewegen?

Ich wiegte meine Gliedmaßen, bis ich so etwas wie Schwung verspürte, dann machte ich mich auf den Weg. Da ich ohnehin schon wach war, nahm ich noch eine Tylenol und plumpste dann wieder ins Bett, das glücklicherweise nicht bis ins Erdgeschoss durchbrach. Den Vormittag verbrachte ich beinahe ausschließlich im Bett, völlig antriebslos und gefühlte dreihundert Kilo schwer.

Zum ersten Mal seit siebzehn Jahren verpasste ich die Benefizveranstaltung der Mary-S.-Roberts-Tiervermittlung. Ich bat Chris, mit Seamus hinzugehen. Dann würde ich wenigstens vertreten sein. Chris mailte mir vom Handy aus Fotos von Bekannten, die winkten oder für mich die Daumen hochstreckten. Er schaffte es, dass ich mich zugehörig fühlte, obwohl ich physisch nicht in der Lage war teilzunehmen. Und Seamus bekam Belohnungen und Streicheleinheiten zuhauf.

Das Gefühl, in meinen Adern Zement zu haben, dauerte eine knappe Woche. Ich erholte mich gerade rechtzeitig davon, um mit meinen ausfallenden Wimpern und Augenbrauen klarzukommen. Irgendwie war ich davon ausgegangen, dass sie nicht ausfallen würden, nachdem sie nicht gleichzeitig mit meinem Haar ausgefallen waren. Sie hatten aber andere Pläne. Meine fehlenden Wimpern konnte ich mit Kajal oder vielleicht künstlichen Wimpern ausgleichen. Aber fehlende Augenbrauen verändern ein Gesicht. Ich sah traurig aus. Ich sah krank aus.

Dann wachte ich mit einem Ausschlag an den Händen auf, der sich im Laufe des Tages über meine ganzen Körper ausbreitete. Ich schmierte Zinksalbe im Überfluss auf meinen Körper und nahm die Tageshöchstdosis von Benadryl ein, aber nichts schien zu helfen. Es juckte. Es blutete.

Als ich am nächsten Morgen aufwachte, war der Ausschlag noch schlimmer und mein ganzer Körper war mit roten Quaddeln übersät, weil ich mich im Schlaf aufgekratzt hatte. Chris rief in der Arztpraxis an, und nach einigen Telefonaten hin und her sagte man ihm, ich solle Benadryl und Tylenol nehmen und regelmäßig Fieber messen. Da wären wir also wieder, dachten wir uns beide. Und wieder war die Ärztin nicht erreichbar. Wir hatten während des gesamten Leukovorfalls nichts von ihr gehört und nun schien sie auch wieder nicht verfügbar zu sein.

Durch das Benadryl schlief ich beinahe den ganzen Tag. Aber wenn ich schlief, hatte ich Albträume, meist von einem außer Kontrolle geratenen, schleudernden Auto oder wie ich auf dem Rücksitz saß und vorne kein Fahrer war. Die Deutung des Traums war nicht besonders schwierig – alles drehte sich und ich hatte keinerlei Kontrolle darüber. Nachts träumte ich nicht, weil ich nicht schlief. Stattdessen spielte ich ›Katastrophenflipper‹. Die ganze Nacht hindurch quälten mich drei Katastrophen abwechselnd. Eine davon wäre schon genug gewesen, um mich wach zu halten. Zunächst der Ausschlag – immer wieder schwollen die Quaddeln an und juckten, sodass ich mich aufkratzte. Dann die Hitzewallungen – dank der Chemo war ich bereits in der Menopause, daher hatte ich es mit Hitzewallungen, nächtlichen Schweißausbrüchen und all diesen wunderbaren Frauengeschichten zu tun. Und zuletzt waren da noch die Verdauungsprobleme – so nennt man wohl den Druck in meinem Brustkorb, der sich anfühlt, als stünde ein Elefant mittendrauf. Immer wieder hatte ich auch das Gefühl, als hätte ich einen Tennisball in der Speiseröhre und müsste ihn nur hinunterschlucken. Mein Vater hatte mir geraten, eine Mischung aus Wasser und Backnatron zu trinken, das würde die Verdauungsprobleme besser lindern als rezeptfreie Medikamente. Allerdings nicht immer.

Ausschlag. Hitzewallungen. Verdauungsprobleme. Das waren die Kugeln meines Katastrophenflippers. Manchmal hatte ich es nur mit einer davon zu tun, manchmal mit zwei, und wenn ich den Katastrophenjackpot traf, sausten alle drei zugleich herum, das Glockenspiel ging los, Fanfaren ertönten und dann – gab es keine Jackpotausschüttung. Nur weiterhin Katastrophen.

Ich konnte nicht schlafen. In einer besonders schlimmen Nacht gab ich es auf und schwang meine Holzklotzglieder aus dem Bett, vorsichtig, um Chris nicht aufzuwecken.

Im Gästebadezimmer am Ende des Flurs ließ ich mir ein Kleiebad ein, das den Ausschlag lindern sollte. Ich zog mich aus und stieg in das lauwarme Wasser, das mich umgab, während ich versuchte, es mir bequem zu machen. Wie ich doch den geräumigen Whirlpool mit eingearbeiteten Sitzmulden und einem Wasserstand bis zu meinem Nacken vermisste. Aber Whirlpool und heiße Bäder genauso wie Himbeeren, stark gewürztes Essen und Pediküre waren während der Chemo strengstens untersagt. Die riesige, tiefe und lange Badewanne in meinem früheren, gemieteten Haus wäre ein guter Ersatz gewesen, aber die war nun einmal Vergangenheit. So begnügte ich mich eben mit der verfügbaren seichten und kurzen Wanne und dem lauwarmen Wasser, das erlaubt war. Ich wartete auf Linderung. Oder auch nur ein Zeichen von Linderung.

Ich schloss meine Augen und versuchte auszublenden, was aus meinem Körper – aus mir – geworden war. Ich war ein aufgedunsenes, haarloses kleines Mädchen in verfrühter Menopause und mit einem Ausschlag. Ich war müde. Und ich war krank. Das konnte ich nicht mehr leugnen. Und viel zu schnell war das Wasser kalt geworden.

Langsam stand ich auf, hielt mich an der Wand fest, um nicht das Gleichgewicht zu verlieren, und hievte meine schweren Glieder über den Wannenrand. Zwei Schritte weiter und ich befand mich von Angesicht zu Angesicht mit einem Monster im Spiegel. Da war sie: kahl, ohne Wimpern, ohne Augenbrauen über den Augen, aber mit schweren, dunklen Tränensäcken darunter, übersät mit roten Quaddeln, die durch das warme Wasser nur noch roter geworden waren, mit dunkelroten, aufgekratzten Stellen, einer fünf Zentimeter langen Narbe quer über die rechte Brust und einer Ganzkörperschwellung verursacht von den Steroiden.

Ich war hässlich. Richtig hässlich.

Ich war Chemostein.

Als ich mich auf die Chemo vorbereitet hatte, hatte ich natürlich auch an den Haarausfall gedacht und mich darauf konzentriert, dass sie wieder nachwachsen würden. Beim Gedanken an ausgefallene Wimpern kam ich zu dem Schluss, dass Lidschatten und Kajal Wunder wirken würden. Ich wusste, dass ich dank der Steroide zunehmen würde, aber wiederum konzentrierte ich mich darauf, dass es nur temporär und allemal besser als Übelkeit sein würde; schließlich hatte Seamus zwanzig Prozent seines Gewichts zugenommen und danach genauso schnell wieder abgenommen. Dass die Menopause einsetzen könnte, tja, das wäre ohnehin früher oder später passiert. Und bevor ich es am eigenen Leib erfuhr, hatte ich genauso wenig Ahnung wie jeder andere, was Hitzewallungen eigentlich bedeuten und wie es sich anfühlt, wenn man von innen heraus zu brennen scheint, daher hatte mir auch dieses Thema keine übermäßigen Sorgen bereitet. Hautausschlag hatte ich in der Liste der Nebenwirkungen völlig übersehen, und was all diese Nebenwirkungen kombiniert bedeuteten, hätte ich mir im Leben nicht ausmalen können. Nicht bis zu jenem Augenblick, von Angesicht zu Angesicht.

Wie um alles in der Welt erholte man sich von so etwas? Das ging doch gar nicht. Mein Körper würde nie mehr sein wie früher. Und zwei Chemozyklen kamen ja noch. Ich sank zu Boden und verbarg mein Gesicht in meinen Händen. Ich schloss meine Augen. Ich würde nie mehr sein wie früher. Ich hatte mir etwas vorgemacht mit der Vorstellung, dass alles nur kurzzeitig war. Man konnte hier nicht unversehrt herauskommen. Es pochte in meinem Kopf. Meine Brust tat weh und ich schnappte nach Luft. Ich kann nicht mehr. Ich kann es nicht.

Und dann ein wohlbekanntes Geräusch.

AAAAAARRRRUUUUUUUUUUUUUUU!!

Ich sprang auf und stieß mir dabei den Arm am Waschbecken an.

AAAAAARRRRUUUUUUUUUUUUUUU!!

»Seamus, still«, zischte ich durch die Tür. Er würde Chris wecken, und ich wollte nicht, dass Chris mich so sah. Ich schnappte mir meinen Bademantel, zog ihn schnell an und machte dabei gleichzeitig die Türe auf.

Seamus versperrte den Durchgang.

Er lag zu meinen Füßen in dieser niedlichen Position, die ich so mochte, mit seinem Hintern am Boden, seinen Hinterläufen in etwa sechs Richtungen ausgestreckt, Vorderbeine gerade nach vorne weisend, mit geneigtem Kopf und einem Ohr nach hinten gestülpt, und starrte mich mit großen, schwarz umrandeten Augen schwanzwedelnd an. Er sah mich an, als wäre alles in bester Ordnung.

Aber das war es nicht. Ganz und gar nicht.

Ich bückte mich zu Seamus herunter und streichelte ihn. Statt sich wie sonst, wenn er Zuwendung brauchte, an mich zu kuscheln, bellte er, drehte sich im Kreis und rannte dann zur Treppe. Immer wieder machte er das, und bei jedem Bellen drehte sich sein Kopf von mir zur Treppe und wieder zu mir.

Nach unten. Er wollte, dass ich nach unten ging. Seamus hatte sicher einige Probleme, aber seine Bedürfnisse zu kommunizieren gehörte nicht dazu. Ich folgte ihm schnell, noch immer in der Hoffnung, Chris nicht zu wecken. Als ich am Schlafzimmer vorbeikam, linste ich hinein und bemerkte, dass Chris nicht mehr im Bett war.

Ich folgte Seamus zu der Quelle seiner Aufregung.

Chris saß hellwach in der vollbeleuchteten Küche.

»Ah, süß siehst du aus«, sagte er.

Süß? »Ich sehe schrecklich aus. Ich kann gar nicht fassen, wie schrecklich ich aussehe.« Ich setzte mich an die Küchentheke. »Ich weiß nicht, ob ich das durchhalte.«

Chris holte ein Blech heißer, frisch gebackener Kekse aus dem Ofen. »Du bist so rosig und mit dem weißen, flauschigen Bademantel und der Kapuze, die sich um dein Gesicht schmiegt, siehst du richtig süß aus. Überhaupt nicht schrecklich.« Unbekümmert legte er die Kekse auf einen Teller. »Du schaffst das.«

»Mir geht's nicht gut. Mir geht's ziemlich beschissen.«

»Ich weiß, Schatz. Ich weiß. Aber die Hälfte hast du schon geschafft. Denk an unser Mantra: Der Hund hat überlebt, und das wirst du auch.«

»Ja, vielleicht überlebe ich es, aber ich werde für alle Zeiten wie ein Monster aussehen.«

»Ach Unsinn. Schau dir den Mops an.« Chris deutete auf Seamus. Er balancierte auf seinen Hinterbeinen, Kopf und Hals nach oben gestreckt, Schnauze in der Luft, und schnupperte an dem Teller mit Keksen auf der Theke. »Man würde es doch niemals für möglich halten, dass er je krank war.«

Chris schenkte zwei Gläser Milch ein.

»Ich bin kein Hund. Ich habe nicht so viel Glück.«

»Nein, ein Hund bist du nicht. Aber du bist genauso stur wie dieses Exemplar hier.« Er kam mit dem Keksteller und den Milchgläsern aus der Küche. Seamus trottete ihm hinterher. »Das wird dir guttun. Ich bleibe mit dir auf. Und solange noch Kekse da sind, ist Seamus sicher auch mit von der Partie. Vielleicht läuft ein Film im Fernsehen.«

Er hat Kekse gebacken. Er bleibt mit mir auf. Und es ist vier Uhr morgens. Er ist vor meinem Aussehen nicht einmal zurückgeschreckt. Meine Gesichtsmuskeln entspannten. Meine Schultern ebenso, und ich setzte mich zu Chris auf die Couch.

Ich sah aus wie ein Monster, und er hatte so viel aufgegeben, um mir Schritt für Schritt diese schwierige Zeit hindurch beizustehen. Er hatte Angst gehabt und war müde gewesen und hatte in unserem Haus und in unserem Leben plötzlich viel mehr Verantwortung übernehmen müssen. Und er hat sich kein einziges Mal beklagt. Nein, stattdessen ging er leise nach unten und machte mir Kekse mit Milch und war bereit, wenn nötig, die ganze Nacht mit mir aufzubleiben. Was für einen Beweis brauchte ich noch dafür, dass ich mich endlich für den Richtigen entschieden hatte? Ich hatte dieses ›Beziehungsgedöns‹ gemeistert. Das sollte für alle der Beweis sein.

Bei meinem Katastrophenflipper gingen die Lichter aus. Ich gewann gerade einen ganz anderen Jackpot.

Auf der Couch, eng an Chris gekuschelt und mürbe, klebrige, selbst gebackene Kekse mampfend, begriff ich, dass ich gerade gerettet worden war. Der Vorfall im Badezimmer hätte genauso gut eine völlig andere Wendung nehmen können. Dieser Vorfall hätte mich brechen können. Hat er aber nicht. Seamus hatte es geschafft, mich dort rauszuholen, aus welchen Gründen auch immer. Er hatte mir das schon früher einmal nahegebracht. Ich musste mir diese wichtige Lektion wirklich vor Augen halten: Manchmal muss man sich einfach nur auf die Kekse konzentrieren. Und wenn ich mich auf die Kekse konzentrierte, sah ich ganz deutlich die Liebe dieses Hundes und, noch wichtiger, die von Chris. Und darauf kam es wirklich an, damals, mitten in der Nacht, und auch sonst. Konzentrier dich auf die Kekse.

Ich lehnte meinen Kopf an Chris' Schulter und atmete tief. Ich fühlte mich ähnlich wie damals nach dem Autounfall – der Augenblick, als ich wegging und begriff, dass mir nichts geschehen war, aber beim Anblick des Autowracks erkannte, was hätte sein können. In diesem Augenblick begriff ich, wie viel ich hätte verlieren können.

Bei Krebs, das wurde mir klar, konzentriert man sich häufig auf den Verlust. Es wurde Zeit, dass ich mich darauf konzentrierte, was ich hatte. Ich lächelte. Jegliche Anwandlung, in Tränen auszubrechen, schwand dahin. Ich wollte nur noch meinen weichen, niedlichen, Krebs besiegenden Beagle knuddeln und mich eng an Chris kuscheln.

Genau. Mein Hund hat überlebt. Und das werde ich auch.

22 Reif für einen Korb

Ich machte Frühstück für Chris. Es war nichts Besonderes – Bagels mit Frischkäse und etwas Obst –, aber ich brachte ihm das Frühstück ans Bett.

»Oho. Hab ich meinen Geburtstag vergessen?«, fragte er.

»Nein, ich hab mir nur gedacht, es wird Zeit, dass ich auch mal etwas für dich tue.«

»Danke dir, aber das wäre nicht nötig gewesen.«

»Doch.« Ich setzte mich neben ihn an das Bett. »Dir ist klar, dass ich gestern völlig am Ende war, oder?«

»Ja, dass es dir schlecht ging, war nicht zu übersehen.«

»Dann sah ich also nicht süß aus? Das Kompliment war also nur Mittel zum Zweck, um mich vom Abgrund wegzuholen?«

»Für mich siehst du immer süß aus. Aber stimmt schon, ich sehe dich lieber in einem Mindestabstand vom Abgrund.«

Mir lag auch nicht viel daran, dort hinunterzuschauen. »Ich glaube nicht, dass du mich dort noch einmal finden wirst. Ich habe nachgedacht.«

»Das kann nie schaden.«

»Du sagst mir das ja schon seit Längerem, aber ich habe es erst gestern Abend begriffen. Ich muss diese Sache so anpacken wie damals bei Seamus.« Wir sahen beide hinunter zu Seamus, der, natürlich auf Chris' Seite des Bettes, seinen Toasttanz aufführte.

Jetzt, da er unsere Aufmerksamkeit spürte, heulte Seamus los.

»Das soll wohl nicht bedeuten, dass du dich durch die Chemo frisst, nehme ich an?«, sagte Chris.

»Nein, aber ich werde mit der Ärztin sprechen, und wenn sie sich nicht kümmert, werde ich wieder zu Dr. Glaspy wechseln. Sie war überhaupt nicht für mich da. Während der ganzen Zeit, als die Leukos so im Keller waren, und auch danach hat sie weder mit dir noch mit mir gesprochen. Bezüglich des Ausschlags ist sie dir auch eine Antwort schuldig geblieben. Bisher hat sie kein einziges Mal angerufen und sich nach mir erkundigt. Ich glaube, sie hat keinen blassen Schimmer, was bei mir los ist.«

»Da kann ich leider nicht widersprechen. Im besten Fall ist sie einfach überhaupt nicht in der Praxis.«

»Genau. Was habe ich denn von einer Überweisung zu ihr, wenn sie sich nie um mich kümmert?«

»Wir wissen ja jetzt, dass die Probleme nie während der Heimfahrt nach der Chemo auftreten. Also, wenn du wieder zurück zum UCLA willst, nur zu.«

Ich warf Seamus ein Stückchen von meinem Bagel zu. »Und ich hab mir auch noch etwas anderes überlegt.«

»Offensichtlich hast du ganz schön lange nachgedacht.«

»Ja. Es geht um deine Eltern.«

»Oh weh.« Er setzte sich auf und rückte das Kissen in seinem Rücken zurecht.

»Keine Sorge, es ist schon in Ordnung. Mir geht's gut. Ich meine, ich hab kein Problem mit ihnen. Es ist einfach an der Zeit, ihnen etwas Vertrauensvorschuss zu geben. Deine Mutter war wirklich die ganze Zeit sehr nett zu mir. Sie hat mir tolle Tipps zur Erleichterung der Chemo gegeben und mir diese wundervolle Stola geschickt. Sie ruft an. Sie schicken die ganze Zeit Karten und Blumen. Und ich weiß, dass deine Mutter meinen Blog verfolgt. Daher wird es Zeit, all den Mist aus der Vergangenheit zu vergessen.«

»Okay.« Immer noch etwas unsicher, was nun noch kommen könnte, zog er das Wort in die Länge.

»Du sagtest doch, dass sie herkommen und uns zu einem Osterbrunch einladen wollten, oder?«

»Stimmt.«

»Sag ihnen zu. Wir nehmen die Einladung an.«

»Brunch? Mit meinen Eltern? Noch einmal? Bist du dir sicher, dass das kein Chemofieber ist?«

»Wir gehen dorthin. Erst der Arztbesuch, dann die Eltern.«

»Na denn, prima, die Teresa, die ich kennen- und lieben gelernt habe, ist wieder zurück.«

Als wir das Büro der Onkologie betraten, wurden unsere Sinne von Pastelltönen und Eiern, Osterhasen und Küken aus buntem Papier belästigt. Ostern blühte so üppig und gekünstelt fröhlich im Empfangsbereich, dass die Patienten, denen damit eigentlich geholfen werden sollte, sich beinahe schon veräppelt vorkommen mussten. Mit Übelkeit hatte ich nicht zu kämpfen, aber ich hatte ständig einen metallischen Geschmack im Mund, und nicht einmal Eier klangen gut, geschweige denn Schokoosterhasen. Außerdem war das so gönnerhaft. Sollten wir uns wirklich von Osterhasen in Strohhüten und Kleidern aufheitern lassen?

»Das ist bisher wohl das Schlimmste«, sagte ich, zeigte mit einer kreisförmigen Handbewegung auf den Warteraum und setzte mich mit dem Klemmbrett und dem Fragebogen, den ich jedes Mal ausfüllen musste.

»Ruhig Blut«, beschwichtigte Chris.

Ich zeigte auf den Fragebogen. »Sie wollen wissen, ob ich mich gesund fühle. Ich bin kahl. Ich habe mich kaum von einem Ausschlag am ganzen Körper erholt und vor allem sitze ich in einer bescheuerten Onkologiepraxis. Soll das eine Fangfrage sein, oder was?«

Chris lachte. »Du bist also in Form heute Morgen. Das ist ein gutes Zeichen.«

Ich gab der Krankenschwester am Empfang mein Klemmbrett zurück und gab ihr zu verstehen, dass ich meine Behandlung nicht fortsetzen würde, ohne zuvor mit der Ärztin zu sprechen.

»Die behandelnde Schwester wird mit Ihnen im Untersuchungsraum sprechen.«

»Nichts gegen die Schwester, sie macht ihre Arbeit wirklich gut, aber nein danke. Ich möchte mit der Ärztin sprechen.«

»Heute übernimmt die behandelnde Schwester die Voruntersuchungen.«

»Ist die Frau Doktor da?«

»Ja, aber sie hat Termine.«

»Prima, jetzt hat sie noch einen.« Ohne auf eine Antwort zu warten, setzte ich mich.

Kurz darauf saßen Chris und ich alleine im Untersuchungsraum, ich in dem üblichen Papierkittel auf dem Untersuchungstisch, er auf dem üblichen kleinen Hocker neben mir.

Die Ärztin kam herein und grüßte ohne jeglichen Blickkontakt. Sie starrte auf ihre Mappe. »Sie wollen mich also sprechen?«

»Ganz genau. Es kommt mir eigenartig vor, dass ich so lange nicht mit Ihnen gesprochen habe. Dass es gar keine Kommunikation gibt, obwohl bei mir einiges nicht gut gelaufen ist.«

»Diese Nebenwirkungen sind ziemlich normal, und die Schwestern wissen, wie man ihnen beikommen kann. Damit haben wir ständig zu tun.« Sie kam näher und zielte mit dem Stethoskop auf meine Brust.

Ich lehnte mich zurück und wich ihrer Waffe aus. »Für mich ist es nicht normal. Ich habe nicht ständig damit zu tun. Und Ihre Krankenschwester klang, als würde sie raten, was ich gegen den Ausschlag tun könnte.«

»Uns ist es lieber, wenn Sie herkommen, damit wir sehen, womit wir es zu tun haben.«

Wieder kam sie mit gezücktem Stethoskop näher.

Ich lehnte mich erneut zurück und wehrte mit der Hand das Stethoskop ab. »Ich hatte angeboten herzukommen. So konnte ich ja ohnehin nicht zur Arbeit gehen, daher hatte ich sämtliche Termine abgesagt. Aber Ihre Schwester sagte, die behandelnde Schwester sei in Pasadena. Und Sie in der Schweiz. Offenbar war kein anderer Arzt in der Praxis, denn die Schwester wartete auf Rückruf aus Pasadena. Da war es doch klar, dass mich niemand untersuchen konnte.«

»Nun, es gibt natürlich immer die Notaufnahme, aber das ist keine gute Option.« Dieses Mal erhob sie hoffnungsvoll das Stethoskop, kam aber nicht näher.

»Nein, eine fürchterliche Option. Ich wollte ja nur eine Bestätigung, dass jemand sich um meinen Fall kümmert und weiß, was zu tun ist. Ich habe das Gefühl, es hängt alles an den Schwestern, und die sind überfordert. Ich wurde ja Ihretwegen hierher überwiesen, aber jetzt kümmern Sie sich gar nicht um mich.«

»Ich bin über alle Entwicklungen Ihres Falles informiert. Sämtliche Änderungen und alles, was sich neu ergibt, wird mir am Telefon oder per E-Mail mitgeteilt. Ich weiß also, was los ist. Nun wollen wir Sie mal untersuchen.«

»Kann ich Sie denn per E-Mail kontaktieren?«

»Das kommt nicht infrage. Dafür habe ich viel zu viele Patienten.«

»Mein Chirurg hatte damit gar kein Problem. Mir hat es geholfen, dass ich ihm so meine Fragen mitteilen konnte.«

»Na klar, er sieht Sie ja auch nur fünfmal.«

Ich hielt ihrem Blick stand. »Das sind dreimal mehr, als Sie mich gesehen haben.«

Sie machte einen Schritt zurück, lehnte sich nach hinten gegen den Tisch und verschränkte die Arme. »Was wollen Sie eigentlich von mir?«

»Ich möchte wissen, was los ist. Und ich möchte wissen, ob das, was ich hatte, eine allergische Reaktion war, und falls ja, was man dagegen unternimmt. Ich möchte der Therapie, die ich bekomme, vertrauen können. Ich finde nicht, dass das zu viel verlangt ist.«

Meine Stimme zitterte. Ich wollte entschlossen wirken, ohne meinen Ärger zu zeigen. Außerdem wollte ich sie möglichst nicht anschreien.

Widerwillig ging sie zusammen mit mir schnell meinen Fall durch. Meine Reaktion auf die letzte Chemo war nicht annehmbar, und sie hatte entschieden, mir diese Chemo nicht mehr zu geben. Stattdessen hatte sie mir eine ähnliche Chemo mit denselben Vorzügen verschrieben, bei der mit einer allergischen Reaktion nicht zu rechnen war.

»Was passiert, wenn ich wieder allergisch reagiere?«

»Das wird nicht passieren.«

Sie machte mich rasend. »Ja, aber falls doch?«

Sie seufzte genervt. »Sollten Sie wieder eine allergische Reaktion haben, werden wir wahrscheinlich mit der Chemo aufhören. Sie werden dann ja drei Chemos durchlaufen haben, und wir würden uns die vierte wohl schenken. Wir machen dann einfach mit der Hormontherapie weiter.«

Ich sah zu Chris. Sein Gesicht verriet, dass er genauso schockiert war wie ich.

»Frau Doktor, mein Krebs ist triple-negativ. Es sind keine Hormonrezeptoren vorhanden. Mein Behandlungsplan sieht keine Hormontherapie vor.«

Sie sah sich kurz noch einmal meine Akte an. ›TRIPLE-NEGATIV‹ und ›ALLERGISCH‹ hätte dort in bunten Buchstaben stehen müssen, doch das tat es nicht.

»Ja, natürlich«, sagte sie, jetzt sehr viel leiser.

»Verstehen Sie nun, warum ich das Gefühl habe, dass Sie sich nicht genügend mit meinem Fall beschäftigen?«

Danach untersuchte sie mich zwanzig Minuten lang und hörte mir zu. Ich zog die Chemo an diesem Tag durch, und bevor wir gingen, kam sie noch einmal zu mir herein und empfahl mir gegen die Übelkeit und die Schlaflosigkeit die Medikamente, die sie mir verschrieben hatte. Außerdem gab sie mir ein Naturheilmittel gegen die Schweißausbrüche in der Nacht. Sie pflichtete meinem Vater bei, dass Natron bei Verdauungsproblemen helfe. Ich hatte den Eindruck, dass sie mir endlich nicht nur zuhörte, sondern auch meine Patientenakte vollständig gelesen hatte. Sie hatte Bedenken von mir angesprochen, die ich im Vorfeld nur den Schwestern gegenüber geäußert hatte.

Die Infusion verschlief ich größtenteils. Offenbar war es sehr ermüdend, in einem Papierkittel einem Stethoskop auszuweichen, während man eine schnellsprechende Ärztin im Kreuzverhör hat.

Ein neuer Chemozyklus also … Es ist Taxol anstelle von Taxotere. Der Wechsel wurde am Donnerstag während eines Stethoskoptangos mit der guten Ärztin innerhalb von ganzen dreißig Minuten beschlossen. Zu meiner Überraschung war mir am Freitagabend übel und gestern den ganzen Tag. Bei all den Nebenwirkungen war mir diese bisher nicht untergekommen. Eigentlich hatte ich gedacht, dass ich schon genug durch hatte, daher kam das recht unerwartet.

Doch dann suchte ich gestern Abend im Netz nach Taxol. Tja, scheint wohl eine ziemlich übliche Nebenwirkung bei diesem Medikament zu sein. Üblicher als die anderen. Das im Voraus zu wissen wäre ja auch praktisch gewesen. Vielleicht hätte ich dann die zusätzlichen Medikamente gegen Übelkeit schon früher nehmen können. Ach, und außerdem bewirkt es – hm, ich beschränke mich mal auf »das entgegengesetzte Verdauungsproblem von meinem üblichen«. Auch das hätte ich gerne vorher gewusst. Zumindest so zwölf Stunden im Voraus, damit ich mich auf die Medikamente gegen die Nebenwirkungen hätte einstellen können. Aber wisst ihr, Chemo gehört schließlich zu den Kleinigkeiten, für die man eben mal beim Doktor vorbeischaut und dann wie gewohnt weitermacht. Es ist ja nicht so, dass man dafür etwas vorbereiten müsste oder dass es irgendetwas zu planen gäbe oder so. Ich bin einfach nur ein gigantisches Weichei. Mit einem Schal um den Kopf. Und kaum habe ich gelernt, solche Dinge vorauszuahnen, bin ich auch schon beinahe durch mit der Chemo.

Die Kleidungsfrage für den Brunch mit Chris' Eltern war dieses Mal schneller geklärt. Eine Chemopatientin konnte schließlich nicht nach ihrem Aussehen beurteilt werden, und meine Haare würden ohnehin perfekt sein. Ich musste mich nur noch entscheiden, ob ich lieber brünett, blond oder rothaarig sein wollte. Die Wahl fiel auf blond. Der Britney-Look war vielleicht für Ostern nicht die passendste Wahl, doch er hatte einen entscheidenden Vorteil: Die Britney-Perücke war eigentlich nur ein Haarband mit Haaren – oben blieb der Kopf unbedeckt, sodass ich darüber im Piratenstil noch den wunderschönen türkisen Schal von meinem Freund Gary binden konnte. Der Look gefiel mir; er sah sowohl cool als auch modern aus. Und er war allemal besser, als wenn ich unter meiner konservativeren rothaarigen Perücke, die ich für gewöhnlich zur Arbeit trug, schwitzte wie ein Schweinebraten.

Perücken sind warm und kratzen, und an Ostern wurde es in Riverside schon um die 27 °C. Ich wollte nicht ins Schwitzen geraten, das hätte nicht zu meinem neuen, stoischen und verzeihenden Ich gepasst. Der Schal passte außerdem perfekt zu meiner nagelneuen Bluse. Dazu suchte ich noch cremeweiße Leinenhosen und flache Schuhe aus; meine Füße waren schon seit Wochen zu geschwollen und zu schmerzend für hochhackige Schuhe.

Chris' Familie kam mit großen Osterkörbchen bei uns zu Hause an. Einen davon gab Trudi mir.

»Für mich?«

»Du gehörst jetzt zur Familie, also bekommst du auch eines.«

Chris versuchte nicht einmal, sein Grinsen zu verbergen, daher wusste ich, dass er auch daran dachte, wie seine Mutter dank eines verpassten Osterbrunchs unsere Beziehung herausfand. Und wie ich mich darüber ausgelassen hatte, Erwachsenen ein Osternest zu geben. Doch als ich die Geschenke in meinem Osterkörbchen öffnete, wurde ich direkt eines Besseren belehrt. In meinem Korb befanden sich zwei Designerschals und Geschenkgutscheine für einen Versandhandel, eine Buchhandlung und Starbucks. (Später sagte ich zu Chris, dass es ein Zeichen von wahrer Liebe gewesen sei, den Geschenkkorb seiner Mutter an jenem schicksalhaften Ostern für mich aufzugeben.) Abgesehen von Geleefrüchten und einem Osterhasen aus weißer Schokolade, gab es keine Süßigkeiten.

»Ich wusste noch, dass du keine Schokolade magst, aber ich hoffe, weiße Schokolade ist in Ordnung«, erklärte sie.

Ich war beeindruckt und gerührt. »Das ist wunderbar so. Meine Eltern denken kaum daran, dass ich keine Schokolade mag. Wirklich erstaunlich, dass du dich erinnert hast.«

»Meine Nichte isst auch keine Schokolade.«

»Wirklich? Ich bin bisher, glaube ich, noch niemandem begegnet, der auch keine Schokolade mag.«

»Siehst du, du passt genau in unsere Familie!«

»Gut, dann vielen Dank! Der Korb ist perfekt und mit all meinen Lieblingssachen gefüllt.« Ich umarmte sie. Und das ist sonst so gar nicht meine Art.

Zum Brunch gingen wir in das Restaurant eines Freundes, und die Bedienungen trugen allesamt schwarze Schürzen mit rosa Schleifen gegen Brustkrebs daran. Die Wärme und Unterstützung, die ich spürte, konnten beinahe das unangenehme Gefühl in meinem Magen verdrängen.

Ich überflog die Speisekarte auf der Suche nach etwas, das ich vertragen würde und das vielleicht sogar den metallischen Geschmack nach Dreck beseitigen könnte.

»Du solltest das Ginger Ale bestellen, Teresa«, schlug Trudi vor.

»Ginger Ale?«

»Auf der Karte steht, dass es mit frisch geraspeltem Ingwer gemacht wird. Das wird deinem Magen guttun.«

»Ja?«

»Wirklich. Ingwer ist super bei einer Magenverstimmung.«

Während des Brunchs schüttete ich drei große Gläser Ginger Ale meine Kehle hinunter. Es tat nicht nur meinem Magen gut, es schmeckte auch herrlich. Ich wollte am liebsten einen ganzen Kanister davon zum Mitnehmen bestellen. Am Ende des Brunchs konnte ich beinahe mein ganzes Omelett aufessen und dazu noch frische Orangenspalten und Melone.

»Die Mädchen möchten gerne die Mission Inn sehen. Fühlst du dich gut genug, so weit zu gehen?«, fragte Trudi.

Chris wandte sich zu mir. »Ich kann auch mit ihnen hinübergehen, wenn du dich lieber ausruhen möchtest.«

»Nein, das ist kein Problem. Es ist ja gleich auf der anderen Straßenseite, und ich fühle mich eigentlich ganz gut. Das Ginger Ale wirkt Wunder.«

Zu sechst spazierten wir durch die von Wein überwachsenen Pergolas zu den prächtigen, gefliesten Innenhöfen der Mission Inn und genossen die von blühenden Bougainvilleasträuchern überwucherten Bögen und Balkone, die Papageien in dem großen, schmiedeeisernen Käfig am Eingang und den Eukalyptusgeruch, der vom benachbarten Wellnessbereich herüberzog. Ich zeigte ihnen den Teppich, auf der jede kalifornische Missionsstation dargestellt war, und Kati, Courtney, Chris und ich fanden alle die Station, von der wir in der

Schule ein Modell gebastelt hatten. Das war eine Art Initiationsritual für kalifornische Schulkinder. Das Wetter war auch für südkalifornische Verhältnisse perfekt – blauer Himmel mit Schäfchenwolken und Sonnenschein. An einem der Balkone vor der Kapelle machten wir Fotos mit Blick auf den spanischen Innenhof. Trudi bestand darauf, dass ich auch auf den Fotos sein sollte, also fotografierte Chris. Und ich hatte keine Angst, ›aus Versehen‹ hinuntergestoßen zu werden, was doch schon mal ein großer Fortschritt war, oder? Aber es war tatsächlich so, dass ich mich mit seiner Familie gut amüsierte, ganz einfach.

Heute war ein guter Tag. Ich habe sogar länger als bis achtzehn Uhr gearbeitet. Meinen Füßen ging es etwas besser. Vielleicht, weil ich vernünftige, flache Schuhe anhatte (trotzdem hübsche Schuhe; wunderbare Ballerinas) und dann zu Hause dem ärztlichen Rat meines Vaters folgte und ein kaltes Fußbad machte und die Füße dann hochlegte. Offenbar hat das geholfen.

Außerdem bin ich von meinen eigenen Wehwehchen etwas abgelenkt, weil es Seamus nicht gut geht. Er wartete heute am Tor auf mich, als ich nach Hause kam, blickte ganz traurig drein und bewegte sich ganz langsam (für einen Beagle völlig untypisch). Er machte ein Nickerchen mit mir, aber kam nur langsam aus dem Bett heraus. Als er später zu mir auf die Couch sprang, kläffte er kurz. Ich denke, er hat sich irgendwo (am Rücken wahrscheinlich) verletzt, daher geben wir ihm die nötige Ruhe und sehen morgen weiter. Ich habe ihn abgetastet, was er ohne Kläffen oder Wegzucken zugelassen hat, daher kann ich nicht sagen, wo es ihm wehtut. Er ist aber sehr anhänglich und verschmust. Im Moment schläft er tief und fest in seinem Körbchen und schnarcht wie eine ganze Blaskapelle. Ich hoffe, das ist ein gutes Zeichen.

Armer Chris, mit so einem Krankenlager im Haus.

23 Haarige Zeiten

Wir freuten uns auf ein ausschweifendes Wochenende.

Meine vierte und letzte Chemo verlief bis auf eine Panne problemlos, als ich am Morgen vergaß, die Medikamente gegen Übelkeit einzunehmen. Chris kehrte um. »Wir sind wie die Eltern eines vierten Kindes. Bei dem ersten machten wir alles richtig und hielten uns an die einschlägigen Ratgeber. Jetzt, beim vierten, ist die einzige Regel ›kein Heroin auf der guten Couch«.

Meine Vergesslichkeit bescherte uns eine Verspätung von einer Stunde, und so verließen wir, ganz gemäß unserer Tradition, die Onkologiepraxis als Letzte. Es gab keine Urkunde oder Abschlusszeremonie für mich. Und natürlich keine traurige Abschiedsszene mit meiner Ärztin.

Egal, es war vorbei.

Nun sollte gefeiert werden.

Für die nächsten drei Wochen standen noch die möglichen Nebenwirkungen im Raum, und natürlich lag auch die Bestrahlung noch vor mir, aber ich würde nie mehr eine Infusion mit Gift bekommen. Chris und ich freuten uns auf das lange Wochenende zum Memorial Day, wenn ich endlich keinen Beschränkungen mehr unterworfen war und Whirlpool, Erdbeeren, Sushi, Menschenmengen und andere gefährliche Dinge nicht mehr tabu waren. Ich hoffte, dass sich bis dahin auch mein Geschmackssinn wieder normalisiert haben würde.

Zusätzlich zu den üblichen Nebenwirkungen schwollen in den nächsten zwei Wochen meine Füße so an, dass mir nur noch zwei Paar Schuhe passten. Meine Knochen schmerzten immer mehr und ebenso mein Schädel. Ich hatte Halsschmerzen und nachts grässliche Schweißausbrüche. Aber ich konzentrierte mich auf das Positive, in diesem Fall ein Wochenende in La Jolla, mit Dank an eine Freundin, die uns ihr Strandhaus angeboten hatte.

Eines Morgens wachte ich auf und hatte Lust auf Cappuccino. Als ich behutsam wie immer aufstand, trat ich mit einem Fuß auf. Kein Schmerz schoss durch den Fuß! Ich stolperte nicht! Ich konnte die Treppe heruntergehen, ohne auf jeder Stufe mit beiden Füßen aufzutreten. Und das wunderbarste Zeichen für die nachlassenden Nebenwirkungen war, dass mein

Starbucks Cappuccino wie … Cappuccino schmeckte! Ein Geschenk des Himmels!

Auf der Stelle untersuchte ich meinen Kopf auf nachsprießende Haare, als wäre es völlig logisch, dass sich sämtliche Baustellen gleichzeitig auflösen würden. Auch Chris musste nachsehen.

»Da ist doch ein Flaum, oder? Man kann doch etwas Flaum sehen!«

»Mehr fühlen als sehen, aber stimmt, da ist etwas Flaum. Herzlichen Glückwunsch, Schatz. Die kahlen Tage sind Geschichte.«

Seamus' Röntgenaufnahmen zeigen eine leichte Hüftdysplasie, aber man geht von einer Verletzung aus und hat ihm Ruhe verordnet. Keine Treppen, kein Springen. Das ist natürlich praktisch nicht umzusetzen, denn 1. ist er ein Beagle und 2. gibt es in unserem mehrstökkigen Haus eigentlich überall Treppen. Er bekommt nun auch entzündungshemmende Medikamente, und nach der ersten Dosis zu urteilen, fühlt er sich dadurch imstande, treppauf und treppab zu springen, bis er … nicht mehr kann. Und Seamus kann es gar nicht leiden, hochgenommen zu werden (er behält lieber die Kontrolle), von daher wird es sicher ein Spaß, ihn die Treppe hoch- oder hinunterzutragen. Eine weitere Neuigkeit: Ich habe offiziell Stoppeln auf dem Kopf!!! Mein Haar feiert tatsächlich ein Comeback. Nicht, dass *man* das sehen könnte, aber *ich* kann es schon sehen. Und Chris ebenso. Wir haben auch Seamus nach seiner Einschätzung gefragt, aber ihm ist es schnurzegal. Darum sind Hunde ja so toll.

Ich band mir einen rosa Schal um meinen flaumigen Kopf. Eine Perücke erschien mir am Strand ziemlich lächerlich.

Es war warm, mit Sonnenschein und blauem Himmel. Darum lächelten uns wohl so viele Leute zu, als wir Händchen haltend am La-Jolla-Strand spazieren gingen.

Dann fielen mir die etwas zur Seite geneigten Köpfe und die leicht zusammengekniffenen Augen auf, wenn sie mich ansahen.

»Ah. Das Mitleidslächeln. Alle denken, ich hätte Krebs.«

Chris legte seinen Arm um meine Taille. »Keine Ahnung, ob das ›alle‹ denken, aber es ist schon ziemlich offensichtlich, dass du es gegen Brustkrebs aufgenommen hast. Dein T-Shirt oder Sweatshirt und ganz sicher dein Schal zeigen das recht deutlich.«

Ich sah an mir herunter. Er hatte recht; mein T-Shirt zierte die Heldin des Antikrebscomics Cancer Vixen und mein Sweatshirt die Aufschrift »Beagles für Brüste«. Und klar, der Schal – das Chemosymbol schlechthin. »Das ist vielleicht eine Ironie. Seit der OP habe ich mich nicht mehr so gut gefühlt, und gerade jetzt sehe ich für alle krank aus.«

»Nein, für mich nicht.«

Die nächsten Wochen trug ich hauptsächlich Schals, und ich wunderte mich häufig darüber, dass man mir die Türe aufhielt, einen Sitzplatz in Wartebereichen anbot oder ein kostenloses Getränk oder ein Stück Kuchen, das ich bei meinem Bestrahlungstermin teilte. Es kam mir allmählich so vor, als hätte mein Schal Zauberkräfte, und all das begann am Windansea-Strand in La Jolla, als ich mein zurückgewonnenes Leben feierte.

Die regelmäßigen Blogeinträge wurden aufgrund von folgenden Umständen unterbrochen:

a. der Beendigung sämtlicher chemobedingter Beschränkungen;
b. dem Vorhandensein eines frisch befüllten, dampfenden Whirlpools
c. Chris und
d. einem gut gekühlten Four Graces Pinot Blanc.

Das dürfte so ziemlich alles sagen.

Meine Assistentin Michelle kehrte aus der Elternzeit zurück. Sie brachte ihren kleinen Sohn Jayden mit. Wir hatten abgesprochen, dass sie ihn, so lange es ging, mit zur Arbeit bringen könne. Effizient und fleißig, wie sie war, würde sie an einem Tag mit Baby so viel schaffen wie die meisten anderen in zwei Tagen. Außerdem war Jayden ein wunderbares und zufriedenes Kind. Bei unseren Mandanten war er überaus beliebt und eine gute Ablenkung von meinem »Krebspatienten«-Look. Er machte keine Umstände, schrie nicht und verschlief verständlicherweise einen Großteil des Tages. Und seine Anwesenheit brachte noch ein weiteres Plus.

»Dank ihm fühle ich mich besser mit meiner Frisur«, sagte ich.

»Ja, er hat nur Flaum auf dem Kopf. Ich frage mich, wann er wohl richtige Haare bekommt«, sagte Michelle.

»Das frage ich mich bei mir auch. Ist es gemein, ihn zu einem Haarwuchswettstreit herauszufordern?«

»Nicht, wenn ich Fotos machen darf.«

Sie gab mir Jayden in den Arm, und ich nahm meinen Schal ab. Ein Baby zu halten verunsichert mich immer (ich habe doch bereits meinen fehlenden Mutterinstinkt erwähnt, oder?). Dadurch war ich abgelenkt von der Tatsache, dass ich nun kahlköpfig in der Öffentlichkeit stand. Nun gut, eine kleine Öffentlichkeit von zwei Personen (und eine davon war ein Baby), aber doch eine Öffentlichkeit. Ich konzentrierte mich so darauf, ja nicht das Baby fallen zu lassen, dass ich mir gar keine Gedanken darüber machen konnte, wie absurd ich wohl aussah.

Michelle machte Fotos von Jayden und mir, von vorne, von hinten und mit unseren kahlen, leicht flaumigen Köpfen zusammen.

»He, ihr habt ja beide hinten am Kopfansatz diesen roten Ausschlag«, bemerkte sie.

»Wirklich?«

»Bei Babys nennt man das Storchenbiss.«

»Na, bei mir ist es dann wohl ein Chemobiss. Vergeht das von selbst? Oder hat es jeder und es wird nur irgendwann vom Haar bedeckt?«

»Das werden wir schon noch sehen.«

(Übrigens habe ich den Haarwuchswettstreit gewonnen, aber Jayden schlug mich in der Kategorie »Niedlichkeit«. Und der Storchenbiss verschwindet von selbst – bei Babys wie bei Chemopatienten.)

Hier bloggt Chris mit einem weiteren Bericht über ungehemmten Haarwuchs gegen Krebs, mittlerweile im vierten Monat. Wir sind nur noch um Haaresbreite von der legendären Achtzentimetermarke entfernt. So lang waren meine Haare noch nie. An manchen Tagen fühle ich mich beim Bürsten meiner langen, welligen Haare wie David Hasselhoff in *Knight Rider*. Und dann wieder fühle ich mich wie dieser Obdachlose, der unter der Autobahnbrücke lebt. Vor allem das Haar in meinem Nacken nervt mich langsam und das Haar, das mein Ohr bedeckt. Teresa meint, wenn es noch ein oder zwei Zentimeter länger ist, kann ich es hinters Ohr klemmen und nach hinten streichen, aber ich weiß nicht recht. Ich bin einfach nicht dunkel oder exotisch genug für so einen Look. Ich habe das Gefühl, wenn ich mein Haar so nach hinten frisiere, muss ich mir auch ein Ziegenbärtchen oder einen dicken Vollbart wachsen lassen, und ehrlich gesagt, kann ich das nicht (nicht, dass ich es nicht wollte … ich bin rein physisch einfach nicht imstande, einen dicken Vollbart oder ein Ziegenbärtchen wachsen zu lassen. Wirklich, meine Gesichtsbehaarung ist ausschließlich an meinem Hals zu finden, und ein Halsbart steht nun wirklich keinem einzigen Mann).

Eine Etappe meiner Krebsodyssee lag noch vor mir. Die Bestrahlung sollte vier Wochen nach dem Ende der Chemotherapie beginnen. Da diese Behandlungen häufiger waren als die Chemo – ich würde jeden Tag unter der Woche gehen müssen, und das dreiunddreißigmal –, konnte ich nicht an das UCLA zurückgehen. Das bereitete mir einige Kopfschmerzen, wenn ich mir überlegte, wie die Chemo außerhalb des UCLA verlaufen war.

Dr. Karam blieb jedoch Dr. Good Karma, indem er ein onkologisches Bestrahlungszentrum in der Nähe meiner Kanzlei auftrieb. Auch über die Radiologin selbst holte er Informationen ein und befragte sie telefonisch. »Ich denke, Sie werden sie mögen. Sie macht einen sehr kompetenten Eindruck. Sehr gute Referenzen«, machte er mir Mut.

»Prima, dass Sie jemanden in der Nähe gefunden haben. Ihre Praxis ist nur ein paar Kilometer von meiner Kanzlei entfernt.«

»Wirklich? Das passt ja dann hervorragend.«

»Ja. Vor allem, weil ein Starbucks auch gleich in der Nähe ist.«

»Ja, das weiß ich. Ich habe extra eine Praxis in der Nähe einer Starbucks-Filiale gesucht.«

»Wirklich?«

»Erwischt! Nein, Teresa. Ich habe eine gute Radiologin gesucht, die Ihnen die hervorragende Behandlung zuteilwerden lässt, die Sie verdient haben.«

»Och. Aber ich verdiene auch Starbucks.«

»Und Wein! Wann kommen Sie und Chris wieder einmal nach L.A.? Wenn Sie mit den Behandlungen fertig sind, feiern wir mit Wein.«

»Klingt super.«

»Und was macht Seamus?«

»Ihm geht's prima. Er hatte selbst etwas Probleme mit einer leichten Hüftdysplasie und einer Entzündung, aber er erholt sich gut. Rennt wie immer herum wie ein Verrückter.«

»Er war wohl neidisch, dass Sie sämtliche medizinische Aufmerksamkeit auf sich zogen.«

Dr. Good Karma hatte Seamus noch nicht kennengelernt, aber er hatte ihn durchschaut.

»Ja, das könnte stimmen.« Seamus' Ego war entzündet.

Mit Dr. Karams Hilfe war der Behandlungsplan für die Bestrahlung schnell und unkompliziert aufgestellt. Chris ging mit mir zur Vorbesprechung. Als die Radiologin Dr. Hocko lächelnd und fröhlich in den Untersuchungsraum kam, sah sie uns beiden in die Augen, und meine Patientenakte vom UCLA (auch meine Chemotherapieberichte waren nun dort) hatte sie auch gelesen. Sie sagte gleich, dass sie Dr. Karam sympathisch gefunden und sich gerne mit ihm unterhalten habe. Ich hielt das für ein Zeichen ihres guten Charakters.

Die Tage vor Beginn der Bestrahlung hatte ich wieder einiges vorzubereiten. Ich kaufte Sport-BHs ohne Bügel, das natürliche Deodorant, das erlaubt war, und sehr viel Aloe Vera. Außerdem verbrachte ich einige Zeit lesend im Freien und tankte etwas Sonne, solange das noch möglich war. Während der Bestrahlungsphase musste ich direktes Sonnenlicht nämlich meiden.

Außerdem kam ich zu dem Schluss, dass die Bestrahlung wie das kalifornische Staatsexamen für Jura war. Das Examen selbst fand ich nicht besonders schwierig. Schließlich hatte ich ja drei Jahre darauf hingearbeitet. Doch der physische und mentale Aspekt des Examens hatten es in sich. Drei Tage hintereinander jeweils acht Stunden geprüft werden, wenn man darüber zu lange nachdachte, fiel einem die Prüfung viel schwerer. Ich war mir noch nicht darüber im Klaren, wie »seamushaft« das Konzentrieren auf das Positive, auf das »Leckerli« war, aber weit davon entfernt war ich nicht mehr. Damals hatte ich mich scheibchenweise auf die Prüfungen eingestellt. Eine Prüfung nach der anderen, niemals weiter vorausdenken. Jetzt ging es darum, dreiunddreißig

Bestrahlungseinheiten durchzustehen. Eine nach der anderen und nach jeder Einheit einen Latte Macchiato.

Bestrahlungspatienten hatten jeden Tag denselben Termin. Ich hatte mir den Neun-Uhr-fünfzehn-Termin ausgesucht. Auch wenn ich keine Haare waschen und föhnen musste, keine Wimperntusche aufzutragen brauchte und meine Beine und Achseln nicht rasieren musste, kam ich morgens trotzdem nicht besonders schnell in die Gänge und wusste, dass ich den Rest des Tages schlechte Laune haben würde, müsste ich vor neun Uhr morgens irgendwo sein.

Am Morgen meines ersten Termins jedoch wachte ich wieder einmal früh auf. Kurz danach folgte mir Chris nach unten. »Soll ich wirklich nicht mitkommen?«

»Danke für das Angebot, aber nein. Das ist doch reine Zeitverschwendung für dich. Außerdem gibt's ja noch Seamus.«

Kaum hörte er seinen Namen, wedelte Seamus mit dem Schwanz und hob seinen Kopf.

»Na ja, die Ärztin sprach von einer guten Viertelstunde. So lange können wir ihn sicher alleine lassen«, wandte Chris ein.

»Da bin ich mir nicht so sicher. Aber es ist wirklich in Ordnung so. Ich schaffe das schon. Sollte es ein Problem geben, dann ohnehin erst viel später.«

Ich schaffte es, meinen Mut so lange aufrechtzuerhalten, bis ich mit entblößten Brüsten und den Armen über dem Kopf auf dem Bestrahlungstisch lag und ein Laserstrahl auf meine Brust zielte.

»Gut, halten Sie ganz still. Wir gehen jetzt aus dem Raum, können Sie aber sehen und dank der Sprechanlage auch hören, und Sie können uns hören. Es wird nicht lange dauern.« Die Radiologieassistenten waren heiter und effizient, aber dadurch fühlte ich mich nur noch einsamer, als sie hinausgingen. Hinter ihnen fiel die riesige, rund zweieinhalb Meter hohe und mindestens dreißig Zentimeter dicke Stahltür zu. Es wurde ganz still im Raum.

Alleine auf dem Tisch, dachte ich an Seamus. Jedes Mal, wenn er für seine Chemoinfusionen von mir weg nach hinten in den Behandlungsbereich der Klinik gebracht wurde, machte ich mir Sorgen, ob er Angst hatte und sich einsam oder verlassen fühlte – so wie ich mich damals fühlte. Aber jedes Mal kam er glücklich und voller Energie wieder zurück und war nur auf der Suche nach seinem nächsten Leckerli.

Ich hoffte, mir würde es ebenso ergehen.

Die Maschine setzte sich mit futuristischen Geräuschen in Gang, brummte und surrte, als sich der Arm über mir bewegte und die Laserstrahlen über meine Brust glitten. Jedes Mal, wenn die Strahlen abgefeuert wurden, konnte ich das hören. Pling, zip. Die Maschine drehte sich im Uhrzeigersinn. Pling, zip. Die Maschine bewegte sich wieder. Pling, zip. Noch eine Rotation. Pling, zip.

»Das haben Sie prima gemacht. Bleiben Sie, wo Sie sind, wir kommen herein und befreien Sie«, ertönte eine Stimme über die Sprechanlage.

»Das war's schon?«

»Ja. Das war's. Gut gemacht.«

Hätte ich einen Schwanz, hätte ich sicher damit gewedelt. Brave Patientin! Ganz brave Patientin!

Innerhalb einer Woche hatte sich eine gewisse Routine ergeben. Eine Routine, auf die ich mich allmählich sogar freute ... zumindest in dem Maße, in dem man sich auf eine Routine freuen kann, zu der die Bestrahlung einer Brust gehört. Ich wachte auf, trank lesend meinen Kaffee, duschte, zog mich an und fuhr zum Radiologischen Zentrum. Ich grüßte und unterhielt mich mit den anderen Patienten – Frau neun Uhr war eine Patientin mit Eierstockkrebs, Frau neun Uhr dreißig war ebenfalls eine Brustkrebspatientin und Herr neun Uhr fünfundvierzig war erstens meist zu früh zu seinem Termin und zweitens ein Patient mit Kehlkopfkrebs, der manchmal sprechen konnte und manchmal nicht. Normalerweise war ich insgesamt nur zwanzig Minuten im Zentrum, nur wenn die Maschine zickte oder einer der anderen Patienten oder ich selbst besonders gesprächig war, dauerte es länger. Danach holte ich mir auf dem Weg in die Kanzlei bei Starbucks einen Kaffee und Müsli. Um zehn Uhr saß ich am Schreibtisch und frühstückte. Für eine Krebspatientin war das gar nicht so schlecht, wie ich fand. Und wieder ein Tag weniger, noch 25, 24, 23 Tage, bis ich durch war.

Immer wieder werde ich gefragt, wie die Bestrahlung dosiert ist, wie lang sie dauert und ob es sich um eine ›niedrige Dosierung‹ handelt. Tja, ich weiß es nicht. Sicher hat man mir das erklärt, aber ich bin wohl zu dem Schluss gekommen, dass ich diese Information nicht auch noch in mein ohnehin volles Hirn zu stopfen brauche. Solange die Ärzte Bescheid wissen, bin ich zufrieden. Ich habe versucht, während der Bestrahlungsschüsse zu zählen (ein Mississippi, zwei Mississippi, drei …), aber sie kamen mir nicht einheitlich lang vor, also fragte ich schließlich doch. Die Radiologieassistentin erklärte mir, die Zeit sei nicht ausschlaggebend, sondern die Dosierung. Die Bestrahlung dauert also so lange, bis 180… ähm … ich glaube, sie sagte Zentigramm, erreicht seien. (Dad … Ich weiß, du wirst mir die korrekte Maßeinheit mitteilen und gleichzeitig das Geld für die offensichtlich erfolglose Nachhilfe von mir zurückverlangen.) Sie verglich es mit dem Auskippen einer Tasse Zucker. Es ist gleichgültig, wie lange es dauert, wichtig ist nur, dass es am Ende genau eine Tasse ist.

In der zweiten Woche hatte ich die anderen Patienten schon ein wenig kennengelernt. Als ich am Mittwoch nach meiner Bestrahlung in das Wartezimmer zurückkam, saßen da lesend Frau neun Uhr dreißig und Herr neun Uhr fünfundvierzig und dessen Freund, ein schwergebauter Afroamerikaner, dessen E-Book-Reader ich schon ganz offen anschmachtete.

»Ich zieh mich schnell um und warte dann auf Sie«, sagte ich zu Frau neun Uhr dreißig.

»Prima, ich habe einen Schal dabei. Ich freu mich riesig darauf, endlich ein paar Alternativen zu all den Kappen zu haben«, sagte sie.

»Aber Sie sehen doch hübsch damit aus«, gab ich zurück.

»Ich bin sechzig! Hübsch ist nicht mehr meine Kategorie. Ich will elegant aussehen. Ich will aussehen wie Sie«, erwiderte sie.

»Na ja, wir haben ja schon dieselbe Frisur, von daher ist der erste Schritt getan«, scherzte ich. Das ganze Wartezimmer lachte. Wir hatten alle dieselbe Frisur.

Am Tag davor hatte mich Frau neun Uhr dreißig gefragt, wie ich die Schals um den Kopf binde. Genau wie ich den Sommer über meine Perücken gegen Schals ausgetauscht hatte, trug sie statt der Perücken hübsche Sportkappen.

Ich hatte nun schon eine eindrucksvolle Sammlung von Schals, die teuren, langen, exklusiven Seidenschals von Trudi und die vielen von meiner Mutter speziell für mich genähten miteingeschlossen. Meine Mutter hatte noch mit ihrer Gürtelrose zu tun und konnte mich nicht besuchen kommen, daher vertrieb sie sich die Zeit mit Nähen. Und Quilten. (Ein Quilt mit rosa Schleife war nun auch in meinem Besitz.)

Für meine Kopfbedeckungen erhielt ich täglich Komplimente von den Mitarbeitern und Patienten im Zentrum. Ich hatte Frau neun Uhr dreißig versprochen, ihr beizubringen, wie man die Schals bindet. Da meine verbalen Erklärungen nicht zum Erfolg geführt hatten, gingen wir heute zu einer Vorführung mit Beteiligung der Schülerin über. Ich nahm meinen Schal ab und wollte gerade beginnen.

»Sie haben ja Haare«, rief Frau neun Uhr dreißig.

»Nein, ich habe Stoppeln. Und sie sind eigenartig dunkel.«

»Sie haben jedenfalls mehr als ich. Wenn ich so viele hätte, würde ich meinen Kopf gar nicht mehr bedecken.«

Ich dachte einen Augenblick darüber nach. Zu Hause lief ich schon immer öfter ohne Kopfbedeckung herum. Aber für die Öffentlichkeit war ich noch nicht bereit. Dennoch tat es mir gut, das zu hören.

Nach einigen Versuchen hatte sie den Dreh heraus und konnte ein Piratentuch binden.

»Jetzt brauche ich noch Kreolen«, scherzte sie.

»Und einen dicken, schwarzen Lidstrich à la Johnny Depp.«

»Sehr cool!«

Ich mochte die Gruppe, die ich immer besser kennenlernte. Wir alle kämpften den Kampf unseres Lebens, aber jeder von uns hatte Zeit, nett zu den anderen zu sein. Die Radiologieassistentinnen erzählten mir, dass jede Gruppe eine andere Dynamik in das Wartezimmer bringe und dass unsere Gruppe besonders freundlich sei. Sie hätten auch schon nervöse Gruppen gehabt, bei denen sich alle gegenseitig in ihrer Nervosität hochschaukelten, Gruppen, die voreinander mit ihren Narben prahlten, und Gruppen, bei denen es darum ging, wer am meisten gelitten hatte. Ich war mit meiner Gruppe sehr zufrieden.

Doch eines Tages, als ich etwa die Hälfte meiner Sitzungen geschafft hatte, kam ich, für die Arbeit gekleidet, aus der Umkleide und platzte in ein Gespräch im Warteraum. Eine neue Patientin war zu uns gestoßen und wollte von jedem die Quote wissen.

»Was ist denn Ihre Quote?«, fragte sie mich.

»Meine Quote?«

»War Ihrer denn Brustkrebs?«

Krebspatienten verhalten sich recht besitzergreifend ihrem Krebs gegenüber. Man spricht gerne über ›meinen Krebs‹ oder ›Ihren Krebs‹.

»Ähm, ja. Brustkrebs. Triple-negativ.« Ich sah die anderen Patienten an – die aus meiner Gruppe. Frau neun Uhr dreißig sah aus, als müsse sie ein Lachen unterdrücken, andere schüttelten langsam den Kopf. Natürlich war mir klar, dass triple-negativ keine Quote war, aber ich wusste nicht recht, worauf sie hinauswollte. Zumindest hatte ›triple‹ auch etwas mit Zahlen zu tun.

»Das sind so fünf Prozent.«

»Wie meinen Sie? Fünf Prozent wovon?«

»Fünf Prozent Wahrscheinlichkeit für ein Rezidiv. Sie wissen schon. Diese Ärzte geben uns doch alle Quoten. Damit wir Bescheid wissen. Ob ein Rezidiv zu erwarten ist. Wie ist also Ihre Quote?«

Uff. Diese mir völlig fremde Person wollte wissen, wie hoch die Wahrscheinlichkeit war, dass ich starb? Warum? Um zu entscheiden, ob es Zeitverschwendung war, mich näher kennenzulernen?

»Ah, diese Quote. Na ja, zu 85 Prozent kommt mein Krebs nicht zurück.«

»Also haben Sie 15 Prozent Chance auf ein Rezidiv.«

»Nein. Ich habe eine Chance von 85 Prozent, dass der Krebs nicht zurückkommt.«

»Ja, also mit einer Wahrscheinlichkeit von 15 Prozent entwickeln Sie ein Rezidiv!« Mit gerunzelter Stirn trat sie näher zu mir heran, als würde ich es einfach nicht verstehen und als wäre es ihre Aufgabe, mich aufzuklären.

»Ich kann sehr gut rechnen. Aber ich sehe es trotzdem anders. Ich konzentriere mich lieber auf die 85 Prozent, dass der Krebs nicht zurückkommt. Aber danke der Nachfrage.« Ich sah an ihr vorbei zu den anderen Patienten im Raum. Frau neun Uhr dreißig streckte die Daumen empor, und ich konnte sehen, dass einige der anderen Patienten nun lächelten. Als ich ging, hörte ich, wie die Neue den anderen erklärte, dass ich in der Verdrängungsphase sei.

Am Abend gingen Chris und ich mit unserem vollständig genesenen Seamus lange spazieren, und ich erzählte Chris alles. Wir waren ja schon seit Monaten unserer Wannenzeit beraubt, und so waren die Spaziergänge mit Seamus zu unserer neuen Gesprächszeit geworden.

»Das ist ja ein starkes Stück!«, sagte er.

»Ja. Als bräuchte ich eine Erinnerung, dass ich daran sterben könnte. Und dann noch von einer völlig Fremden!«

»Na ja, das überrascht mich jetzt weniger. Es gibt einfach unverschämte Leute. Nein, ich bin mehr über dich erstaunt.«

»Über mich?«

»Nachhilfe im Schalbinden geben, nette Unterhaltungen … seit wann bist du denn eine unverbesserliche Optimistin geworden? Immer das Positive im Blick? Bist du dir sicher, dass es nicht dein Hirn war, das da bestrahlt wurde? Vielleicht hat man ja deine Persönlichkeit mit der einer Cheerleaderin ausgetauscht, die jetzt irgendwo am Spielfeldrand schreit: ›Los, kommt endlich in die Gänge, verdammt noch mal, damit wir nach Hause können!‹«

Ich lachte. Es steckte ein Funken Wahrheit in seinen Worten. Natürlich nicht in der Geschichte über die Cheerleaderin, sondern über mich. Meine Antwort auf die unverschämte Frage war positiv gewesen. Ein optimistischer Gedanke. Kein Katastrophenszenario. Kein drohendes Unheil. Und das von mir!

Mein Hund hat überlebt und das werde ich auch.

Diese Erkenntnis war nun offenbar vollends zu mir durchgedrungen. Es war keine vage Hoffnung mehr oder ein Mantra. Ich gab Chris einen flüchtigen Kuss und ging lächelnd weiter. Zum letzten Bestrahlungstermin begleitete mich Chris. Endlich bekam ich eine Urkunde und eine fröhliche Abschlusszeremonie von Dr. Hocko und ihrem wunderbaren Team. Einen Moment lang dachte ich, ich würde das Radiologiezentrum vermissen. Meine Mitpatienten und das Team waren mir ans Herz gewachsen, und in vielerlei Hinsicht hatte meine Genesung hier ihren Anfang genommen. Als wir gingen, machte Chris ein Foto von mir vor dem Zentrum. Mit meiner Urkunde in der Hand und einem albernen Grinsen im Gesicht warf ich meinen Hut in die Luft und präsentierte stolz meine kaum einen Zentimeter langen Haare.

Achtung – solltet ihr auf der Suche nach einem traurigen, verrückten oder sogar lustigen Bericht über die Krebstherapie sein, seid ihr heute bei meinem Blog verkehrt. Ja, sicher, es ist ein Blog über meine Krebsodyssee, aber heute habe ich mir einen Tag Urlaub vom Krebs genommen. Stattdessen folgt ein fröhlicher Beitrag über Chris' und meinen Jahrestag. An einem 12. Juni war unsere erste Verabredung – bei einem Spiel der Angels. Daher zog es uns auch an diesem 12. Juni wieder zum Diamond Club. Da es eine besondere Gelegenheit war, donnerte ich mich richtig auf (Perücke und künstliche Wimpern! Das war ein Hit!).

Unsere erste Verabredung war ein Riesenspaß gewesen (ja, genau, darum gingen wir weiterhin miteinander aus), und ich lernte damals auch etwas über Beziehungen zwischen älteren Frauen und jüngeren Männern. (Mittlerweile habe ich meine entsprechenden Kenntnisse vertieft. Hüstel.) So ein Pärchen saß nämlich damals genau vor uns. Diesmal war es eine vierköpfige Familie. Beide Male aber waren betrunkene Kerle hinter uns. Hach, die Atmosphäre von Sportgroßveranstaltungen. Mir gefällt das Gefühl, zur Normalität zurückzukehren, so kurz es auch sein mag. Und es gibt wohl kaum etwas Normaleres als betrunkene Kerle und Feuerwerk bei einem Baseballspiel. Ich war vielleicht etwas erschöpfter als normal und eben aufgedonnert, aber es war ein grandioser Abend mit einem fantastischen Mann, dem es nichts ausmacht, ob ich aufgedonnert oder kahlköpfig bin, gegen Krebs kämpfe oder schlecht gelaunt bin oder was auch immer ich in den letzten Monaten alles war.

Chris kümmerte es noch nicht einmal, dass ihn schon zum zweiten Mal innerhalb von fünf Tagen ein Fremder darauf ansprach, dass er aussehe wie Jay Leno. Es ließ ihn kalt, als betrunkene Angels-Fans ihn um eine Jay-Leno-Parodie baten (ja, er ließ sich dazu hinreißen, und ja, die Parodie war hervorragend). Mit langem Haar halten ihn die Leute für Jay Leno. Mit kurzem für Vince Gill. Für mich aber ist er immer Chris. Und immer *mein* Chris.

24 Aloha, Krebs

Es wurde Sommer, die Tage wurden länger und meine Energie kehrte allmählich zurück. Eines Abends, als ich von der Arbeit nach Hause kam, saßen einige Freunde zusammen mit Chris auf der rückwärtigen Terrasse, tranken französischen Rosé und betrachteten den Sonnenuntergang.

»Wir haben Chris gerade gesagt, wie toll er sich während dieser ganzen Geschichte gemacht hat«, erklärte Jane.

Ich nahm mir einen Stuhl, und Chris schenkte mir ein Glas Wein ein. »Ja, das sage ich ihm auch immer wieder. Ich sage ihm auch, wie beliebt er bei den Frauen wäre, falls ich es doch nicht schaffen sollte. Er hätte die freie Auswahl.«

»Ja, stimmt. Oh Gott«, fiel Becky ein. »Ein Mann, der nicht nur zu seiner Frau gehalten und sie zu jedem Arzttermin begleitet hat, sondern auch noch diese verrückte Geschichte durchgezogen hat, sich als Zeichen der Unterstützung die Haare wachsen zu lassen. Die Frauen würden Schlange stehen. Moment, wo kann ich mich in die Warteliste eintragen lassen?«

»Ich bin dabei«, sagte Laureen.

»Das geht nicht; du bist ja schon verheiratet«, warf Becky ein.

»Gut, dann bin ich nur seine Zuhälterin. Ich kümmere mich um den Terminplan des beliebten jungen Witwers. Dafür braucht man Organisationstalent.«

Wir lachten alle und der Spaß ging noch eine Weile weiter. Chris setzte selbst auch noch ein paar Namen auf die Warteliste.

»Hey, Freunde, ich bin immer noch hier! Ich sterbe gar nicht. Darf ich um etwas Respekt für die Krebslady bitten?«, sagte ich schließlich.

»Du hast ja damit angefangen«, meinte Becky. »Im Ernst, in meinem Umfeld gab es bisher niemanden mit Krebs, und ich hätte nie gedacht, dass ich über Krebsdinge Witze reißen könnte. Dafür sollte ich dir wohl danken – dass du mir gezeigt hast, wie man damit umgehen kann und wie es leichter wird.«

»Na ja, ich hoffe, ich habe es euch nicht zu bequem gemacht. Ich mache mir Sorgen um die nächste Frau mit Brustkrebs, der ihr begegnet. Die findet es womöglich nicht so witzig, wenn ihr über ihren Tod hinaus derartige Pläne für ihren Mann macht.«

»Keine Sorge. Wir werden uns zusammenreißen«, beschwichtigte Laureen. »Wir werden genug mit Chris zu tun haben.«

Ihr Gelächter machte mich glücklich, aber noch glücklicher machte mich der Toast, den Jane dann ausbrachte.

»Nein, wirklich, Chris. Du warst wirklich wunderbar während dieser schweren Zeit. Darum will ich einen Toast auf Chris ausbringen.« Sie erhob ihr Glas und wir anderen taten es ihr nach. »Ich war noch nie so glücklich darüber, mich in jemandem so getäuscht zu haben.«

Ich konnte Chris' Blick über die Gläser hinweg sehen und erkennen, dass er sich über Janes Worte freute. Nach allem, was wir durchgemacht hatten, war es endlich auch für die anderen sichtbar, was Chris und ich von Anfang an wussten. (Zumindest Chris wusste es von Anfang an; ich brauchte etwas länger, um zu begreifen, was wir aneinander hatten.)

»Das bedeutet mir sehr viel, Jane. Danke schön«, sagte Chris und stieß mit ihr an.

Mir bedeutete es auch sehr viel, und ich sog den Moment auf, als die Sonne hinter dem Hügel verschwand und unsere Freunde sich weiter unterhielten und an einem wundervollen Juniabend Wein tranken.

Ich bin's wieder, Chris. Da mein letzter Eintrag zum ungehemmten Haarwuchs gegen Krebs schon einen Monat her ist, berichte ich heute bereits über den fünften Monat. Und was für ein Monat das war in Sachen Haarwuchs. Wir nähern uns den zehn Zentimetern und rasen somit kopfüber in Richtung Helmfrisur. Ach, was schreibe ich, eigentlich haben wir die Helmfrisur schon durch und bewegen uns auf die Löwenmähne zu. Meine Frisur hat allmählich die Form eines Urwaldes angenommen. Die Haare rund um meine Ohren (ja, wirklich, rundherum!) kann ich mittlerweile ganz über meine Ohren breiten, wenn ich das möchte (das tue ich aber nicht), und ich mache mir langsam Sorgen, dass ich bald nicht mehr genügend Platz hinter den Ohren habe, um die Haarmassen an meinen Schläfen ordentlich und stilbewusst zu verstauen. Bald, befürchte ich, kann ich nur mehr den Donny-Osmond-Look der 70er imitieren, und selbst er hatte es nicht mit diesem, diesem, diesem DING zu tun, das sich da gewellt über meine Stirn auffächert. Nein, wirklich, angesichts dieser Naturwellen, die sich vorne und hinten an meiner Frisur aufbäumen, hätte Jacques Cousteau ehrfurchtsvoll geseufzt und würden Tausende indonesische Küstenbewohner schreiend ins Landesinnere flüchten. Ich meine, schaut mal, was da hinten am Nacken passiert, diese kleinen Sprungschanzen, die eine Kehrtwende Richtung Nacken machen. Das ist doch nicht normal. So benehmen sich Haare doch nicht, oder? Ich bekomme doch keinen Vokuhila, oder? ODER?

Chris und die Freunde, die an jenem Abend zu Gast waren, planten für das Ende meiner Behandlungen eine Party unter dem Motto *Zu Hause im Glück*. Einladungen und T-Shirts gestalteten sie mit einer Parodie des Logos dieser Doku-Soap. Das Logo wurde rosa, und der Untertitel wurde zu ›Teresas Einzug in ein neues Leben‹. Die Party sollte in Michelles Garten stattfinden, der gerade ganz neu angelegt worden war und aussah wie eine Landschaft in der Provence. Außerdem hatte sie zwei große Hunde, Will und Nellie, die Seamus' beste Freunde waren. Seamus betrachtete ihren Garten als eine Art Disneyland für Hunde, sodass es jedes Mal schwierig war, ihn nach einem Besuch wieder ins Auto zu verfrachten.

Über hundert Freunde und Mandanten kamen den ganzen Tag über, um mit mir zu feiern, und das, obwohl es an diesem Tag über 45 °C hatte – einer der heißesten Tage in der Geschichte von Riverside. Die Leute kamen sogar aus der Bay-Gegend, Oregon und Colorado. Dr. Karam kam aus Los Angeles, verbreitete sein gutes Karma und löste ein Raunen unter meinen Freundinnen aus, als er sein T-Shirt gegen ein *Zu-Hause-im-Glück*-Shirt eintauschte und dabei einen tätowierten Rücken und einen tätowierten Oberarm entblößte.

Endlich lernte er auch Seamus kennen.

»Der ist ja süß«, sagte er und streichelte Seamus kniend.

»Teuflisch süß, das ist ja das Problem.«

»Aber er hat den Krebs besiegt und er hat Ihnen geholfen, also wollen wir mal nicht so streng mit ihm sein.«

»Ganz genau.«

Dr. Karam stand auf und Seamus rannte Richtung Grill und bettelte heulend nach Hamburger.

»Ich hätte da mal eine Frage, Amer.«

»Schießen Sie los.«

»Ich weiß ja, dass Sie neu am UCLA waren, als wir dorthin kamen. War ich Ihre erste Patientin?«

Er lächelte verschmitzt. »Na ja, so ungefähr.«

»Keine Sorge. Offensichtlich ist ja alles gut gegangen, und selbst wenn ich es damals gewusst hätte, hätte es mir nichts ausgemacht. Seamus war der dritte Patient von Dr. Dutelle, und wir fanden sie großartig. Also, die wievielte war ich denn?«

»Die Nummer drei dürfte hinkommen.«

»Ha! Darum sind Sie also zu all meinen Terminen mitgekommen.«

»Ja, ich musste mich auch erst auf dem Campus zurechtfinden.« Er grinste. »Und ich habe einige andere Ärzte kennengelernt.«

»Wie schön, dass ich Ihnen behilflich sein konnte. Aber ich nehme an, ich kann anderen diese Art von Behandlung nicht versprechen.«

»Nein, wahrscheinlich nicht. Aber ich werde mich bemühen.«

Das würde er gewiss tun, das wusste ich.

Chris' Eltern und seine beiden Schwestern waren zusammen mit seiner Tante Susan ebenfalls gekommen. Ich versuchte, meinen neu gewonnenen Optimismus walten und mich nicht davon stressen zu lassen, dass ihre Anwesenheit ein allererstes Treffen von meinen Familienangehörigen (meinem Vater und meiner Stiefmutter und meiner jüngeren Schwester mit Mann und Kindern) und denen von Chris bedeutete. Doch nervös war ich schon. Als wir sahen, wie unsere Väter sich die Hand gaben, waren Chris und ich schon mehr als fünf Jahre zusammen und hatten schon drei Jahre zusammengewohnt, aber wir hielten dennoch den Atem an. Und als sich mein Vater und Chris' Mutter begrüßten, hyperventilierte ich beinahe, aber sie lächelten und beglückwünschten sich zum jeweiligen Kind und dazu, wie wir die Krebsodyssee gemeinsam gemeistert hatten. Mit anderen Worten benahmen sie sich wie zivilisierte Erwachsene, was sie ja auch waren. Das Universum implodierte nicht. Ich konnte endlich aufatmen.

Chris ging über die Wiese, gab mir einen Frozen Margarita aus der Maschine, die meine Freunde unbedingt hatten mieten wollen, und sagte: »Jetzt kennen sie sich also.«

»Ja. Und es flogen gar keine Gegenstände durch die Luft.« Ich hob mein Plastikglas zu ihm.

»Nicht einmal gehässige Worte. Offenbar ist alles gut.«

Ich genoss den Augenblick neben Chris, meine Familie und Freunde im Blick, und spürte meine Genesung im warmen Sonnenlicht.

Seamus rannte heulend vorbei, Will und Nellie folgten ihm auf den Fuß. »Alles ist gut«, sagte ich und lehnte mich in Chris' Arme. Ich war zutiefst glücklich. »Sehr, sehr gut.«

Meine persönliche »Jeder andere Hund«-Episode passierte gestern Abend. In drei Tagen muss ich zu meinem ersten Quartals-Check-up. Ich habe schon öfter gehört, dass dies, ähnlich wie die erste Mammografie nach der Behandlung, Stress auslöst, weil es Erinnerungen an die Krankheit und die Behandlung wachruft, gerade wenn man wieder in die Normalität zurückgefunden hat. Dazu kommt noch der ständige Unkenruf »Er könnte wiederkommen!«, bis man endlich die magische Fünfjahresmarke erreicht hat (und wahrscheinlich auch danach noch). Ich hatte gar nicht darüber nachgedacht oder mir Sorgen gemacht. Bis zum Sonntagabend. Ich hatte mich nicht gut gefühlt, hatte extremen Durst und musste die ganze Zeit, ähm … pinkeln. Dann bekam ich noch irrsinnige Rückenschmerzen. Gestern kam auch noch Schüttelfrost dazu, was mich sehr an die Situation erinnerte, als meine Leukos im Keller waren. Fiebermessen ergab 38,8 °C. Nicht gut. Ich gab im Internet meine Symptome in den Symptomat ein. Ich sollte vielleicht hinzufügen, dass ich das zum allerersten Mal in meinem Leben gemacht habe. Normalerweise sitze ich es entweder aus oder ich rufe meinen Vater an. Aber ich war nervös, weil ich mich so wie am Morgen meiner Leukogeschichte fühlte. Der Symptomat war ziemlich gut – ich hatte entweder Blasen- oder Nierenkrebs oder eine Blasen- oder Harnwegsinfektion. Verdammt! Dann stand da noch eine Warnung, man solle sofort medizinischen Rat einholen, falls man *X, Y, Z* war oder ein geschwächtes Immunsystem hatte, wie beispielsweise während einer Chemotherapie. Ähm, ja, ich beginne dann mal mit den harmloseren

Varianten. Ich werde also so tun, als wäre ich »jeder andere Hund«, und erst einmal die harmloseste Variante ausschließen. Mein Immunsystem war geschwächt (während der Chemo), ist es aber jetzt nicht mehr. Oder? Ich trank literweise Cranberrysaft, schlief ausgiebig und blieb einen Tag von der Arbeit zu Hause und nahm Antibiotika. Jetzt geht es mir schon viel besser. Ich denke, ich bin einfach jeder andere Hund. Mit Blasenentzündung.

Ich wusste nicht recht, ob ich aufgeregt sein sollte. Chris hingegen war in Ekstase.

Wir ließen uns die Haare schneiden.

Wie ich meiner Mutter versprochen hatte, als sie nicht zu mir reisen konnte, besuchten Chris und ich sie im August in Missouri (wo wir, wie sich herausstellte, eine weitere *Zu-Hause-im-Glück*-Party hatten). Chris hatte mit seiner mittlerweile gigantischen Mähne einen Sommerbesuch im feuchten Mittleren Westen durchgestanden. Ich dagegen hatte für so eine Reise den perfekten Haarschnitt. Denselben, den sich mein zehnjähriger Neffe zu meinen Ehren hatte schneiden lassen. Aber Chris hielt sein Versprechen. Er würde seine Haare erst schneiden lassen, wenn auch ich einen Haarschnitt brauchte.

Im Dezember hatte ich knapp fünf Zentimeter lange wellige, braune Haare. Sie hatten an sich keinen Haarschnitt nötig, mussten aber doch etwas in Form geschnitten werden. Aber das war Grund genug. Wir hatten eine Reise nach Hawaii geplant, und ich wollte Chris nicht noch einen Urlaub mit dieser Haarpracht zumuten. So rasant, wie sein Haar wuchs, hätten wir am Ende noch ein zusätzliches Flugticket für die Haare buchen müssen, wenn er sie nicht hätte schneiden lassen.

»Willst du zuerst?«, fragte ich.

Chris saß einen Platz entfernt von meiner Friseurin Kelly und sagte mit einer galanten Handbewegung: »Nach dir. Ich kann meine Haare erst schneiden lassen, nachdem du dir deine hast schneiden lassen. So war es abgemacht.«

»Ich kann immer noch nicht glauben, dass Sie das durchgezogen haben«, sagte Kelly. »Das ist noch verrückter, als sich selbst den Kopf zu rasieren. Und in Ihrem Fall eindeutig schwieriger.«

»Ach, es war ein Riesenspaß«, entgegnete Chris. »Und ich habe sozusagen im Alleingang die Haarpflegeindustrie wieder auf Trab gebracht.«

Kelly schnippelte an meinem Haar herum, vor allem an den Stellen, wo etwas von meinen ursprünglichen Haaren geblieben war – selbst nach vier Runden Chemo! (Chris meinte nur: »Dünne Haare, dickes Durchhaltevermögen.«) Dann trug sie ein Produkt auf, das meinem Haar mehr Textur und Halt geben sollte, fuhr mit ihren Händen durch die Strähnen und zog einige Partien in verschiedene Richtungen. Dann drehte sie meinen Stuhl herum, und ich konnte meinen neuen Look sehen.

»Wow. Ich habe tatsächlich eine Frisur.«

»Es sieht wirklich hübsch aus«, meinte Kelly.

»Ich hab dir doch gesagt, dass dir kurzes Haar super steht«, stimmte Chris zu.

Mir gefiel mein Look. Kelly hatte mir einen coolen, sportlichen Stil verpasst und meinen Chemopatientenlook in der Versenkung verschwinden lassen. Ich musste mich nur noch daran gewöhnen, jetzt brünett zu sein. »So, jetzt bist endlich du an der Reihe.« Ich stand auf und bat Chris, Platz zu nehmen.

»Ich kann es kaum erwarten!« Chris machte sich ungeduldig startklar.

Kelly fuhr mit den Fingern durch seine ungebändigte Haarpracht. »Ich muss mich hier erst einmal mit der Schere vorarbeiten, bevor ich mit der Haarschneidemaschine ran kann!«

»Nur zu. Sie brauchen wahrscheinlich eine neue Schere, wenn Sie hier fertig sind.«

Grau meliertes Haar fiel in großen Büscheln auf den Boden und bedeckte im Nu meine bescheidenen, feinen Chemolöckchen.

Als Kelly endlich nach einer halben Stunde fertig war, blickte Chris in den Spiegel.

»Ah, da bin ich ja wieder!«

»Du siehst großartig aus. Mehr wie Vince Gill, weniger wie Jay Leno.«

Als wir beschlossen hatten, den Sieg über den Krebs in Hawaii zu feiern und den Feiertag, der nicht mehr genannt werden darf, zu ignorieren, boten uns Freunde ihre Wohnung in Maui an.

»Sag mir einfach, wann genau du die Wohnung haben willst, dann reservieren wir sie für dich«, hatte mein Freund Ted gesagt. Er wusste, was es mit mir und dem Dezember auf sich hatte, und seine Frau Sandy, eine Krankenschwester, hatte meine Behandlung auf dem Blog verfolgt.

»Das ist wahnsinnig nett von euch. Wegen der genauen Zeit, ich möchte eigentlich nur am 25. Dezember dort sein und nicht am 23. fliegen müssen.«

Wie aus der Pistole geschossen, stimmte Ted zu: »Nein, das wäre den anderen Passagieren gegenüber wirklich höchst ungerecht.«

Chris' Eltern hatten uns dann noch fünf Nächte im Hotel auf der Hauptinsel angeboten. Ich hatte noch nicht einmal einen leisen Verdacht, dass sie vielleicht Einzelzimmer gebucht haben könnten oder dass Chris entführt und ohne mich nach Hause gebracht werden könnte. Ich war einfach nur dankbar und freute mich riesig.

Nun musste sich zeigen, ob ich dem Dezember vielleicht noch eine letzte Chance geben könnte.

Am 23. Dezember, ein Jahr nachdem mein Arzt mich angerufen hatte, um mir als Ergebnis der Mammografie »den begründeten Verdacht, dass es sich um einen bösartigen Tumor handelt«, mitzuteilen, schlenderten Chris und ich über den Keawakapu-Strand in Wailea und betrachteten, Mai Tais schlürfend, schon den dritten Sonnenuntergang nacheinander – ein Hurrikan war nicht in Sicht. Ich trug kein Make-up und mein Haar war von der salzigen Luft zerzaust. Meine rechte Brust zeigte noch deutlich die Pigmentierung nach der Bestrahlung (die Brust war dunkler als die Haut darum), aber meine Narbe war schon viel blasser. Ich trug mein rosa *Zu-Hause-im-Glück*-T-Shirt als Erinnerung an den Tag und das Jahr, das hinter uns lag.

Es machte mir nichts aus, wie ich aussah. Ich hatte keine Rüstung mehr nötig. Wir hatten die Schlacht gewonnen. Seamus hatte mir also doch ein wenig irisches Glück gebracht.

Und natürlich vermisste ich Seamus, als wir andere Hunde mit den Wellen spielen und herumrennen sahen. Aber ich wusste ja, dass er im Ruff House bei seinen Fans gut aufgehoben war. Und das Wissen, dass wir beide gesund waren, war noch viel beruhigender. Die Liste der Dinge, die ich für Seamus aufgegeben hatte, war schon lang genug, eine Reise nach Hawaii musste nicht auch noch dabei sein. (Ich konnte sein Heulen bei dem Gedanken beinahe hören: *Verdaaaaaaaammmt, Leute! Ich liebe den Strand! Los, holt mich her! Holt mich hier raus! Jeeeeeetzt!!! Und vergesst den Toast nicht! Aaaaaaaaruuuuuuu!!!*)

Ich hatte ihm immerhin schon ein grünes Halsband mit Aloha-Aufdruck gekauft.

Chris und ich saßen umschlungen am Strand mit unseren Zehen im Sand. Wir betrachteten still den Himmel, der sich allmählich gelb, dann orange, rosa und dann pink färbte. Die Sonne wurde eins mit dem Horizont und die Palmen waren nur noch eine schwarze Silhouette gegen den Himmel.

Diesmal jedoch glichen sie dem Krebs kein bisschen.

Danksagung

Ein einziges Buch kann der tiefen Dankbarkeit denjenigen gegenüber, die Seamus' und mein Leben gerettet haben, nicht einmal annähernd gerecht werden. Sowohl die Fachkenntnis und Freundlichkeit von Nancy Mount von Details Dog Grooming als auch die Einfühlsamkeit und Kompetenz von Dr. Autumn Dutelle retteten Seamus' Leben (und wohl auch meine geistige Gesundheit). Dr. Wayne Davis und die fachkundigen und hingebungsvollen Mitarbeiter am Small-Animal-Hospital (insbesondere Angel Redfearn, Mardell Denney und Dr. Laura Schrader) kümmerten sich damals und auch immer noch um Seamus' Wohlbefinden, wie auch schon bei all meinen vorherigen Hunden. Ich danke Ihnen allen. (Und Seamus sagt: *Aaaaaaaarruuuuuuuuu!*)

Jeder, der mit der Diagnose Krebs konfrontiert wird, kann sich glücklich schätzen, wenn er zu den Patienten von Dr. Amer Karam zählt, der den Ruf der Chirurgen im Alleingang ändern kann. Seine Warmherzigkeit, sein Humor und vor allem seine fähigen Hände werde ich nie vergessen. Dr. Good Karma – Worte werden unserer Dankbarkeit nicht gerecht (daher schicken wir weiterhin Wein). Dr. John Glaspy und das gesamte UCLA Medical Center sind so hervorragend, dass uns die knapp zweihundert Kilometer nichts mehr ausmachen (obwohl wir uns darauf freuen, wenn es nicht mehr nötig sein wird). Vielen Dank für Ihre mitfühlende Betreuung. Dr. Janet Hocko an der Vantage-Onkologie und ihr gesamtes kompetentes Team haben meine Bestrahlung beinahe zu einem freudigen Ereignis gemacht – und das will viel heißen. Danke. Und auch wenn ich in diesen Erinnerungen vielleicht mit dem einen oder anderen Arzt etwas hart ins Gericht gegangen bin, muss ich doch die Freundlichkeit, Sorgsamkeit und Professionalität der Pfleger, Schwestern und medizinischen Assistenten, mit denen Seamus und ich es zu tun hatten (okay, bis auf Lurch … aber das war klar), hervorheben. Sie und das gesamte Pflegepersonal (insbesondere in der Onkologie) verdienen großen Dank für die schwierige Arbeit, die sie leisten, hier ist mein Dankeschön. An meine »Bestrahlungsklasse« (Frühling/Sommer 2009 morgens an der Vantage-Onkologie): Danke für eure Kameradschaft – ihr habt diese Morgentermine erträglich gemacht, und auch wenn einige von euch mittlerweile von uns gegangen sind, ihr werdet mir alle in lieber Erinnerung bleiben. Ein besonderer Dank geht an meine Freundin mit dem blauen Umhang, Melanie Pope.

Danke an meine Eltern Jim McElhannon und Vivian Terbeek, die mir meinen ersten Hund (den heiß geliebten Tippy), meinen Humor, meinen ersten Büchereiausweis und eine etwas schräge Kindheit, die mich geradezu zur Schriftstellerei trieb, geschenkt haben. Bei meinen Stiefeltern Ted Terbeek und Nancy McElhannon bedanke ich mich für die Unterstützung; Stiefeltern haben es nicht leicht (besonders nicht in unserer Familie, aber das ist eine andere Geschichte), und ihr macht eure Sache sehr gut. Danke an meinen Bruder Jay, dass ich mich an deine Irlandreise anhängen konnte – wer hätte gedacht, dass das der Anfang von all dem sein würde? Vielen Dank auch an meine Schwester und meinen Schwager Shawna und Eli Robertson – es ist super, im selben Haus medizinische und handwerkliche Hilfe zu bekommen, und weiß Gott, von beidem hatte ich in den vergangenen Jahren eine Menge nötig. Dank gilt auch meiner Stiefschwester Laura Ballantine und meinem Stiefbruder Michael Wakefield (ja, ich hatte ja schon erklärt, dass meine Familienverhältnisse nicht ganz einfach sind!) für ihre Freundschaft und Unterstützung, als ich sie besonders nötig hatte. Und natürlich habe ich meinen Cousinen und Cousins in Irland zu danken – insbesondere Seamus, dem genialen Beobachter.

An Chris' Familie – Jim, Trudi, Kati und Courtney – Danke für eure Unterstützung und Aufnahme ... und für Chris. Ich freue mich, zu eurer Familie zu gehören – auch wenn es mir in den Fingern juckt, an dieser Stelle einen Witz über »Eindringlinge« zu machen! In stillem Gedenken an Chris' Tante, Susan Michel Santos, die dem Brustkrebs erlag, während ich dieses Buch schrieb, und die uns immer wegen ihrer Stärke, ihres Lächelns und natürlich ihres ›Bling‹ in Erinnerung bleiben wird.

Ein riesiges Dankeschön an meine Freunde, einige sind in diesem Buch mit Namen genannt, andere nicht, die mir Grund zum Lachen gegeben haben, mich umarmt haben, obwohl ich nicht oft umarme, die Schlange standen, um mit Chris auszugehen, falls ich es nicht schaffen sollte (ihr gehört zu denen, die geben, ja, wirklich), die Essen und Trinken vorbeigebracht haben (sowohl während der Chemo als auch, während ich dieses Buch schrieb), die mir geholfen haben herauszufinden, dass Tequila während der Chemo besser ist als Wein, die meine Perücken anprobiert, den Blog gelesen, auf Seamus aufgepasst, Karten und Blumen geschickt, sich um mich gesorgt (damals und sicher auch jetzt noch) und alles noch einmal durchlebt haben, während ich dieses

Buch schrieb: Corby Rhodes, Stacey Aldstadt, Valerie Zucker, Tom und Kris DeGrezia (und Mimi und Loren ebenfalls), Laureen Pittman, Michelle Pierce, Becky Whatley, Zee Beard, Sue Mitchell, Jane Carney, Amy Harrison, John Goodman, Gary Berg, Rich Gold, Barbara Ryan, Tera Harden, Brian Pearcy, Brein und Roryann Clements, Mitchell Edwards, Michelle Pepke, John und Carrie Schutz und Bob und Helga Wolf. Dank gilt auch meiner Friseurin Kelly Koerber, danke, dass Sie mit mir durch dick und dünn gingen (okay, der Witz ist nicht einmal gelungen). Ein besonderer Dank geht an das kreative Genie Mike Easley von Vital Excess, der das Coverfoto machte und viele schlaue Marketingideen für dieses Buch auf den Weg brachte und so viele andere Dinge in meinem Leben dazu. Tausend Dank auch an meine Therapeutin Joanne Simmons – ich will gar nicht wissen, wo ich ohne Sie wäre.

Lautstark will ich mich bei meinen Maui-Mädels – Jane Gideon und Lori Lacefield – bedanken, die zusammen mit mir den Weg der Schreiberlinge gegangen sind, seit wir uns bei der Maui Writers Conference vor mehr als zehn Jahren kennengelernt haben. Es ist wunderbar, Freunde zu haben, die mich bei der harten Arbeit des Schreibens in Maui, Paso Robles, La Jolla, Ocean Isle Beach, Frankreich, Breckenridge und San Francisco begleiten. Ihr seid mir eine ständige Ermutigung und Inspiration – und es macht viel Spaß, mit euch zu reisen. Vielen Dank, Ladys.

Und wenn schon vom Schreiben die Rede ist, ich schätze mich glücklich (ja, ich hab diese positive Denke wirklich verinnerlicht), gleich zwei Schreibgruppen zu haben, die sich durch die unzähligen Versionen dieses Manuskripts gearbeitet haben (vor allem des ersten Kapitels, gleich 642-mal, weil das in Schreibgruppen eben so läuft). Mein herzlicher und immerwährender Dank an meine L.A.-Gruppe: Trai Cartwright, David Del Bourgo, Julia Elrick, Eileen Austen, Lorna Freeman und Chris Kern (ja, genau der!). Und dasselbe gilt für meine 951 Schreiber: Barbara Abel, Barbara Shackelton, Michelle Ouellette, Kristin Tillquist, Dulce Pena, Patti Cotton McNeily, Susan Knock und Chris Kern (noch einmal!). Besonderer Dank gilt Nancy Hinchliff, die ich bei SheWrites online kennenlernte und die mir das ganze Manuskript hindurch äußerst hilfreiche Anregungen gab – ich hoffe, dass wir uns eines Tages persönlich kennenlernen. Ich hatte auch das große Glück, mit Sara J. Henry eine weitere Hundeliebhaberin und Schriftstellerin erst durch unsere Blogs und dann persönlich beim LA Times Festival of Books kennengelernt zu haben. Ich kann ihr gar nicht genügend für ihre Ermutigung, Ratschläge und weisen Anmerkungen zu diesem Manuskript danken. Jeder Schriftsteller sollte eine Mentorin wie Sara haben. Ich kann meinen Schriftstellerfreunden nicht danken, ohne meinen Lehrer, Tod Goldberg, besonders hervorzuheben. Er hat mich nach einer langen, langen Pause (auch Ehen genannt) wieder zum Schreiben gebracht und ist zudem schuld daran, dass Chris und ich uns kennengelernt haben (kein Problem, Tod – das ist etwas Gutes).

Und apropos Reisen (nun, zwei Absätze weiter oben; für die Danksagungen gibt es keinen Lektor), ein Schriftsteller hat kaum die Gelegenheit, an oben erwähnten Orten zu verweilen, wenn er nicht so fantastische Freunde mit traumhaften Ferienhäusern und -wohnungen hat. Tausend Dank an Susan Medel und Norm Martin für die Ermöglichung des Aufenthalts in La Jolla und an Bill und Willy Richman und Ted und Sandy Williamson (Maui), den ehemaligen Maui-Schüler Tim Smith (Breckenridge) und an Rachel und Raphael Pommier (Frankreich). Ihr alle seid jederzeit herzlich willkommen in Riverside.

Und wenn wir schon bei Lektoren sind (nur einen Absatz weiter oben), ich schätze mich überaus glücklich, Sarah Jane Freymann von der Sarah-Jane-Freymann-Agentur als Lektorin für mich gewonnen zu haben. Ihre unermüdliche Arbeit, der leichte Druck und die guten Ratschläge (ohne sie gäbe es keine Liebesgeschichte in diesem Buch ... und daher vermutlich kein Buch) waren von unschätzbarem Wert. Durch Sarah Jane bin ich auch zu der Verlegerin Shana Drehs von Sourcebooks gekommen. Es hat so viel Spaß gemacht, mit Shana zu arbeiten, dass sich die Phase des Editierprozesses gar nicht wie Arbeit anfühlte. (Es hat wohl auch geholfen, dass ich in Maui war und Mai Tais schlürfte, als diese Phase losging.) Es war mir wirklich eine Freude. Vielen Dank, Shana, für die sachte und geschickte Art, durch diese Erinnerungen zu führen, und für deinen Enthusiasmus bei der Verwirklichung dieses Buches. Mein Dank geht auch an das Team bei Sourcebooks – Sie alle sind eine fantastische Gruppe von engagierten Profis (und Hundeliebhabern, was immer gut ist).

Seamus möchte noch seinen besten Freunden Will und Nellie Ouellette danken (Boxer-Deutsche-Dogge-, vielleicht noch Pitbull-Mischlinge, die wunderschön ... vor allem Will ... und sehr intelligent ... vor allem Nellie ... sind). Darf er bald mal wieder zum Spielen kommen? Und wir beide möchten uns noch bei den vielen wunderbaren Menschen – Verwaltung, Tierpflege und Ehrenamtliche – der Mary-S.-Roberts-Tiervermittlung in Riverside bedanken. Im Namen aller Tiere, danke für alles, was Sie tun. Seamus wedelt extra mit dem Schwanz und lässt ein *Aaaaaaruuuuuuu* an Denise Perry übermitteln, die Direktorin, und an Destiny Glass und Shawna Dowd, die sich wunderbar um ihn gekümmert haben.

Und zu guter Letzt und in großem Ausmaß gelten Seamus' und mein Dank und unsere Liebe dem Rudelführer (das lassen wir ihn zumindest glauben, so sehr lieben wir ihn) und dem wichtigsten Teil unserer dreiköpfigen Familie – Chris. Chris hat das Sternzeichen Krebs – er hatte keine Ahnung, dass das bedeuten würde, dass er noch vor seinem 34. Geburtstag nicht nur einen, sondern zwei Krebspatienten hingebungsvoll pflegen würde. Aber niemand hätte das besser hinbekommen. Vielen Dank, Schatz. Wir lieben dich.

Die Autorin

Teresa J. Rhyne erkrankte an Brustkrebs, doch sie hat den Krebs besiegt.

Elf Monate nach der Eröffnung ihrer Kanzlei als Anwältin erhielt sie die Diagnose triple-negativer Brustkrebs. Am 28. Januar 2009 unterzog sie sich einer brusterhaltenden Operation. Es folgten vier Runden Chemotherapie und 33 Bestrahlungseinheiten. Glücklicherweise ist sie seither in kompletter Remission und gilt als geheilt. Sie lebt mit ihrem Partner Chris im Großraum Los Angeles in einem Haus, das völlig unter der Kontrolle von Super-Beagle Seamus (The Famous) steht.

Teresa ist neben ihrem Beruf aktive Tierschützerin.